실버 로드

실버로드

사라진 소녀들

스티나 약손 지음 | 노진선 옮김

마음
서재

로베르트에게 이 책을 바친다.

일러두기

이 책은 저작권사와 영어판 번역자 Susan Beard의 동의를 얻어 영어판을 번역했습니다.

1부

숲과 호수 위에 걸린 빛이 그를 찌르고 태우고 찢었다. 계속 숨 쉬라고 격려하듯이, 새 삶을 약속하듯이. 빛은 그의 혈관을 다급함으로 채웠고 잠을 빼앗아갔다. 아직 5월밖에 되지 않았는데도 블라인드 조직과 틈새로 여명이 새어 들어오는 동안 그는 뜬눈으로 밤을 새웠다. 겨울이 물러가면서 녹은 서리가 땅 밑으로 흘러내려 가는 소리가 들렸다. 언덕이 겨울의 허물을 벗는 동안 시냇물과 강물은 불어나 빠르게 흘렀다. 빛은 곧 밤을 다 먹어치운 뒤 곳곳에 침투해 환히 밝히며, 썩은 낙엽 밑에서 잠든 모든 것들에게 생명을 불어넣고, 나무에 맺힌 꽃봉오리가 활짝 필 때까지 온기로 가득 채우리라. 숲은 짝짓기 상대를 찾는 소리, 새로 부화한 생명이 배고파서 우는 소리로 가득 찰 것이다. 한밤의 태양은 사람들을 집 밖으로 내몰며 욕망으로 들끓게 할 것이다. 그들은 웃고 사랑을 나누고 미치고 난폭해진다. 심지어 사라지는 사람들도 있다. 눈이 멀고, 방향감각을 상실하는 것이다. 하지만 그는 그들이 살아 있다고 믿고 싶었다.

렐레는 리나를 찾아다닐 때만 담배를 피웠다. 담배에 불을 붙일 때마다 조수석에 앉아 있는 리나가 보였다. 리나는 얼굴을 찡그렸고, 안경테 너머로 그를 뚫어지게 바라보았다.

"담배 끊었다고 하지 않았어?"

"끊었지. 이건 그냥 딱 한 번만 피우는 거야."

리나는 고개를 절레절레 흔들며 그를 노려보고 이를 드러냈다. 평소 그 애가 부끄러워했던 뾰족한 송곳니. 밤새 그리고 끈질기게 남아 있는 햇빛을 가르며 도로를 달릴 때면 리나의 존재가 더욱 생생하게 느껴졌다. 햇볕이 닿으면 거의 하얗게 보일 정도로 옅은 금발, 화장으로 가리려고 열심히 노력했던 콧잔등의 깨알 같은 주근깨, 안 보는 듯해도 하나도 놓치지 않고 다 보는 눈동자. 리나가 렐레보다 아네테를 닮아서 다행이었다. 그에게는 물려줄 만한 아름다움이 없었다. 리나는 아름다웠다. 딸이라서 하는 소리가 아니라 아주 어릴 때부터 사람들은 늘 리나를 돌아봤다. 리나는 아무리 시큰둥한 얼굴이라도 웃게 하는 아이였다. 하지만 요즘에는 아무도 그 애를 돌아보지 않는다. 지난 3년간 리나를 본 사람이 없다. 적어도 그 애를 봤다고 공개적으로 말하는 사람은 아무도 없다.

에른에 도착하기도 전에 담배가 떨어졌다. 이젠 조수석에서 리나가 보이지 않는다. 차 안은 텅 비어 고요하고, 렐레는 자신이 운전 중이라는 사실을 거의 잊어버렸다. 도로를 보고 있지만 아무것도 눈에 들어오지 않았다. 렐레는 실버 로드라 불리는 이 길을 아주 오랫동안 오간 터라 손바닥 들여다보듯 훤히 알고 있었다. 길이 어디서 구부러지고, 야생동물이 내려오지 못하도록 설치한 철책의 어디에 구멍이 뚫려 있어서 무스와 순록이 내킬 때마다 내려오는지. 또한 어디에 빗물이 고이고, 어디 호수에서 물안개가 피어올라 시야가 왜곡되는지도 알고 있었다. 은 광산이 폐쇄되면서 실버 로드의 유일한 목적이 사라졌고, 도로는 몇 년간 방치되면서 악화되고 위험해졌다. 하지만 글리메르스트레스스크와 다른 내륙 도시를 연결하는 유일한 도로였기 때문에 금이 간 아스팔트와 잡초가 무성한 배수로를 끔찍이 싫어하는 렐레일지라도 실버 로드를 이용할 수밖에 없었다. 리나는 이 도로에서 사라졌다. 실버 로드가 그의 딸을 삼켜버렸다.

렐레가 밤마다 실버 로드를 따라 차를 몰고 리나를 찾아다닌다는 사실을 아무도 몰랐다. 그가 줄담배를 피우며 조수석에 팔을 두르고 마치 리나가 정말로 거기 앉아 있다는 듯이, 리나가 사라지지 않았다는 듯이 이야기를 나눈다는 사실도. 아네테가 그의 곁을 떠난 뒤로는 이야기할 사람이 없었다. 아네테는 처음부터 렐레 탓이라고 말했다. 그날 아침 리나를 버스 정류장까지 차로 데려다준 사람이 렐레였다. 비난을 받아야 할 사람은 렐레였다.

렐레는 새벽 3시쯤 셀레프테오에 도착해서 서클 K에 들러 주유를 하고, 보온병에 커피를 가득 따랐다. 이른 시간인데도 카운터를 지키는 청년은 눈이 반짝거리고 활기찼으며 붉은 기가 도는 금발을 한쪽으로 빗어 넘겼다. 나이도 어려서 열아홉이나 스무 살밖에 안 돼 보였다. 살아 있다면 리나도 저 나이일 것이다. 그렇게 자란 리나를 상상하기란 힘들었지만.

렐레는 양심의 가책을 느끼며 말보로 라이트를 한 갑 더 샀다. 계산대에 진열된 모기퇴치제에 눈길이 갔다. 렐레는 몸을 더듬거리며 신용카드를 찾았다. 모든 것이 리나를 떠올리게 했다. 그날 아침 리나에게서는 모기퇴치제 냄새가 진동했다. 그가 기억하는 사실은 그것뿐이었다. 렐레는 리나를 버스 정류장에 내려준 뒤에 차 안에서 모기퇴치제 냄새가 빠지도록 차창을 내렸다. 그날 아침에 둘이 무슨 이야기를 나눴는지, 리나가 행복했는지 슬펐는지, 그들이 아침으로 뭘 먹었는지는 기억나지 않았다. 그 후에 일어난 일들이 너무 큰 공간을 차지하는 바람에 모기퇴치제만 기억에 남았다. 그날 저녁에 경찰에게도 그 이야기만 했다. 리나에게서 모기퇴치제 냄새가 진동했다고. 아네테는 마치 전혀 모르는 사람이라는 듯이, 부끄럽다는 듯이 그를 바라보았다. 렐레는 그것도 기억했다.

새 담뱃갑을 뜯은 다음 다시 실버 로드에 진입할 때까지 계속 담배를 물고 있었다. 이번에는 북쪽으로 향했다. 집으로 가는 길은 늘 더 짧게, 더 황량하게 느껴졌다. 백미러에 걸려 있던, 리나 목걸이의 은색 하트가 햇빛에 반사되었다. 리나는 다시 조수석에 앉아 있었고, 그 애의 금발이 커튼처럼 얼굴을 가렸다.

"고작 두세 시간 동안에 아빠가 담배를 스물한 개비나 피웠다는 거 알아?"

렐레는 차창 밖으로 담뱃재를 털고, 리나에게 담배 연기가 가지 않도록 고개를 돌리며 연기를 내뱉었다.

"그렇게 많이?"

마치 하느님에게 부탁하듯이 리나가 눈을 치떴다.

"담배를 한 개비 피울 때마다 수명이 9분씩 줄어든다고. 그러니까 오늘 밤에 아빠는 수명을 189분이나 단축한 거야."

"설마! 하지만 내가 담배도 없이 무슨 낙으로 살겠니?"

렐레를 바라보는 리나의 연푸른색 눈동자에 꾸짖는 기색이 감돌았다.

"날 찾아야지. 날 찾을 수 있는 사람은 아빠뿐이야."

메야는 누워서 배에 양손을 올린 채 소리를 듣지 않으려고 했다. 손가락 밑에서 꾸르륵거리는 허기의 소리, 그리고 마룻바닥에 뚫린 구멍 사이로 올라오는 역겨운 소리를. 여자가 심하게 헐떡이는 소리가 나더니 남자, 새로운 남자의 신음 소리가 들렸다. 침대가 삐걱거리고 개가 짖어댔다. 남자는 개에게 나가라고 소리치고는 다시 침대에 누웠다.

한밤중인데도 태양은 작은 삼각형 방 안에서 환히 빛났다. 따뜻한 황금빛 햇살이 여러 줄기로 쪼개져서 잿빛 벽에 떨어졌고, 메야는 감은 눈꺼풀 안쪽의 모세혈관까지 볼 수 있었다. 잠이 오지 않아서 낮은 창문 옆에 무릎을 꿇고 앉아 손으로 거미줄을 쓸어냈다. 시야 끝까지 푸른 밤하늘과 푸른색이 감도는 숲만 펼쳐져 있었다. 목을 옆으로 빼면 저 아래쪽에 호수가 한 조각 보였다. 검고 잔잔한 호수는 유혹적으로 느껴질 정도였다. 동화에 나오는, 포로로 잡힌 공주가 된 기분이었다. 울창하고 어두운 숲에 둘러싸인 탑에 갇혀 아래층에서 사악한 새엄마가 섹스하는 소리를 들어야만 하는 공주. 다만 아래층 여자는 새엄마가 아니라 친엄마였다.

두 모녀는 노를란드(스웨덴 북부 지역으로 겨울이 길고 여름은 짧다-옮긴이)에 와본 적이 없었다. 북쪽으로 향하는 기차를 장시간 타고 오는 동안 의심이 둘을 괴롭혔다. 창밖으로 보이는 숲이 점점 더 울창해지고 역과 역 사이가 점점 더 멀어지자 모녀는 말다툼을 했고 울었으며 오랫동안 침묵을 지켰다. 엄마 실리에는 이번이 마지막 이사가 될 거라고 맹세했다. 이번에 알게 된 남자는 토르비요른이라고 했는데 글리메르스트레스크에 집과 땅을 소유하고 있었다. 그들은 인터넷에서 만났고 전화로 끝없이 통화했다. 메야는 노를란드 억양이 들어간 그의 단답형 대답을 들은 적이 있고 사진도 보았다. 남자는 콧수염을 길렀고 목이 굵었으며 웃을 때 눈이 가늘어졌다. 한 사진에서는 아코디언을 들고 있었고, 다른 사진에서는 얼음에 뚫린 구멍 위로 몸을 내민 채 빨간 비늘이 달린 물고기를 들어올리고 있었다. 엄마의 말에 따르면 토르비요른은 진정한 남자였다. 극한상황에서도 살아남는 법을 알고 두 모녀를 돌봐줄 수 있는 남자.

마침내 그들이 내린 기차역은 소나무들 사이에 있는 헛간에 불과했고, 그마저도 문이 열리지 않았다. 그들 외에는 아무도 내리지 않았다. 기차가 멀어지며 나무들 사이로 사라지는 동안 두 모녀는 기차가 내뿜는 바람을 고스란히 맞으며 무력하게 서 있었다. 오랫동안 발아래 땅이 진동했다. 실리에는 담배에 불을 붙이고 허물어진 플랫폼 위로 캐리어 가방을 끌었지만 메야는 바스락거리는 나뭇잎 소리와 수많은 모기들이 앵앵거리는 소리를 들으며 우두커니 서 있었다. 몸 깊숙한 곳에서 비명이 점점 형태를 잡아갔다. 메야는 엄마를 따라가고 싶지 않았지만 그렇다고 혼자 여기 남아 있을 배짱도 없었다. 선로 반대편에는 환한 하늘을 배경으로 커튼 같은 숲이 보였다. 검은색에 가까운 암녹색 숲이었는데 나뭇가지들 사이로 수많은 그림자가 지나다녔다. 동물은 한 마리도 안 보였지만 시내 광장 한복판에 서 있을 때처럼 무언가가 자신을 바라보고 있다는 느낌이 강하게 들었다. 틀림없이 그것들이, 수백 개의 눈동자가 그녀를 주시하고 있었다.

실리에는 벌써 방치된 주차장 쪽으로 걸어갔고, 주차장에는 낡은 포드 한 대가 기다리고 있었다. 검은 야구모자 그늘에 얼굴이 잠긴 남자가 자동차 보닛에 기대서 있었다. 두 모녀가 다가오는 걸 보자 남자가 차에서 몸을 떼더니 스누스(잇몸에 붙여 니코틴을 흡수하는 무연 담배–옮긴이)를 훤히 드러내며 미소 지었다. 실제로 보니 토르비요른은 덩치가 더 크고 단단했다. 하지만 동작이 어딘가 어색하고 만만하게 느껴졌다. 자신이 얼마나 거구인지 모르는 사람 같았다.

실리에는 캐리어 가방을 바닥에 내려놓고 남자의 품에 안겨 매달렸다. 그가 숲의 바다 한가운데 떠 있는 구명조끼인 것처럼. 메야는 한쪽에 서서 아스팔트의 갈라진 금을 내려다봤다. 금 사이로 민들레 잎이 뚫고 올라와 있었다. 두 사람이 키스하고 혀를 비벼대는 소리가 들렸다.

"여긴 내 딸, 메야예요."

실리에는 입을 닦고 메야를 향해 손을 흔들었다. 토르비요른은 야구모자의 챙 밑으로 메야를 빤히 보더니 퉁명스러운 말투로 환영한다고 했다. 메야는 자신이 마지못해 따라왔다는 사실을 강조하기 위해 계속 땅만 바라보았다.

그의 차에서는 젖은 개 냄새가 났고, 뒷좌석은 거친 잿빛 동물 가죽으로 덮여 있었다. 등받이 하나는 노란색 충전재가 삐져 나와 있었다. 메야는 좌석 끝에 걸터앉아 입으로만 숨을 쉬었다. 엄마는 토르비요른이 부자라고 했지만 지금까지의 상황으로 봐선 틀림없이 과장이었다. 그의 집으로 가는 길은 양옆에 우울한 소나무 숲만 펼쳐졌고, 군데군데 벌목해서 텅 빈 땅이 섞여 있었다. 격리된 작은 호수들이 나무 사이에서 눈물방울처럼 반짝거렸다. 글리메르스트레스크에 도착했을 때 메야는 목구멍에 불덩이가 들어 있는 듯했다. 토르비요른은 엄마의 허벅지에 계속 한 손을 올리고 있다가 중요한 건물이 나올 때만 손을 들어 가리켰다. 작은 슈퍼마켓, 학교, 피자 가게, 우체국, 은행. 그는 그런 시설들이 있다는 게 아주 자랑스러운 듯했다. 집들은 크고 드문드문 흩어져 있었다. 갈수록 집과 집 사이가 멀어져서 중간에 숲과 언덕, 초원이 펼쳐졌다.

가끔씩 멀리서 개 짖는 소리가 들렸다. 조수석에 앉은 실리에의 볼이 상기되며 반짝거렸다.

"저것 좀 봐, 메야. 정말 예쁘지 않니? 책에 나오는 풍경 같아!"

토르비요른은 엄마에게 너무 흥분하지 말라고, 자기 집은 습지 반대편에 있다고 했다. 메야는 그게 무슨 뜻인지 의아했다. 앞에 펼쳐진 도로가 차츰 좁아졌고, 숲이 점점 더 가까워지자 차 안에 무거운 정적이 흘렀다. 높이 솟은 소나무들이 차창 밖으로 휙휙 지나가는 풍경을 바라보고 있자니 메야는 숨을 쉬기가 힘들었다.

토르비요른의 집은 개간지에 홀로 고립되어 있었다. 한때는 위풍당당했을 2층집이었지만 지금은 빨간 페인트가 벗겨지고 땅 속으로 가라앉을 듯했다. 말라빠진 검은 개 한 마리가 목줄이 팽팽해질 정도로 달려 나와 차에서 내리는 그들을 향해 짖어댔다. 주위를 둘러본 메야는 다리에서 힘이 빠졌다.

"여기가 우리 집이야." 토르비요른이 한쪽 팔을 옆으로 펼치며 말했다.

"정말 조용하고 평화롭네요." 실리에가 말했지만 목소리에서 기뻐하는 기색은 사라지고 없었다.

토르비요른은 두 사람의 캐리어 가방을 옮겨 지저분한 검은 마룻바닥에 내려놓았다. 집 안에서도 썩은 내와 검댕과 찌든 기름의 악취가 풍겼다. 고릿적에 구입한, 가죽이 해진 소파가 그들을 바라보았다. 갈색 줄무늬 벽지를 바른 벽에는 동물 뿔과 살짝 굽은 칼집에 든 칼이 걸려 있었다. 메야는 태어나서 그렇게 많은 칼은 처음이었다. 집 안은 먼지가 수북했고, 악취를 피할 수 없었다. 메야는 엄마와 눈을 마주치려 했지만 실패했다. 엄마의 얼굴에는 미소가 고정되어 있었다. 무엇이든 참을 준비가 돼 있고, 자신이 실수를 저질렀다는 사실을 절대 인정하지 않으리라는 뜻의 미소였다.

아래층에서 나던 신음 소리가 멈추자 그제야 새소리가 들렸다. 처음 듣는 새소리였는데 신경질적이고 듣는 사람을 불안하게 만들었다. 방은 천장이 기울어져서 머리 위에서 삼각형을 이

뤘고, 수많은 옹이구멍이 그녀를 지켜보았다. 토르비요른은 계단에 서서 메야가 잘 방을 가리키며 삼각형 방이라고 말했다. 2층에 있는 나만의 방이라니. 혼자서 방을 쓰는 건 정말 오랜만이었다. 소리를 듣지 않기 위해 할 수 있는 일은 두 손으로 귀를 막는 것뿐이었다. 엄마와 남자의 소리. 요란한 섹스와 말다툼 소리. 말다툼이 끊이질 않았다. 엄마와 메야가 아무리 먼 곳으로 떠나도 소리는 늘 그들을 따라잡았다.

방향을 홱 틀면서 타이어에서 소리가 나자 렐레는 비로소 피로를 느꼈다. 차창을 내리고 볼이 얼얼할 정도로 뺨을 때렸다. 조수석은 비어 있었다. 리나는 떠났다. 리나는 이렇게 밤에 운전하는 것도 달가워하지 않을 터였다. 잠을 쫓아내려고 담배를 또 한 대 입에 물었다. 집이 있는 글리메르스트레스크에 도착했을 때는 뺨을 계속 때린 탓에 볼이 여전히 벌겠다. 렐레는 버스 정류장 옆에 차를 세우고 마뜩잖게 정류장을 바라보았다. 마커펜으로 그린 그래피티와 새똥으로 장식된 버스 정류장은 전혀 위험해 보이지 않았다. 이른 새벽이라 첫 버스가 오려면 아직 멀었다.

렐레는 차에서 내려 표면이 잔뜩 긁힌 벤치로 다가갔다. 주위에 사탕 포장지와 씹던 껌이 떨어져 있었다. 밤의 태양이 물웅덩이 속에서 반짝였지만 렐레는 언제 비가 내렸는지 기억나지 않았다. 정류장을 두어 바퀴 돌고는 늘 그랬듯이, 그가 차를 후진했을 때 리나가 섰던 자리에 섰다. 그러고는 리나가 했던 대로 지저분한 유리 칸막이에 어깨를 기댔다. 리나는 마치 오늘 하러 가는 일이 별것 아니라는 사실을 강조하고 싶다는 듯이 무심하게 서 있었다. 그 애가 처음으로 하게 된 진짜 아르바이트였다. 아리에플로그에 가문비나무를 심는 일로 가을 학기가 시작되기 전까지 쏠쏠하게 벌 수 있었다. 전혀 특별하지 않은 일이었다.

그들이 버스 정류장에 일찍 도착한 것은 그의 탓이었다. 렐레는 리나가 첫날부터 버스를 놓쳐서 지각할까 걱정되었다. 리나는 불평하지 않았다. 6월의 아침은 따뜻했고, 새들의 합창 소리로 생동했으니까. 그렇게 리나는 버스 정류장에 혼자 서 있었고, 낡은 에비에이터 선글라스에 태양이 반사되었다. 얼굴의 반을 덮는데도 쓰겠다고 고집을 부려 렐레에게서 받아낸 선글라스였다. 리나는 손을 흔들었다. 아마 그랬을 것이다. 어쩌면 손으로 키스를 날렸을지도 모르겠다. 늘 그랬으니까.

젊은 경관도 리나와 비슷한 선글라스를 쓰고 있었다. 경관은 현관에 들어서면서 선글라스를 머리 위로 올리고 렐레와 아네테를 바라보았다.

"따님은 오늘 아침에 버스를 타지 않았습니다."

"그럴 리가 없습니다. 내가 분명히 내려줬어요!" 렐레가 말했다.

경관은 어깨를 으쓱였다. 그러자 선글라스가 머리에서 떨어졌다.

"따님은 버스에 타지 않았습니다. 저희가 운전기사랑 승객들과 얘기를 나눴는데 아무도 따님을 보지 못했어요."

그때도 그들은 다 안다는 듯이 렐레를 바라보았다. 경찰들과 아네테. 렐레는 느낄 수 있었다. 그들의 비난하는 눈빛이 그를 꿰뚫었고, 몸 안에서 힘이 다 빠져나갔다. 결국 리나를 마지막으로 본 사람은 렐레였다. 그는 리나를 태워다준 장본인이었고, 따라서 책임이 있었다. 경찰들은 그 혐오스러운 질문을 하고 또 했으며, 렐레가 정확히 몇 시에 리나를 내려줬는지, 그날 아침에 리나의 기분이 어땠는지 알고 싶어 했다. 집에 있을 때 리나가 행복했습니까? 따님과 다퉜습니까?

결국 렐레는 폭발해서 식탁 의자를 집어 들고 경관에게 힘껏 내던졌다. 그 겁쟁이는 냅다 도망쳐 지원군을 요청했다. 렐레는 경찰들이 그를 바닥에 눕히고 수갑을 채울 때 볼에 닿았던 차가운 마룻바닥의 감촉이 아직도 느껴졌다. 그가 경찰서로 연행되어 갈 때 들렸던 아네테의 울음소리도 아직 귓가에 생생했다. 하지만 아네테는 그를 두둔하지 않았다. 그때도 지금도. 하나뿐인 딸이 실종되었고, 아네테에게는 달리 탓할 사람이 없었다.

렐레는 시동을 걸고 외딴 버스 정류장에서 차를 후진했다. 리나가 저기 서서 그에게 키스를 날린 후로 3년이 지났다. 3년, 그리고 그는 여전히 리나를 마지막으로 본 사람이었다.

배가 너무 고프다 못해 아프지만 않았어도 메야는 그 삼각형 방에서 영원히 나오지 않았을 것이다. 어디에서 살든 메야는 허기에서 벗어날 수 없었다. 꼬르륵 소리가 나지 않도록 배에 한 손을 올린 채 방문을 열었다. 아래층으로 내려가는 계단은 폭이 너무 좁아서 까치발로 내려가야 했다. 그녀의 체중이 실리자 몇몇 단에서 삐걱 소리가 났다. 조용히 내려가려고 해봐야 소용없었다. 아무도 없는 부엌은 불이 꺼져 있었다. 토르비요른의 침실은 닫혀 있었고, 문 옆에 누워 있던 개가 지나가는 메야를 경계하는 눈빛으로 지켜봤다. 메야가 현관문을 열자 개가 벌떡 일어나더니 막을 틈도 없이 그녀의 다리 사이로 빠져나갔다. 개는 라일락 덤불 옆에서 다리를 들고 오줌을 누고는 땅에 코를 박고 웃자란 잔디 위를 서너 바퀴 돌았다.

"왜 개를 밖으로 내보냈어?"

메야는 벽에 기대어놓은 캠핑용 의자에 앉아 있는 엄마를 미처 보지 못했다. 엄마는 처음 보는 플란넬 셔츠를 입고서 담배를 피우고 있었다. 머리카락이 사자 갈기처럼 부풀어 있었고, 눈을 보니 한숨도 못 잔 게 분명했다.

"그러려고 한 게 아닌데 녀석이 미꾸라지처럼 빠져나갔어."

"암컷이야. 이름은 욜리."

"욜리?"

"응."

개는 자기 이름을 듣더니 다시 베란다로 돌아가 바닥에 누워 혀를 끈처럼 내민 채 그들을 바라보았다. 실리에가 담뱃갑을 내밀었다. 그녀의 목에 생긴 빨간 자국이 메야의 눈에 들어왔다.

"목에 생긴 자국은 뭐야?"

실리에는 한쪽 입꼬리를 올리며 미소 지었다.

"모르는 척하지 마."

메야는 담배 한 개비를 받아 들었다. 음식이라면 더 좋았을 텐데. 엄마가 시시콜콜 털어놓지 않기를 바라며 메야는 숲을 향해 실눈을 떴다. 나무 사이로 무언가 움직이고 있었다. 저 숲에는 절대 발을 들이지 않을 작정이었다. 메야는 담배를 한 모금 빨아들였고, 다시 질식할 듯한 느낌이 들었다. 어딘가에 꽁꽁 갇혀 있는 듯했다.

"정말로 여기서 살 거야?"

실리에는 한쪽 다리를 팔걸이 너머로 넘겨 흔들었다. 검은 팬티가 보였다. 메야는 초조하게 한쪽 발을 까딱거렸다.

"노력해봐야지."

"왜?"

"선택의 여지가 없으니까."

이제 실리에는 메야를 보고 있지 않았다. 목소리에서 흥분과 희열은 사라졌고, 눈빛은 담담했지만 말투는 단호했다.

"토르비요른에게는 돈이 있어. 집과 땅과 안정된 직업도 있고. 여기서라면 다음 달 집세 걱정 없이 잘 살 수 있어."

"허물어져 가는 외딴 판잣집에 살면서 잘 산다고는 할 수 없지."

실리에는 목에 벌겋게 열이 오르자 그걸 가라앉히려는 듯이 쇄골에 손을 올리고 말했다.

"더는 못 참겠어. 가난이 지긋지긋해. 내겐 우리를 돌봐줄 남자가 필요하고, 토르비요른은 기꺼이 그렇게 해줄 거야."

"확실해?"

"뭐가?"

"그 사람이 기꺼이 그러겠대?"

실리에는 씩 웃었다.

"내가 그렇게 만들 테니까 걱정하지 마."

메야는 반쯤 피운 담배를 발로 비벼 껐다.

"먹을 거 있어?"

실리에는 숨을 깊이 들이쉬더니 미소를 지었다. 아주 기쁘다는 듯이.

"이 낡은 집에는 네가 평생 본 것보다 훨씬 많은 음식이 있단다."

주머니에 든 휴대폰이 진동하자 렐레는 잠에서 깼다. 그는 라일락 덤불 옆 선베드에 누워 있었는데 전화기를 귀에 대자 온

몸이 쑤셨다.

"렐레? 자고 있었어?"

"무슨 소리." 그는 거짓말했다. "정원에서 일하는 중이야."

"벌써 딸기가 열렸어?"

렐레는 잡초가 우거진 정원을 힐끗 봤다.

"아니. 하지만 곧 열릴 거야."

전화기 반대편에서 들리는 아네테의 숨소리가 거칠었다. 마치 마음을 가라앉히려는 듯이.

"페이스북 페이지에 정보를 올렸어. 일요일에 열리는 추도식 말이야."

"추도식……?"

"3주기잖아. 설마 잊은 거야?"

렐레가 벌떡 일어나자 선베드에서 삐거덕 소리가 났다. 갑자기 현기증이 밀려드는 바람에 그는 베란다 난간을 잡았다.

"당연히 기억하지!"

"토마스랑 나는 양초를 샀고, 엄마의 봉제 클럽에선 글씨를 넣은 티셔츠를 주문했어. 교회에서 행진을 시작해서 버스 정류장까지 함께 걸어갈까 생각 중이야. 당신은 짧은 연설이라도 준비해봐. 하고 싶은 말이 있다면."

"준비할 필요 없어. 하고 싶은 말은 이미 내 머릿속에 다 들어 있으니까."

아네테가 지친 목소리로 대답했다. "우리가 단합된 모습을 보이면 좋을 거야. 리나를 위해서라도."

렐레는 관자놀이를 문질렀다.

"그럼 다 함께 손이라도 잡을까? 당신과 나, 토마스랑 셋이?"

긴 한숨이 그의 귓가에 울렸다.

"일요일에 봐. 그리고 렐레?"

"응?"

"당신 또 밤에 돌아다니는 거 아니지?"

렐레는 하늘을 향해 눈을 치떴다. 태양이 구름 뒤에 숨고 있었다.

"일요일에 봐." 렐레는 그렇게 말하고 전화를 끊었다.

11시 30분이었다. 정원에 있는 선베드에 누워 네 시간이나 잤다. 평소보다 많이 잔 셈이다. 뒤통수를 긁적이고 봤더니 손톱 밑에 피가 묻어 있었다. 모기에게 물린 모양이었다. 집으로 들어가 커피 머신을 켜고 싱크대에서 세수했다. 고운 리넨 행주로 얼굴을 닦았더니 정적을 깨고 아네테의 잔소리가 들리는 듯했다. 마른행주는 찻잔이랑 유리잔을 닦는 용도이지, 면도도 안 한 얼굴을 닦는 용도가 아니라고. 그리고 리나를 찾아야 할 사람은 경찰이지 딸의 실종에 집착하는 아버지가 아니라고. 아네테는 전력을 다해 렐레의 뺨을 때리더니 당신 탓이라고 소리를 질렀다. 리나가 버스에 탔는지 확인했어야 했다고. 그녀에게서 딸을 앗아간 사람은 렐레라고. 아네테가 그를 때리고 손톱으로 할퀴는 바람에 렐레는 그녀의 팔을 붙잡고 가능한 한 꼭 안고 있어야 했다. 아네테의 몸에서 긴장이 풀어지고 그녀가 바닥에 주저앉을 때까지. 리나가 사라진 날이 렐레와 아네테의 몸이 마지막으로 닿은 날이었다.

아네테는 밖에서 답을 찾았다. 친구와 심리학자, 신문 기자에게 의지했다. 그리고 토마스도. 작업치료사인 그는 양팔을 벌리고 발기한 고추를 흔들어대면서 언제든 아네테를 맞이할 준비가 되어 있었다. 아네테의 말을 기꺼이 들어주고 동시에 열심히 박아대면서 문제를 해결했다. 아네테는 수면제와 안정제로 스스로를 치료했고, 약 때문에 눈에서 초점이 사라지고 말이 너무 많아졌다. 리나의 실종에 관련된 페이스북 페이지를 만들고, 모임을 주최했으며, 인터뷰를 했다. 그 인터뷰를 보고 있으면 렐레는 팔에 소름이 돋았다. 그들만의 가장 사적인 일들, 렐레가 아무에게도 알리고 싶지 않은 리나에 관한 상세한 이야기들이 적혀 있었다.

반면 렐레는 아무에게도 이야기하지 않았다. 그럴 시간이 없었다. 리나를 찾아야 했다. 오로지 그 애를 찾는 일만 중요했다. 그해 여름부터 그는 실버 로드를 따라 운전하기 시작했다. 크고 작은 쓰레기통을 모두 열어보고 맨손으로 뒤졌으며, 습지와 폐광에도 들어가 확인했다. 집에서는 컴퓨터 앞에 앉아 일면식도 없는 사람들이 리나의 실종에 관해 각자의 가설을 써놓은 인터넷 커뮤니티의 글을 읽었다. 구역질나는 가설들이 길게 얽혀 있었다. 리나가 도망갔다, 살해됐다, 납치됐다, 시신이 토막 나서 버려졌다, 길을 잃었다, 익사했다, 차에 치였다, 윤락가로 끌려갔다. 그 밖에 생각도 하기 싫은 끔찍한 가설들이 있었지만 그래도 렐레는 다 읽었다. 거의 매일 경찰서에 전화해서 딸을 찾아내라고 소리쳤다. 자지도 먹지도 않았다. 실버 로드에서 힘든 낮과 밤을 보내고 집에 돌아오면 옷은 더러워졌고, 얼굴에는 어디서 생겼는지 모를 긁힌 자국이 있었다. 아네테는 더 이상 그만하라고 말하지 않았다. 어쩌면 렐레는 그녀가 토마스에게 떠나서 안도했는지도 모른다. 수색에만 몰두할 수 있기 때문이다. 그에게는 리나를 찾는 일만 중요했다.

렐레는 커피를 들고 컴퓨터 앞으로 갔다. 화면보호기 안에서 리나가 그에게 미소 지었다. 방 안 공기가 무겁고 퀴퀴했다. 내려진 블라인드 틈 사이로 들어오는 햇살 속에서 먼지가 뱅글뱅글 돌았다. 창틀에 놓인 화분에는 반쯤 죽은 식물이 고개를 푹 숙이고 있었다. 방 안 곳곳이 그의 추락을, 그의 처지를 슬프게 상기시켰다. 렐레는 페이스북에 로그인해서 리나의 추도식에 관한 포스팅을 읽었다. 103명이 그 글에 '좋아요'를 눌렀고, 64명이 참석하겠다고 썼다. **리나, 우리 모두 널 그리워해. 우린 절대 희망을 버리지 않을 거야.** 리나의 한 친구가 그렇게 댓글을 달고 느낌표 여러 개와 우는 이모티콘을 덧붙였다. 53명이 그 댓글에 '좋아요'를 눌렀다. 아네테 구스타프손도 그들 중 하나였다. 렐레는 아네테가 대체 언제 성을 바꿀지 궁금했다. 계속 글을 클릭하며 시와 사진과 성난 댓글을 읽었다. **누군가는 리**

나에게 무슨 일이 생겼는지 알고 있다. 이제 그만 나와서 진실을 말해! 볼이 빨갛게 달아오른 화난 표정의 이모티콘. 93명이 '좋아요'를 눌렀고, 스무 개의 댓글이 달렸다. 렐레는 로그아웃했다. 페이스북에 들어가면 우울하기만 했다.

"왜 당신은 SNS를 안 해?" 아네테는 그에게 잔소리를 하곤 했다.

"뭐하러 해? 신세 한탄 하려고?"

"리나를 걱정해서 만든 계정이야."

"당신이 아는지 모르겠는데 나는 리나를 찾는 데 집중하고 있어. 그 애가 사라져서 슬퍼하는 데 말고."

렐레는 커피를 한 모금 마시고 플래시백 포럼에 로그인했다. 리나의 실종에 관한 글에 새로 달린 댓글은 없었다. 작년 12월에 '진실을 찾는 자'라는 아이디로 달린 댓글이 마지막이었다.

경찰은 그날 아침에 실버 로드를 이용한 대형 트럭의 운전사들을 조사해야 한다. 연쇄살인범들이 트럭으로 사람 납치하는 걸 얼마나 좋아하는지 다들 알 거다. 캐나다와 미국을 보라. 거기서는 매일 고속도로에서 사람들이 실종된다.

리나의 실종에 관해 플래시백 포럼에 글을 올린 1,024명은 리나가 그날 아침 버스를 기다리다가 지나가던 다른 차에 탔고 그대로 납치되었다는 가설에, 다시 말해 경찰과 같은 가설에 만장일치로 동의하는 듯했다. 렐레는 택배회사와 화물회사에 전화해 리나가 실종된 시간에 그 지역을 지나간 운전자가 누구인지 알아냈다. 그중 일부는 만나서 커피를 마시기도 하고, 그들의 차량을 뒤져보기도 하고, 수사팀에 운전자의 이름을 알려주기도 했다. 하지만 수상한 사람은 없었고, 무언가를 본 사람도 없었다. 경찰은 그의 끈덕진 조사를 좋아하지 않았다. 여기는 노를란드이지 미국이 아니었고, 실버 로드는 미국의 고속도로가 아니었다. 그곳에 숨어 있는 연쇄살인범은 없었다.

렐레는 일어나서 셔츠 소매를 걷었다. 셔츠에서 담배 냄새가 났다. 스웨덴 북부 지도 앞으로 가서 곳곳에 꽂힌 한 무더기의 핀을 바라보았다. 책상 서랍에서 또 다른 핀을 꺼내 다시 지도에 꽂아 어젯밤에 다녀온 곳을 표시했다. 구석구석 다 찾아가고, 모든 도로와 막다른 길, 훼손된 개간지를 샅샅이 뒤지기 전까지는 포기하지 않을 터였다.

렐레는 피 묻은 손톱을 지도 위에서 움직여 다음에 조사할 길, 잘 알려지지 않은 도로를 찾아냈다. 좌표를 휴대폰에 저장하고 자동차 키를 집어 들었다. 이미 시간은 충분히 낭비했다.

실리에의 눈이 조증으로 반짝거렸다. 갑자기 모든 게 가능해졌고, 숲속의 이 허물어져 가는 집이 기도의 응답이라는 듯이.

실리에의 목소리는 두 옥타브 올라가서 또렷하고 감미로웠다. 할 말을 다 하려면 시간이 부족하다는 듯 입에서 말이 쏟아져 나왔다. 토르비요른은 이 상황을 즐기는 듯했다. 그녀가 열변을 토하는 동안 만족스러운 표정으로 침묵을 지키며 앉아 있었다. 실리에는 그의 가족이 살았던 집에서 그와 함께 살 수 있어서 너무 행복하고, 무늬가 있는 비닐 장판이며 큼직한 꽃무늬 커튼까지 모두 마음에 든다고 했다. 집을 둘러싸고 있는 숲은 말할 것도 없었다. 오랫동안 자신이 꿈꿨던 그대로라고 했다. 그러고는 보란 듯이 이젤과 붓을 꺼내더니 해가 지지 않는 여름밤 덕분에 최고의 작품이 나올 거라고 맹세했다. 이곳의 신선한 공기 속에서 영혼은 안식처를 찾을 것이고, 여기에서라면 진정으로 창의력을 발휘할 수 있을 거라고 했다. 이 새로운 황홀감에 빠진 탓에 실리에는 지나치게 애정 표현을 했다. 걷잡을 수 없을 정도로 감정이 폭발한 나머지 키스를 퍼붓고, 쓰다듬고, 오랫동안 꼭 껴안았다. 그런 모습을 본 메야는 등줄기를 타고 공포가 밀려들었다. 저런 조증은 늘 새롭고 신선한 지옥의 시작이었다.

이틀째 되던 날 저녁, 실리에의 약은 쓰레기통으로 들어갔다. 약이 반쯤 남은 은색 포장지가 감자 껍질과 커피 가루 사이에서 메야를 올려다봤다. 무해한 파스텔 색의 강력한 알약. 정신 이상과 어둠을 물리치고 사람을 살아 있게 만드는 작은 기적의 화학물질.

"약은 왜 버렸어?"

"이젠 필요 없으니까."

"누가 그래? 의사랑 상의했어?"

"의사랑 상의할 필요 없어. 더는 먹을 필요 없다는 걸 내가 알아. 난 여기가 아주 편해. 이제야 드디어 진정한 내가 될 수 있어. 어둠은 여기까지 오지 못해."

"무슨 말도 안 되는 소리야."

엄마가 까르르 웃었다.

"넌 걱정이 너무 많아. 여유를 갖는 법을 배워야 해, 메야."

길고 환한 밤을 보내는 동안 메야는 침대에 누워 배낭을 바라보았다. 그 안에는 아직 꺼내지 않은 소지품이 잔뜩 들어 있었다. 돈을 훔쳐서 남쪽으로 가는 기차를 잡아타고, 친구들 집을 전전하며 일자리를 구하러 다닐 수 있다. 필요하다면 사회복지사에게 도움을 청할 수도 있다. 그들은 엄마가 어떤 사람인지, 얼마나 파괴적인 행동을 할 수 있는지 안다. 하지만 메야는 자신이 그러지 않으리라는 걸 알고 있었다. 뻔한 소리를 계속 지껄여대는 엄마를 감시해야 했다.

이렇게 신선한 공기는 마셔본 적이 없어요!

이곳의 정적은 정말 근사하지 않니?

하지만 메야는 정적을 느낄 수 없었다. 오히려 반대였다. 숲은 소리로 가득해서 다른 소리는 전혀 들리지 않을 정도였다. 특히 밤이 최악이었다. 모기들은 앵앵거리고, 새들은 짹짹거리고, 바람은 가문비나무가 휘어질 정도로 쌩쌩 울부짖었다. 아래층에서 들리는 소리는 말할 것도 없었다. 비명과 신음과 가성. 당연히 주로 엄마가 내는 소리였다. 토르비요른은 과묵한 타입이었다. 두 사람이 조용해지고, 토르비요른의 코 고는 소리가 침실에 울려 퍼진 후에야 메야는 용기를 내서 아래층으로 내려갈 수 있었다. 그러고는 엄마가 먹다 남긴 와인을 마셨다. 빛과 맞서는 데 도움이 되는 것은 와인뿐이었다.

여름이 되면 렐레는 자지 않았다. 이제는 그랬다. 지지 않는 태양을, 검은색 블라인드의 조직을 뚫고 들어오는 햇살을 탓했다. 밤새 지저귀는 새들과 베개에 머리를 대자마자 얼굴 위에서 앵앵거리는 모기를 탓했다. 그를 깨어 있게 하는 진짜 이유를 제외한 다른 모든 걸 탓했다.

옆집 사람들은 파티오에 앉아 웃고 떠들면서 포크와 나이프를 딸그락거렸다. 렐레는 차를 향해 걸어가는 모습을 그들에게 들키지 않으려고 몸을 숙였다. 그러고는 소리가 나지 않도록 시동을 끈 채 진입로를 내려갔다. 하지만 옆집 사람들은 그가 밤마다 사라진다는 사실을 알 것이다. 고요한 한밤중에 자갈길을 미끄러지듯 내려가는 그의 볼보를 봤을 것이다. 렐레가 지나가는 동안 마을 전체가 고요했고, 집들은 한밤중의 태양 아래서 붉게 타올랐다. 렐레는 자신이 근무하는 학교도 지나쳤다. 지난

3년 동안 휴가를 너무 많이 낸 탓에 더는 자신이 교사라는 생각도 들지 않았지만. 버스 정류장이 가까워지자 관자놀이의 맥박이 펄떡거렸다. 그의 마음속 작은 악마는 거기에 리나가 있을 거라는 기대를 버리지 않았다. 3년 전에 렐레가 내려주었을 때 그대로 팔짱을 낀 채 서서 기다리고 있을 거라고. 3년이나 지났지만 저 망할 놈의 버스 정류장은 늘 생각났다.

경찰은 차를 몰고 실버 로드를 달리던 누군가가 버스 정류장에 차를 세우고 리나를 납치했다고 생각했다. 차를 태워주겠다고 했거나 강제로 태웠을 거라고. 그 가설을 뒷받침해줄 증인은 없었지만 달리 리나의 실종을 설명할 길이 없었다. 그렇지 않고서야 어떻게 리나가 순식간에 흔적도 없이 사라질 수 있겠는가. 렐레는 오전 5시 50분경에 리나를 내려주었다. 버스는 15분 후에 도착했고, 운전사와 승객들의 말에 따르면 그때 리나는 정류장에 없었다. 비는 시간은 길어야 15분이었다.

경찰은 글리메르스트레스크 전역을 이 잡듯이 뒤졌다. 마을 사람들도 모두 수색에 참여했다. 호수와 강을 모조리 훑고, 인간 사슬을 만들어 모든 방향으로 몇 킬로미터씩 걸어갔다. 개와 헬리콥터, 전역에서 온 자원봉사자를 동원해 수색했지만 리나는 없었다. 어디서도 나오지 않았다.

렐레는 리나가 죽었다고 믿고 싶지 않았다. 그에게 리나는 그날 아침 버스 정류장에 내려줄 때처럼 생생하게 살아 있었다. 가끔씩 먹이를 찾아다니는 기자나 눈치 없는 낯선 이들이 그에게 물었다.

따님이 아직 살아 있다고 생각하세요?

네.

아르비사우르까지 가는 30분 동안 렐레는 담배 세 개비를 피웠다. 주유소로 들어가니 막 폐점 준비를 하고 있었다. 키펜은 반대쪽을 바라보며 대걸레로 바닥을 닦고 있었는데 형광등 불빛 아래 대머리가 반짝거렸다. 렐레는 커피 머신으로 살금살금 걸어가 종이컵에 커피를 가득 따랐다.

"지금쯤 자네가 어디에 있을까 생각하던 중이었어."

키펜은 육중한 덩치를 대걸레에 기댔다.

"특별히 자네를 위해 신선한 커피를 내려놨지."

"건배." 렐레가 말했다. "요즘 어때?"

"나야 잘 지내지. 자넨?"

"아직 살아 있어."

키펜은 담뱃값만 받고 커피값은 받지 않았다. 그러고는 하루 지난 시나몬 번을 봉지에 담아 건넸다. 렐레는 시나몬 번의 마른 가장자리를 떼어내 커피에 적셨고, 키펜은 다시 걸레질을 했다.

"오늘 밤에도 드라이브하려는 모양이군."

"응. 그럴 거야."

키펜은 고개를 끄덕이며 슬픈 표정을 지었다.

"추도식이 얼마 안 남았어."

렐레는 젖은 바닥을 내려다보며 말했다.

"벌써 3년이야. 어떨 때는 어제 일 같았다가 또 어떨 때는 한 평생이 지난 것 같아."

"경찰은 뭘 하고 있어?"

"나도 그게 의문이야."

"경찰이 사건을 접지는 않았지?"

"별 진전은 없지만 내가 계속 압력을 넣고 있어."

"잘했어. 혹시 도움이 필요하면 말하라고."

키펜은 물이 든 양동이에 대걸레를 넣었다가 비틀어 짰다. 렐레는 커피가 담긴 컵 위에 시나몬 번을 올려놓은 뒤 담뱃갑을 주머니에 밀어 넣고, 다른 손으로 키펜의 어깨를 토닥이고는 밖으로 나갔다.

키펜은 처음부터 렐레를 계속 도와주었다. 리나가 실종된 직후에는 혹시 리나의 흔적이 있는지 살피기 위해 실종 시간 전후로 주유소 CCTV를 샅샅이 확인해주었다. 만약 누군가가 리나를 차에 태웠거나 납치했다면 주유하려고 주유소에 들렀을 가능성이 있다. 결과적으로는 아무것도 나오지 않았지만, 렐레는 키펜이 지금까지도 CCTV를 계속 확인하고 있을 거라는 느낌이 들었다. 보기 드문 친구, 소중히 아낄 만한 친구였다.

렐레는 다시 운전석에 앉아 시나몬 번의 마지막 조각을 커피에 담갔다가 먹으며 아무도 없는 주유기를 바라보았다. 만약 범인이 버스 정류장에서 리나를 납치했을 때 차에 기름이 가득 찼다면 어디까지 갈 수 있었을지 이미 계산해보았다. 차종에 따라 다르기는 하겠지만 산속 깊숙이, 아마 노르웨이 국경까지 갔을 것이다. 그러니까 실버 로드를 계속 달렸다는 가정하에. 지나다니는 차량이나 집이 없는, 사람들이 잘 다니지 않는 더 작은 길로 빠졌을 가능성도 있다. 당연한 일이지만 그들은 그날 저녁에야 리나가 실종됐다는 걸 알았다. 따라서 납치범(들)은 시간을 꽤 많이 벌어둔 셈이다. 렐레는 청바지에 손을 문질러 닦고 담배에 불을 붙인 뒤 시동을 켰다. 아르비사우르를 떠나 이제 숲과 길만 남았다. 소나무 냄새를 마시려고 차창을 내렸다. 나무가 말할 수 있다면 목격자가 수천은 될 것이다.

실버 로드는 노를란드 전원을 가로질러 광범위하게 뻗어나간 수많은 이면도로와 연결된 간선도로다. 이곳에는 하늘을 찌를 듯이 자란 나무가 늘어선 길이며 스노모빌이 지나다니는 길, 버려진 마을과 인구가 줄어든 도시 사이로 구불구불 이어진, 사람들이 많이 지나다니는 길도 있다. 땅 위 그리고 아래로 강과 호수, 마실 수 없는 시냇물이 흐르고, 진물이 나는 상처처럼 퍼지며 김이 모락모락 나는 늪이 있는가 하면, 바닥이 안 보일 정도로 깊고 시커먼 호수도 있다. 이런 지역에서 실종된 사람을 찾으려면 평생이 걸릴 것이다.

마을과 마을은 멀찍이 떨어져 있고, 지나다니는 사람도 매우 드물었다. 아주 가끔씩 자동차가 추월해서 지나가면 렐레는 가슴이 마구 두근거렸다. 지나가는 차량의 뒷좌석 차창 너머로 리나가 보일 것만 같았다. 렐레는 외진 노변 주차장에 차를 세우고는 쓰레기통 뚜껑을 열어보고 다녔다. 숱하게 했던 일인데도 처음 하는 사람처럼 가슴이 두근거렸다. 이 일은 결코 익숙해지지 않으리라.

아리에플로그에 도착하기 직전에 방향을 틀어 더 작은 도로로 빠졌다. 전나무들 사이에 난 도로였는데 차 한 대만 간신히 지나갈 수 있을 정도로 좁았다. 렐레는 운전대에서 손을 떼지 않은 채 담배를 피웠다. 나무 사이로 엷은 안개가 유령처럼 피어올랐다. 렐레는 여기가 어딘지 알기 위해 실눈을 뜨고 희미한 빛 속을 바라보았다. 길이 너무 좁아 차를 돌릴 수가 없었다. 돌아가려면 후진해야 했다. 하지만 요즘 렐레에게 후진이란 없었다. 볼보는 작은 관목을 밟고 덜컹거리며 나아갔고, 그의 셔츠에 떨어진 담뱃재가 빨갛게 깜빡거렸다. 렐레는 계속 전진했다. 마침내 나무 사이로 첫 번째 집이 언뜻 보였다. 다 부서진 집으로 창틀 높이까지 덤불이 자라 있었다. 한때 창문과 문이 있었던 자리는 이제 그냥 뻥 뚫린 구멍일 뿐이었다. 계속 앞으로 나아가자 숲에게 먹혀 해골만 남은 집이 또 나타나고, 또 나타났다. 몇십 년 동안 아무도 살지 않은 채 썩어가는 집. 렐레는 이 황량한 지역 한복판에 차를 세우고 오랫동안 앉아 있다가 숨을 가득 들이마신 뒤에 수납함에서 베레타를 꺼냈다.

메야는 자라면서 엄마의 남자들 근처에 가면 안 된다는 사실을 배웠다. 아예 그들과 같은 공간에 단둘이 남는 상황을 만들지 않았다. 남자들이 원하는 사람은 엄마만이 아니라는 사실을 알았기 때문이다. 그들은 메야에게 살을 비벼대고, 엉덩이를 때리고, 가슴을 살짝 꼬집는 걸 좋아했다. 메야에게 꼬집을 만한 가슴이 없었을 때도 그랬다.

하지만 토르비요른은 절대 메야를 건드리지 않았다. 이 집에 온 지 사흘째 되던 밤에 메야는 그 사실을 깨달았다. 부엌에 내려가 보니 토르비요른이 혼자 잔받침에 커피를 따라 후루룩 마시고 있었다. 메야는 마치 그를 못 봤다는 듯이 가능한 한 조용히 옆으로 지나가 베란다로 나갔다. 그러고는 막 담배에 불을 붙였을 때 토르비요른이 고개를 내밀더니 야식을 먹겠냐고 물었다. 그의 얼굴은 쪼글쪼글했다. 메야는 그가 생각보다 나이가 훨씬 많다는 걸, 엄마보다도 훨씬 연상이라는 걸 깨달았다. 메야의 할아버지라고 해도 믿을 정도였다.

토르비요른은 다시 집 안으로 들어갔고, 그가 담배를 피우며 휘파람을 부는 소리가 들렸다. 메야는 계속 숲을 바라보았다. 숲이 가까이 다가오지 못하도록. 자진해서 이런 곳에 살고 싶어 하는 사람이 있다는 게 이해가 되지 않았다. 그림자들이 춤을 추는 자작나무 가지 아래서 귀에 거슬리는 바스락 소리가 들렸다. 베란다에서는 곰팡이 냄새가 피어올랐다. 개가 베란다로 나와서 메야의 발치에 눕자 발톱이 잿빛 마룻바닥에 부딪쳐 덜그

럭거렸다. 개가 어찌나 가까이 있는지 메야의 발가락에 거친 털이 닿았다. 개는 가끔씩 머리를 들고 숲을 바라보았다. 마치 숲 속 깊은 곳에서 무슨 소리를 들은 것처럼. 그럴 때마다 메야는 가슴이 철렁 내려앉았다. 마침내 더는 참을 수 없었다. 눈에 보이지 않는 것들보다는 차라리 부엌에 있는 낯선 남자가 더 나았다.

토르비요른은 식탁에 커피잔과 빵, 치즈, 햄을 차려놓았다.

"이것밖에 없구나."

메야는 문간에서 머뭇거리며 엄마가 자고 있는 방을 힐끗 보고는 다시 음식을 바라보았다.

"빵이면 돼요."

그러고는 토르비요른 맞은편 자리에 털썩 앉았다. 하지만 시선은 표면이 긁힌 식탁을 향했다. 큼직한 렌즈가 달린 카메라가 식탁에 놓여 있었는데 카메라에 달린 넓적한 끈이 바닥에 닿을 정도로 길었다.

"사진작가세요?" 메야가 물었다.

"아, 그냥 재미 삼아 찍는 정도지."

토르비요른은 커피를 따라주었다. 커피가 어찌나 뜨거운지 두 사람 사이에 베일처럼 김이 걸려 있었다.

"커피 마시지?"

메야는 고개를 끄덕였다. 기억하는 한 아주 어릴 때부터 커피를 마셨다. 커피 아니면 술. 하지만 남들에게는 말하지 않았다.

하얗고 부드러운 빵은 혀에 닿자마자 스르르 녹았다. 메야는 빵을 먹고 또 먹었다. 허기가 너무 강렬해서 멈출 수 없었다. 토르비요른은 알아차리지 못한 듯했다. 창문을 마주 보고 앉아 메야에게 말을 걸며 어딘가를 가리켰기 때문이다. 그는 숲길과 모퉁이에 있는 헛간을 가리켰다. 헛간에는 자전거와 낚싯대를 비롯해 메야가 한 번쯤 써보고 싶어 할 만한 물건들이 있었다.

"여기 있는 건 뭐든 네 마음대로 사용할 수 있다. 이제 여긴 네 집이야. 너도 그걸 알아두거라."

빵을 씹다가 그 말을 들은 메야는 갑자기 빵을 삼킬 수가 없었다.

"전 낚시 못해요."

"상관없어. 내가 곧 알려주마."

메야는 미소 지을 때 쪼글쪼글해지는 그의 얼굴과 부자연스러운 억양이 마음에 들었다. 토르비요른은 강요하고 싶지 않다는 듯이 아주 잠깐만 메야를 바라보았다. 메야는 커피를 한 잔 더 따라 마실 정도로 마음이 편해졌다. 그러려면 식탁 위로 몸을 내밀어 커피포트를 집어야 했는데도. 이렇게 늦은 시간에 커피를 마시면 안 된다는 건 알지만 밤새 빛나는 태양 때문에 어차피 잠은 못 잘 터였다.

"어머, 여기 다 모여 있었네, 오순도순."

실리에가 팬티만 입고 문간에 서 있었다. 쨍한 햇살을 받은 엄마의 처진 가슴이 시체처럼 창백했다. 메야는 다른 곳으로 눈을 돌렸다.

“당신 딸이 다 먹기 전에 어서 와.” 토르비요른이 말했다.

“그냥 두면 메야는 당신 집까지 다 먹어치울 거예요.”

엄마는 메야의 위장을 조여들게 하는 특유의 날카로운 목소리로 말했다. 그러고는 발을 질질 끌며 부엌 환풍기 옆으로 가더니 담뱃불을 붙이고 담배를 깊이 빨아들였다. 마치 발가락까지 니코틴을 내려보내려는 듯이. 메야는 대형 괘종시계 유리에 비친 엄마를 바라보았다. 번득이는 눈동자, 살갗 밑에서 오르락내리락하는 갈비뼈. 약을 끊은 뒤로 금단 증상은 없는지 궁금했지만 토르비요른 앞에서 묻고 싶지 않았다. 토르비요른은 커피포트를 실리에에게 들어올렸다.

“당신 딸에게 근처를 돌아볼 수 있다고 말하던 중이었어. 호수나 마을에 가고 싶다면 타고 갈 자전거도 있고.”

“들었니, 메야? 밖에 나가서 좀 둘러보지 그래?”

“나중에.”

“달리 할 일도 없잖아. 자전거 타고 마을로 가서 또래 아이들이 있는지 찾아봐.”

실리에는 담뱃갑을 구기더니 지갑에서 20크로나 지폐를 꺼내 메야에게 내밀었다.

“아이스크림이라도 사 먹으렴.”

“이렇게 늦게까지 문을 여는 가게는 없어.” 토르비요른이 말했다. “그래도 마을에 가면 아이들이 놀고 있을 거다. 새로운 친구를 보면 좋아할 거야."

메야는 마지못해 식탁에서 일어나 돈을 받았다. 실리에는 베란다까지 메야를 배웅하며 말했다.

"토르비요른하고 둘만의 시간이 필요해서 그래. 서너 시간 때우고 올 수 있지? 가서 재미있게 놀다 오렴!"

실리에는 몸을 내밀어 메야의 뺨에 가볍게 입술을 스치고 담배 두 개비를 건네준 다음 문을 닫았다. 혼자 남은 메야는 문을 노려봤다. 뒤에서 나무들이 그녀를 비웃듯이 바스락거렸다. 오래된 분노가 배에서 꿈틀거렸다. 엄마가 자신을 찬밥 취급한 적이 처음이 아니었지만 오늘이 마지막이 될 거라고 메야는 맹세했다. 그러고는 천천히 뒤를 돈 순간 즉시 깨달았다. 자신이 그토록 두려워했던 대로 숲과 단둘이 남았다는 것을.

렐레는 버려진 땅을 찾아다녔다. 폐가가 있고, 길에는 잡초가 무성한 곳. 핀란드 케미에 사는 투시 능력자는 그런 곳에 리나가 있다고 말했다. **나무가 빽빽한 숲과 사람이 살지 않는 허물어진 목조 주택**. 렐레는 투시력을 믿지 않았지만 달리 단서로 삼을 것이 없었다. 요즘에는 지푸라기라도 잡고 싶은 심정이었다.

문지방을 넘고, 녹슨 경첩에 매달린 문 아래로 허리를 숙여 들어가고, 세월과 습기의 흔적이 있는 낡고 삐걱거리는 마룻바닥 위를 돌아다니며 렐레는 지금이 백야라는 사실에 감사했다. 그러고는 곰팡이 핀 소파와 장작을 때는 난로, 거미줄이 공들여 감겨 있고 먼지가 수북한 램프를 훑어보았다. 어떤 집은 텅 비어서 소리가 울리고, 어떤 집은 서둘러 떠났는지 선반에 깨지기 쉬운 찻잔 세트가 그대로 놓여 있고, 지혜의 말을 수놓은 태피스트리가 든 액자도 걸려 있었다.

내가 가장 사랑받을 자격이 없을 때 나를 가장 많이 사랑해주세요. 왜냐하면 그때 사랑이 가장 필요하니까요.

얼마나 큰 집에 사느냐가 아니라 얼마나 화목한 가정인가가 중요하다.

매일 자신에게 주어지는 것에 감사하라.

이런 미심쩍은 지혜의 말로 벽을 도배했으니 가족이 떠난 게 당연했다. 렐레는 뺨이 사과처럼 발그레한 여자들이 겨울밤이면 바늘과 실을 든 채 파라핀 램프 옆에 앉아 있는 모습을 떠올리며 저 단순한 문구가 그들의 고달픈 삶에 위로가 됐을지, 아니면 저 문구가 재수 없다고 생각하는 그가 잘못된 것인지 생각했다.

한밤의 태양이 유리 없는 창틀을 통과해서 쥐똥과 토끼똥이 숨어 있는 먼지 위에 무늬를 만들었다. 렐레는 침실로 들어가 침대 밑과 옷장을 살펴보고, 불안정한 마룻널 위를 가능한 한 빠르게 걸어 다녔다. 마지막 집에 도착했을 때는 귀에서 맥이 뛰지 않았다. 이제 거의 끝났다. 곧 다시 차에 안전하게 앉아 있을 것이다. 마지막 집은 상태가 훨씬 좋아 보여서 창문에 유리도 있고, 지붕 타일도 그대로였다. 하지만 현관문은 꿈쩍도 하지 않았다. 최대한 힘을 줘서 잡아당겼다가 갑자기 문이 열리는 바람에 렐레는 바닥에 나동그라졌다. 정적 속에서 큰 소리로 욕을 하고 일어났다. 엉덩이가 축축하고, 등뼈 아래쪽에 따끔따끔한 통증이 느껴졌다. 그는 뒤를 돌아봤다. 마치 텅 빈 숲에서 누군가가 그를 비웃지는 않는지 확인하듯이.

현관 계단을 다 올라가기도 전에 악취가 코를 찔렀다. 질식할 듯한 죽음과 부패의 악취. 렐레는 어찌나 심하게 몸을 움찔했는지 하마터면 다시 뒤로 넘어질 뻔했다. 허리춤에 꽂힌 총에 한 손을 대고 능숙하게 안전장치를 풀었다. 50미터쯤 떨어진 곳에 있는 그의 차를 어깨 너머로 돌아보았다. 차는 나뭇잎에 반쯤 가려져 있었다. 다 없었던 일로 하고 차로 돌아가 다시 운전석에 앉을까? 케미에 사는 망할 놈의 투시 능력자가 한 말도, 사람들에게 잊힌 폐가에 도사리는 어둠도 다 잊어버리고. 하지만 렐레는 달아나지 않았다. 대신 다른 손으로 코를 막은 채 총을 앞세우고 문을 통과했다. 일렁거리는 공기가 보였다. 집 안의 악취는 견딜 수 없을 정도로 심했고, 어둠 속을 더듬고 다니는 동안 욕지기가 목구멍까지 올라왔다. 벽에서 웃고 있는 사람들의 얼굴이 그를 맞이했다. 물이 흘러내린 자국이 있는 벽지에 흑백 사진이 든 액자가 한 무더기 걸려 있었다. 앞니가 빠진 채 미소 짓는 금발 아이들, 검은색 원피스를 입고 그것과 똑같은 검은색 눈동자를 가진 여자. 렐레는 몸을 돌려 실눈을 뜨고 먼지가 부유하는 햇살 속을 바라보았다. 검댕이 묻은 벽난로와 다리가 세 개뿐인 부실한 의자들 그리고 꽃무늬 비닐 식탁보가 깔린 식탁이 있었다. 식탁 밑에 불룩한 무언가가 있었다.

들쥐였다. 몸에 꼬리를 감은 들쥐가 죽어서 부풀어 있었다. 렐레는 총을 내리고 되돌아 나갔다. 사진 속 웃는 얼굴들을 지나 현관을 통과했다. 차로 달려가 양손으로 무릎을 짚은 채 숲 속 공기를 한가득 들이마셨다. 썩은 내가 아예 콧구멍에 새겨진 듯했다. 운전석에 앉아 다시 도로로 돌아가는데도 여전히 악취가 풍겼다. 마치 그의 몸 안에서 나는 듯이.

메야는 밑창이 얇은 샌들을 신은 탓에 솔방울과 나무뿌리가 밟힐 때마다 발바닥이 아팠다. 그녀가 숲으로 들어간 이유는 눈물이 나서였다. 엄마에게 우는 모습을 보이고 싶지 않았다. 처음에는 달리다가 걸음을 멈추고 숨을 골랐다. 하지만 진정되지 않았다. 머리 위와 주위 나무들이 술렁술렁 손을 흔들고 바스락거리며 메야의 팔을 쓰다듬었다. 마치 그녀를 붙잡고 싶다는 듯이. 개가 따라왔지만 계속 곁길로 빠지면서 메야가 볼 수 없는 덤불 속으로 사라졌다. 목줄이 있어서 개가 멀리 가지 못하도록 끌어당길 수 있으면 좋으련만. 귀에서 심장 뛰는 소리가 들렸지만 메야는 자신이 무엇을 두려워하는지 알 수 없었다. 나무들 사이의 그림자인지, 야생동물인지, 아니면 고립되어 있다는 사실인지. 메야는 이런 숲에 들어와본 적이 없었다. 여기에서라면 누가 들을까 걱정할 필요 없이 마음껏 소리를 지를 수 있을 것이다. 나무들은 아주 오래되었고, 전혀 방해받지 않고 자란 것이 분명했다. 소나무의 두꺼운 잿빛 줄기가 곰 가죽 같은 성긴 이끼로 뒤덮여 있었다. 고개를 들어 나뭇잎으로 이뤄진 천장을 보면 자신이 아찔할 정도로 작게 느껴졌다. 사라지기에 제격인 곳이었다.

메야는 이 지역에서 늪이라 부르는 호수에 도착했다. 가까이에서 보니 지난번 토르비요른의 차를 타고 가면서 봤을 때보다 훨씬 컸다. 호숫가를 따라 걸었다. 땅은 질척했고, 쪼그라든 작은 자작나무들이 고개를 떨어뜨린 채 가지로 호수 표면을 긁어댔다. 덤불 속에서 개가 나오더니 호수의 물을 마셨다. 메야는 바위에 앉아 샌들을 벗고 호수에 발을 담갔다가 얼른 뺐다. 그러고는 바위에 발을 내려놓았다. 바위를 뒤덮은 검은 이끼가 꼭 말라붙은 핏자국 같았다. 개가 다시 어디론가 가버리자 메야는 서둘러 쫓아갔다. 잡초가 무성한 오솔길은 호숫가를 벗어나지 않았고, 쓰러진 나무나 졸졸 흐르는 작은 시냇물이 나올 때만 끊어졌다. 메야는 배가 고팠다. 시간이 얼마나 흘렀는지, 지금쯤이면 다시 집에 돌아가도 방해가 안 될지 궁금했다. 엄마에게 받은 담배에 불을 붙이고 허기를 몰아내기 위해 연기를 빨아들였다.

메야가 거기 서서 담배를 피우고 있을 때 사람들 말소리가 들렸다. 늘 앞장서서 달려 나가던 개가 이번에는 경고하듯 짖어댔다. 메야는 다시 길을 나섰다. 이번에는 좀 더 빨리 걸었다. 나뭇가지 사이로 호숫가에 앉아 있는 사람들이 보였다. 그들이 피운 모닥불에서 가느다란 연기가 하늘로 구불구불 피어올랐다. 오가는 웃음소리로 봐서 남자들이었다. 그들은 개를 다정하게 맞아주더니 고개를 돌려 메야를 바라보았다. 담배가 땅으로 떨어졌지만 메야는 허리 숙여 담배를 줍고 얼른 한 모금 빨았다. 아무 일도 없었다는 듯이. 하지만 볼이 빨갛게 달아올랐다. 남자들은 나이가 어렸고, 여드름투성이였으며, 툭 튀어나온 울대뼈가 침을 삼킬 때마다 올라갔다 내려왔다. 그중 한 남자가 일어나서 메야에게 다가왔다.

남자는 긴 팔을 계속 꼼지락거렸고, 얼굴은 속내를 읽을 수 없었다. 메야는 남자의 눈동자, 그녀를 내려다보는 눈동자만 뚫어지게 바라보았다. 남자가 너무 가까이 다가오자 메야는 뒷걸음질했다. 남자는 마치 악수라도 하려는 듯 손을 내밀었으나 악수 대신 메야가 들고 있던 담배를 낚아챘다. 그러더니 그녀에게

서 눈을 떼지 않은 채 담배를 호수에 버렸다.

"뭐 하는 거야?"

"너처럼 예쁜 아이는 담배를 피우면 안 돼."

"누가 그래?"

"내가."

모닥불 쪽에서 웃음소리가 들렸다.

"네가 누군데?"

남자아이의 연푸른 눈동자가 장난스럽게 빛났다. 메야는 그가 농담하고 있다는 걸 알았다.

"난 칼 요한이라고 해."

그는 청바지에 손을 문지르더니 메야에게 내밀었다. 굳은살로 뒤덮여 있었고 살갗은 거칠었다.

"난 메야."

칼 요한은 어깨 너머로 고갯짓을 했다.

"저쪽은 페르와 예란. 보기에는 저래도 착해."

모닥불 옆에서 두 남자가 갑자기 부끄러워하며 메야를 향해 고개를 끄덕였다. 셋 다 갈색이 섞인 금발이었고, 똑같은 티셔츠에 청바지를 입고 있었다.

"셋이 형제야?" 메야가 물었다.

"다들 내가 장남인 줄 아는데 사실은 막내야." 칼 요한은 그렇게 말하며 벨트에 매달린 칼집에서 칼을 꺼내 칼날로 모닥불을 가리켰다. "가서 앉아. 막 요리를 하려던 참이었어."

메야는 모닥불 옆에서 머뭇거렸다. 개는 이미 남자들 옆에 털썩 앉아 그들이 들고 있는 물고기를 뚫어져라 바라보았다. 이끼 위에 내려앉는 햇살이 따뜻했고, 갑자기 숲이 그다지 무섭게 느껴지지 않았다.

리나의 반대에도 불구하고 렐레는 아보르트레스크 북쪽에서 방향을 틀어 다시 숲길로 빠졌다.

"오늘 밤은 그만해."

"여기까지만 보고."

자갈이 차체 하부를 우두둑 긁어댔고, 양쪽으로 어슴푸레 빛나는 습지가 펼쳐졌다. 이끼에서 김이 피어올랐다. 마치 그 밑의 땅이 숨을 쉬는 듯이. 몇 킬로미터 더 들어가자 수생생물이 있는 검은 호수가 나왔고, 맞은편 강둑에 폐가 두 채가 보였다.

입에 담배를 물고 두 손으로 권총을 쥐어 땅을 겨눈 채 렐레는 젖은 가문비나무 가지 사이로 걸어갔다. 나뭇가지가 그의 청바지에 진한 얼룩을 남겼다. 왜 총을 가져왔는지 렐레도 알 수 없었다. 자신이 정말로 누군가를 쏘리라고는 상상할 수 없었다. 그래도 완전히 무방비 상태로 있고 싶지는 않았다.

폐가들 중 첫 번째 집에서 썩은 나무와 황폐의 익숙한 냄새가 풍겼다. 먼지가 두껍게 쌓인 방을 걸어 다니는 렐레의 머리에 벽에서 벽으로 길게 걸린 거미줄이 스쳤다. 좁은 2층 침대가 놓인 벽감이 나오자 렐레는 무릎을 꿇고 침대 밑을 들여다보았지만 초록색 플라스틱 낚시상자뿐이었다. 상자 안에는 낚싯바늘과 반짝이는 미끼가 가득 들어 있었다. 거실로 가서 장작을 때는 난로를 열고, 타다 남은 잿빛 장작들 사이를 찔러보았다. 여러 가지 색깔로 이뤄진 갈색 깔개가 바닥을 가로질러 비포장 활주로처럼 빈 바구니 앞까지 깔려 있었다. 닳은 깔개 위로 진흙 묻은 발자국이 보였다. 렐레는 허리를 숙이고 진흙을 만져보았다. 차갑고 축축했다. 최근에 누군가 다녀가면서 진흙을 묻혀 들인 것이다.

렐레는 난로를 등진 채 쪼그리고 앉아 총을 들어올렸다. 얼룩이 흘러내린 유리창과 바람에 흔들리는 전나무를 힐끗 쳐다보았다. 심장 박동이 느려졌고, 생각이 정리될 때까지 그렇게 앉아 있었다. 이 숲을 돌아다니는 사람은 렐레만이 아니었다. 온기를 찾거나 조사하기 위해, 혹은 비와 눈을 피해 버려진 집을 찾아다니는 사람들이 있었다. 그뿐이다.

렐레는 밖으로 나와 호수를 돌아갔다. 검은 수면 위에 눈부시게 새하얀 수련이 둥둥 떠 있는 듯했다. 저 호수는 얼마나 깊을까? 보이는 대로 정말 수심이 깊을까? 물을 모두 퍼낼 수 있다면. 렐레는 입에 물고 있던 담배를 호수로 휙 던지고 이내 여기 온 것을 후회했다. 주변 땅이 부드럽고 수렁 같아서 빠지기 딱 좋았다. 모기떼의 칭얼거림이 더 커진 듯해서 놈들을 쫓아내기 위해 다시 담배에 불을 붙였다.

두 번째 집은 상태가 좀 나았다. 외벽에는 아직 노란 페인트의 흔적이 남아 있었고 현관문도 쉽게 열렸다. 하지만 더는 들어갈 수 없었다. 라이플 총구가 그의 목덜미를 겨눴기 때문이다.

주위 공간이 고동쳤다. 렐레는 두 손을 올리고 꼼짝도 하지 않았다. 자신의 심장 박동 소리와 뒤에 선 남자의 숨소리가 들렸다.

"당신 누구야?" 남자가 속삭임에 가까운 목소리로 물었다.

"레나르트 구스타프손이라고 합니다. 제발 쏘지 마세요."

총구가 그의 목에 더 깊이 박혔고, 렐레의 입안은 쓴 물로 가득 찼다. 손에 쥐고 있던 권총이 바닥으로 떨어졌다. 뒤에 서 있던 남자가 발을 뻗어 권총을 밀어내는 소리가 들렸다. 총구는 그의 목을 더 세게 눌렀다. 어찌나 세게 누르는지 하마터면 앞으로 넘어질 뻔했다. 렐레는 눈을 감았다. 리나가, 그를 보며 깜빡거리는 아름다운 푸른 눈동자가 보였다. 리나가 나무라듯이 말했다. **내가 뭐랬어?**

남자들은 생선 내장을 빼낸 뒤 꼬치에 꽂아 모닥불 위에 올려놓았다. 짙은 색 비늘이 햇빛을 받아 반짝거렸다. 내장을 바위 뒤로 버리자 개가 신나게 먹어치웠다. 피 묻은 손은 호수에 깨끗이 씻었다. 메야는 불에 구운 생선을 먹어본 적이 없어서 생선을 손으로 만지면 빵처럼 바스러지고, 혀에 닿으면 버터처럼 녹아버린다는 사실에 깜짝 놀랐다. 세 남자는 별로 말이 없었지만 오히려 메야를 더 열심히 바라보았다. 메야는 그들의 눈길에 거북해졌다. 자신의 모든 동작을 의식하게 되었고, 손을 어찌해야 할지 몰라서 애꿎은 머리카락만 계속 뒤로 넘겼다.

메야와 눈이 마주칠 때마다 칼 요한은 미소를 지었다. 치아가 고르고 턱에 보조개가 들어갔다. 칼 요한이 보는 앞에서 생선을 먹기란 쉽지 않았다. 어떤 행동도 하기 힘들었다.

칼 요한이 리더라는 사실은 분명했다. 그는 형제들을 대변했고, 형제들은 필요에 따라 고개를 끄덕이거나 웃거나 으스대는 행동을 하며 그를 지지했다. 칼 요한은 형들보다 키가 컸지만 근육질은 아니었다. 얼굴은 어린아이처럼 매끈하고 악의가 전혀 없었다. 그는 메야에게 생선을 한 마리 더 먹으라고 우기면서, 그녀의 억양을 들어보니 스톡홀름 출신인 것 같다고 말했다.

"나는 이사를 많이 다녔어." 세상 경험이 많은 듯한 기분을 느끼며 메야가 말했다. "특정 지역의 사투리를 쓰지는 않아."

"근데 어쩌다 하고많은 곳 중에서 글리메르스트레스크에 오게 됐어?"

"엄마가 여기서 살고 싶어 했어."

"왜?"

"인터넷에서 어떤 남자를 알게 됐는데 그 남자가 여기 살거든. 게다가 엄마는 늘 그걸 꿈꿨어. 숲속에서 소박하게 사는 삶."

메야는 볼에 피가 몰리는 걸 느꼈다. 엄마에 대해 이야기하는 게 싫었다. 하지만 시야의 한쪽 구석에서 눈을 반짝이고 이를 드러낸 채 그녀를 향해 활짝 웃는 칼 요한이 보였다.

"현명한 엄마를 뒀네."

"그렇게 생각해?"

"물론이지. 모든 사람이 좀 더 단순한 삶을 추구해야 해. 요즘처럼 복잡한 세상에선."

칼 요한이 바짝 다가왔다. 어찌나 가까이 다가왔는지 둘의 어깨와 무릎이 닿았다. 그의 옆에 있으니 메야는 아주 작아지는 기분이 들었다. 하지만 칼 요한의 목소리는 감미로운 음악이라고 해도 될 정도로 부드러웠다. 그의 목소리를 들으면 메야는 취하는 듯했다. 그리고 그는 메야를 바라보았다. 제대로 바라보았다.

"너희들은 늘 이렇게 한밤중에 돌아다녀?"

"이 시간에 고기가 잘 잡히거든."

칼 요한이 호수를 향해 고갯짓했다. 수면에 환한 하늘이 비쳤다.

"그러는 넌? 이렇게 늦은 시간에 숲에서 뭐 하는 거야?"

"잠이 안 와서."

"잠은 죽으면 실컷 잘 수 있어. 수영하자!"

칼 요한이 티셔츠를 벗자 햇볕에 그을린 단단한 살갗이 드러났다.

명령이라도 내린 듯 다른 두 남자도 옷을 벗고 칼 요한을 따라서 호수에 들어갔다. 메야만 모닥불 옆에 남았다. 하지만 칼 요한은 호수에 서서 그 노래하는 듯한 목소리로 함께 수영하자고 구슬렸고, 마침내 메야도 동의했다. 메야는 티셔츠를 입은 채 얼음처럼 차가운 물속으로 들어갔다. 물이 너무 차가워서 심장이 멎지 않을까 걱정했지만 수면 아래로 어깨를 집어넣었다.

나중에 네 사람은 호수 위로 튀어나온 바위에 누워 몸을 말렸다. 개는 칼 요한이 우두머리라는 것을 아는 듯 그의 곁을 맴돌았다. 예전에 라홀름에서 농부와 함께 살 때 엄마가 했던 말이 생각났다. **동물이 잘 따르는 남자는 믿을 수 있어.**

"너도 이 마을에 살아?" 누워서 몸을 말리는 동안 메야가 물었다.

"아니, 우린 스바르트리덴에 살아."

"거기가 어딘데?"

"여기서 10킬로미터 정도 떨어졌어."

셋 중에서 맏이인 예란은 얼굴이 여드름으로 뒤덮여 있었고, 손으로 계속 여드름을 만지작거렸다. 메야는 애써 그쪽을 보지 않으려고 했다.

"이 나라 전체가 망해가고 있어. 스바르트리덴은 우리의 안식처야."

"무엇으로부터?"

"모든 것으로부터."

정적 속에서 그 말이 심오하게 들렸다. 둘째 페르는 눈 위에 야구모자를 올려놓은 채 아무 말도 하지 않았다. 메야가 곁눈질로 칼 요한을 바라보자 미소 짓는 그의 얼굴이 보였다.

"네가 와서 직접 봐야 해. 어머니도 데려와. 소박한 삶을 추구하는 사람이라면 스바르트리덴을 좋아할 거야."

메야는 엄마에게서 받은 담배 중 남은 하나를 만지작거렸다. 담배를 피우고 싶었지만 참았다.

"넌 이상하다. 정말 이상해." 메야가 말했다.

그들은 다 함께 웃었다.

칼 요한은 숲을 지나 집까지 데려다주겠다고 우겼다. 메야는 나무들과 함께 있지 않아도 된다는 사실에 감사했다. 길이 좁아서 그들은 한 줄로 걸어가야 했고, 칼 요한이 뒤에서 따라오는 동안 메야는 목덜미에 따갑게 꽂히는 그의 시선을 느낄 수 있었다. 맨 앞에 선 개가 꼬리로 관목을 툭툭 치며 걸었다. 메야는 중간에서 걸으며 할 말을 찾았다. 남자들은 대개 그녀를 좋아하지 않았다. 메야는 너무 내성적이고 자신감이 없었다. 남자들은 그들을 조롱하며 자기들 농담에 큰 소리로 웃어주는 여자들을 좋아했다. 메야는 농담을 주고받거나 깍깍 웃는 데 서툴렀다. 그녀가 웃으면 가식처럼 들렸다. 남자들의 눈을 보면 그렇게 생각한다는 걸 알 수 있었다. 효과가 없었다.

하지만 칼 요한은 농담을 하지 않았다. 그저 뒤에서 걸으며 농장에서 키우는 동물들에 대해 이야기했다. 소, 염소, 개. **스바르트리덴에는 없는 게 없어.** 칼 요한은 자부심이 넘치는 목소리로 거듭 그렇게 말했다. 메야가 돌아보니 칼 요한의 눈은 진지했고, 그 때문에 실제보다 더 어른스러워 보였다. 찌릿한 느낌이 척추를 따라 내려갔다. 메야는 햇빛 덕분에 실눈을 뜰 수 있어서 다행이라고 생각했다. 확실히 칼 요한은 자기 자신에게 매우 만족스러워했다. 메야와 달리.

메야는 엄마를 생각했다. 술에 취한 엄마가 반쯤 벗은 채 돌아다니며 퍼부어대는 말들을 생각했다. 메야는 부끄러워서 볼이 벌겋게 달아올랐고, 숲 가장자리에서 걸음을 멈췄다. 거기서는 지붕과 작은 삼각형 방의 창문만 보였다. 칼 요한에게 들어가자고 하고 싶었지만 그럴 수 없었다. 엄마가 집에 있는 한.

"우리 엄마가 아파서 집에 들어오라고 못 하겠다."

칼 요한은 메야 곁에 서 있었다. 메야는 호수 냄새와 그의 티셔츠에 튀어서 검게 말라붙은 생선 피 냄새를 맡을 수 있었다. 이제 보니 그에게도 속눈썹이 있었다. 색이 너무 옅어서 안 보였을 뿐이다. 칼 요한이 내려다볼 때면 메야는 가슴이 두근거렸다. 심장 박동에 따라 그의 쇄골을 덮은 창백한 피부가 펄떡거리는 게 보였다.

"또 보자." 칼 요한이 말했다.

메야는 개가 그를 따라가지 않도록 목걸이를 붙잡아야 했다.

칼 요한이 나무 사이로 사라지는 동안 개가 구슬프게 흐느꼈다. 그 소리를 들으니 메야도 울고 싶어졌다.

"내가 볼 수 있게 돌아서."

렐레는 숨을 죽이고 천천히, 아주 천천히 돌아섰다. 이제 라이플의 총구는 그의 배를 겨누고 있었다. 라이플 뒤에 있는 남자가 그림자 속에서 모습을 드러냈다. 기름기가 흐르는 떡진 머리카락이 어깨까지 내려왔고, 엉킨 수염은 가슴 중앙까지 내려왔다. 얼굴은 지저분했지만 눈은 꿰뚫어보는 듯했다. 입고 있는 옷은 체격보다 커서 헐렁했고, 솔기가 해졌으며, 티셔츠는 가운데가 길게 찢어졌는데 그 밑으로 창백한 살갗이 보였다. 그에게서 숲과 땀, 장작을 땐 연기가 뒤섞인 매캐한 냄새가 풍겼다. 남자는 렐레에게서 눈을 떼지 않은 채 라이플을 내렸다.

"여기서 뭐 하는 거야?"

"미안합니다. 여기 사람이 사는 줄 몰랐습니다. 전 딸을 찾고 있습니다."

"딸?" 마치 그 단어가 무슨 뜻인지 모르겠다는 듯이 남자가 말했다.

"네."

렐레는 왼손을 내려 재킷 안주머니에서 리나의 사진을 꺼내 남자의 코앞에 내밀었다.

"리나라고 하는데 거의 스무 살입니다. 3년 전에 실종됐죠."

부스스한 행색의 남자가 몸을 내밀고 오랫동안 사진을 바라보았다. 렐레의 쭉 뻗은 팔이 둘 사이에서 초조하게 떨렸다. 렐레는 남자의 라이플을 바라보았다. 라이플은 여전히 남자의 겨드랑이에 찔려 있었다.

"못 봤는데. 여기서 실종됐나요?" 마침내 남자가 말했다.

"글리메르스트레스크의 버스 정류장에서 실종됐습니다."

"여긴 거기서 한참 떨어졌는데."

"압니다. 하지만 찾다 보니 여기까지 오게 됐네요."

침침한 빛 속에서 남자의 흰자가 번득였다.

"글쎄, 여기에는 없어요. 그건 확실합니다."

렐레는 리나의 사진을 다시 주머니에 넣었다. 긴장한 탓이겠지만 눈물이 핑 돌았다. 렐레는 눈물이 나는 걸 참으려고 헛기침을 했다.

"이렇게 쳐들어와서 미안합니다. 사람이 사는 줄 몰랐어요."

렐레는 현관과 희미한 빛을 향해 걸어갔다. 하지만 현관을 나서기 전에 걸걸한 목소리가 그를 불렀다.

"커피라도 한잔하실래요?"

수염이 덥수룩한 남자가 라이플을 내려놓고 때가 찌든 손으로 커피를 계량하는 동안, 렐레는 기우뚱거리는 나무의자에 앉았다. 창문을 검은 천으로 가려놓았지만 테이블에 놓인 석유램프가 소나무 널빤지로 만든 벽에 희미한 빛을 드리웠다. 남자의 움직임과 찢어진 티셔츠 아래의 근육으로 보아 생각보다 젊다는 걸 알 수 있었다.

"아까는 총을 겨눠서 미안합니다. 워낙 놀라서요." 남자가 말했다.

렐레는 바닥에 떨어뜨렸던 권총을 집어서 다시 허리춤에 찔렀다.

"빈집인 줄 알았습니다. 이름을 물어봐도 될까요?"

"파트리크." 약간 머뭇거린 후에 남자가 말했다. "하지만 다들 파트라고 부르죠."

"여기 삽니까?"

"가끔씩요. 이 근처를 지날 때만."

"여기를 지나다니는 사람은 많지 않은데."

파트가 미소를 짓자 어둠 속에서 그의 이가 빛났다.

파트는 양철 머그잔 두 개에 커피를 따르고 그중 하나를 렐레에게 건넸다. 커피는 타르처럼 진득했지만 퀴퀴한 공기 속에 퍼지는 냄새가 기가 막혔다.

"어쩌다 여기까지 왔습니까?" 남자가 물었다.

"순전히 우연이죠. 지난 3년간 실버 로드를 따라 길이란 길은 다 뒤지고 다녔습니다."

"딸을 찾으려고요?"

렐레는 고개를 끄덕였다.

"경찰이 안 도와줍니까?"

렐레는 담뱃갑을 꺼내 하나를 입에 물고, 하나를 파트에게 건네며 말했다.

"경찰은 무능력하죠."

파트는 이해한다는 듯이 고개를 끄덕였다. 그들은 담뱃불을 붙이고 커피와 담배로 정적을 메웠다. 렐레는 젊은 남자를 바라보았다. 남자는 담배를 깊이 빨아들였다가 대마초처럼 그대로 머금었다. 콧구멍 주위가 울긋불긋하고 가끔씩 얼굴을 실룩였지만 그걸 제외하고는 차분해 보였다.

"그런데 당신은 왜 이 집에 사는 거죠?"

파트는 고개를 들어 구불구불 피어오르는 담배 연기 너머로 렐레를 바라보았다.

"아마 저도 누군가를 찾고 있을 겁니다."

"누굴요?"

파트는 일어나서 옆방으로 걸어갔다. 렐레는 벽에 기대어놓은 라이플을 주시했다. 파트는 낡은 사진 하나를 가지고 나와 렐레에게 건넸다. 사진 속에는 스포츠머리를 한 젊은이가 사막용 군복을 입고 있었다. 자동화기에 매달린 줄이 가슴을 가로질렀고, 생기 없는 잿빛 건물 앞에 진지한 표정으로 앉아 있었다. 건물은 창문이 다 깨졌고 벽은 탄흔으로 뒤덮여 있었다.

"이게 예전의 접니다. 전쟁으로 망가지기 전에요."

렐레는 사진을 자세히 들여다보며 앞에 있는 수염이 덥수룩한 남자와 깨끗이 면도한 사진 속 젊은이를 비교했다. 전혀 닮지 않았다. 굳이 닮은 곳을 찾자면 눈 정도랄까.

"전쟁? 무슨 전쟁 말입니까?"

"아프가니스탄 전쟁요." 파트는 그렇게 말하며 얼굴을 살짝 찡그렸다.

"그러니까 유엔 평화유지군에 있었다고요?"

파트는 고개를 끄덕였다.

"맙소사." 렐레는 의자에 등을 기대고 커피를 마셨다. 바닥에 고인 가루를 마시지 않으려고 조심하면서. 창문에 덧댄 검은 천 주위로 황금빛 햇살 한 줄기가 새어 들어왔다. 밖에서는 세상이 아직 즐거운 곳이라는 사실을 일깨워주듯 새들이 노래했다. 파트는 사냥용 칼을 꺼내 손톱 밑에 낀 때를 파냈다. 그러고는 칼 손잡이 너머로 렐레를 바라보았다.

"아프가니스탄에서 사람을 죽였냐고 안 물어봅니까?"

"스웨덴 유엔군은 원래 전투에 참가할 수 없을 텐데. 안 그래요?"

파트는 공허한 웃음을 터뜨렸고, 웃음은 곧 기침으로 변했다.

"그렇게 생각하겠지만 진실은 그보다 추악하죠."

파트는 손가락 일곱 개를 들어 보였다. 손바닥은 쓸렸고 껍질이 벗겨져 있었다.

"일곱 명, 내가 죽인 사람의 숫자죠. 죽어가는 사람은 그보다 훨씬 더 많이 봤고요." 파트는 칼날로 이마 한쪽을 톡톡 쳤다.

"그들의 비명은 절대 사라지지 않습니다. 늘 들리죠."

렐레는 셔츠 목을 잡아당겨 느슨하게 풀었다. 밀폐된 공간이라 공기가 답답했다.

"끔찍하군요."

"상대가 곧바로 죽지 않을 때가 최악이죠. 두 다리는 날아갔는데 아직 살아 있을 때요. 그럴 때는 다가가서 근거리에서 끝내야 합니다. 눈을 직접 보면서요. 그럴 때 비로소 실감이 나죠. 눈동자에서 빛이 사라지면 숨이 끊어진 겁니다."

파트는 칼날로 렐레를 가리켰다.

"죽음에는 어딘가 짜증나는 면이 있어요. 내면에서부터 사람을 망가뜨립니다. 참전하기 전에는 아무도 그런 경고를 해주지 않았죠. 죽음을 직접 보면 어떻게 되는지, 죽음을 대면하고 나면 어떻게 되는지 아무도 설명해주지 않았어요. 죽음이 날 조종하고, 내 일부가 된다는 걸요."

"그걸 알았다면 참전 안 했을까요?"

파트는 시선을 내렸다. 얼굴이 저절로 움직이듯이 일그러지고 실룩거렸다.

"난 참견하기 좋아하는 성격입니다." 마침내 파트가 입을 열었다. "그리고 우린 결국 죽음에 대해 배워야 하죠. 피할 수 없는 일입니다."

렐레는 머그잔을 옆으로 밀쳤다. 공기가 답답하니 피곤이 몰려왔다. 그의 코가 석자라 전쟁과 죽음에 대해 이야기할 시간이 없었다. 자리에서 일어났더니 다리가 저렸다.

"커피 잘 마셨습니다. 이만 가봐야겠어요."

"이 숲에는 나 같은 사람들이 또 있습니다. 자신을 잃어버리고 더는 세상을 대면할 수 없는 사람들요. 어쩌면 따님도 우리와 같은 부류일지 모릅니다. 잠시 문명사회를 벗어난 걸 수도 있어요."

"리나는 세상을 좋아했어요."

"누군가 따님을 해쳤다고 생각합니까?"

"자진해서 우릴 떠나지는 않았을 겁니다. 그건 확실하죠."

파트는 렐레를 따라 현관으로 갔다. 아직 그를 보낼 준비가 안 됐다는 듯이.

"혹시 근처에 따님이 있는지 잘 찾아보죠."

"고맙군요."

"제 경험상 잘 웃는 사람을 조심해야 하더군요."

"무슨 말이죠?"

"아무 이유 없이 웃고 미소로 상대를 속이는 사람들 말입니다. 그런 사람들이 사악하더군요."

"명심하죠."

렐레가 문을 밀어서 열자 파트가 손을 들어 햇빛을 가리며 말했다.

"따님을 찾는 건 도와드릴 수 있지만 햇빛은 감당을 못 하겠네요."

"이해합니다. 기운이 빠지죠."

그들은 말없이 서서 악수하고 이해한다는 듯이 서로를 바라보았다. 이내 현관문이 다시 닫혔다. 집들 사이로 검은 기름이 고인 듯한 호수가 펼쳐져 있었다. 렐레는 질척한 땅을 가능한 한 빠르게 걸었다.

주말이면 그들은 술을 마셨다, 둘 다. 토르비요른은 시끄러워지고 얼굴이 붉어졌으며, 광산이 문을 닫는 바람에 일자리를 잃었다고 떠들어댔다. 실리에는 고기를 굽고 감자 그라탱을 만들어 토르비요른의 어머니 유품인 최고급 도자기 그릇에 담아서 내놓았다.

토르비요른은 콧수염에 음식을 묻혀가면서 먹었고, 실리에는 식탁 맞은편 끝자리에 앉아 줄담배만 피워댔다. 눈 밑에는 다크서클이 생겼고, 이렇게 더우면 입맛이 떨어진다고 불평했다. 늘 새로운 핑계가 생겼다. 엄마의 가냘픈 어깨를 보며 메야는 아기 새를 생각했다. 엄마의 브래지어 끈이 자꾸 흘러내렸다.

"엄만 뭘 좀 먹어야 해. 해골 같다고."

"다들 너처럼 식탐이 있는 건 아냐, 메야."

실리에는 언제나 진실을 외면했다. 식욕이 떨어졌다는 건 비교적 최근 이유였고, 처음에는 약을 탓했다. 약을 먹으면 음식을 먹을 때 질식할 듯한 기분이 든다면서. 하지만 이젠 약을 먹지도 않았다. 그래서 메야가 레드 와인만 마시고 살 수는 없다고 지적할 때마다 버럭 화를 냈다.

메야는 방으로 올라갔다. 좁은 침대에 누워 대들보가 만나는 뾰족한 지붕을 올려다보았다. 가운데 대들보를 가로지른 가느다란 거미줄에 죽음을 맞아 쪼글쪼글해진 모기와 파리가 보였다. 역겨운 곤충에 불과했지만 그걸 본 메야는 눈에 눈물이 고였다.

이내 아래층에서 엄마의 신음 소리가 올라왔다. 처음에는 나직하다가 점차 높아졌다. 토르비요른은 큰 소리를 냈고, 마룻바닥 위로 가구 밀리는 소리가 났다. 마치 그가 엄마를 죽이려는 듯했다. 메야는 양손으로 귀를 틀어막고 밖에서 흔들리는 우듬지를 바라보았다. 외로움이 밀려드는 가운데 다른 목소리들이 머릿속에 침입했다. 그녀를 조롱하는 목소리.

니네 엄마가 그 대가로 돈을 받는다는 게 사실이야?

그게 무슨 뜻인지 알지?

머리맡 탁자에 놓인 메야의 휴대폰은 불이 꺼진 채 조용했다. 노를란드 행 기차를 탄 후로 아무도 메야에게 전화하지 않았다. 메야가 떠난 도시에서 그녀를 그리워하는 사람, 그녀가 어디로 갔는지 궁금해하는 사람은 아무도 없었다. 주말이면 담배와 약을 제공해주는 사람이 그녀였는데도. 자기를 그리워하지는 않더라도 약은 그리워할 줄 알았다.

메야가 잠들었을 때 첫 번째 퍽 소리가 들렸다. 메야는 벌떡 일어나 문을 바라보았다. 자신이 잠든 사이에 혹시라도 누가 몰래 들어오지 못하도록 문손잡이 밑에 의자 등받이를 받쳐두었다. 지금까지 토르비요른이 수상한 짓을 하지 않았다고 해도 메야는 예방 차원에서 늘 그렇게 해두었다. 두 번째 퍽 소리를 듣고서야 그 소리가 문이 아니라 창문에서 난다는 걸 깨달았다. 메야는 창틀 옆에 쪼그리고 앉아 환한 밤 풍경을 내다보았다. 베란다 옆으로 움직이는 그림자가 보였다. 개가 몸을 털자 목에 걸린 사슬이 달그락거렸다. 검은 형체가 허리를 숙여 개를 토닥이고 쓰다듬었다. 형체가 그녀의 침실을 향해 고개를 들었다. 칼 요한이었다.

메야는 창문을 열고 몸을 내밀었다.

"네가 여기 웬일이야?"

"호수에 가서 수영할까 하는데 함께 갈래?"

"지금? 한밤중인데?" 메야가 속삭였다.

"어차피 이렇게 환할 때는 잘 수도 없어."

메야는 문 쪽으로 목을 빼며 토르비요른과 엄마의 소리가 나는지 귀를 기울였다. 하지만 낡은 집이 내쉬는 한숨 소리뿐이었다. 휴대폰 액정에 표시된 시각은 1시 30분이었다. 메야는 칼 요한에게 미소를 지었다.

"10분만 줘. 그리고 다른 사람이 못 보게 숨어 있어!"

메야는 이를 닦고 데오도란트를 발랐다. 머리는 그대로 풀어서 늘어뜨리고 입술에는 립글로스를 발랐다. 그 외 다른 것은 할 시간이 없었다. 습관적으로 주머니에 담뱃갑을 집어넣었다가 곧바로 마음을 바꿨다. 칼 요한은 담배 피우는 여자를 좋아하지 않는다. 메야는 얼른 담뱃갑을 빼서 쓰레기통에 던졌다가 사탕 포장지 뒤에 감췄다.

메야는 까치발로 계단을 내려갔다. 밟으면 고양이처럼 울어대는, 밑에서 세 번째 계단은 건너뛰었다. 토르비요른은 소파에 앉은 채로 잠들었는데 머리를 이상한 각도로 돌리고 있었다. 불룩 나온 벌거벗은 배 밑으로 축 처진 페니스가 음모 위로 튀어나와 있었다. 메야는 고개를 돌린 채 현관으로 계속 걸어갔다. 복도 끝 욕실에서 구역질 소리가 들렸다. 그 소리를 들으니 그녀의 목구멍도 오그라들었다. 메야는 컨버스 운동화를 신었지만 발이 쉽게 떨어지지 않았다. 엄마는 술을 진탕 마셨고, 약도 먹었고, 이제는 토하고 있다. 저런 일이 한두 번 있었던 건 아니지만 그래도 메야는 그 엿 같은 불안감을 느꼈다. 혹시 무슨 일이라도 생기면 어쩌지? 메야는 그 자리에 못 박힌 듯 서서 문손잡이를 움켜쥔 채 머뭇거렸다. 마침내 구역질 소리가 멈추자 메야는 현관문을 열고 달렸다.

밖에는 숲에서 흘러나온 안개가 초원 위에 연기처럼 걸려 있었다.

칼 요한은 숲 초입의 나무 아래 서 있었다. 가까이 다가가자 그에게서 헛간과 가축 냄새가 진동했다.

"형들은 어디 있어?"

"형들은 집에 남아 있어야 해."

칼 요한은 메야의 손을 잡고 소나무들 사이로 그녀를 이끌었다. 그러고는 지극히 자연스럽게 그녀와 손깍지를 꼈다. 두 사람이 나무 사이로 사라지자 개가 애절하게 울어댔다. 발아래 땅이 질척거렸고, 이슬이 그들의 청바지에 짙은 줄무늬를 그렸다. 보이는 것이라고는 안개에 먹히기 전까지의 좁은 길뿐이었다. 메야는 머리카락이 곱슬곱슬한 칼 요한의 목덜미를 바라보았다. 몸 깊숙한 곳에서 따끔거리는 느낌이 들었다. 마치 안에서 무언가가 깨어난 듯했다. 새롭고 신나는 무언가가.

안개는 호수 위에 걸려 있기도 했고, 귀신처럼 나무 사이를 뱅글뱅글 돌아다니기도 했다. 밤의 햇살을 받은 나무는 푸른색이었다. 칼 요한은 메야를 모닥불로 데려가더니 그녀의 손을 놓고 잉걸불을 되살리기 시작했다. 잔가지를 부러뜨리고 장작으로 탑을 쌓은 다음, 주머니에서 라이터를 꺼내 불쏘시개에 불을 붙여 모닥불의 먹이로 썼다. 부드럽게 입김을 불어넣자 마침내 불꽃이 살아나 곧 맹렬하게 타올랐다. 일렁이는 그림자 속에서 칼 요한의 얼굴이 아름다워 보였다. 또렷하고 생기가 넘쳤다. 메야는 불을 들여다봤다. 칼 요한이 다가와서 곁에 서자 온몸이 잔뜩 긴장되었다. 너무 초조한 나머지 담배 생각이 간절했다. 손을 어떻게 해야 할지 몰라서 그냥 불 쪽으로 내밀고 할 말을 생각해내려 했다. 조약돌 위로 호수가 찰싹이는 소리가 들렸다.

"네 얘기 좀 해봐." 갑자기 칼 요한이 말했다.

"무슨 얘기를 듣고 싶은데?"

"비밀. 아무에게도 하지 않았던 얘기."

메야는 곁눈질로 그를 바라보았다. 눈 속에서 불꽃이 춤추고 있었다. 메야는 머뭇거리며 찰싹이는 물소리가 꼭 그녀를 비웃는 것 같다고 생각했다. 다시 모닥불로 시선을 돌려 한동안 바라보다가 입을 열었다.

"나는 다섯 살 때 처음으로 술에 취했어."

"농담이지?"

"아니. 엄마는 술을 어른들이 마시는 주스라고 했어. 나도 좀 마시게 해달라고 졸랐지만 엄마는 어른들만 마실 수 있다고 했어. 아이들은 한 방울만 먹어도 그 자리에서 죽는다고." 메야는 코웃음을 쳤다. "그런 말을 들으니까 더 궁금했지. 그래서 어느 날 저녁, 엄마가 소파에서 잠들었을 때 마셔보기로 했어. 꽤 맛있었나 봐. 왜냐하면 이튿날 아침에 눈을 떠보니까 병원이더라고. 위세척을 한 뒤였고, 난 거의 죽다가 살아났지."

칼 요한은 충격을 받은 표정이었다. "그때가 겨우 다섯 살이었다고?"

"병원 차트에는 그렇게 적혀 있는데 엄마 말로는 그보다 나이가 많았대. 하지만 엄마는 원래 자기가 기억하고 싶은 것만 기억해."

모닥불에 볼이 뜨거워지자 메야는 고개를 돌리며 방금 자신이 한 말을 후회했다. 칼 요한이 듣고 싶었던 비밀은 이런 이야기가 아닐 것이다. 익숙한 수치심이 밀려오며 목이 멨고, 침을 삼키기가 힘들었다. 칼 요한은 한쪽 팔을 뻗어 메야를 자기에게 끌어당기더니 그녀의 이마에 뺨을 댔다.

"네가 살아나서 다행이다. 덕분에 우리가 이렇게 만날 수 있었으니까."

메야의 살갗에 닿는 그의 턱이 거칠었다. 마음속에서 뜻밖의 기쁨이 솟아났다. 칼 요한이 이야기를 계속하자 메야는 그의 가슴이 진동하는 걸 느낄 수 있었다.

"내 비밀도 말해줄까?"

메야는 고개를 끄덕였다.

"웃지 않겠다고 약속해."

"약속할게."

"난 평생 취해본 적이 없어. 한 번도 술을 마셔본 적이 없어. 한 방울도."

"뭐라고? 정말?"

"백 퍼센트 사실이야."

메야는 고개를 돌리고 칼 요한을 올려다봤다.

"이제 내가 완전 한심해 보이지?" 칼 요한이 말했다.

"아니, 용감하다고 생각해. 자기 뜻대로 사는 거."

태양이 숲 위로 떠올라서 눈이 부셨지만 메야는 칼 요한의 미소를 볼 수 있었다.

렐레는 라프로잉의 코르크 마개를 퐁 딴 다음, 병을 코로 들어올려 위스키 향을 깊이 들이마셨다. 나무 훈연 향과 짭조름한 바다 냄새에 콧구멍이 얼얼했다. 갈증이 목구멍 뒤쪽에 자리 잡으며 목구멍을 간질였고, 알코올로 피를 희석하고 싶은 욕망이 너무 강렬해서 몸이 부들부들 떨렸다. 모든 생각을 깨끗이 지우고 몇 시간 동안 푹 잘 수 있다면 좋을 텐데. 완전히 무감각해진 채 소파에 파묻혀서. 그가 원하는 것은 그뿐이었다. 하지만 블라인드 틈새로 날카로운 저녁 햇살이 들어와 그를 조롱했고, 문간에 리나가 서 있었다. 헝클어진 머리에 파자마 차림의 어린 리나. 눈이 하나만 달린 곰 인형을 겨드랑이에 낀 채 눈동자는 숲속의 호수처럼 반짝거렸다. 아빠가 술 마시는 모습을 한 번도 본 적이 없는 아이. 그게 리나가 태어났을 때 렐레가 한 약속이었다. 리나에게 제대로 된 유년기를 보내게 해주겠다고.

다시 병에 코르크 마개를 밀어 넣는 렐레의 손가락이 사시나무처럼 떨렸고, 겨드랑이에 식은땀이 차서 복도로 가는 동안 몸까지 떨렸다. 밖에서는 여름이 처음으로 제대로 된 심호흡을 하고 있었다. 모든 것이 활짝 피어났고, 새들이 지저귀며, 바비큐와 새로 깎은 잔디 냄새가 그의 뺨을 때리듯 강타했다. 여름을 싫어하게 될 줄은 꿈에도 몰랐지만 이제 그에게 여름은 더는 존재하지 않는 행복을 상기시킬 뿐이었다.

렐레는 차에 올라타 창문을 닫은 채 담배를 피우며 이웃 사람들을 보지 않는 데 집중했다. 세월이 흐르면서 이제는 능숙하게 그들을 외면할 수 있었다. 주위에서 행복한 가정놀이를 하는 사람들을 대비해 마음을 단단히 먹었다. 스토르가에 도착했을 때 좌회전해서 마을로 향했다. 머릿속에서 피가 웅웅거렸다. 렐레는 위스키를 한 잔 마시고 나올 걸 그랬다고 생각했다. 그랬다면 긴장이 덜 됐으리라.

리나와 가까웠던 남자들이 가장 유력한 용의자였다. 렐레는 통계를 살펴봤다. 누군가 리나를 해쳤다면 그건 리나가 알고 있는 남자, 심지어 사랑했을 남자일 확률이 매우 높다. 다시 말해, 남자친구.

더 좁은 자갈길로 들어서자 그가 지나간 자리마다 새 잎이 돋아난 연약한 자작나무들이 흔들렸다. 길 끝에는 베스테르보텐주의 전형적인 저택이 당당하게 자리 잡고 있었다. 빨간 외관은 햇볕을 받아 불타는 듯했고, 창문은 거울처럼 번쩍거렸다. 렐레는 자작나무가 늘어선 길옆에 차를 세우고 담배를 비벼서 끈 다음, 새 담배에 불을 붙였다. 차창을 내리고 그대로 차에 앉아 시동을 끄지 않았다. 혹시라도 그들이 그에게 뭐라도 던질 경우를 대비해서. 전에도 그런 적이 있었다. 렐레는 수납함에서 쌍안경을 꺼내 저택 앞면을 훑어봤다. 햇살에 잠긴 탓에 내부를 들여다볼 수 없었다. 야외용 가구 세트는 접어서 벽에 기대 놓았고, 최근에 심은 꽃들이 큼직한 토분 속에서 고개를 끄덕였다. 이 집에 특별한 점은 전혀 없는데도 렐레는 가슴속에 울분이 차올랐다. 과거를 떨쳐내고 아무 일도 없었던 척하는 게, 다음 단계로 넘어가는 게 쉬운 사람도 있다.

갑자기 경첩이 삐걱거리는 소리가 나더니 누군가 현관 계단에 나타났다. 야구모자를 쓴 키 크고 마른 청년이었다. 셔츠 너머로 갈비뼈가 훤히 보였다. 청년은 송아지처럼 잔디 위를 비틀비틀 걸으며 렐레에게 다가왔다. 그의 오른손에서 싸구려 맥주캔이 번쩍거렸다. 렐레의 울분은 목구멍의 쓴 물로 변했다. 렐레는 운전대를 잡고 있던 손을 내려 자기도 모르게 주먹을 꽉 쥐었다.

청년은 렐레의 차에서 10미터 떨어진 곳에 멈춰 서더니 도발하듯이 양팔을 옆으로 쫙 벌렸다. 하마터면 제 발에 걸려 넘어질 뻔했지만 다시 중심을 잡았고, 반쯤 감긴 눈으로 렐레를 바라보았다. 양쪽 입꼬리가 축 처지며 무언가를 말하려는 듯했지만 아무 말도 하지 않았다. 대신 빈손을 들어올리더니 두 손가락으로 권총을 만들어 렐레를 겨냥했다. 그러고는 한쪽 눈을 감고 쏘는 시늉을 한 다음, 입으로 손가락을 가져가 후 하고 연기를 불었다. 그 졸린 눈을 렐레에게서 한시도 떼지 않은 채.

렐레는 권총이 보관된 수납함을 힐끗 보았다. 수납함에서 권총을 꺼내 저 가짜 쇼에 진짜 총으로 응답하는 상상을 했다. 녀석의 이마에 정통으로 박히는 총알. 그러면 모두 끝날 것이다. 하지만 옆에서 리나가 말리는 소리가 들리자 렐레는 차를 후진했다. 엔진의 회전 속도를 높이고 차를 돌렸다. 그가 떠난 자리에는 타이어 자국이 남았고, 자갈이 가문비나무 사이로 튀다가 마침내 청년이 먼지 속에서 희미해졌다.

조수석에서 리나가 양손에 얼굴을 묻은 채 말했다.

"미카엘은 절대 날 해칠 사람이 아냐, 아빠."

"저놈이 하는 짓을 보고도 그런 말이 나오니?"

"아빠가 계속 자길 의심하니까 화가 난 거야. 다른 사람은 몰라도 아빠는 그게 어떤 기분인지 알잖아."

리나는 실종되기 전해에 미카엘 바르그를 만났다. 미카엘은 마을에서 부유층이라고 할 수 있는 집안의 자제였다. 그의 부모는 인기가 많고 존경받는 지역 유지로 각종 단체와 사냥팀에 소속되었고, 마을을 돌아가게 하는 온갖 프로젝트에 넉넉히 투자하는 거물이었다. 하지만 불행히도 그들의 아들은 어릴 때부터 지역사회를 위협하는 버릇없는 놈이었다. 처음에는 악의 없는 장난이었지만 시간이 흐르면서 절도, 불법 음주 같은 심각한 범죄에 연루되었다. 그런데도 아네테는 미카엘과 리나가 사귀는 동안 그 녀석에게 푹 빠졌다. 미카엘 바르그는 말재간이 좋았고, 장차 큰 재산을 물려받을 터였다. 한마디로 일등 사윗감이었다. 아네테는 미카엘의 비행을 단지 어려서 저지르는 철없는 행동으로 치부하며 나이를 먹으면 차차 나아질 거라고 생각했다.

경찰은 리나가 사라진 후에 미카엘을 신문했고, 미카엘은 리나가 실종된 날 아침에 "집에서 자고 있었다"고 진술했다. 당연히 그의 부모는 미카엘의 말이 맞다고 확인해주었다. 그렇게 이른 시간에 아들의 침실 앞에서 불침번을 섰을 리도 없는데. 경찰은 그 알리바이에 만족했다. 특히나 달리 조사할 단서도 없는 상황에서. 범죄의 흔적도, 시신도 없는 상황에서.

하지만 렐레에게는 그걸로 충분했다. 그는 리나가 다시 돌아올 때까지 미카엘을 계속 감시할 작정이었다. 렐레는 일주일에 서너 번씩 그 끔찍한 자작나무 사잇길로 차를 몰았다. 다른 사람들은 모두 다른 방향을 보고 있을지라도 나만은 널 계속 지켜보고 있다고 알리기 위해서였다. 미카엘을 포함한 그의 가족은 그들을 쫓아다니는 렐레에게 질린 지 오래였지만 그는 전혀 개의치 않았다. 그들은 협박을 하든, 소리를 지르든, 그에게 가짜로 총 쏘는 시늉을 하든, 마음대로 할 수 있었다. 요즘 렐레는 이웃 간의 돈독한 정이나 공동체 의식 따위에는 관심이 없었다. 그가 원하는 것은 그저 진실이었다.

이튿날 밤에 그들은 차로 메야를 데리러 왔다. 첫 번째 돌이 날아와 유리창에 부딪혔을 때 메야는 옷을 다 입고 침대에 누워 기다리고 있었다. 거실 텔레비전은 켜져 있었지만 엄마와 토르비요른이 자는 침실 문은 닫혀 있었고, 벽에 대고 사포를 문

지르는 듯한 코 고는 소리가 났다.

축축한 밤공기 속으로 나가자 토르비요른의 낡은 차 뒤에 칼 요한이 쪼그리고 앉아 반쯤 숨어 있었다. 칼 요한을 보자 메야는 또 뱃속이 간질거렸다. 칼 요한은 그녀의 손을 잡고 자갈길을 가리켰다.

"형이 저쪽 모퉁이에서 기다리고 있어."

메야는 칼 요한과 단둘이 만나는 게 아니라서 실망했지만 겉으로는 전혀 내색하지 않았다. 두 사람은 호수로 가는 오솔길이 아니라 마을로 이어지는 자갈길을 뛰어갔다. 배수로 옆에 빨간색 볼보 240이 안개등을 켠 채 주차되어 있었다. 운전석에는 예란이 앉아 있었는데 여드름 자국이 있는 볼을 가리려는 듯 후드를 눌러쓰고 있었다. 메야가 뒷좌석에 앉자 예란이 그녀를 돌아보며 씩 웃었다.

"안전벨트를 꽉 매는 게 좋을 거야. 아주 거칠게 달릴 거거든."

자갈 위에서 차가 회전하자 타이어에서 고음이 났다. 메야는 속이 울렁거려 앞좌석을 꽉 잡았다. 칼 요한이 백미러 속에서 그녀와 눈을 마주쳤다.

"오늘 뭐 했어?"

"아무것도 안 했어. 심심해 죽는 줄 알았어."

"심심해?" 칼 요한이 빙그레 웃었다. "그거라면 우리가 해결해줄 수 있지."

그들이 탄 차는 마을을 가로질렀다. 사방이 고요하게 잠들어 있었다. 넓은 아스팔트 도로에 들어서자 예란이 액셀을 밟았다. 그는 두 손가락만으로 운전했다. 메야는 낡은 가죽을 덧댄 뒷좌석에 더 깊이 몸을 묻고 창밖으로 지나가는 소나무들을 바라보았다.

어디로 가는지는 묻지 않았다. 그저 어딘가로 갈 수 있어서, 엄마에게서 멀어질 수 있어서 기쁠 따름이었다.

"너희들은 오늘 뭐 했어?" 메야가 물었다.

"일했지." 둘이 동시에 대답했다.

"무슨 일?"

"온갖 일." 칼 요한이 말했다. "가축과 농장에 관련된 일이라면 거의 다 했어."

"그럼 너희들은 농부야?"

둘이 웃음을 터뜨렸다.

메야는 앞좌석 사이로 몸을 내밀고 인적 없는 도로를 바라보았다. 지나가는 차도 없고 사람이 사는 흔적도 아주 드물게 나타났다. 나무들 사이로 집이 서너 채씩 모여 있었지만 돌아다니는 사람은 없었다. 마치 멸망한 세상에서 그들만이 유일한 생존자인 듯했다. 칼 요한이 없었다면 무서웠을 것이다. 칼 요한은 청바지 위로 손가락을 두들겨대고 있었다. 그의 얼굴을 보지 않아도 미소 짓고 있으리라는 걸 메야는 알 수 있었다.

그들이 처음으로 마주친 차량은 경찰차였다. 도로 옆 주차구역에 세워져 있었는데 그걸 본 예란이 속도를 줄였다.

"젠장, 젠장, 젠장!"

"진정해. 그냥 차에서 자고 있을 거야." 칼 요한이 말했다.

예란은 경찰차 옆을 지나가는 동안 계속 욕을 했다. 메야는 차창 너머로 바라봤지만 경찰차 안에는 아무도 없었다. 경찰차는 그들을 따라오지 않았고, 예란은 두 주먹으로 운전대를 내려치며 환호했다.

"경찰이 왜 이렇게 외딴 곳에 와 있지?" 예란이 진정하자 메야가 물었다.

"좋은 질문이야. 부패 경찰이지, 뭐."

칼 요한이 메야를 돌아보며 윙크했다. "아무래도 우리에게 면허증이 없다는 걸 너한테 말해야겠다. 그래서 경찰을 마주치면 늘 스트레스야."

"왜 면허를 안 땄어?"

예란은 후드를 벗어 여드름 자국이 있는 얼굴을 드러내더니 백미러를 조정해 메야와 눈을 마주쳤다.

"나는 평생의 절반을 운전하면서 살았어. 이런 내가 왜 나라에 그렇게 많은 돈을 주면서 허락을 받고 운전해야 해?"

메야는 등받이에 몸을 기대고 말했다. "우린 차를 가져본 적이 없어."

하늘에 태양이 떠올랐고, 그들은 더 큰 도시로 다가가고 있었다. 골짜기에 교회 탑과 옥상이 보였고, 건물 사이로 널찍한 강이 흘렀다. 그들은 일렬로 늘어선 단층집을 지나갔고, 하마터면 쏜살같이 길을 건너는 고양이를 칠 뻔했다.

메야는 여기가 어딘지 묻지 않았다. 그건 중요하지 않았다. 마음 한구석으로는 아예 다시 돌아가고 싶지 않았다. 예란은 방향을 틀어 24시간 주유소로 들어가더니 주유기 옆에 차를 세웠다. 칼 요한은 메야에게 아이스크림을 좋아하느냐고 물었고, 차에서 내리자 메야의 허리에 팔을 둘렀다. 불이 환하게 켜진 가게 안에는 어리고 예쁜 여자 점원 한 명만 있었다. 점원은 숱 많은 갈색 머리를 한 줄로 땋아서 앞으로 늘어뜨렸다.

예란은 다시 후드를 쓰고 머리를 뒤로 쓸어넘겼다. 그들이 어떤 아이스크림을 먹을지 고르자 예란이 돈을 냈고, 카운터 뒤 여자에게 뭐라고 말했다. 여자는 예란을 보면서 미소 지었지만 그것은 억지 미소였다.

다시 자동차로 돌아왔을 때 칼 요한은 메야와 함께 뒷좌석에 앉았다. 그러더니 운전석으로 몸을 내밀어 형의 어깨를 쳤다.

"어떻게 됐어? 번호 땄어?"

"아니."

"뭘 기다리는 거야?"

"나한테 번호 주기 싫은 것 같아."

"물어볼 배짱도 없으면서 그걸 어떻게 알아?"

예란은 입에 아이스크림을 물고 열쇠를 돌려 시동을 걸며 말했다.

"나도 그만한 눈치는 있다고. 저런 여자애는 금방 잊을 수 있어."

돌아가는 길에 칼 요한은 메야의 어깨에 팔을 둘렀다. 메야는 햇빛 때문에 눈을 질끈 감았다. 차의 움직임이 그녀를 달래주었다. 운전대를 잡고 후드를 덮어쓴 예란은 한마디도 하지 않았다.

렐레는 마라벨탄 옆에 차를 세웠다. 주위에 아무도 없는 것을 확인한 뒤 차에서 내려 거대한 절벽 끝으로 살며시 다가갔다. 절벽 끝에 서다 못해 엄지발가락이 절벽 밖으로 튀어나갔다. 비가 내린 뒤라서 땅은 축축했고, 부드러운 모래가 가느다란 물줄기처럼 절벽 아래로 흘러내렸다. 전설에 따르면 이 절벽은 한때 친족 살해의 장소로 이용되었는데 더는 가정에 기여하거나 도움을 줄 수 없는 늙은 가족이나 친척을 데려와 아래로 밀쳤다고 한다.

렐레는 담뱃불을 붙이고 몸을 앞으로 내밀었다. 숨이 턱 막혔다. 이 느낌이 좋았다. 혈관에 아직 피가 흐르고 있다는 증거였다. 비록 자신이 살았다는 느낌보다 죽었다고 느낄 때가 더 많았지만. 여기서 뛰어내린다고 생각하면 해방되는 기분이었다. 마치 자신에게 선택권이 있다는 듯이. 비록 어디까지나 희망사항일 뿐이었지만. 리나에게 무슨 일이 있었는지 알아내기 전에는 절대 죽을 수 없다. 그게 아니었다면 진작 뛰어내렸으리라.

뒤에서 차 한 대가 멈추는 소리가 들렸다. 차문이 열리더니 경찰 무전기가 나직이 웅얼거렸다. 모래를 밟는 무거운 발소리와 열쇠 짤랑거리는 소리가 났다. 렐레는 뒤돌아보지도 않고 한 손을 들어 인사했다. 누군지 이미 알고 있었다.

"젠장, 렐레, 꼭 그렇게 위험하게 서 있어야겠나?"

렐레는 고개를 돌려 경관을 바라보았다. "지금이 날 없앨 수 있는 기회야. 한 번만 밀면 난 그저 나쁜 기억으로 남을 거라고."

"그런 생각을 한 적은 있어. 부인은 안 할게."

하산은 동네 경찰이기는 해도 요즘 렐레에게 가장 친구라고 할 만한 사람이었다. 리나가 실종되지 않았더라면 불가능했을 우정이다.

하산은 절벽 끝에서 3, 4미터 떨어진 곳에 멈춰 서서 양손으로 허리를 짚은 채 주위를 둘러봤다. 렐레는 담배를 절벽 아래로 던지고 고개를 들었다. 가파른 절벽 너머로 검은 숲이 끝없이 펼쳐지고, 벌목을 마친 헐벗은 땅과 강이 간간이 그 풍경 속에 끼어 있었다. 언덕 위에 설치된 서너 개의 풍력 발전기는 인류의 진보와 함께 인간의 손길이 미치지 않은 곳이 없다는 사실을 일깨워주었다.

"다시 돌아왔군. 여름 말이야." 하산이 말했다.

"그러게."

"자넨 다시 드라이브를 시작했나?"

"5월부터."

"내가 그 드라이브를 어떻게 생각하는지 알지?"

렐레는 미소를 짓더니 몸을 돌려 절벽을 등지고는 한쪽 팔을 뻗어 하산의 어깨를 토닥였다. 햇볕을 받은 감청색 제복이 따뜻했다.

"무례하게 들리겠지만 자네가 어떻게 생각하든 관심 없어."

하산은 씩 웃고는 손가락으로 곱슬곱슬한 머리카락을 쓸어내렸다. 단추를 푼 셔츠의 칼라 위로 그의 목 근육이 움직였다. 하산은 눈에 띌 정도로 체격이 좋고 다부졌다. 그와 함께 있으면 렐레는 상대적으로 왜소한 늙은이가 된 기분이었다.

"새로운 소식은 없겠지?"

"지금은 없지만 3주기를 기점으로 뭔가 나오기를 바라고 있어. 누군가 용기를 내서 진실을 밝힐지도 모르지."

렐레는 둘의 구두를 내려다보았다. 하산의 구두는 반짝거리는 반면, 그의 구두는 진흙투성이에 흠집이 나 있었다.

"아네테는 마을을 가로질러 행진할 모양이야." 렐레가 말했다.

"나도 들었어. 잘된 일이야. 우리가 가장 원치 않는 건 사람들이 그 사건을 잊는 거니까."

"요새는 사람들과 어울리는 게 싫어."

태양이 구름 뒤로 사라지자 갑자기 공기가 서늘해졌다.

"사람들 얘기가 나왔으니 말인데, 토르비요른 포르스 기억나?" 하산이 말했다.

"그날 아침에 리나가 타려던 버스에 탔던 남자? 내가 그 교활한 늙은이를 어떻게 잊겠어?"

"며칠 전에 그자가 ICA 슈퍼에서 어떤 여자랑 장을 보고 있더군."

렐레는 기침을 하면서 주먹으로 가슴을 치고는 믿을 수 없다는 표정으로 하산을 바라보았다. "그자가 이제 와서 여자를 사귄다고?"

"난 그저 내가 본 대로 말할 뿐이야."

"설마 태국에서 불쌍한 여자를 사온 건 아니겠지?"

"아니, 스웨덴 남부 여자였어. 게다가 어리더라고. 토르비요른보다 훨씬. 초췌하기는 했지만 마흔도 안 됐을 거야."

"생각지도 못한 일이군. 그 늙은 여우가 어떻게 여자를 데려왔지?"

"모르겠어. 게다가 여자는 홀몸이 아니었어."

"무슨 말이야?"

하산이 이를 꽉 물었다. "딸이 있더라고. 고등학생 딸."

"농담이지?"

"나도 농담이면 좋겠네."

실리에는 걸걸한 목소리 때문에 나이가 아주 많거나 심하게 아픈 사람 같았다. 메야는 실눈을 뜨고 떨리는 손으로 와인을 따르는 엄마를 지켜보았다. 그 모습을 보니 너무 두려워서 숨을 쉬기가 힘들었다. 눈꺼풀이 이미 반쯤 내려왔고 혀 꼬부라진 소리로 말하는 걸 보니 첫 잔이 아닌 모양이었다. 토르비요른은 아는지 모르는지 내색하지 않았다. 적어도 메야가 거기 있는 동안에는. 그저 다정한 눈으로 메야를 바라볼 뿐이었다.

"요새 외출이 잦더구나, 메야. 마을에서 친구라도 사귀었니?" 토르비요른이 물었다.

실리에는 손을 뻗어 메야의 머리카락을 쓰다듬었다. "메야는 혼자 노는 걸 좋아해요. 친구들과 어울리지 않아요."

"사실 누굴 만났어. 남자애."

실리에가 천천히 고개를 돌렸다. 그녀의 칙칙한 눈이 갑자기 희미하게 밝아졌다. "말도 안 돼! 누구?"

"이름은 칼 요한이고, 호숫가에서 만났어."

"칼 요한? 그게 본명이야?"

메야는 엄마의 말을 무시하고 토르비요른을 바라보았다. 그는 입술 안쪽으로 손가락을 넣어 잇몸에 붙여둔 스누스 덩어리를 빼내 접시에 내려놓았다.

"내가 모르는 이름인데. 어디에 산다던?"

"스바르트리덴요."

"스바르트리덴!" 접시에 더러운 갈색 침이 흘렀다. "설마 비르게르 브란트의 아들은 아니겠지?"

메야는 가슴이 쿵쾅거렸다. "맞아요."

"마을 사람들이 나더러 동네 바보라고 하니 잘은 모르겠다만, 비르게르와 그의 아내는 아주 독특한 사람들이야."

"왜요?"

토르비요른이 숨을 들이쉬자 그의 폐에서 쌕쌕 소리가 났다. "그 사람들은 거기서 일종의 히피 공동체를 운영하지. 현대 기술 문명에 반대하고 1800년대 사람들처럼 사는 거야. 비르게르는 자기 아이들을 학교에 보내려 하지 않았고, 그래서 내 기억이 맞다면 한바탕 난리가 났다. 비르게르는 아이들을 농장에서 홈스쿨링 하려고 했는데 교육청에서 결사반대했지."

"종교 때문이에요?" 실리에가 물었다.

"누가 알겠어. 하지만 그렇다고 해도 놀랄 일은 아니지."

실리에는 남은 와인을 다 마시고 잔으로 메야를 가리켰다.

"그 애를 집으로 초대하지 그러니? 우리가 한번 보게."

"꿈 깨."

"그러지 말고 집에 데려와."

메야는 숲으로 눈을 돌렸다. 나무 사이로 햇살이 흘러내렸고, 햇살 속에서 먼지와 각다귀 무리가 보였다. 칼 요한과 함께 차에서 내린 뒤 새벽 햇살을 받으며 서 있었던 숲속 공터가 눈에 들어왔다. 자신의 입술에 닿았던 칼 요한의 입술을 떠올리자 눈앞이 아찔했다.

렐레는 실버 로드 남쪽으로 차를 몰다가 기름을 넣기 위해 셸레프테오에서 차를 세웠다. 카운터 뒤에는 야간 근무 직원이 혼자 서서 휴대폰을 만지고 있었다. 야구모자를 눈 바로 위까지 푹 눌러쓰고 입안에 스누스를 가득 붙인 대형 트럭 운전사가 커피 머신 옆에 서서 큼직한 머그잔 두 개에 커피를 따랐다. 렐레는 딴생각에 잠긴 점원에게 커피 한 잔과 말보로 레드 두 갑을 샀다. 강렬한 형광등 불빛 너머로 밤이 바다를 연상시키는 푸른 어스름에 잠겨 있었다. 렐레는 다시 운전석에 앉아 담배를 피우며 바다 생각을 떨쳐내려 했다. 하지만 시동을 걸었을 때는 이미 늦었다. 렐레는 교차로에서 좌회전해 실버 로드를 빠져나갔고, 차창 밖으로 서투르게 담뱃재를 털었다.

목적지에 가까워질수록 공기 중에 감도는 소금 냄새가 났다. 마침내 지평선이 보였고, 앞에 바다가 펼쳐졌다. 태양이 구름을 뚫고 나오는 부근의 하늘이 붉게 빛났다. 렐레는 차를 세우고 내려서 돌이 많은 만의 가장자리를 따라 걸었다. 이윽고 풀이 무성하게 자란 해변이 나왔다. 예전에 오두막이 있었던 곳이다. 널빤지 한 장 남아 있지 않지만, 겹겹이 쌓인 죽은 식물들 아래로 렐레는 지하 저장고가 어디에 있었는지 가리킬 수 있었다. 그는 비틀비틀 걸으며 담뱃재를 털었다. 추억이 밀려들면서 숨이 가빠오고 심장이 요동쳤다.

그가 어릴 때 살았던 집이 여기 있었다. 여기서 아버지는 죽어라 술을 마셨고, 어머니는 밤이면 렐레만 혼자 남겨둔 채 일하러 나갔다. 겨우 일고여덟 살 때 렐레는 아버지가 마시다 남긴 술을 마시기 시작했다. 곧 약한 술과 독한 술의 차이, 집에서 만든 보드카와 진짜 보드카의 차이를 구별할 수 있게 되었다. 어린 나이에 처음으로 술에 취해서 깨어나 보니 침대 옆에 토사물이 있었다. 토한 기억은 없었다. 당연히 어머니는 렐레에게서 나는 알코올 냄새를 알아차렸지만 그에 대해 한마디도 하지 않았다. 아들에게나 남편에게나. 술 마시는 걸 모른 척하라. 그게 어머니의 첫 번째 규칙이었다.

리나는 아빠가 술 마시는 모습을 한 번도 본 적이 없었고, 렐레는 그 사실에 감사했다. 그것은 바다 옆에 묻어버린 그의 일부였다. 리나는 렐레가 자란 오두막을 본 적이 없었다. 친할아버지, 할머니도 만난 적이 없었다. 리나가 태어났을 때 아버지는 세상을 떠난 뒤였고, 렐레는 리나에게 할머니도 돌아가셨다고 거짓말했다. 리나는 나이를 먹으면서 아빠의 어린 시절과 할아버지, 할머니에 대해 이것저것 물었지만 렐레는 언제나 시원하게 답해주지 않았다. 렐레는 아이를 절대 혼자 남겨두지 않겠다고 자기 자신과 약속했다. 술이나 다른 무엇이 아이보다 우선시되는 일은 절대 없을 거라고 엄숙히 맹세했건만 실패했다. 그것도 아주 처절하게.

렐레는 한때 그의 가족이 살았던 해변을 계속 걷다가 쪼그리고 앉아서 물수제비를 뜰 수 있는 납작한 돌들을 골라냈다. 그러고는 능숙하고도 힘차게 돌을 던졌다. 마치 바다에 화난 사람처럼. 요즘에는 짭짤한 바다 냄새를 맡으면 속이 뒤틀렸다. 그 냄새는 차까지 따라왔고, 차에 올라타니 안에서 바다 냄새가 진동했다. 렐레는 오랫동안 앉아서 담배를 피우며 기억 위에 두껍게 쌓인 잡초를 바라보았다. 목에서 느껴지는 익숙한 갈증이 점점 강해졌지만, 북쪽으로 차를 모는 렐레의 두 손은 흔들림 없이 운전대를 잡고 있었다.

셸레프테오와 글리메르스트레스크 중간쯤에서 비가 내리기 시작했고, 아르비사우르에 가까워졌을 때는 두 번이나 차를 세워야 했다. 와이퍼가 폭우를 감당할 수 없었기 때문이다. 렐레는 담배를 피우며 자동차를 두들겨대는 빗소리를 들었다. 실종되던 날, 리나는 청바지에 흰색 긴팔 티셔츠를 입고 있었다. 이런 폭우를 버틸 만한 차림이 아니었다. 리나가 실종되던 해에 렐레는 그 사실에 집착했다. 리나의 옷차림이 너무 허술해서 추위에 떨거나, 비에 젖거나, 모기에 물릴 거라고. 렐레는 자연적 요소만 걱정했다. 인간적 요소는 생각하고 싶지 않았다.

렐레가 운전석에 앉아 쉬고 있을 때 차 한 대가 뒤에 와서 섰다. 안개등이 빗줄기를 뚫고 그의 차를 비췄다. 렐레는 장대비 때문에 운전자를 볼 수 없었다. 아마 저쪽 운전자도 그를 볼 수 없었으리라. 비가 억수로 내렸고, 야생동물 보호 철책이 바람에 심하게 흔들렸다. 자동차 덕분에 비를 피할 수 있어서 정말

다행이라고 생각하자마자 누군가 차창을 두드렸다. 렐레가 너무 놀라서 크게 움찔하는 바람에 담배가 바닥에 떨어져서 매트에 구멍이 뚫렸다. 차창 밖의 남자는 후드를 써서 얼굴 윤곽이 흐릿했다. 렐레가 차창을 내리자 볼이 쑥 들어간 초로의 남자가 보였다. 렐레는 담배를 찾아 몸을 더듬었다. 플라스틱 타는 냄새가 좁은 차 안을 차츰 메웠다.

"미안합니다. 놀라게 할 생각은 아니었어요. 휴대폰을 좀 빌릴 수 있을까요? 내 휴대폰은 배터리가 떨어져서요." 남자가 말했다.

희끗한 머리카락이 남자의 얼굴에 찰싹 달라붙었고, 빗줄기가 눈썹과 인중을 타고 흘러내렸다. 렐레는 컵 홀더에 넣어둔 휴대폰을 힐끗 쳐다보았다.

"차에 타서 전화하세요." 렐레는 그렇게 말하고 조수석을 향해 고갯짓했다. "제 휴대폰이 비에 젖으면 안 되니까요."

남자는 서둘러 차를 돌아와 조수석에 탔다. 그에게서 물이 뚝뚝 떨어지고 김이 피어올랐다.

"고맙습니다. 친절하시네요." 남자가 말했다.

남자가 휴대폰을 들고 번호를 누르는 동안 렐레는 차에서 내렸다. 오래 앉아 있었던 탓에 다리가 뻣뻣했다. 다리를 펴기 위해 남자의 차를 한 바퀴 돌면서 빗물로 번들거리는 차창을 들여다보았다. 최대한 태연하게. 남자가 와이퍼를 켜둔 탓에 젖은 앞유리 위로 와이퍼가 계속 움직였다. 차 안의 실내등이 켜져 있어서 홀더에 들어 있는 일회용 커피 컵이 보였다. 뒷좌석은 검은색 방수포와 온갖 쓰레기로 뒤덮여 있었다. 사탕 포장지, 낚싯줄, 빈 맥주캔, 작은 톱, 강력 접착테이프 하나. 조수석에는 흰 천이 있었는데 차창에 서린 김 너머로 리나의 얼굴이 흐릿하게 보였다. **저를 보신 적이 있나요? 112로 전화해주세요.** 지난 3년 동안 아네테가 주문했던 숱한 티셔츠들 중 하나였다. 이 남자도 리나의 추도식에 갔을까? 글리메르스트레스크에 사는 사람일까?

다시 차로 돌아가는 렐레는 골치가 지끈거렸다. 남자는 휴대폰을 건네주었다.

"빌려줘서 고맙습니다. 이런 날씨에 당신을 밖으로 쫓아낼 마음은 없었어요."

"어차피 다리를 좀 펴려던 참이었습니다."

남자는 앞니 하나가 부러져서 웃을 때 그 틈으로 혀가 보였다.

"빌어먹을 날씨 같으니. 마누라한테 전화했습니다. 제가 어디 있는지 말해줘야 하거든요. 안 그랬다가는 난리가 나죠." 남자가 말했다.

"아직 갈 길이 멉니까?"

"아뇨, 아뇨. 전 헤드베리 외곽에 삽니다."

"운전 조심하세요." 렐레는 그렇게 말하며 재킷 소매로 얼굴을 닦았다.

"당신도요."

남자는 차에서 내려 자기 차를 향해 뛰어갔다. 렐레는 차문을 잠갔다. 수납함에서 권총을 꺼낸 다음 휴대폰에 남자의 자동차 번호를 입력하고 설명도 덧붙였다. **50~60대 남자, 보통 체중, 부러진 앞니. 헤드베리?**

빨간 선으로 표시된 디지털시계는 4시 30분이었다. 이렇게 늦은 시각에 정말로 저 남자의 부인이 잠도 안 자고 그를 기다릴까? 그럴 것 같지 않았다. 렐레는 백미러를 들여다보았다. 자기 차로 돌아간 남자는 등받이에 몸을 기대고 앉아 있었다. 남자가 눈을 떴는지 감았는지는 보이지 않았지만 움직이지 않는 것으로 보아 폭풍이 지나갈 때까지 앉아서 기다릴 작정인 듯했다. 폭풍이 두 자동차 사이에 커튼처럼 드리운 빗줄기를 후려치고 있었다. 렐레는 휴대폰을 들었다. 늦은 시간인데도 하산이 전화를 받았다.

"이번엔 또 뭐야?"

"번호판 조회 좀 해줘."

토르비요른은 메야에게 아침을 만들어주겠다고 우겼다. 메야가 아래층으로 내려오자마자 얼굴이 환해지더니 낡은 식탁에 앉으라고 했다. 라디오 소리가 흘러나오는 가운데 토르비요른은 가스레인지 앞에서 분주하게 무언가를 만들었다. 처음에

는 실리에에게도 함께 아침을 먹자고 설득했지만, 두어 번의 성과 없는 시도 끝에 결국 포기했다. 실리에는 아침형 인간과 거리가 멀었다. 메야가 기억하는 한 엄마와 함께 아침을 먹은 적이 한 번도 없었다.

토르비요른은 황동 커피포트에 커피를 끓였고, 한 사람이 먹을 수 있는 양보다 훨씬 많은 음식을 차렸다. 요거트, 죽, 삶은 달걀, 빵, 두 종류의 치즈, 햄, 검붉은 색 고기. 메야는 고기를 사양했지만 토르비요른은 계속 권했다.

"먹어보라니까. 이건 훈제 순록 고기야. 남부에는 이렇게 맛있는 고기가 없다고."

메야는 고기를 작게 뜯어서 혀에 올려놓고 순록이라는 사실을 생각하지 않으려 했다. "짠 흙을 먹는 것 같아요."

그 말에 토르비요른은 웃음을 터뜨렸다. 그는 앞니 사이가 벌어졌고, 먹을 때 콧수염에 음식이 달라붙었다. 하지만 메야를 불안하게 만들지는 않았다. 메야를 스치듯 바라보는 그의 시선에는 무언가가 있었다. 마치 메야가 보고는 싶지만 빤히 보고 싶지는 않다는 듯이. 마치 그녀에게 관심이 있다는 듯이.

"네 엄마는 잠이 좋은가 보다."

"하루 종일이라도 잘걸요."

"아침을 거르다니 안됐어. 내가 늘 말하듯이 하루 중에서 아침이 제일 맛있는데 말이야."

토르비요른은 지저분한 회색 메시 소재 러닝셔츠 바람으로 움직일 때마다 씻지 않은 몸에서 냄새가 풍겼다. 엄마는 아저씨와 섹스할 때 숨을 참고 할까? 메야는 눈을 감고 숲을 떠올렸다.

토르비요른은 바지에 손을 닦고 손등으로 코를 훔쳤다.

"이제 우리 어머니도 무덤 속에서 웃고 계실 거다. 틀림없이."

"왜요?"

"네가 여기 앉아 있으니까. 어머니는 늘 자식이 있어야 한다고 잔소리를 했지. 당신 생각에는 자식이 있는 게 마누라를 얻는 것보다 더 중요했어. 내가 늙어서 일할 수 없게 되면 날 대신해서 이 땅을 돌볼 사람이 필요하니까."

메야는 뭐라고 말해야 할지 몰라서 그냥 손을 뻗어 순록 고기를 집었다. 그러고는 고기를 빵에 올려놓고 크게 한입 베어 먹었다. 이걸로 아저씨가 행복해지기를 바랐다. 아니나 다를까, 토르비요른은 흐뭇한 미소를 지었다.

그는 남은 커피를 보온병에 붓고 총을 쏠 때 착용하는 헤드폰을 집어 들었다. 메야는 그가 무슨 일을 하는지 전혀 몰랐다. 그저 팔꿈치를 덧댄 초록색 재킷에 불룩 튀어나온 배 위로 눈에 확 띄는 오렌지색 안전조끼를 입고 숲속에서 시간을 보낸다는 사실만 알 뿐이었다. 가끔씩 카메라를 가져가서 자기가 잡고 싶은 새와 꽃을 찍어서 사진을 보여주기도 했는데 메야로서는 생전 처음 듣는 이름의 새와 꽃이었다.

"저기 장작을 쌓아두는 헛간에 자전거가 있으니까 집에 있기 지루하면 언제든지 타고 나가려무나."

토르비요른이 나간 뒤에 메야는 엄마가 자고 있는 침실 문을 빼꼼 열어보았다. 재떨이와 시큼한 레드 와인 냄새가 풍겼다. 엄마는 십자가에 못 박힌 예수처럼 양팔을 활짝 벌리고 고개를 한쪽으로 기울인 채 죽은 듯이 자고 있었다. 엄마의 젖꼭지는 핏기 없는 살갗 위에서 멍 같아 보였고, 숨을 쉴 때마다 갈비뼈가 오르락내리락했다. 메야는 늘 엄마가 숨을 쉬는지 확인하고 싶었다.

"깼어?"

메야는 침대로 다가가 엄마의 등 밑으로 손을 넣은 다음 한쪽으로 돌려 눕혔다. 엄마는 아무 소리도 내지 않았다. 의식이 있다는 신호조차 없었다. 메야는 엄마의 양다리를 끌어당겨 태아처럼 웅크린 자세로 만들고는 엄마의 머리가 침대 가장자리에 닿을 때까지 옆으로 밀었다. 이게 가장 안전한 자세다. 엄마가 혹시라도 자다가 토할 경우를 대비해서. 메야는 조용히 방을 나가며 도망갈 구실을 찾았다.

방에 있는 전화가 갑작스레 울리는 바람에 렐레는 가슴이 철렁 내려앉아 테이블에 커피를 흘렸다. 저 소리에는 절대 익숙해지지 않았다. 저 고막을 찢는 듯한 소리는 모든 게 끝났고, 오늘이 그의 인생이 끝장나는 날이라는 뜻일 수 있었다.

"어젯밤에 자네가 만났다는 남자를 조사해봤네. 헤드베리에 산다는 남자 말이야." 하산이 말했다.

"어떻게 됐나?"

"자네도 나쁜 놈을 알아보는 눈이 생겼나 봐. 이름은 로게르 렌룬드, 1975년에 강간으로 유죄 판결을 받았고, 1980년대에는 가정폭력으로 두 번 유죄 판결을 받았어. 현재는 장애연금으로 살고 있더군. 부모님이 돌아가신 뒤에 헤드베리에 있던 집을 물려받은 모양이야. 2011년부터 거기서 혼자 살고 있어."

"혼자? 확실해?"

"음, 그 주소로 등록된 거주인은 그 남자뿐이야."

"자기 부인한테 전화한다면서 내 휴대폰을 빌려 갔어. 그 번호를 찾아봤더니 아르비사우르에 있는 요양원이더군."

"부인이 거기서 일할 수도 있지. 아니면 나이든 여자를 좋아하거나."

하산은 입안에 음식을 가득 물고 말했다. 렐레는 시계를 흘낏 보았다. 12시 5분. 일반인들의 점심시간이다.

"그자에게 연락할 건가?" 렐레가 물었다.

"무슨 근거로? 리나의 얼굴이 찍힌 티셔츠를 가지고 있었다고? 지금은 노를란드 인구의 절반이 그 티셔츠를 가지고 있어."

렐레는 전화기를 어찌나 꽉 쥐었는지 손가락이 아팠다.

"알겠네." 렐레가 퉁명스럽게 대답했다. "내가 하지."

"렐레." 하산이 꾸짖듯이 말했다. "바보 같은 짓 하지 마."

렐레는 블라인드를 내리고 책상 앞에 앉아서 로게르 렌룬드의 농장을 찍은 위성사진을 바라보았다. 뒤에는 울창한 숲이, 앞에는 풀이 높이 자란 들판이 펼쳐진 외딴 곳이었다. 텅 빈 초원에는 가축이나 말의 흔적이 전혀 없었다. 외양간과 그보다 작은 헛간 셋, 그리고 닭장이 있었다. 부지 오른쪽 구석에 땅을 파서 만든 지하 저장실이 있을 텐데 확실하지는 않았다. 거기서 가장 가까운 농장은 남쪽으로 5킬로미터 떨어져 있었다. 하늘에 떠 있는 위성을 제외하고 로게르 렌룬드의 사유지를 볼 수 있는 방법은 전혀 없었다. 무언가를 숨기기에 안성맞춤이었다.

렐레는 리나가 감금되어 있다고는 생각하고 싶지 않았지만, 동시에 그것만이 그에게 남은 유일한 위안이었다. 렐레는 처음부터 아네테에게 리나가 납치됐다고 말했다. 이 넓은 세상에서 누군가는 리나가 어디 있는지 알고 있으며, 렐레는 무슨 일이 있어도 그게 누군지 알아낼 작정이었다. 리나가 사라진 그해 여름에 렐레는 마을에서 혼자 사는 남자들 그리고 괴짜들의 집을 일일이 찾아다니며 지하 저장실과 다락방을 보여달라고 했다. 욕을 먹기도 했고, 커피를 마시고 가라는 초대를 받기도 했지만, 결국에는 외로움만 남았다. 사방에 그런 외로움이 있다는 사실만 남았다. 외로움은 이 지역의 변두리를 좀먹어갔고, 다른 가족은 모두 떠나고 홀로 남은 사람들 사이에 병처럼 퍼졌다. 그리고 이제는 렐레도 그들 중 하나였다. 외로운 사람들 중 하나였다.

"헤드베리라는 마을을 아나?"

키펜은 얼굴을 찡그리고 입을 꾹 다문 채 담배가 진열된 선반을 뚫어지게 바라보았다. 마치 거기에 답이 적혀 있다는 듯.

"아니. 어디에 있는데?"

"저기 아리에플로그 근처에."

"거길 살펴볼 참이야?"

렐레는 고개를 끄덕이고 담뱃갑의 비닐을 뜯었다. "만약 내가 안 돌아오면 어떻게 해야 하는지 알지?"

"남의 사유지를 무단 침입하려는 건 아니지?"

"강간범이자 가정폭력범의 농장을 찾아갈 거야."

키펜은 축 늘어진 목살이 흔들릴 정도로 고개를 절레절레 저었지만, 아무 말도 하지 않고 나지막이 휘파람만 불었다. 학생들 몇몇이 가게 안으로 들어오자 렐레는 담배를 물고 키펜에게 윙크하며 출입문으로 걸어갔다.

렐레는 위성사진에서 보았던, 자동차가 유턴할 수 있는 공간에 차를 세웠다. 거기서 개울을 따라가면 로게르 렌룬드의 사유지 뒤쪽을 관통하는 수로로 이어졌다. 렐레는 겨드랑이까지 올라오는 울창한 관목 속으로 발을 내디뎠다. 관목을 헤치며 걸어가자 야생화에서 파리 떼가 시커멓게 피어올랐다. 로게르 렌룬드의 농장은 중세시대 요새처럼 잡초가 무성한 들판과 가시나무 숲에 둘러싸여 있었다. 저기를 통과하기란 악몽이 따로 없을 것이다.

렐레는 신고 있던 목이 긴 신발 안쪽에 바짓단을 밀어 넣고, 모기의 공격을 대비해 후드를 썼다. 숲 초입에서 나뭇가지 하나를 꺾어 허공에 휘둘렀다. 앵앵거리는 소리가 그를 에워싸자 혐오감이 치밀었다. 질척한 땅에서는 악취가 풍겼고, 밤의 태양이 나무 사이로 새어 들어오는 햇살을 그려 넣었다. 햇살 속으로 성난 각다귀들이 모여들었다. 후드를 쓰고 나뭇가지를 휘두르는데도 놈들은 렐레를 물어뜯었다. 각다귀들은 땀에 흠뻑 젖은 두피를 물었다. 권총은 허리춤에 있었고, 렐레는 모공에서 흘러나오는 두려움의 냄새를 맡을 수 있었다. 어쩌면 그 냄새가 망할 놈의 모기들을 유인하는지도 몰랐다.

렐레는 무엇이 두려운지 알 수 없었다. 남의 사유지를 무단 침입했다는 사실 때문인지, 아니면 자신이 무언가를 발견할까 봐 혹은 발견하지 못할까 봐서인지. 합법이든 불법이든 가능한 한 모든 수단을 동원해서 딸을 찾을 것이다. 어쩌면 자신이 미쳐가고 있는 게 두려운지도 몰랐다. 이렇게 혼자 바쁘게 돌아다니는 건 유혹적이다. 그와 같은 것을 보고, 같은 결론을 내리는 사람은 아무도 없다. 이 일은 렐레 혼자서 해결해야 했고, 그도 그걸 알고 있었다. 어쩌면 다시 진정제를 먹고, 저녁이면 사라진 딸을 애도하며 SNS나 해야 할지도 모른다. 아네테에게는 그 방법이 통하는 듯했다. 그녀는 법을 어기지 않았다. 한밤중에 총을 들고 남의 사유지를 돌아다니지도 않았다. 딸을 찾아 퇴락한 마을로 차를 몰아 폐가를 뒤지고 다니지도 않았다. 오직 렐레만 그러고 다녔다.

숲을 통과하고 나자 티셔츠가 살갗에 찰싹 달라붙었고, 귀에 피가 몰리는 탓에 더는 모기의 칭얼거림이 들리지 않았다. 공터에 얼핏 방목장이 보였는데 오랫동안 풀을 뜯기지 않아 풀이 무성했다. 렐레는 이끼와 꽃 사이에 쪼그리고 앉아 저택을 바라보았다. 비바람에 퇴색한 2층 저택이었다. 슬퍼 보이는 창유리에 밤하늘이 비쳤다. 짐승이든 사람이든 생명체의 흔적이 전혀 없었다. 렐레는 몸을 수그린 채 방목장을 가로질렀다. 그제야 집 옆에 주차된 자동차가 보였다. 스노모빌인지 전동 자전거인지 그 위에 방수포가 덮여 있었다. 새까만 흙이 가득 담긴 녹슨 손수레와 최근에 감자를 수확하고 다시 새싹이 돋아나기를 기다리는 감자밭 옆으로 살금살금 지나갔다. 발아래 흙이 축축하고 차가웠다. 렐레는 가장 가까운 건물인 헛간까지 가는 것을 목표로 하고, 개 짖는 소리가 들리는지 마지막으로 귀를 기울였다가 달리기 시작했다. 하지만 얼마 못 가서 다시 풀밭에 엎드려야 했다. 경첩의 끼익 소리가 정적을 깨더니 마른기침 소리가 들렸다. 렐레는 풀밭에 누워 꼼짝도 안 하려고 했지만 심장과 폐가 땅에 부딪혀 들썩거렸다. 이슬이 몇 겹의 옷을 뚫고 안으로 스며들었다. 차가운 풀밭은 어릴 때 빙판을 뚫고 떨어졌던 기억을 떠올리게 했다. 날카로운 빙판 가장자리에 긁혀 손에서는 피가 났고, 갑자기 술에서 깬 아버지가 밧줄을 잡으라고 소리를 질렀다. **밧줄을 꼭 붙잡아라, 얘야!**

잔디 사이로 베란다 계단에 나와 있는 사람의 형체가 보였다. 렌룬드는 초록색 팬티 차림이었고, 허리 밴드 위로 툭 튀어나온 배가 흘러내렸다. 그가 두 손가락을 입에 넣고 휘파람을 불자 회색 개가 나무를 향해 뛰어갔다. 렐레는 한쪽 볼을 바닥에 대고 눈을 감았다. 렌룬드가 개에게 뭐라고 말하는 소리가 들리더니 다시 경첩이 끼익 비명을 지르며 문이 닫혔다. 렐레는 한동안 그대로 누워 있었다. 급기야 추위가 뼛속까지 스며들어 관절과 턱이 덜덜 떨렸다. 렐레는 하늘이 어슴푸레 비친 창문과 집에서 눈을 떼지 않은 채 헛간까지 기어갔고, 남자가 시야에서 사라진 후에야 일어나서 달리기 시작했다. 헛간의 문이 반쯤 열려 있어서 렐레는 몸을 옆으로 틀어서 안으로 들어갔다. 그러고는 어둠 속을 뚫어지게 바라보며 마른 장작 냄새를 들이마셨다. 한쪽 벽에 장작이 족히 몇 미터쯤 쌓여 있었다. 겨울을 세 번은 보내고도 남을 양이었다. 렌룬드는 나쁜 놈일지 몰라도 게으름과는 거리가 멀었다.

렐레는 외양간 내부를 터덜터덜 걸었다. 가축은 한 마리도 없고 썩은 건초 냄새가 진동했다. 손전등으로 실내를 비춰보고, 건초 더미를 갈퀴로 쑤셔서 밑에 아무것도 없는지 확인했다. 벽을 뒤덮은 거미줄과 새똥은 여기에 가축이 살지 않은 지 오래됐다는 증거였다. 밖으로 나오니 개집이 있었는데 역시 개는 없고 밥그릇에 빗물과 흙이 가득 담겨 있었다. 그 옆에는 벽이 기울어진 사냥꾼 막사가 있었고, 문간에 죽은 토끼 두 마리가 껍질이 벗겨지기를 기다리며 걸려 있었다. 렐레는 막사의 긁힌 창문 안쪽을 들여다보았다. 안에는 연장과 낚싯줄, 칼이 즐비했다. 한쪽 벽에는 사냥감을 손질할 수 있는 테이블이 부착되어 있었다. 특이하거나 의심스러운 점은 전혀 없었다. 렐레는 다시 집 쪽을 바라보았다. 집 안을 살펴보고 싶었다. 남자 혼자 살기에는 너무 큰 집이다. 사용하지 않는 방도 많을 것이다.

렐레가 마당을 절반쯤 가로질렀을 때 첫 총성이 울리더니 머리 위 소나무들이 흔들렸다. 렐레는 쪼그리고 앉아 달리기 시작했다. 어깨 너머로 베란다 계단에 나와 있는 렌룬드가 보였다. 여전히 팬티 차림이었지만 겨드랑이에 총을 끼고 있었다. 렌룬드가 그에게 뭐라고 외쳤지만 들리지 않았다. 그러더니 두 번째 총성이 울렸다. 이번에는 옆으로 총알이 지나가면서 바람이 훅 밀려왔다. 렐레는 바닥에 몸을 던져 네 발로 기어갔다. 곧 뒤에서 개 짖는 소리가 들렸다. 소리가 점점 가까워졌다. 이내 땅이 흔들렸고, 개의 앞발이 그의 등을 누르자 렐레는 양손으로 머리를 감싼 채 바닥에 납작 엎드렸다. 개가 컹컹 짖어댔다. 먹이를 잡았다는 뜻이었다. 렐레는 미동도 하지 않은 채 누워 있었다. 육중한 발걸음에 풀이 갈라지는 소리가 들렸다. 남자가 쉰 목소리로 개에게 조용히 하라고 명령했다. 렐레는 일어나려고 했지만 남자가 그의 날개뼈 사이를 발로 누르며 일어나지 못하게 했다.

메야는 차갑게 식은 커피를 마시며 숲을 바라보았다. 밤과 칼 요한이 오기를 기다리는 낮이 한없이 길게 느껴졌다. 칼 요한은 밤에만 왔기 때문이다. 지난번에 버린 담뱃갑이 머릿속을 둥둥 떠다녔다. 딱 한 대만 피우면 괜찮을 거라는 생각이 들었다. 하지만 갑자기 칼 요한이 숲에서 튀어나왔을 때 담배 냄새를 풍기고 싶지 않았다.

메야는 안절부절못하다가 밖으로 나갔다. 태양이 숨바꼭질을 하며 구름 뒤에 숨어버려 온기가 전혀 느껴지지 않았다. 개를 데리고 나갔지만 개는 금세 메야를 버리고 더 좋은 냄새를 따라 낮은 월귤 덤불로 들어가더니 그림자와 섞여버렸다. 메야는 개를 불렀지만 자기 목소리를 듣는 게 싫었다. 바람이 불면서 숲이 그녀를 만지려는 듯하자 메야는 소름이 끼쳤다. 숲을 향한 혐오가 두툼한 담요처럼 그녀의 어깨를 감쌌다. 메야는 헛간 쪽으로 걸어갔다.

문은 묵직했지만 쉽게 열렸다. 내부는 지붕이 높았다. 검은색 방수포 아래 온갖 탈것이 잠들어 있었고, 긴 벽에는 다양한 연장이 걸려 있었다. 토르비요른은 특히 도끼에 관심이 많은지 적어도 열두 개가 일렬로 걸려 있었다. 반짝이는 칼날이 가죽 칼집 속에 누워 있었다. 메야는 도끼의 두툼한 손잡이를 손끝으로 쓸어내리며 이걸 휘두르면 어떤 느낌일지 궁금했지만 직접 해볼 엄두가 나지 않았다. 아마 나중에 아저씨가 보여줄 것이다.

한쪽 구석에 자전거 두 대가 세워져 있었는데 둘 다 낡은 데다 기어도 없었지만 뒤에 튼튼한 짐받이가 있었다. 메야는 옆방으로 가봤다. 벽에 온갖 동물의 가죽이 펼쳐져 있었고, 천장에 묵직한 갈고리가 걸려 있었다. 방 한가운데에 놓인 작업대에 가까이 다가가 보니 나무 표면이 핏자국으로 검게 변해 있었다. 메야는 지하 냉동실을 가득 채운 고기를 여기서 손질한다는 걸 깨달았다. 그렇게 생각하니 몸이 움츠러들었다.

밖에서 개가 짖어대자 메야는 나가려고 몸을 돌렸다. 그때 또 다른 문이 눈에 들어왔다. 한쪽 경첩이 빠진 문 아래로 반짝이는 빛 웅덩이가 보였다. 메야는 다가가 문손잡이를 잡았다. 길게 삐거덕거리는 소리와 함께 문이 곧바로 열렸다. 안쪽은 붙박이 옷장 정도밖에 안 되는 아주 작은 공간이었는데 지저분한 창문으로 한 줄기 햇살이 들어왔다. 벽에 설치된 좁은 선반 위에 나무를 깎아 만든 조각상이 여러 줄 길게 늘어서 있었다. 토끼부터 가슴이 큰 여자까지 다양했다. 바닥에는 대팻밥이 깔렸고, 잡지가 가득 든 플라스틱 음료수 상자가 놓여 있었다.

메야는 그게 무슨 잡지인지 단번에 알 수 있었다. 반질반질한 종이에는 벌거벗은 여자들의 사진이 실려 있었다. 벌어진 엉덩이와 성기를 확대해서 찍은 사진들. 메야는 그런 사진이 흥미로운 동시에 역겨웠다. 밤이면 여기에 앉아 조각상을 만들고 포르노 잡지를 뒤적였을 토르비요른을 상상하니 웃기기보다 슬펐다. 잡지 서너 권을 들춰보던 중에 한 잡지에서 사진 한 무더기가 책갈피처럼 우수수 떨어졌다. 아마추어가 찍은 듯한 사진이었는데, 알록달록한 비키니를 입은 젊은 여자들이 호숫가 바위에서 다이빙을 하고, 수건으로 몸을 닦고 있었다. 누가 자기들을 찍고 있다는 사실은 전혀 모르고 있었다. 메야는 실눈을 뜨고 그들의 얼굴을 자세히 보려 했다. 불쾌한 감정이 그녀를 덮쳤다. 밖에서 개가 짖자 메야는 서둘러 사진을 원래 자리에 돌려놓았다. 손이 떨렸다.

서둘러 방에서 나간 메야는 작업대와 도끼를 지난 다음, 낡은 자전거 한 대를 붙잡아 밖으로 끌고 갔다. 그러고는 안장에 올라타 페달을 밟으며 마을로 이어지는 금이 간 아스팔트를 비틀비틀 달렸다.

로게르 렌룬드는 주철로 된 난로 위에서 드립 커피를 내리고 있었다. 렐레는 의자 끝에 걸터앉아 필시 1960년대부터 쭉 깔려 있었을, 왁스를 입힌 갈색 줄무늬 식탁보를 만지작거렸다. 회색 개가 털보 간수처럼 렐레에게서 졸린 눈을 떼지 않은 채 문간에서 몸을 쭉 폈다. 렌룬드는 잇몸에 붙였던 스누스를 싱크대에 뱉고는 초록색 플라스틱 머그잔에 커피를 따랐다. 진하고 새까만 커피가 햇빛 속에서 맹렬하게 김을 피워 올렸다.

"경고탄을 쏴서 미안합니다. 그래도 당신을 겨냥하고 쏘진 않았어요. 지난 몇 년간 디젤을 훔쳐가는 놈들이 있어서 따끔한 맛을 보여주려고 그랬죠." 렌룬드가 말했다.

머그잔을 들어올리는 렐레의 손이 아직도 떨렸다.

"어쩔 수 없죠. 한밤중에 남의 사유지를 돌아다닌 제 탓입니다." 렐레가 말했다.

"그럼 경찰을 부를 필요는 없겠죠?"

"물론입니다."

그들은 한동안 말없이 커피를 마셨다. 렐레는 주위를 살펴봤다. 이 집이 렌룬드의 부모 소유였고, 가구도 대대로 물려받았다는 사실은 의심의 여지가 없었다. 나무로 된 벽시계가 재깍거렸고, 줄무늬 벽지를 바른 벽에는 사냥용 칼과 말린 질경이떡쑥한 다발이 걸려 있었다.

렌룬드는 손가락으로 담배를 만지작거리며 렐레에게서 눈을 떼지 않았다.

"당신이 누군지 생각났습니다. 요전날 밤에 만났죠. 내가 아내에게 전화할 수 있도록 휴대폰을 빌려준 분이군요!"

"맞습니다." 렐레가 말했다.

"세상에 이런 일이."

렌룬드는 눈살을 찌푸리고는 둘 사이에 놓인 리나의 사진을 내려다보았다.

"그러니까 얘가 당신 딸이라고요?"

"우리 딸애 사진이 찍힌 티셔츠를 가지고 계시더군요. 차 안에요."

"네. 우리 부부도 수색에 동참했습니다. 인간 사슬이었죠. 3년 내내 횃불 행진에도 참가했고요."

"부인은 어디 계신가요?" 렐레가 물었다.

"마누라는 박트시아우르에 농장을 가지고 있습니다. 우린 따로 삽니다."

"왜죠?"

"난 우리 집안이 대대로 살아온 이 집을 팔고 싶지 않고, 마누라도 자기 집을 팔고 싶어 하지 않으니까요."

"아, 그렇군요. 부인께선 요양원에서 일하십니까?"

렌룬드는 놀란 표정이었다.

"그걸 어떻게 알았습니까?"

"우리가 만난 날에 거기로 전화하셨더군요."

"마누라는 고집을 부려서 야간 근무를 하고 있습니다. 환자들이 밤에 죽는다면서, 혼자 죽게 내버려두고 싶지 않다더군요."

렐레가 그 말을 곱씹는 동안 긴 침묵이 흘렀다. 렌룬드가 커피를 꿀꺽꿀꺽 삼키는 소리, 바닥에 놓인 양철 양동이에 가래를 뱉는 소리만 들렸다. 개는 하얀 배털을 드러낸 채 바닥에 등을 대고 드러누웠다.

"하지만 여전히 이해가 안 가는군요. 왜 따님이 우리 농장에 있을 거라고 생각하셨죠?" 렌룬드가 물었다.

렐레는 숨을 깊이 들이쉬었다. "모르겠습니다. 제가 아는 건 딸이 실종된 지 3년이 됐고, 저는 무슨 수를 써서든 그 애를 찾아야 한다는 겁니다. 그러다 당신의 과거에 대해 듣게 됐죠. 솔직히 말해서 제 눈에는 빌어먹을 모든 인간이 수상해 보입니다. 우리 딸이 어떻게 됐는지 알아낼 때까지는 스웨덴 국왕이라도 의심할 겁니다. 그러니까 딱히 당신만 의심한다고 생각하지 마세요."

렌룬드는 얼굴을 찡그리더니 잠시 그 말을 생각했다. "이해가 갑니다. 만약 내 아이가 그런 일을 당했다면 나도 똑같이 했을 겁니다. 정말이지 나도 젊은 날의 내 행실이 자랑스럽진 않습니다. 하지만 맹세코 따님의 실종과는 무관합니다."

렐레가 베란다로 나가 관목 너머 주차해둔 차로 걸어갈 때는 해가 중천에 떠 있었다. 렐레는 목덜미에 따갑게 꽂히는 렌룬드의 시선을 느꼈고, 관목 사이로 사라지기 전에 그에게 손을 흔들었다. 홀로 남은 남자도 손을 흔들었다. 렌룬드는 칠이 벗겨진 한쪽 벽에 라이플을 세워둔 채 베란다 계단에 서 있었고, 옆에는 개가 앉아 있었다. 렐레는 고개를 숙인 채 나무 사이를 구불구불 돌아가 렌룬드의 시야에서 벗어나자마자 달리기 시작했다.

"완전 폐인이 됐네!" 아네테가 한 팔로 렐레를 꽉 끌어안으며

말했다. "거기다 냄새도 지독하고."

"칭찬 고마워."

아네테는 렐레에게서 몸을 뗀 채 눈물이 그렁그렁한 눈으로 그를 바라보았다. 그녀의 얼굴에 전에 없던 주름이 있었다. 더 나이 들고 지쳐 보였다. 하지만 아네테와 달리 렐레는 아무 말도 하지 않았다. 렐레는 샤워를 하거나 옷을 갈아입을 시간이 없었다. 간밤에 헤드베리에 다녀온 후로 몸이 두들겨 맞은 듯했다.

아네테는 주머니에서 휴지를 꺼내 눈가를 닦았다.

"3년이야. 우리 딸 없이 3년이나 흘렀다니."

렐레는 고개만 끄덕였다. 입을 열었다가는 필시 울먹일 터였다. 그래서 말없이 한쪽에 서 있는 토마스에게 손을 내밀었다. 주위에 많은 사람이 모여 있었지만 렐레에게는 그저 회색 윤곽으로만 보였다. 자신을 바라보는 사람들의 시선이 느껴졌음에도 차마 얼굴을 볼 수가 없었다. 고개를 들고 그들을 바라볼 자신이 없었다.

사람들은 횃불에 불을 붙여 돌렸다. 군중이 활기를 띠었지만 불길 때문에 함부로 움직일 수 없었다. 렐레는 어깨의 긴장이 약간 풀렸다. 아네테는 학교 계단에 서서 언성을 높여가며 연설했다. 무슨 말인지 잘 알아들을 수 없었지만 익숙한 가락이었다.

이윽고 다른 목소리들이 이어졌다. 지역 경찰인 오케 스톨이 이 사건은 아직 수사 중이며, 리나를 어떻게 계속 찾을 것인지 짤막하게 설명했다. 리나의 친구 하나가 시를 읽고, 또 다른 친구는 노래를 했다. 렐레는 계속 땅을 바라보며 다른 곳에 있으면 좋겠다고, 운전대를 잡고 리나를 찾아 실버 로드를 달릴 수 있으면 좋겠다고 생각했다.

"렐레?" 아네테의 목소리가 그의 생각 속으로 들어왔다. "한마디 할래요?"

모두의 눈이 렐레에게로 향했다. 렐레는 뺨이 달아올랐다. 손에 든 횃불이 타닥거렸지만 여전히 숨죽여 흐느끼는 소리가 들렸다. 렐레는 헛기침을 하고 혀로 입술을 핥았다.

"오늘 이 자리에 와주신 모든 분들에게 감사하다는 인사를 드리고 싶군요. 리나가 없는 3년은 제 인생에서 가장 힘든 시기였습니다. 시간이 흘러도 전혀 편해지지 않았고요. 이제 리나를 집으로 데려올 때가 됐습니다. 제겐 리나가 필요합니다."

렐레의 목소리가 흔들렸고, 그는 고개를 떨궜다. 더는 연설이 불가능했다. 여기까지가 한계였다. 마치 말을 때리듯이 누군가 그의 등을 철썩 때렸다. 렐레가 시선을 옆으로 돌리자 구두가 보였다. 무능력한 늙은이 스톨의 구두였다.

그들은 활활 타오르는 횃불을 든 채 리나가 마지막으로 목격된 버스 정류장까지 일렬로 걸어갔다. 《노를란스 포스텐》의 기자도 함께 걸으며 사진을 찍었다. 렐레는 고개를 숙이고 코트깃을 올린 채 걸었다. 축축한 공기 속에 라일락 향기가 진동했다. 아네테와 그녀의 어깨에 한쪽 팔을 두른 토마스가 앞에서 걸어가고 있었다. 나머지 사람들은 평면처럼 느껴졌다. 마치 살아 있지 않은 사람들처럼.

비탈 꼭대기에 있는 버스 정류장이 눈에 들어오자 렐레는 심장 박동이 빨라지고 현기증이 밀려왔다. 한쪽 발을 차례로 앞으로 내디디며 숨을 들이쉬는 데 집중했다. 리나가 저기 서서 기다리고 있을지도 모른다는 희망이 늘 마음 한구석에 남아 있었다. 그 희망이 절대 실현되지 않을지라도.

렐레는 마을 사람들과 함께 있는 것이 불편했다. 온몸이 그들을 거부했는데 딱히 이유를 설명할 수 없었다. 살갗 밑에서 분노가 타올라 그들의 얼굴을 똑바로 볼 수가 없었다. 리나의 친구, 학부모, 교사, 지인, 이웃, 이웃의 이웃. 그들 모두가 무언가를 봤어야 했다. 무언가를 알고 있어야 했다. 그들도 연루됐을 가능성이 있었다. 글리메르스트레스크 주민 전체가 비난받아야 했다. 리나가 돌아올 때까지 렐레는 어느 누구도 믿지 않을 작정이었다.

그들이 버스 정류장에 도착했을 때 렐레는 어찌나 화가 났는지 횃불을 든 손이 부들부들 떨렸다. 군중에게 달려들어 가장 가까이에 있는 사람들의 호기심 어린 얼굴을 횃불로 그을리는 상상을 했다. 비명 소리가 들리는 듯했다. 렐레는 고개를 숙여 아스팔트의 금을 세기 시작했다. 어디선가 아네테의 목소리가 들려왔다. 놀랍도록 또렷하고 침착한 목소리였다.

렐레가 용기를 내어 고개를 들어보니 사람들이 티셔츠를 나눠주고 있었다. 렌룬드의 차에 있었던 것과 똑같은 티셔츠로 앞면에 리나의 얼굴이 찍혀 있고, 리나의 이름 아래 굵고 검은 글씨로 "저를 보신 적이 있나요?"라고 적혀 있었다. 얼굴 없는 잿빛 군중이 티셔츠를 받아들었다. 이내 사방에서 리나가 그를 향해 웃었다. 리나의 얼굴 수백 개가 그를 에워쌌고, 버스 정류장의 긁힌 유리판에 반사되었다. 렐레는 가슴이 철렁 내려앉고 숨이 막혔다. 다시 고개를 숙여 주위의 수많은 신발을 바라보았다. 합리적인 워킹화, 목이 긴 신발, 네온색 운동화. 만약 리나가 여기 있었다면 어떤 신발을 신었을까?

사람들은 노래를 부르다가 울기를 반복했다. 사방에서 목소리가 들렸다. 아네테의 얼굴은 눈물로 젖어 있었지만 그와 동시에 이렇게 많은 사람이 모였다는 기쁨과 공동체 의식으로 빛났다. 그걸 보니 렐레는 입맛이 썼다. 이 모두가 시간 낭비 같았다. 페이스북에 올라온 글들을 클릭해서 아무 결론도 나지 않는 견해를 읽었을 때와 같은 기분이었다. 마침내 렐레는 사람들의 주의를 끌기 위해 머리 위로 횃불을 흔들었다.

"리나가 돌아오기를 바라는 분들이 이렇게 많다는 건 좋은 일입니다." 렐레는 그렇게 말하고 헛기침을 했다. "하지만 집에 앉아서 슬퍼하지만 말고 밖으로 나가 적극적으로 리나를 찾아야 합니다. 질문을 하고 답을 찾으세요. 한 군데도 빠짐없이 구석구석 잘 살펴보세요. 일을 제대로 하지 않는 경찰을 닦달하세요."

렐레는 오케 스톨을 힐끗 쳐다봤다가 다시 군중을 바라보았다. 사람들은 조용해졌다. 숲 뒤에서 저녁 해가 밝게 빛났다. 렐레는 눈을 거의 감았다 싶을 정도로 실눈을 떴다.

“누군가는 무언가를 알고 있습니다. 이젠 그들이 앞으로 나와야 할 때입니다. 아네테와 전 충분히 오래 기다렸습니다. 우린 리나가 돌아오길 원합니다. 아무것도 모르는 분들께는 이 말밖에 드릴 수가 없네요. 그만 슬퍼하고 리나를 찾으세요.”

렐레가 빗물 고인 웅덩이에 횃불을 담그자 성난 쉬익 소리와 함께 불이 꺼졌다. 렐레는 군중에게 등을 돌린 채 자리를 떴다.

메야는 안장에서 일어나 페달을 밟으며 최대한 빨리 숲에서 벗어났다. 비는 그쳤지만 금이 간 아스팔트 위에서 검은 웅덩이가 반짝거렸고, 청바지에 물이 튀었다. 배수로에서 자란 어린 가문비나무와 덤불이 지나가는 그녀를 향해 손을 뻗었다. 메야는 모기 때문에 입을 다물었다. 공기를 가르며 달리는 덕분에 모기들이 그녀에게 달라붙지 못했다.

영겁 같은 시간이 흐른 뒤 마침내 농장 건물과 상자처럼 생긴 빨간 집들이 보이며 사람 사는 흔적이 나타났다. 집 앞에는 널찍한 잔디밭이, 뒤에는 숲이 펼쳐져 있었다. 개들이 짖어댔고, 풀이 우거진 방목장에서는 다부진 말들이 꼬리를 흔들며 파리를 쫓아냈다. 거름과 풀 냄새가 사방에 얇은 막처럼 내려앉아 있었다. 다른 생명체가 나타나자 메야는 과감히 자전거 속도를 늦췄다. 하지만 불편한 마음은 사라지지 않았다. 오랫동안 여러 곳을 전전하며 살았지만 여기처럼 낯설게 느껴지는 곳은 처음이었다.

메야는 더 넓은 도로로 나와 교회와 거기에 딸린 묘지를 지났다. 가지가 축 늘어진 거대한 자작나무 그늘에 묘비들이 옹기종기 모여 있었다. 대머리 노인이 갈퀴로 잔디를 긁다가 메야가 자전거를 타고 지나가자 손을 흔들었다. 그 외에는 아무도 보이지 않았다. 드문드문 나오는 집들은 햇볕 속에서 잠든 듯했다. 지나가는 차도 없었다. 글리메르스트레스크가 점점 유령도시처럼 느껴졌다.

그때 사람들 목소리가 들렸다. 목소리와 도로를 스치는 발소리가 점점 커졌다. 메야가 나무 사이에 자전거를 세웠을 때 다가오는 군중이 보였다. 무슨 시위라도 벌이는지 한 무리의 사람들이 불타는 횃불을 든 채 행진하고 있었다. 검은 연기와 불이 타는 냄새가 환한 하늘로 피어올랐고, 그들이 지나가자 열기가 느껴졌다. 메야는 나무 밑에 뻣뻣하게 서서 미동도 하지 않았다. 사람들 눈에 띄고 싶지 않았다. 남녀노소 다 모였고, 근엄한 분위기였다. 확실히 파티 분위기는 아니어서 대놓고 우는 사람도 있었고, 서로 몸을 기댄 채 걸어가는 사람들도 있었다. 메야는 숨을 죽였다.

"누가 저 행진을 보면 그 애가 염병할 록 스타라도 되는 줄 알 거야."

갑자기 들리는 목소리에 메야는 흠칫 놀라서 잡고 있던 자전거를 놓쳤다. 자전거는 이끼 위에 부드럽게 쓰러졌다. 고개를 돌려보니 월귤 덤불 속에 몸을 숨긴 채 거대한 바위에 등을 기댄 여자가 보였다. 메야와 비슷한 또래의 여학생으로 머리카락은 분홍색이고, 귓불에는 나무로 만든 큼직한 귀걸이가 붙어 있었다. 그녀는 손으로 직접 만 가느다란 담배를 피우면서 화장을 짙게 한 눈으로 메야를 바라보았다.

"누굴 말하는 거야?"

"리나 구스타프손. 저건 그 애를 추모하는 가두 행진이야."

메야는 행렬을 힐끗 돌아보고는 자전거를 향해 손을 뻗었다.

"그 애가 죽기라도 한 거야?"

"아마 그럴 거야. 확실한 건 아무도 몰라."

여학생은 이끼 위에 침을 뱉고는 나른하게 메야를 바라보았다.

"이 시궁창 같은 마을에서 성자가 되고 싶으면 연기처럼 사라지면 돼. 그럼 다들 널 얼마나 사랑했는지 말하려고 경쟁할 테니까."

메야는 샌들에 떨어진 솔잎을 털어내고 군중을 바라보았다. 그들은 불타는 뱀처럼 언덕을 올라가고 있었다. 목적지가 어디인지 궁금했다.

"넌 이름이 뭐야?" 여학생이 담배를 한껏 빨아들이며 물었다.

"메야. 넌?"

"난 크로우라고 해."

"크로우?"

"응."

크로우의 얼굴에 미소가 스쳤지만 금방 사라졌다. 크로우는 손으로 만 담배를 메야에게 권했다.

"피울래?"

"담배 끊었어."

크로우는 고개를 갸웃했다. 눈동자가 하늘처럼 푸르게 빛났다.

"너, 남부에서 왔지?"

"응."

"글리메르스트레스크에는 왜 온 거야?"

"얼마 전에 엄마랑 여기로 이사 왔어."

"왜?"

메야는 머뭇거렸고, 얼굴이 달아올랐다.

"엄마 남자친구가 여기 살아."

"이름이 뭔데?"

"토르비요른. 토르비요른 포르스."

크로우가 숨어 있던 치아교정기를 한껏 드러낸 채 요란하게 웃어댔다.

"정말이야? 네 엄마가 그 늙은 포른비요른이랑 사귄다고?"

"포른비요른?"

"그래. 그 늙은이가 노를란드에서 포르노를 제일 많이 소장하고 있어서 그렇게 불러(포르노를 뜻하는 'porn'에 토르비요른을 합친 별명 - 옮긴이). 그 늙은이 하는 짓이 그것뿐이거든. 이 마을 남학생들은 누구나 그 집 창밖에 서서 한번 보려고 안달이지."

메야는 손이 아플 정도로 자전거 손잡이를 꽉 움켜잡았다. 목이 메면서 모욕감이 치밀어 올랐다. 크로우가 의기양양하게 미소를 지었다.

"정말 담배 안 피울래? 표정 보니까 피워야 할 것 같은데."

메야가 몸서리를 치자 머리카락이 뺨 위로 흘러내렸다. 크로우가 라이터를 딸칵 켜는 소리가 들렸다. 하지만 불이 켜지지 않자 크로우는 나무 사이로 라이터를 던지며 욕을 내뱉었다. 정적 속에서 울리는 욕이 웃기게 들렸다. 메야는 수치심을 삼키며 물었다.

"넌 왜 행진에 참가 안 했어?"

"난 빌어먹을 위선자가 아니니까. 좋아하지도 않았던 애를 그리워하는 척하진 않을 거야. 난 리나가 사라지기 전에도 그 애를 별로 좋아하지 않았어. 그런데 왜 이제 와서 그런 척을 해야 해?"

"왜 그 애를 좋아하지 않았어?"

크로우는 손톱을 내려다봤다. 짧게 깎은 손톱에는 검은색 매니큐어를 칠했고, 관절 사이에는 문신이 있었다. 메야는 멀리 떨어져 있어서 문신이 무슨 글귀인지 알아볼 수 없었다.

"리나는 눈 하나 깜짝하지 않고 남의 걸 빼앗는 애야. 너 좋을 대로 생각해."

메야는 이해한다는 듯 고개를 끄덕였고 자작나무들 사이로 자전거를 밀어 다시 도로로 나갔다. 횃불 행렬은 언덕 너머로 사라졌고, 사람들 말소리와 불타는 냄새만 바람에 실려 왔다.

"이제 그만 갈게. 만나서 반가웠어."

크로우는 경례를 하며 양 볼을 홀쭉하게 하고 빨간 립스틱을 칠한 입술을 뾰족 내밀었다.

"포른비요른에게 안부 전해줘!" 자전거를 타고 떠나는 메야를 향해 크로우가 외쳤다.

가장 마음 아픈 사실은 기억나지 않는 것들이 있다는 점이다. 리나가 실종된 직후의 시간은 파편으로 남았다. 현관에 서서 재킷을 벗으려고 하지 않는 경찰, 그를 할퀸 아네테의 손가락, 반쯤 열린 리나의 침실 창문. 어디를 가든 그를 지켜보는 무표정한 얼굴들.

렐레는 사건이 터지고 곧장 길을 나섰다. 아마 리나가 실종된 그날 밤이었을 것이다. 기름이 떨어질 때까지 실버 로드를 달려 아리에플로그까지 갔다. 거기에서는 새벽부터 23명의 학생이 나무 심을 준비를 하고 있었다. 그들은 가문비나무 묘목과 포티푸키(튜브 형태로 아래쪽 페달을 밟으면 땅에 구멍이 뚫리는 도구. 튜브 위쪽 구멍에 묘목을 넣어 심는다–옮긴이)를 들고 둥글게 서 있었다. 렐레는 곧장 그들에게 걸어가 원 한가운데 서서 한 사람씩 차례대로 바라보며 리나가 없는지 확인했다.

난 딸을 찾고 있습니다. 그 애는 여기 오기로 돼 있었어요. 나무를 심으러.

학생들에게서는 모기퇴치제와 젖은 숲의 냄새가 났고, 렐레는 그들이 한 말이 하나도 기억나지 않았다. 그저 누군가 그에게 커피가 든 보온병을 쥐여주며 검은 지프차에 앉아 있게 했다는 것만 기억났다. 감독관은 렐레에게 좀 쉬라고 우겼다. 그는 핀란드에서 사용하는 스웨덴어를 썼고, 렐레에게 차 안에서 담배를 피워도 된다고 했다.

아이들을 겁주시면 안 됩니다. 그랬다가는 아이들이 다시 일하러 오지 않을 겁니다.

감독관은 리나가 오면 바로 연락하겠다고 했다. 만약 리나가 온다면.

리나가 사라진 그해 여름은 혼돈 그 자체였다. 현관에 놓인 진흙 묻은 신발, 뜯지 않은 우편물. 위층에서는 아네테가 머리맡에 약을 놓아둔 채 자고 있었다. 어찌나 깊이 잠들었는지 깨어나지 못할 정도였다. 렐레는 그 사실이 감사했다. 적어도 그녀의 비난과 우는 소리는 듣지 않아도 되니까. 하지만 무심해지는 그녀를 보기가 무서웠다. 그녀의 눈물은 약이 해결해주었다. 렐레는 그저 술을 마셨다. 경찰의 직통 전화번호를 받아내 전화를 하고 또 했다. 지역 방송 라디오에 나가 떨리는 목소리로 사람들의 제보를 구했다. 사방에서 제보가 쏟아졌고, 리나를 봤다는 사람들이 속출했다. 지나가는 차에서, 도로에서, 덴마크 행 페리 갑판에서, 푸켓 해변에서. 곳곳에서 리나가 목격되었지만 여전히 그 애는 어디에도 없었다.

렐레는 횃불을 몸 가까이에 든 채 숲을 가로지르는 지름길을 이용해 집으로 갔다. 이끼를 밟는 그의 발이 불안정하게 흔들렸다. 땅은 밟을 때마다 물이 새어나오며 그를 빨아들이려 했다. 주머니에 든 휴대폰이 진동했지만 렐레는 무시했다. 아네테의 실망한 목소리를 들을 엄두가 나지 않았다. 실망한 사람은 자신으로 족했다. 갈증으로 목구멍이 타들어갔다. 렐레는 라프로잉을 생각하며 집에 가면 두 모금, 그것도 제대로 마시겠다고 다짐했다. 그래야 염병할 가두 행진을 잊어버리고 다시 시작할 수 있다. 아까 덤불 사이를 걸어갈 때 목덜미가 따가울 정도로 쏟아지던 마을 사람들의 눈총이 아직도 느껴졌다. 그로 하여금 리나를 계속 찾아다니게 만드는 원동력인 그들의 말없는 비난이 아직도 느껴졌다.

렐레는 귀찮아서 신발도 벗지 않은 채 마룻바닥에 진흙 발자국을 남기며 곧장 거실로 걸어갔다. 위스키 병을 잡고 한참을 들이켰더니 즉시 토할 것 같았다. 그는 손등으로 입을 막고 메스꺼움과 싸웠다. 목구멍에서 불이 나는 듯했고, 안에서부터 몸이 타는 듯했다. 렐레는 술병을 내려놓고 정적을 향해 큰 소리로 욕을 퍼부었다. 이젠 술도 받지 않았다.

그때 갑자기 위층에서 쿵 소리가 나는 바람에 렐레는 깜짝 놀랐다. 고개를 들어 금이 간 천장을 바라보며 숨을 죽이고, 근육이 아플 정도로 귀를 기울였다. 그때 다시 머리 위에서 소리가 났다. 사람의 둔탁한 발소리. 리나의 방에서 나는 듯했다.

렐레는 세 걸음 만에 계단을 올라갔다. 층계참에서 발을 헛디뎌 하마터면 벽에 부딪힐 뻔했다. 입안에 피 맛이 퍼졌지만 비틀거리며 리나의 침실로 달려가 팔꿈치로 문을 열었다. 방 안에는 창문이 활짝 열려 있었고, 바람에 커튼이 휘날렸다. 리나가 벽에 붙여둔 포스터들도 으스스하게 퍼덕거렸다. 렐레는 잠시 충격을 받아 문간에 붙박인 듯 서 있었다. 지난 3년간 리나의 침실 창문은 열린 적이 없었다. 렐레는 절대 이 방을 환기하지 않았다. 리나를 여기 그대로 간직하기 위해서였다.

렐레는 창문으로 달려가 테라스를 내려다봤다. 창문에서 홈통을 타고 내려가면 라일락 덤불 위로 쉽게 뛰어내릴 수 있었다. 리나가 밤에 외출하려고 그렇게 했다가 렐레에게 들킨 적이 몇 번 있었다. 렐레는 정원을 훑어보았다. 방치된 잔디에 줄기가 반쯤 가려진 사과나무, 이웃의 접근을 막아주는 산울타리, 어디까지가 이 집 땅인지 표시해주는 나무 옆 헝클어진 관목. 바람에 초목이 흔들리며 모든 것이 움직이는 듯했다. 아마 그래서 그것이 렐레의 눈에 띄었을 것이다. 라일락 사이에 숨어서 움직이지 않는 형체가 있었다. 렐레는 아무 생각 없이 한쪽 다리로 창틀을 넘었고, 다른 쪽 다리로도 창틀을 넘은 다음, 서투르게 지붕을 타고 내려갔다. 마침내 홈통에 발이 닿자 잠시 머뭇거린 후에 지붕 가장자리에서 몸을 떼고 심장이 멎는 듯한 3, 4초 동안 홈통에 매달렸다가 손을 놓아버렸다. 발이 땅에 닿는 순간, 걱정스러운 우두둑 소리와 툭 소리가 났지만 렐레는 발에 아무런 이상을 느끼지 못한 채 라일락 덤불로 걸어갔다.

형체가 자리에서 일어나 달리기 시작했다. 잿빛 하늘을 바탕으로 뾰족뾰족 세운 검은 머리가 보였다. 길고 가느다란 다리가 높이 자란 풀 사이를 절뚝거리며 달렸다.

형체를 쫓는 동안 주먹으로 흉곽을 치듯이 렐레의 심장이 쿵쾅거렸다.

"뛰어봤자 소용없어! 이미 나한테 들켰다고!"

젊은 남자는 다리를 다친 상태여서 겨우 숲까지 달려갔다가 바닥에 쓰러져 죽은 듯이 누워 있었다. 몇 초 뒤에 렐레가 그 위에 올라탔다. 그는 땀에 흠뻑 젖은 남자의 머리카락을 움켜잡고 창백한 얼굴을 자기 쪽으로 홱 돌렸다.

"지금 뭐하는 짓이야?"

미카엘 바르그가 신음했다. 그의 일그러진 얼굴 위로 지저분한 땀이 흘러내렸다.

"놔줘요, 제발." 미카엘이 애원했다.

메야가 집으로 돌아오니 엄마가 홀딱 벗은 채 숲을 향해 이젤을 세워두고 있었다. 엄마의 나체가 부엌 창문으로 보이는 풍경을 가득 채웠다. 창백한 엉덩이에 햇살이 부서졌고, 토르비요른의 이마에는 더러운 땀자국이 있었다.

"네 엄마는 그리스 조각상 같구나."

메야는 보고 싶지 않아서 손으로 눈 위를 가린 채 토르비요른에게 받아 든 커피를 후후 불며 엄마가 없는 척했다.

"오늘 아침에 자전거를 타고 마을에 갔어요."

"그랬구나."

"사람들이 횃불을 들고 행진하던데요. 실종된 여자애를 기린다면서."

토르비요른은 냉장고에서 맥주캔을 꺼내 벌겋게 달아오른 볼과 목에 댔다.

"이제 너도 우리 마을의 가장 큰 미스터리를 알게 됐구나. 꽤 오래전 일인데도 사람들은 아직 그 일을 떨쳐내지 못한 모양이더라. 다들 기억하고 있지."

"그 여자애가 어떻게 됐을까요?"

"누가 알겠니."

토르비요른은 맥주캔을 따고는 몸을 돌려 맥주를 따라 마실 잔을 찾았다. 싱크대에는 더러운 접시가 수북이 쌓여 있었다. 와인잔에 찍힌 엄마의 립스틱이 미소 짓고 있었다. 엄마는 이미 현모양처 흉내를 포기했고, 토르비요른은 불평하지 않았다. 엄마가 벌거벗고 돌아다니는 동안에는. 토르비요른은 잔을 찾는 걸 포기하고 그냥 캔에 입을 대고 물 마시듯 단숨에 들이켰다. 그러고는 거리낌 없이 트림을 했다.

"사람들 말로는 그 애가 그날 아침에 버스를 타려고 했다더구나. 버스를 기다리다가 실종됐다고. 하지만 그건 사실이 아냐."

"그걸 어떻게 아세요?"

"내가 그 버스 정류장에 있었으니까! 그때 내가 몰던 똥차가 하루가 멀다 하고 고장이 나서 아침마다 버스를 타야 했거든. 더럽게 성가셨지. 그런데 경찰이 날 가만두지 않았어. 꼬치꼬치 물어보고, 우리 집과 마당을 샅샅이 뒤졌지. 난 그 불쌍한 애를 본 적도 없는데 말이야. 버스 운전사도 그 애를 못 봤어. 아마 그 애는 버스 정류장에 있지도 않았을 거다."

토르비요른은 맥주를 다 비우고는 캔을 쭈그러뜨려 쓰레기통에 던졌다.

더운 날씨인데도 메야는 몸을 부르르 떨었다. "경찰이 아저씨를 의심한 거예요?"

"경찰은 모든 사람을 의심했어! 나도 예외가 아니었고. 그 애가 나타나지 않자 의심은 점점 더 심해졌지."

실리에가 두 사람의 관심을 끌려고 밖에서 노래를 불렀다. 메야는 얇은 커튼 너머로 엄마를 바라보았다. 엄마는 유혹적으로 허리를 숙여 잔디 속에 숨겨둔 와인병을 집어 들었다. 그러고는 잔에 와인을 잔뜩 따르고 붓을 어깨에 걸친 채 와인을 마셨다.

토르비요른의 눈이 게슴츠레해졌다. 메야는 헛간에서 봤던 사진을 생각했다. 그 사진은 아저씨가 직접 찍었을까?

"그 애가 가출했다고 생각하세요? 아니면 살해됐을까요?" 메야가 물었다.

"그 애비가 범인이라고 해도 난 놀라지 않을 거다. 렐레 구스타프손의 불같은 성격을 모르는 사람은 없지. 그 인간은 늘 시비를 거는 통에 수색팀에서 쫓겨나기까지 했어. 아마 자기 딸에게 화가 나서 성질을 못 참고 죽였을 거야. 그랬다가 제정신이 돌아오자 사건을 은폐하려고 했겠지. 내 생각은 그렇다."

토르비요른은 지저분한 러닝셔츠를 벗어 그걸로 겨드랑이를 닦았다.

"이제 햇볕 속으로 나가서 네 엄마한테 가자꾸나. 여기서 그 일을 생각해봐야 아무 소용없다."

미카엘 바르그는 렐레의 부엌에 앉아 땀을 흘렸다. 다친 발을 맞은편 의자에 올려놓고 창백한 얼굴을 쉴 새 없이 실룩거렸다. 술을 마셨는지, 마약을 했는지는 알 수 없었지만 횡설수설했고, 수축된 동공은 짐승 같았다.

"왜 우리 집에 몰래 들어왔지?"

"몰래 들어온 적 없어요. 문이 잠겨 있지 않았다고요."

"리나의 방에서 뭘 한 거야?"

미카엘은 손톱을 씹으며 부엌을 이리저리 둘러봤다.
“몰라요.”
“모른다고?”
렐레가 손으로 식탁을 내려치자 그릇이 흔들렸다.
“사실대로 말하는 게 좋을 거야. 답을 듣기 전에는 절대 보내주지 않을 거니까.”
미카엘이 얼굴을 찡그렸다.
“발이 아파 죽겠어요.”
“알게 뭐야. 살아서 나가고 싶으면 말하는 게 좋아. 리나의 방에서 뭘 했지?”
“전 그저 리나의 곁에 있고 싶었을 뿐이에요.”
“리나의 곁에 있고 싶어서 내 집에 몰래 들어왔다고?”
조용한 눈물이 미카엘의 지저분한 볼을 타고 흘러내렸다. 미카엘은 눈물을 닦으려고 하지 않았다.
“아저씨만 리나를 그리워하는 게 아니에요. 전 한순간도 리나를 생각하지 않은 적이 없다고요. 아저씨는 그 빌어먹을 가두행진에 참가할 테니까 전 이번이 리나와 다시 가까워질 수 있는 기회라고 생각했죠. 그냥 리나의 방을 보고 싶었을 뿐이에요. 그 애의 물건을 보고, 옷 냄새를 맡고 싶었어요.”
렐레는 손을 들어올렸다. “그러니까 정리하자면, 네 실종된 여자친구를 기리는 횃불 행진이 열리는데 넌 참가하지 않기로 했다는 거냐?”

"마을 사람들이 저만 보고 있을 때는 참가하기가 쉽지 않죠."

"내가 동정해주기를 바라는 건 아니겠지?"

미카엘의 눈에서 눈물이 흘러내렸지만 본인은 모르는 듯했다. 땀에 흠뻑 젖은 데다 풀물이 든 티셔츠는 깡마른 몸에 제2의 피부처럼 찰싹 달라붙어 있었고, 턱살을 너무 세게 당긴 듯 턱이 긴장해 있었다. 마지막으로 리나와 함께 이 부엌에 앉아 있었던 이후로 이 아이는 완전히 망가졌다. 그때는 몸에 근육도 있었고, 이 집을 가득 채울 정도로 크게 웃었다. 아네테는 그 웃음을 좋아했다.

렐레는 식탁 위로 몸을 내밀었다. 미카엘에게서 나는 두려움의 냄새를 맡을 수 있을 정도로 가까이.

"주머니에 든 물건 꺼내."

미카엘의 눈이 휘둥그레졌다.

"왜요? 전 아무것도 훔치지 않았어요."

"일어나서 주머니에 든 물건 꺼내. 나머지 발목도 부러뜨리기 전에."

미카엘은 눈을 실룩거리며 망설였다. 렐레가 몸을 더 앞으로 내밀어 멱살을 잡자 그제야 서둘러 양쪽 주머니와 뒷주머니에 든 물건을 꺼냈다. 그러고는 표면이 긁힌 식탁에 액정이 깨진 아이폰, 검은 가죽지갑, 작은 주머니칼을 내려놓았다.

렐레는 지갑을 들고 안을 살펴봤다. 동전으로 50크로나, 은행 카드, 귀퉁이가 접힌 리나의 사진 두 장이 들어 있었다. 그중 하나는 리나의 얼굴을 찍은 사진인데 리나가 비밀스런 표정으로 렌즈를 바라보며 입술을 다문 채 미소 짓고 있었다. 다른 사진에서는 벌거벗고 팬티만 입은 채 침대에 누워 있었다. 고개는 반대쪽으로 돌렸고, 젖가슴 위로 머리카락이 내려와 있었다. 렐레는 숨이 턱 막혔고, 본능적으로 미카엘을 때렸다. 어찌나 세게 때렸는지 미카엘의 몸이 휘청했다.

"이 빌어먹을 사진은 뭐야?"

"제 사진이에요. 제가 찍었다고요."

"네가 찍었어? 어련하실까. 내가 알고 싶은 건 네가 리나의 나체 사진을 찍었다는 걸 리나도 알고 있었냐는 거야. 리나도 알았어?"

렐레는 미카엘에게 바짝 다가가 내려다보았다. 미카엘은 의자에 몸을 파묻으며 스스로를 보호하기 위해 양팔로 몸을 감쌌다.

"당연히 알고 있었죠! 우리는 사귀는 사이였다고요. 우린 서로 사진을 찍었어요. 그게 뭐가 이상해요?"

렐레는 분노에 사로잡혀 떨리는 손으로 리나의 사진을 움켜잡고 갈가리 찢었다. 식탁 위로 사진이 조각조각 떨어져 내렸다. 렐레는 미카엘에게 몸을 돌리고는 그를 찰싹찰싹 때리며 의자에서 쫓아냈다.

"내 손에 죽기 전에 빨리 이 집에서 나가!"

이틀 밤이 지났는데도 칼 요한은 오지 않았다. 엄마와 아저씨가 잠들자 메야는 베란다에 앉아 희망을 품고 기다렸다. 개의 거친 털 위에 발을 올리고 엄마의 와인을 마셨다. 취하기 위해서가 아니라 심란한 마음을 진정하기 위해서. 외로움이 다가오지 못하도록. 담배에 불을 붙였더니 왠지 개가 못마땅한 눈으로 그녀를 바라보는 듯했다.

"뭐 어때? 어차피 오지도 않잖아."

하지만 그날 밤에 칼 요한이 나타났다. 개가 먼저 그의 발소리를 듣고 자리에서 일어나 목줄이 팽팽해질 정도로 달려 나가더니 깡마른 몸을 흔들어댔다. 나무들 사이로 그의 그림자가 보이자 메야의 배에서 부글부글 거품이 일었다. 메야는 얼른 담배를 끄고 밑에 있는 화단에 와인을 부어버렸다.

칼 요한이 메야의 온몸을 떨리게 하는 미소를 지었다.

"여기 앉아서 날 기다린 거야?"

"잠이 안 와서."

칼 요한이 메야를 끌어안았다. 그녀에게서 담배 냄새가 났는지 몰라도 칼 요한은 아무 말도 하지 않았다.

"우리 호수에 갈까?"

메야는 고개를 끄덕였다. 그들은 목줄에 묶인 개를 남겨둔 채 숲을 향해 달렸고, 곧 오솔길로 들어섰다. 나무뿌리가 두둑한 이랑처럼 길을 가로질러 뻗어 있었다. 칼 요한은 메야의 손을 잡았다. 메야는 그와 속도를 맞추려고 안간힘을 쓰며 그의 등을 향해 빙그레 웃었다. 우듬지에 이는 바람처럼 기쁨이 밀려들었다.

호수에 도착하자 칼 요한이 호수 위로 돌출된 평평한 바위로 그녀를 이끌었다.

호수에 이는 작은 파도가 가까이 다가왔다가 물러났다. 해가 뜬 밤인데도 공기가 차가웠다. 칼 요한은 메야에게 한 팔을 둘렀다. 그에게서 가축과 헛간 냄새가 희미하게 났다.

“네가 날 잊은 줄 알았어.” 메야가 말했다.

“널 잊는다고?” 칼 요한이 웃었다. “절대 그럴 리 없지.”

“네가 오기를 기다리고 또 기다렸어.”

“농장에는 할 일이 아주 많아. 빠져나올 수가 없었어.”

메야는 칼 요한의 손을 바라보았다. 살갗이 빨갛고 굳은살이 박여 있었다. 손이 이렇게 되기에는 너무 어린 나이였다.

“그러다 네 휴대폰 번호를 모른다는 걸 깨달았어. 알았더라면 문자를 보냈을 텐데.” 메야가 말했다.

“난 휴대폰이 없어.”

메야는 칼 요한을 바라보았다. “왜?”

“우리 아빠는 신기술을 좋아하지 않아.”

호수가 바위를 찰싹찰싹 때렸다. 메야는 요즘 세상에 휴대폰 없이 어떻게 살 수 있는지 의아했지만 묻고 싶지 않았다. 칼 요한은 당황한 듯했다. 마치 부끄럽다는 듯이. 어쩌면 집이 너무 가난해서 휴대폰을 살 돈이 없는지도 모른다. 메야도 몇 년 동안 비슷한 상황이었다. 가진 돈은 전부 다른 데로, 주로 엄마의 술값과 약값으로 나갔던 암흑기였다.

"형들은 어디 있어?" 메야는 대신 그렇게 물었다.

"내가 집에 있으라고 했어. 널 독차지하고 싶어서." 칼 요한이 미소 지었다.

메야는 말문이 막혀 호수를 바라보았다. 호수가 그녀의 감정과 같은 리듬으로 진동했다. 바람결에 솔잎 향기와 한기가 실려 왔지만 더는 춥지 않았다. 칼 요한이 그녀의 이마에 뺨을 대며 말했다.

"근데 예란 형이 너한테 여자 형제가 있는지 물어봐달래."

메야는 미소를 지었다.

"난 형제도 자매도 없어. 적어도 내가 아는 바로는."

"진짜 외로웠겠다. 그렇게 자랐다니."

메야는 어깨를 으쓱했다.

"그럼 아빠는? 아빠는 어디 있어?"

메야는 침을 삼켰다. 배의 간지럼이 불안으로 바뀌었다.

"몰라. 내가 태어나기 전에 떠났어. 난 아빠가 누군지 몰라."

"그거 너무 슬프다."

"가져본 적이 없는 걸 그리워하지는 않아."

"넌 강한 사람이야. 난 알 수 있어. 나라면 감당 못 했을 거야. 난 가족 없이는 아무것도 못 했을 거야."

칼 요한은 손끝으로 메야의 뺨에 붙은 머리카락을 떼어내고 하얀 속눈썹 아래에서 그녀를 바라보았다. 메야는 숨을 멈췄다.

물결 소리도, 앵앵거리는 모기 소리도 들리지 않았지만 칼 요한은 손으로 모기를 쫓아냈다.

"우리 수영할까?"

물이 너무 차서 관절이 무감각해지고 정적 속에서 이가 딱딱 부딪치는데도 두 사람은 수영을 했다. 메야는 칼 요한의 살갗 아래로 푸른 정맥을, 그녀 앞에서 움직이는 어깨 주위의 길고 가느다란 근육을 볼 수 있었다. 메야는 그를 따라잡으려고 안간힘을 썼다. 호수는 얕았지만 바닥이 부드럽고 물렁해서 발이 푹 들어갔다. 칼 요한은 뒤돌아 그녀에게 손짓하며 자신을 따라 바위가 둥그렇게 모여 있는 호수 가운데로 오라고 했다. 메야는 자신이 수영을 못한다는 사실이 부끄러웠다. 물고기 떼가 허벅지를 차갑게 스치며 지나가자 메야는 얼른 되돌아갔다.

"추워 죽겠어."

메야는 물이 뚝뚝 떨어지는 머리에 칼 요한이 가져온 수건을 두르고, 그가 불을 피우는 모습을 바라보았다. 칼 요한의 동작은 아주 유연하고 자신감 넘쳤다. 그는 손으로 나뭇가지를 분지르고 껍질을 벗겼다. 무릎으로 가문비나무 가지를 쉽게 두 동강 냈는데 거친 손은 무엇을 만지든 피가 나지 않았다. 메야의 손과 정강이는 늘 이끼와 덤불에 긁혀서 가렵고 따끔거리는 상처가 남았다.

"난 이 마을에 어울리지 않아. 어떻게 해야 할지 모르겠어."

모닥불이 타닥거리며 불똥이 하늘로 올라가는 동안 메야가 말했다.

칼 요한은 메야의 손을 잡고 손등을 가로질러 긁힌 상처에 입술을 댔다. 메야는 소름이 돋았고, 몸을 부르르 떨었다.

"내가 아는 걸 전부 가르쳐줄게. 나한테 다 배우고 나면 황야에서 태어난 사람처럼 될 거야."

메야의 윗입술에 그의 숨결이 스쳤다. 메야의 배에서 다시 부글부글 거품이 일었다. 칼 요한이 가까이 다가오자 그의 눈동자가 흐릿하게 보였다. 메야는 그의 입을 바라보며 키스하라고 도발했다. 마침내 칼 요한이 키스하자 메야는 슬그머니 눈을 떠서 그의 눈이 감겼는지 확인했다. 예전에 엄마가 키스할 때 눈을 뜨는 남자는 믿을 수 없다고 말한 적이 있다. **만약 남자가 눈을 뜨고 있으면 그때는 짐 싸서 떠나야 해.**

하지만 칼 요한은 두 눈을 꼭 감고 있었다.

살아 있는 밤은 뒤틀린 나무 사이로 축축한 입김을 거르고, 호수와 강 위로 안개를 날려보내 춤추게 만들었다. 어둠이 도사리고 있는 곳은 한 치 앞도 보이지 않았다. 렐레는 자동차 보닛에 몸을 기댄 채 담배 연기와 습기를 한껏 들이마셨다. 어둠 속에서 전조등이 겨우 3, 4킬로미터 앞까지 밝혔다. 인적 없는 실버 로드가 그를 기다리며 죽음의 덫처럼 옆에 누워 있었다. 밤새 뒤지고 다녀봐야 길을 잃을 것이다.

차 한 대가 렐레의 차 뒤에 와서 섰다. 뿌연 안개 너머로 번쩍거리는 경광등 불빛이 보였다. 정적을 가르며 차문 닫히는 소리가 울리자 렐레는 반대쪽으로 몸을 돌렸다.

"젠장, 렐레, 이런 날씨에는 운전 못 해."

"내가 운전하는 걸로 보이나?"

하산의 윤곽이 흐릿했다. 하산 역시 안개 때문에 평소보다 쪼그라들었다. 가까이 다가오는 그의 손에서 보온병이 번쩍거렸다. 하산은 렐레 옆에 기대서더니 보온병 뚜껑을 열고 김이 나는 액체를 따라 렐레에게 건넸다. 더 많은 수증기가 밤을 채웠다.

"집에 데려다줄까?"

"집에서 뭐 하라고?"

"쉬는 거지. 먹고, 샤워도 하고, 넷플릭스도 보고. 보통 사람들처럼."

"난 조금만 가만히 있어도 좀이 쑤셔."

렐레는 하산이 따라준 액체를 한 모금 꿀꺽 마셨다가 얼른 다시 뱉었다. "이게 대체 뭐야?"

"백차白茶야. 중국산. 혈액 순환에 좋대."

"젠장."

렐레는 다시 컵을 건네고 혀에 붙은 작은 찻잎을 떼어냈다. 하산은 큭큭 웃으며 서너 모금 더 마시더니 과장되게 입맛을 다셨다. 렐레는 젖은 담배를 입에 물었다. 담배가 붉게 빛나며 다시 살아났다. 말동무가 있다는 사실이 감사했다. 비록 죽었다 깨어나도 그 사실을 인정하지 않을 테지만.

"간밤에 미카엘 바르그가 우리 집에 무단 침입했어."

"정말이야?"

"집에 왔더니 그 녀석이 정원에 있더라고. 리나의 침실 창문에서 뛰어내린 거지. 발목을 삐었더군."

"근데 왜 나한테 전화하지 않았나?"

"내가 알아서 처리했어."

하산은 다시 보온병 마개를 닫고는 한숨을 쉬었다. "어떻게 처리했는지 묻기가 겁나네."

"차와 케이크를 대접하지는 않았지. 그게 자네가 바라는 거라면 말이야. 하지만 순순히 보내줬어."

"뭘 훔치려고 침입한 건가?"

"아니."

렐레는 빨갛게 타오르는 담배 끝을 물끄러미 바라보았다. 자신을 노려보던 미카엘의 눈동자, 움푹 꺼진 뺨, 얼굴을 뒤덮은 눈물을 생각했다.

"지갑에 리나의 사진이 있더군. 그것도 나체 사진."

"둘이 사귈 때 찍은 거래?"

"그런 거 같아."

하산은 천천히 숨을 들이쉬더니 아무 말도 하지 않았다. 렐레는 담배를 배수로에 던졌다. 희미한 욕지기가 치밀며 목이 멨다. 축축해진 얼굴을 소매로 닦으며 온 세상이 우는 듯하다고 생각했다. 모든 사물에서 천천히 물이 새어나오는 듯했다.

"자넨 고등학교 선생이잖나." 하산이 말했다. "요새 애들이 어떤 사진을 찍는지 잘 알 거야. 흔히 있는 일이지. 우린 늘 접하는 일이라네. 부모는 신고하고, 아이들은 사진을 공유하고, 그러다 나쁜 놈들 손에 사진이 들어가지. 요새 아이들은 실험하고 모험하기를 좋아해."

"알아. 하지만 난 미카엘을 믿지 않아. 그 녀석은 리나가 사라진 후로 나보다 더 망가졌어."

"리나가 그리운가 보지."

"그럴 수도 있지. 아니면 양심의 가책 때문에 힘들거나."

하산이 일어나자 렐레가 기대고 있던 차가 위로 솟아올랐다.

"내가 녀석이랑 얘기 좀 해볼까?"

"아니, 내버려둬. 곧 실수를 저지를 거야."

"방에 가서 점잖은 옷 좀 걸치고 나올 수 없어?"

메야가 엄마에게 말했다. 속옷 차림으로 거실을 돌아다니던 실리에는 당황해서 자신이 입고 있는 헐렁한 팬티와 빨간 아크릴 물감이 튄 브래지어를 내려다보았다.

"내가 그림 그릴 때 어떤지 알잖니. 색깔밖에 안 보인다고!"

실리에는 그렇게 말하고 침실로 사라졌다가 다시 나왔다. 자주색 실크 가운을 걸치고 머리는 대충 틀어올린 채였다. 목은 상기되어 있었으며, 얼굴에는 아무 감정도 드러나지 않아서 앞으로 어떤 행동을 할지 예측할 수 없었다.

자갈 위로 타이어 굴러가는 소리가 나더니 이내 차가 보였다. 칼 요한의 낡은 볼보는 길쭉하고 테두리가 각졌으며, 자동차 바퀴 위에 붙은 휠 아치가 녹슬어 있었다. 실리에는 메야의 어깨 너머로 몸을 내밀었다. 어찌나 바짝 붙었는지 메야는 엄마의 입에서 나는 냄새, 엄마가 마신 와인의 효모 냄새까지 맡을 수 있었다.

"운전을 하네? 몇 살이야?"

"열아홉."

"비르게르네 애들은 아마 열두 살 때부터 운전했을 거야. 이 동네 애들에게는 흔한 일이지." 토르비요른이 말했다.

실리에는 옷매무새를 가다듬었다.

"잘생긴 청년이네!" 칼 요한이 차에서 내리자 실리에가 말했다. "네가 남자 얼굴을 밝히는 줄 몰랐다, 메야!"

칼 요한은 이미 시들기 시작한 옥스아이 데이지 한 다발을 건넸고, 메야는 현관에서 어색하게 그를 껴안았다. 그의 머리카락은 아직 젖어 있었고 샴푸 냄새가 났다. 셔츠는 맨 위의 단추까지 잠갔고, 턱은 면도하지 않아 까칠한 수염이 자라 있었다. 칼 요한은 소년이 아니었다. 메야는 엄마의 반응을 보고 그 사실을 깨달았다. 그들이 부엌으로 들어섰을 때 엄마는 감탄하는 눈치였다. 칼 요한을 맞이하며 아버지는 잘 계시냐고 묻고, 실리에를 자신의 여자친구로 소개하는 토르비요른의 입에서 갈색 침이 흘러내렸다. 실리에는 머리를 뒤로 젖히고 때운 이까지 드러내며 웃었다. 아까 술을 마시긴 했지만 눈은 맑았고, 그 눈으로 뻔뻔하게 칼 요한을 훑어보았다. 머리부터 발끝까지.

"너희들 커피 마실래?"

"아니. 내 방으로 갈 거야."

메야는 칼 요한의 손을 잡고 계단을 올라갔다. 그의 손바닥은 차갑고 축축했다. 메야는 방에 들어가자마자 그의 손을 놓았다.

"우리 엄마를 이해해줘. 지금 좀 취했어."

"좋은 분 같던데."

칼 요한은 키가 커서 대들보 밑을 지날 때 고개를 숙여야 했다. 그는 마치 무언가를 찾듯이 주위를 둘러보았다. 아주 연한 푸른색 눈동자는 아무것도 걸려 있지 않은 벽을 훑어보더니 메야의 배낭에서 멈췄다. 배낭은 그녀의 전 재산을 드러낸 채 열려 있었다. 메야는 부끄러워서 꼼짝하지 않았다.

"그러니까 여기가 네가 사는 집이구나."

"임시로 머무는 거야. 계속 여기 살진 않을 거야."

"그래?"

메야는 고개를 끄덕였다. "내년 봄이면 난 열여덟이야. 그럼 다시 남부로 돌아갈 거야."

칼 요한은 손을 뻗어 메야를 끌어당겼다. "가지 마. 우리 만난 지 얼마 안 됐잖아."

칼 요한은 그녀의 얼굴에 붙은 머리카락을 쓸어 넘기며 귀 밑에 키스했다. 손끝으로 메야의 쇄골을 쓰다듬으며 그들이 좀 더 사귀기 전에는 떠나면 안 된다고 중얼거렸다. 그런 다음 그녀의 입술에 키스했고, 이내 메야는 삐걱거리는 침대에서 칼 요한 밑에 누워 있었다. 그는 무거웠고, 열정적이었으며, 두 손을 그녀의 티셔츠 안으로 집어넣었다. 메야는 그를 밀어내고 그의 셔츠 단추를 풀기 시작했다. 칼 요한의 가슴이 들썩거렸다. 그가 얼마나 많은 여자와 섹스했을지 궁금했지만 묻고 싶지 않았다. 그의 셔츠가 바닥으로 떨어지고 그녀의 티셔츠도 함께 떨어졌다. 둘은 따뜻한 살갗을 비벼대며 여기저기 키스했다. 메야는 머릿속이 웅웅거렸다. 칼 요한의 어깨를 움켜잡았고, 그를 놓아주고 싶지 않았다. 아래층에서 실리에의 요란한 웃음소리가 들리자 그들은 동작을 멈췄다. 칼 요한이 상기된 얼굴로 물었다.

"토르비요른이 나나 우리 가족에 대해 뭐라고 했어?"

메야는 머뭇거렸다. 입술이 붓고 느낌이 이상했다.

"그냥 히피 같은 사람들이라고만 했어."

"히피?"

"응, 알잖아. 자연과 더불어 사는 사람들. 옛날 사람들처럼."

칼 요한은 이를 다 드러내고 웃었다. 한 손으로는 두근거리는 그녀의 심장 바로 위의 가슴을 모아 쥔 채.

"우리 집으로 갈래? 부모님이 널 만나고 싶어 하셔."

"그분들에게 내 얘기를 했어?"

"물론이지?"

"뭐라고 했어?"

"별말 안 했어. 그냥 지금까지 내가 만난 사람들 중에서 최고라고 했지."

귀에서 거칠게 쉭쉭거리는 소리가 울렸다. 마치 그녀의 머릿속에 숲이 살고 있는 듯이. 칼 요한은 그녀의 이마에 자신의 이마를 맞대고 웃는 눈으로 그녀를 바라보았다.

"어때? 우리 집에 갈래?"

메야는 말문이 막혔다. 기쁨으로 가슴이 벅차서 간신히 고개만 끄덕였다.

안개가 걷히자 렐레는 습지 사이를 철벅철벅 돌아다니며 밤의 절반을 보냈다. 집으로 가는 길에는 차 안에 악취가 진동했다. 신발과 바짓단에 묻은 붉은 진흙 그리고 마구잡이로 자란 이끼 냄새였다. 집에 도착하자 제일 먼저 베란다에 기대서서 신발을 벗었다.

허리를 편 후에야 현관문이 살짝 열려 있다는 사실을 알아차렸다. 어슴푸레한 불빛 속에서 현관에 놓인 신발장과 깔개가 보였다. 렐레는 가슴이 두근거렸다. 양말 바람으로 계단을 올라가 귀를 곤두세우고 열린 문 너머를 바라보았다. 허리춤에 찌른 권총에 한 손을 올렸다. 문은 전혀 망가지지 않았고, 억지로 열린 흔적도 없었다. 렐레는 몸을 옆으로 돌려 열린 문 사이로 살며시 들어갔다. 경첩이 희미하게 삐걱거리는 소리만 났다. 깜빡 잊고 문을 안 잠근 채 나간 걸까? 요새는 기억력이 너무 떨어져 도무지 자신을 믿을 수가 없다. 몇 발짝 더 들어갔더니 희미한 향수 냄새가 풍겼다. 이 집에 어울리는 냄새가 아니었다. 여자 냄새였다.

렐레는 복도를 살금살금 걸어가 부엌을 지난 다음, 마룻바닥을 조용히 걸어갔다. 한 손은 여전히 총 위에 둔 채. 소리가 나는지 들어보려고 했지만 귀에서 피가 쿵쿵거리는 소리와 자신의 숨소리만 들렸다. 여기서는 향수 냄새가 더 강했다. 모퉁이를 돌았더니 서재에 불이 켜져 있는 게 보였다. 문틈으로 한 줄기 빛이 새어 나왔다. 겨우 몇 발짝 만에 문 앞에 도달해 한 손으로 문손잡이를 잡고, 다른 손으로 권총을 들어올렸다. 그런 다음, 문을 활짝 열고 권총을 앞으로 겨눴다. 벽 위로 움직이는 그림자와 형체가 보였다. 겁에 질린 비명이 들리더니 하얀 손바닥 두 개가 위로 올라갔다.

"맙소사, 렐레!"

"당신이 왜 여기 있는 거야?"

렐레는 권총을 내리고 아네테를 바라보았다. 아네테는 자기 열쇠로 문을 열고 들어왔다, 당연히. 그가 진작 돌려달라고 말한 열쇠로. 축 처진 얼굴에 머리를 뒤로 빗어 넘긴 아네테는 지쳐 보였다. 벽에 붙은 스웨덴 북부 지도 옆에 서 있었는데 지도에는 핀이 빼곡히 꽂히고 포스트잇이 붙어 있었다. 아네테는 한쪽 팔을 휘두르며 말했다.

"총을 들고 돌아다니면서 뭐 하는 거야? 미쳤어?"

"강도가 들어온 줄 알았어."

"초인종을 눌렀어. 하지만 당신이 열어주지 않았지."

"아, 그래서 그냥 들어왔다고? 당신은 이제 여기 살지 않아, 아네테. 열쇠 돌려줘."

아네테는 고개를 들고 렐레를 바라보았다. 아마 그녀는 손에 열쇠를 쥐고 있었을 것이다. 왜냐하면 두 주먹을 쥐어 겨드랑이에 파묻었기 때문이다. 아네테는 땀에 젖은 그의 티셔츠와 해진 양말을 바라보았다.

"뭘 하고 온 거야? 꼴이 엉망이네."

"우리 딸을 찾아다녔지. 그리고 당신도 그다지 좋아 보이진 않아."

렐레는 총을 책꽂이에 올려두었다. 분노가 치밀어서 총을 잡고 있기가 두려웠다. 아네테는 한동안 말없이 그를 바라보았다. 울고 있었던 사람처럼 눈이 빨갰다. 그러더니 지도와 그 얇은 종이 전체에 흩어져 있는 핀 쪽으로 고개를 돌렸다.

"이건 뭐야?"

"뭐긴 뭐야, 지도지."

"이 핀은?"

"내가 수색한 지역을 표시해둔 거야."

아네테는 주먹을 쥐어 입을 가렸다. 잠시 숨을 멈췄지만 울지는 않았다. 그저 꼼짝하지 않고 서서 오랫동안 지도를 뚫어져라 바라보았다. 그러고는 천천히 고개를 돌려 렐레를 바라보며 말했다.

"이제 그만 찾아도 된다는 말을 하려고 왔어. 이 세상에 리나는 존재하지 않아. 죽었어."

메야는 입을 옷을 찾으려고 배낭을 뒤졌다. 가진 옷이 너무 적다는 사실이 부끄러웠다. 물 빠진 청바지 하나와 색이 바랜 티셔츠 네 개, 이상한 양말들이 전부였다. 메야가 기억하는 한 그녀는 늘 아이들에게 놀림을 받았다. 매일 같은 옷을 입고, 이상하게 입고, 지저분하다고.

칼 요한은 눈을 반짝이며 침대에 앉아 말했다.

"지금 이대로 충분해. 애쓸 필요 없어."

두 사람이 아래층으로 내려왔을 때 실리에와 토르비요른은 침실로 들어간 뒤였다. 개가 현관 밖에 앉아서 발톱으로 쓸쓸하게 문을 긁어댔다. 그러고는 옆으로 지나가는 메야와 칼 요한을 원망하는 눈으로 바라보았다. 텔레비전이 켜져 있었는데도 침실 문 너머에서 달래는 말소리가 들렸다. 메야는 현관을 빨리 지날 수 없었다.

“두 분께 우리 간다고 말 안 할 거야?”

“어차피 우리가 없는 줄도 모를 거야.”

스바르트리덴으로 가는 표지판은 숲을 가리켰다. 길이라고 해봐야 바람에 흔들리는 풀로 나뉘진, 두 줄로 깊이 파인 바퀴 자국에 불과했다. 가문비나무가 어찌나 가까이 있는지 사이드미러가 가지에 긁혔다. 이런 길이 어딘가로 이어진다는 사실이 믿기지 않았다.

갑자기 비가 내리더니 빗줄기에 숲이 지워져버렸다. 차 지붕에 비가 후드득 떨어지는 동안 칼 요한은 휘파람을 불었다. 마치 차가 저절로 움직인다는 듯이 그는 무심하게 한 손으로만 운전대를 잡고 있었다. 그러고는 가끔씩 메야를 돌아보며 미소 지었다. 그녀가 아직 거기 있다는 사실을 확인하려는 듯이. 메야는 머리를 꼿꼿이 들고 불안한 심정을 내비치지 않으려 했다. 다른 사람의 집을 방문할 때면 늘 자신이 초라해지는 기분이었다. 진짜 집은 메야에게 낯선 세상이었고, 그녀는 그 세상의 규칙을 몰랐다. 메야는 바닥에 놓인 매트리스에서 자고, 휴지가 없는 화장실과 말소리가 울리는 부엌에 익숙했다. 메야와 실리에는 제대로 된 집이 아닌, 집 비슷하지도 않은 곳에서만 살았다. 하지만 칼 요한은 달랐다. 그는 자신의 집안을 자랑스러워하는 듯했다.

마침내 쇠막대로 이뤄진 높이 솟은 대문이 나왔다. 대문 위에는 "스바르트리덴에 오신 걸 환영합니다"라고 적혀 있었다. 칼 요한이 차에서 내려 대문을 열자 메야는 좌석에 더 깊이 몸을 묻었다.

"대문이 엄청나네." 메야가 말했다.

"우리 삼형제가 직접 만들었어. 이 농장에 있는 건 전부 우리 가족이 만들었어."

숲이 끝나자 소들이 풀을 뜯는 드넓은 목초지가 나왔다. 자갈이 깔린 진입로는 대저택 앞으로 이어졌다. 나무로 지어진 성 같은 대저택은 숲 초입에 우뚝 서 있었는데 양옆에 헛간과 별채를 거느리고 있었다. 이런 데서 사는 사람들을 생각하자 메야는 배가 요동쳤다.

칼 요한은 마구간과 개집을 가리켰다. 털이 북슬북슬한 개들이 앞발을 창살에 올린 채 그들을 향해 맹렬히 짖어댔다. 그 옆에는 테니스장만큼이나 넓은 감자밭이 있었다.

"숲에 가려서 안 보이겠지만 저쪽에 호수가 있어."

"멋지네."

메야는 차에서 내리지 않았다. 양손을 배에 올리고 천천히 호흡하며 마음을 진정하려 했다. 친구의 부모님을 만나는 일은 늘 싫었다. 그녀를 이리저리 따져보고 평가하는 게 싫었다. 특히 엄마들이 그랬다. 그들은 결점을 찾아낼 수 있었다.

부모님은 무슨 일을 하시니?

저희 엄마는 예술가예요.

예술가? 그렇구나. 어떤 예술을 하시지?

그림을 그리세요.

우리가 이름을 알 만한 분일까?

아닐걸요.

그럼 아빠는? 아빠는 무슨 일을 하시지?

몰라요.

아빠가 무슨 일을 하시는지 몰라?

아빠는 우리랑 살지 않아요.

아.

그걸로 대화는 끝이 난다. 최악의 경우는 이미 메야의 엄마가 어떤 사람인지 알고 있었고, 그럴 때는 아예 아무것도 묻지 않았다.

렐레는 아네테의 일그러진 얼굴을 보지 않으려고 바닥을 바라봤지만 그녀가 훌쩍이고 흐느끼는 소리를 들을 수 있었다.

"처음 2년 동안은 리나를 느낄 수 있었어. 리나가 살아 있는 걸 느꼈다고. 리나를 생각할 때면 마음이 환해졌어. 일종의 온기가 느껴졌지. 하지만 이젠 아니야. 빛이 꺼졌어."

"무슨 소린지 모르겠군."

아네테는 두 발짝 더 다가오더니 두 팔로 렐레를 끌어안고 그의 팔에 뺨을 댔다.

"리나는 죽었어, 렐레. 우리 딸은 죽었어. 겨우내 그걸 느꼈어. 내 안에 있던 무언가가 끊어졌어. 설명은 할 수 없지만 그래. 우리 딸은 죽었어."

"이런 헛소리는 듣고 싶지 않아."

렐레는 아네테의 품에서 벗어나려고 했지만, 그녀는 눈물범벅인 얼굴을 렐레의 티셔츠에 밀착하고 그의 몸을 더듬으며 꼭 매달렸다. 아네테가 어찌나 그를 꼭 껴안고 할퀴어대는지 결국 렐레도 포기하고 내버려두었다. 그러다 두 팔로 그녀를 껴안았다. 처음에는 살짝, 나중에는 세게. 두 사람은 서로에게 꼭 매달렸다. 그래야만 살 수 있다는 듯이. 렐레는 둘이 한 번이라도 이렇게 껴안은 적이 있었는지, 마치 안에서부터 무너져 내리는 듯이 꼭 껴안은 적이 있었는지 기억나지 않았다.

아네테가 고개를 들자 렐레는 아무 생각 없이 그녀에게 키스했다. 아네테의 입술에서는 짭짤한 소금 맛이 났다. 렐레는 격렬하게 키스하며 그녀와 더욱 가까워지려는 절박한 마음에 사타구니를 그녀에게 밀착했다. 렐레는 그녀와 더 가까워져야 했다. 아네테는 렐레의 옷을 잡아당기고 몸을 더듬으며 바지 지퍼를 내렸다. 그러고는 그를 끌어당기며 바닥에 누워 그가 안으로 들어오도록 도왔다. 그런 다음, 마치 렐레를 자기 안에 가둬두려는 듯이 양다리로 그의 허리를 감쌌다. 렐레는 세게, 자신이 원하는 강도보다 더 세게 밀어 넣었고, 그의 눈에서 흘러내린 눈물이 아네테의 얼굴에 떨어졌다. 아네테의 손톱이 살갗을 파고들어 따끔거렸다. 렐레는 자신이 바랐던 것이 그런 따끔거림, 실제 통증임을 깨달았다.

섹스가 끝난 후에 둘은 나란히 누워 담배를 나눠 피웠다. 블라인드 틈으로 햇살이 들어와 그들의 벌거벗은 몸 위로 가느다란 줄무늬를 그렸다. 아네테가 그의 갈비뼈를 찌르며 말했다.

"살 빠졌네."

"내 걱정은 안 해도 돼."

"마르고 지저분하고 잠도 충분히 못 자고. 그러다 쓰러져."

아네테는 일어나서 옷을 입었다. 렐레는 그녀의 가슴 위쪽, 주근깨투성이 살갗을 바라보았다. 저기, 그녀의 심장 바로 위에 얼마나 머리를 뉘고 싶었는지 모른다. 아네테가 손톱으로 할퀸 엉덩이가 아직도 얼얼했다. 렐레는 이 일이, 그녀와 사랑을 나눈 것이 어떤 의미일지 궁금했다. 아네테는 집에 가서 토마스에게 이 사실을 말할까? 아니면 이건 그냥 어쩌다 일어난 사고일까? 렐레는 그녀에게 가지 말라고 하고 싶었지만 그와 동시에 이 집에 그녀를 위한 공간은 없다는 걸 깨달았다. 무겁고 숨막힐 듯한 피로가 그를 덮쳤다. 지금 이대로 벌거벗은 채 바닥에 누워 잘 수 있을 것 같았다. 하지만 아네테는 부엌으로 들어갔고, 이내 달걀 깨뜨리는 소리와 프라이팬 달그락거리는 소리,

커피 메이커가 김을 내뿜는 소리, 라디오 소리가 들렸다. 커피 향기를 가르며 아네테가 그에게 와서 먹으라고 외쳤다.

렐레가 부엌에 들어서자 블라인드가 걷혀 있었고, 햇볕 속에 아네테가 서 있었다. 순간적으로 모든 게 정확히 예전으로 돌아간 듯했다. 리나는 위층에서 아직 자고 있고, 아네테는 곧 내려오라고 리나를 부를 것이다. 태양이 어찌나 확신에 차서 빛나는지 악몽이 끼어들 여지가 없었다. 하지만 커피를 따르는 아네테의 입가에 슬픔으로 생긴 주름을 보는 순간, 그 모두가 환상이었음을 깨달았다. 아네테는 예전에 여기 살았을 때처럼 렐레의 맞은편에 앉았지만 지금은 등을 더 곧게 폈고, 불편해 보였다. 두 사람 사이에 스크램블드에그 두 무더기가 놓여 있었다. 렐레는 어찌나 배가 고팠는지 포크로 스크램블드에그를 찌르자 속이 울렁거렸다. 아네테는 머그잔에서 피어오르는 김 너머로 렐레를 바라보았다.

"화내지 마. 하지만 아까 내가 한 말은 진심이었어. 리나는 틀림없이 죽었어."

"그렇다고 달라질 건 없어. 리나를 찾기 전까지는 포기하지 않을 거야."

칼 요한의 집에 들어서니 연갈색 목재와 따뜻한 색깔, 고기와

허브를 넣어 끓인 진한 스튜 냄새가 그들을 맞이했다. 손이 거칠고 붉은 여자가 앞치마를 두른 채 부엌에서 나왔다. 칼 요한보다 더 마르고, 머리와 눈동자가 더 짙은 색이었지만 섬세한 이목구비는 똑같았다. 그녀는 미소를 지으며 하나로 땋아서 앞으로 늘어뜨린 희끗한 머리칼을 잡아당겼다.

"네가 메야로구나. 만나서 정말 반갑다. 난 아니타라고 한다."

아니타는 그들을 부엌으로 안내했다. 부엌에는 한 노인이 식탁에 앉아 총으로 보이는 물건을 닦고 있었다. 앞에는 다양한 부품이 펼쳐져 있었다. 노인은 실눈으로 메야를 올려다보며 머리부터 발끝까지, 그리고 손끝까지 샅샅이 훑어봤다. 마치 그녀의 값을 매기듯이. 메야는 살갗이 따끔거렸고, 온몸에 불이 붙은 듯했다.

"이게 누구신가?" 노인이 손에 들고 있던 더러운 천으로 메야를 가리키며 물었다.

"얘는 메야예요. 제 여자친구요." 칼 요한이 말했다.

"아, 메야. 얘기 많이 들었다."

비르게르가 자리에서 일어났다. 그가 입을 벌리자 군데군데 이가 빠진 검은 구멍이 보였다. 칼 요한처럼 어린 아들을 두기에는 너무 늙어 보였지만, 나이에 비해 덩치가 크고 건장했으며, 메야와 악수하는 손에 힘이 넘쳤다.

식탁에는 우유와 호밀빵, 먹으면 입술이 검게 물드는, 직접 만든 블루베리 잼이 있었다. 비르게르는 농장과 땅, 오래된 숲,

습지대, 스바르트리덴 호수에 대해 이야기했다. 산딸기, 버섯, 생선 이야기도 했다. 그들이 가진 식량은 마을 사람을 전부 먹여 살릴 수 있을 정도로 풍족하고, 해가 갈수록 더 좋아질 뿐이라고 했다. 아니타는 그들에게 등을 돌리고 서서 뿌리채소의 껍질을 벗기고 있었다. 힘을 줄 때마다 그녀의 어깨가 홱 움직였다. 아니타는 별로 말이 없었지만 칼 요한도 마찬가지였다. 그는 그저 한 팔로 메야를 꼭 끌어안고, 눈을 반짝이며 앉아 있을 뿐이었다. 햇빛이 그의 목을 비추자 살갗 밑의 얇고 푸른 정맥이 드러났다. 그 아래서 툭툭 튀는 맥박이 눈에 보일 듯했다.

"칼 요한 말로는 먼 남부 출신이라던데." 비르게르가 말했다.

"태어난 곳은 스톡홀름이지만 전국 각지를 돌아다니면서 살았어요."

"나도 어릴 때 이사를 자주 다녔지. 우리 부모님은 날 돌볼 수 없었고, 그래서 난 위탁 가정을 전전했어. 한곳에 터를 잡고 산 적이 없다. 어린아이에게 그건 힘든 삶이고, 그러다 보면 내성이 생기지. 그래서 난 우리 아들들에게 내가 가져보지 못한 것을 주고 싶었다. 어딘가에 정착해서 가정의 든든한 울타리 안에서 사는 거지."

메야는 부엌에 울려 퍼지는 비르게르의 목소리가 마음에 들었다. 웃어서 생긴 주름은 그가 삶을 즐긴다는 인상을 줬다.

아니타는 둥근 빵이 담긴 접시를 메야 쪽으로 밀었다.

"사양하지 말고 좀 더 먹어요."

부엌에서는 음식과 세제 냄새가 풍겼다. 싱크대와 마룻바닥이 반짝거렸다. 재떨이나 빈 술병은 없었다. 구석에서 골동품 시계가 재깍거렸다. 검은 철문이 달린 난로가 있었고, 그 앞에 놓인 깔개에는 고양이가 배를 드러낸 채 그들을 바라보며 누워 있었다. 집 안에 차분한 분위기가 감돌았다. 메야는 몸에서 긴장이 풀렸다.

"메야에게 가축들을 보여주렴. 이제 막 태어난 송아지와 새끼 염소가 있단다." 식사가 끝나자 아니타가 말했다.

소들이 풀을 뜯는 목초지와 헛간 위에서 저녁의 태양이 환히 빛났다. 메야의 손에 잡히는 칼 요한의 손가락은 거칠었다. 메야는 그가 이 손으로 농장에서 일한다는 걸 알 수 있었다. 칼 요한은 야생화와 모기떼 사이로 메야를 이끌었고, 마치 사람을 대하듯 가축을 소개했다.

"얘는 아그다, 인드라, 틴드라, 크누트야. 그리고 얘는 알고트. 하지만 알고트는 건드리지 않는 게 좋아."

메야는 햇볕을 쬐어 따뜻해진 가축의 털을 쓰다듬고 부드러운 입에 건초를 넣어주었다. 자그마한 새끼 염소들은 불안정한 다리로 원을 그리며 걸었고, 칼 요한은 마치 그들이 봉제인형이라도 된다는 듯이 들어올려 품에 안았다.

"여긴 천국이네." 두 사람이 헛간 벽에 등을 기대고 앉아 있을 때 메야가 말했다.

밤이지만 모든 것이 깨어 있는 듯했다. 칼 요한은 메야의 머리에 붙어 있던 건초 하나를 떼어냈다. 칼 요한 곁에서 잠들면 어떤 기분일까? 이런 곳에서 잠이 깨면 어떤 기분일까? 메야는 궁금했다.

정적 속에서 헛간 문이 신음 소리를 내더니 이윽고 키가 크고 마른 형체가 공터를 향해 걸어갔다. 만형 예란이었다. 예란은 그들을 보더니 들고 있던 낚싯대를 들어올렸다. 메야와 칼 요한은 손을 흔들었다.

"형은 백야에는 잠을 못 자. 그래서 우릴 위해 아침에 먹을 생선을 잡지."

"아침으로 생선을?"

"맛이 끝내줘."

칼 요한은 일어서서 바지에 붙은 풀을 최대한 털어내고는 메야에게 손을 내밀었다.

"여기서 자고 가. 그럼 알게 될 거야."

렐레는 거실 소파에서 깨어났다. 이웃집 헛간에서 나는 웃음소리가 거실까지 흘러들어 왔다. 시계를 보니 6시 30분이었다. 소파에서 일어나 부엌으로 걸어가는 동안 온몸이 욱신거렸다. 밤새 자느라 시간을 낭비했다는 사실을 깨닫고 큰 소리로 욕을 내뱉었다. 싱크대에 놓인 프라이팬을 본 후에야 어제 아네테가 다녀간 사실이 기억났다. 리나가 죽었다고 말하던 그녀의 목소리가 아직도 귓가에 쟁쟁했다. 렐레는 그 말을 떨쳐내려는 듯이 몸을 부르르 떨었다.

아네테에게는 늘 일종의 육감이 있었다.

렐레는 찬물로 세수하고 입을 헹궜다. 창문 너머로 빈 해먹이 보이고, 바람결에 해먹에 달린 사슬이 찰랑거리는 소리가 들렸다. 영겁처럼 느껴지는 옛날에 아네테는 저 해먹에 누워 부풀어 오른 배 위로 목걸이에 달린 반지를 빙빙 돌려댔다.

이 아이는 딸이야, 렐레.

그걸 어떻게 알아?

그냥 알아.

렐레는 행주로 얼굴을 닦고 서재 문 쪽을 바라보았다. 어둠 속에서 책등이 그를 응시했다. 그들은 정말로 사랑을 나눈 걸까?

렐레는 현관문을 열고 서둘러 우편함으로 가서 조간신문을 가져왔다. 신문 위에 반짝이는 열쇠가 놓여 있었다. 아네테의 열쇠였다. 그와 헤어진 후로도 아네테는 열쇠를 돌려주지 않았다. 마치 그를 완전히 놓아버릴 수 없다는 듯이. 사실 아네테가 포기하지 않는 것은 렐레가 아니라 리나가 자란 이 집이었다. 하지만 그 열쇠가 여기에 놓여 있다. 별일 없었다는 듯이 반짝거리며.

다시 부엌에 돌아오니 그를 놀리는 리나의 목소리가 들렸다. 그가 아직도 신문을 읽기 때문이다. **요즘 누가 신문을 읽어?** 식탁에서 늘 앉던 자리에 앉아 있는 리나를 상상할 수 있었고, 그 애의 빈정대는 말투가 들리는 듯했다. 렐레는 잉크 묻은 신문을 표면이 닳은 식탁 위에 툭 던졌다. 마치 리나가 식탁에 앉아 있다는 듯이, 마치 이번에는 그가 리나를 놀리고 싶다는 듯이. **이게 진짜 신문이라는 거다. 빌어먹을 인터넷이 아니라.** 하지만 먼지만 일어날 뿐이었다. 잠시 후에야 신문 헤드라인이 그의 눈에 들어왔다.

17세 여학생 실종—경찰, 범죄 가능성 배제하지 않아

일요일 새벽 아리에플로그 크라야 캠핑장에서 실종된 17세 여학생을 경찰과 시민들이 찾고 있다. 실종된 여학생은 95번 도로에 인접한 이 인기 있는 캠핑장에서 친구와 함께 캠핑 중이었다. 친구에 따르면 이 여학생은 새벽에 텐트에서 나간 뒤로 돌아오지 않았다. 친구는 경찰에 신고했고, 경찰은 자원봉사자들과 예비군의 도움을 받아 일대를 철저히 수색하고 있다. "지금으로서는 범죄 가능성을 배제할 수 없고, 따라서 시민 여러분의 제보가 절실합니다"라고 아리에플로그 경찰서의 마츠 니에미가 말했다. 실종된 여학생은 금발에 푸른 눈, 키는 156센티미터이다. 실종 당시 검은 민소매 티셔츠에 검은 바지, 하얀 나이키 운동화를 신고 있었다.

렐레는 기사를 읽고 또 읽었지만 단어들이 자꾸 하나로 합쳐졌다. 그는 벌떡 일어나 뜨거운 커피에 목구멍을 데어가며 집 안을 서성였다. 창문 너머로 이웃집 아이들이 보였지만 목소리는 들리지 않았다. 갑자기 배가 뒤틀리는 바람에 싱크대로 달려가 방금 마신 뜨거운 커피와 시큼한 위액을 토해냈다. 등줄기를 타고 식은땀이 주르륵 흘러내렸고 양팔이 떨렸다. 그는 바닥에 털썩 주저앉아 두 주먹으로 눈을 꽉 누르며 울부짖었다.

렐레는 오른쪽 뺨을 차가운 마룻바닥에 댄 채 깨어났다. 휴대폰이 몸을 파고들었다. 주머니를 뒤적여 휴대폰을 꺼낸 다음, 전화기를 귀에 대고 자신의 심장 박동이 점점 더 빨라지는 소리를 들었다. 마침내 하산의 목소리가 들렸다.

"렐레, 무슨 일인가?"

"들었나?"

"뭘?"

"아리에플로그에서 열일곱 살 여학생이 실종된 사건."

경찰 무전기의 잡음 너머로 긴 한숨 소리가 들렸다.

"렐레, 아직 어떤 결론을 내리기에는 너무 일러."

"그럴까?"

"지금 한창 수색이 진행 중이야."

"내 예감으로는 그 애를 찾지 못할 거야." 렐레의 목소리가 갈라졌다. "유감스럽지만 리나가 실종됐을 때와 똑같을 거라고."

"자네 심정은 이해해. 하지만 현재로서는 두 사건이 연관됐다고 의심할 만한 근거가 전혀……."

"둘은 키가 똑같아! 155도 아니고 156센티미터라고!" 렐레가 그의 말을 잘랐다.

그 말이 어떻게 들릴지 알고 있었지만 참을 수가 없었다.

"이번 사건은 정황이 완전히 달라. 모든 게 남자친구를 지목하고 있어." 하산이 말했다.

렐레는 어이없다는 듯이 웃었다. 입안에 쓴맛이 감돌았다.

"리나가 사라졌을 때 자넨 하고많은 사람 중에서 날 범인으로 지목했네. 그런데 어떻게 됐지?"

"좀 진정하게, 렐레."

"진정했어! 난 그저 경찰이 빌어먹을 일을 제대로 하는지 확인하고 싶을 뿐이야. 자네도 알아차렸는지 모르겠지만 그 여자애는 인상착의가 리나와 똑같아. 그리고 둘 다 실버 로드 근처에서 실종됐고. 그게 우연이라고 생각하나?"

"그런 말을 하기에는 너무 이르고, 난 속단하고 싶지 않네. 그 애가 실종된 지 이제 겨우 이틀 됐어. 찾아낼 가능성이 아직 충분하다고."

렐레는 한 손을 얼굴에 댔고, 뺨이 젖어 있는 것을 깨달았다.

"찾지 못할 거야."

"자네 말이 틀렸으면 좋겠군."

"나도 그래."

아직 시트에 남아 있는 칼 요한의 냄새를 맡고 깨어났을 때 메야는 혼자였다. 머리맡 테이블에 놓인 라디오 시계는 6시 30분이었다. 칼 요한은 늘 이렇게 일찍 일어나는지 메야는 궁금했다. 나무로 만든 검은색 덧창 덕분에 햇빛이 차단되었고, 메야는 실눈으로 어둠 속을 바라보며 옷가지와 휴대폰을 찾아냈다. 휴대폰은 배터리가 떨어져서 전원이 꺼져 있었다. 벽은 여러 종류의 전투기 포스터로 도배되어 있었다. 메야는 청바지와 티셔츠를 입었다. 창가 책상에 낡은 타자기가 놓여 있었다. 메야는 검은 자판을 쓰다듬다가 'C'에서 멈췄다.

"일어났네."

문간에 칼 요한이 서 있었다. 그의 뒤로 햇빛이 쏟아져서 얼굴은 볼 수 없고 미소만 보였다. 칼 요한은 방에 들어오더니 그녀를 꼭 껴안았다. 그의 옷에서 건초와 가축 냄새가 났고, 머리카락에서는 물이 뚝뚝 떨어졌다.

"잘 잤어?"

"여긴 참 아늑하고 어둡다."

칼 요한이 창가로 걸어가서 덧창을 열자 햇빛이 쏟아져 들어왔다. 메야는 실눈을 떴다.

칼 요한은 메야의 손을 잡았다.

"배고파? 아침 먹을래?"

비르게르와 아니타, 두 형 모두 식탁에 앉아 있었다. 메야가 자리에 앉자 그들은 호기심 어린 눈으로 그녀를 바라보았다. 메야는 손가락으로 머리를 쓸어내리고 식탁에 놓인 음식을 바라보았다. 자를 때마다 김이 모락모락 피어오르는 갓 구운 빵, 세 종류의 치즈, 햄, 껍질이 얼룩덜룩한 삶은 달걀. 유리병 속에는 거품이 일어난 우유가 담겨 있었다.

"모두 우리 농장에서 나온 음식이다. 최고로 신선하지." 비르게르가 말했다.

메야는 위에 통증이 느껴질 정도로 배가 고팠다.

"칼 요한 말로는 아침에 주로 생선을 드신다던데요."

"그렇지. 예란이 밤낚시 담당이다."

예란은 몸을 내밀어 식탁에 양팔을 올렸다.

"어젯밤에는 고기가 안 낚였어."

예란 옆에서 볼이 미어지게 음식을 밀어 넣고 있던 페르가 칼 요한을 보며 씩 웃었다. "어젯밤엔 칼 요한만 운이 좋았지."

그러더니 식탁을 가로질러 음식 파편이 튈 정도로 웃음을 터뜨렸고, 칼 요한은 버터나이프로 그를 공격하는 척했다. 아니타가 두 사람을 말렸다. 그녀의 백발이 눈처럼 어깨에 내려앉아 있었다. 아니타는 한시도 가만히 있지 못했다. 식탁에서 일어나 난로로 갔다가, 커피를 따랐다가, 접시를 씻었다. 메야를 바라볼 때마다 환하게 미소 지었다. 태양과 바람이 그녀의 얼굴에 흔적을 남겼고, 그녀를 아름답게 만들었다. 자신도 나이를 먹으면 저렇게 늙고 싶다고 메야는 생각했다. 삶에 의해 풍화되고 물들고 싶었다.

"네가 여기 온 걸 어머니도 아시지?"

"그럴 거예요. 근데 휴대폰 배터리가 떨어져서 전화를 할 수가 없어요."

"난 휴대폰은 질색이다." 비르게르가 말했다. "그건 정부와 권력을 가진 자들이 우리를 감시하는 수단일 뿐이야."

메야는 스푼으로 커피를 저었다. 칼 요한의 손가락이 그녀의 허벅지로 올라와 간질였다.

"솔직히 말해서, 머리를 잘 쓰긴 했어." 비르게르는 말을 이었다. "젊은 애들은 끊임없이 세상과 연결되는 데 중독돼 있고, 따라서 권력자들은 휴대폰을 통해 그들을 완전히 통제할 수 있지. 너희들을 보고 듣고 촬영할 수 있어. 너희들이 어디에 있는지늘 정확히 알고, 뭘 하는지 추적할 수 있지."

메야를 바라보는 비르게르의 눈동자는 그녀에게 호수를 연상시켰다. 꽁꽁 얼어서 절대 녹지 않는 호수. 메야의 티셔츠가 겨드랑이에 찰싹 달라붙었고, 씹고 있던 신선한 빵이 가죽처럼 질기게 느껴졌다.

"권력자들이라뇨? 누구를 말씀하시는 거예요?" 메야가 물었다.

예란과 페르가 킥킥거렸지만 비르게르의 얼굴에서는 미소가 사라졌다.

"바로 그게 문제란다. 저들은 우리에 대해 전부 다 알지만, 우린 그들에 대해 하나도 몰라."

칼 요한은 한 손으로 메야의 머리칼을 모아 쥐며 그녀에게 키스했다. 두 사람 사이에서 변속 레버가 진동했다. 메야는 그의 어깨 너머 빗줄기 사이로 토르비요른을 힐끗 보았다. 빗줄기가 베란다의 진갈색 마룻바닥을 후려쳤다. 칼 요한은 메야의 손목을 잡고 그녀를 떼어냈다.

"너무 슬퍼하지 마. 우린 오늘 저녁에 또 만날 거야."

"약속해?"

"약속해."

메야는 폭우를 뚫고 천천히 걷다가 진흙탕이 된 진입로에서 걸음을 멈추고 칼 요한의 차를 지켜보았다. 자동차는 돌아서 나무 사이로 사라졌다. 마침내 현관에 들어섰을 때 메야의 몸은 흠뻑 젖어서 물이 뚝뚝 떨어졌다.

개가 빙글빙글 돌며 그녀의 젖은 청바지를 꼬리로 톡톡 쳤다. 토르비요른은 개에게 앉으라고 호통을 치고는 메야에게 수건을 건넸다.

"대체 어딜 갔던 거냐? 경찰에 신고하려던 참이었다."

"스바르트리덴에 있었어요. 칼 요한이랑요."

메야는 수건으로 머리를 감싼 뒤, 토르비요른을 밀치고 지나가 엄마를 찾았다. 실리에는 부엌에 앉아서 스케치 중이었다. 머리 색깔이 달라졌다. 까마귀처럼 새까만 머리카락이 어깨 아래로 흘러내렸고, 그 때문에 훨씬 더 병약해 보였다. 깡마른 팔이 토르비요른의 체크무늬 플란넬 셔츠 안에서 익사하고 있었다. 실리에는 앞에 펼쳐진 종이에서 눈을 떼지 않았다.

"전화할 수는 없었니? 우리가 네 휴대폰 요금으로 얼마를 내는데 넌 왜 전화를 안 쓰는 거야?"

"배터리가 다 떨어졌어."

"토르비요른은 제정신이 아니었어. 네가 봤어야 하는데. 널 찾는다고 밤새 운전하고 다녔어."

메야는 토르비요른을 힐끗 쳐다보았다. 감지 않은 머리칼은 헝클어졌고, 팔에는 긁어서 생긴 듯한 진홍색 상처가 있었다.

"간밤에 또 다른 소녀가 실종됐다. 내가 걱정하는 것도 당연하지." 그가 말했다.

메야는 싱크대에 쌓인 접시 그리고 빈 맥주캔과 병을 담아 바닥에 놓아둔 검은 쓰레기봉투를 가리켰다. 그러고는 맥주와 담배꽁초 냄새에 얼굴을 찡그리며 스바르트리덴의 부엌을 떠올렸다. 반짝반짝 빛나고 상쾌한 냄새가 나던 부엌. 그 생각을 하니 힘이 났다. 메야는 토르비요른을 돌아보며 그의 눈을 똑바로 바라보았다.

"아저씨가 걱정할 사람은 제가 아닌 것 같네요."

그날 저녁 렐레는 뉴스에서 그 소녀의 얼굴을 봤다. 한나 라르손. 스모키 화장을 하고 수줍은 미소를 짓는 예쁜 금발 소녀였다. 은빛 호수 앞에 설치된 푸른색 텐트 사진. 리나와 너무 닮아 렐레는 숨이 막혔다. 갈비뼈 안쪽에서 오랜 통증이 다시 느껴져서 렐레는 허리를 숙이고 두 주먹으로 그 자리를 눌렀다. 아네테는 전부터 병원에 가서 진단을 받아보라고 잔소리를 했지만 렐레는 병원에 가도 소용없으리라는 걸 알고 있었다. 슬픔이 그 자리에 뿌리내린 것이다.

다시 고개를 들어보니 텔레비전에 한나 라르손의 부모가 나왔다. 충격과 절망이 창백한 가면처럼 그들의 얼굴에 씌어 있었다. 소녀의 아빠는 울먹이는 목소리로 애원했는데 그 목소리가 너무 귀에 익어서 렐레는 가슴이 저렸다. 그는 아이를 잃은 망연자실한 심정을 겪을 필요가 없는, 기막히게 운 좋은 사람들에게 호소했다. 아무도 본 사람이 없고, 아무도 무슨 일이 벌어졌는지 알지 못했지만 여전히 애원했다. 렐레는 남자의 입술과 단추를 채우지 않은 셔츠 칼라, 면도하지 않은 턱, 얼굴에 새겨진 절실함을 보았다. 소녀의 엄마는 말조차 할 수 없는 상태였다. 광고가 나오자 렐레는 온몸이 떨렸다.

벽난로 위에서 자신을 바라보는 리나의 시선이 느껴졌다. 사진 속에서 리나는 미소 짓고 있었지만 그것은 도발하는 미소였다. **그렇게 우두커니 앉아 있지 말아요, 아빠. 뭐라도 하라고요!** 렐레는 거실을 서성이며 차분히 호흡하려고 했다. 현관으로 가서 묵직한 장화를 신고, 큼지막한 후드가 달린 피엘라벤 점퍼를 입었다. 후드를 쓰고 지퍼를 올리면 눈만 나와서 모기를 완벽하게 차단할 수 있었다. 렐레는 몸을 더듬어 담배와 라이터가 주머니에 들었는지 확인했다. 현관문은 잠그지 않았다. 창문 너머로 우듬지 위에 높이 뜬 저녁 해가 보였다. 예전처럼 손끝이 저릿했다. 옆집 정원에서 새로 깎은 잔디와 진한 바비큐 냄새가 풍겼다. 블랙베리 덤불 너머로 트램펄린에서 뛰고 있는 아이들이 보였다. 아이들의 보송보송한 머리카락이 허공에 휘날렸다. 저런 광경을 다시 볼 수만 있다면 무엇이든 내놓으리라.

불쌍한 녀석.

어떻게 그러고 살아?

시신만 나왔어도.

그에게는 다른 사람의 아이를 찾을 시간이 없었다. 이런 백야는 낭비하기에는 너무 짧다. 이제 곧 햇볕이 서서히 사라지고, 어둠 속에서 모든 것이 썩고 얼 것이며, 겹겹의 폭설 밑에 감춰질 것이다. 여름은 소중한 시간이고, 한시도 낭비해서는 안 된다. 그런데도 운전대와 페달은 그를 북쪽 내륙으로, 두 번째 소녀가 사라진 곳으로 이끌었다.

크라야 캠핑장에 도착하니 길가에 차들이 줄지어 있었다. 렐레는 캠핑장에서 적어도 1킬로미터는 떨어진 곳에 주차해야 했다. 사람들이 실종된 여학생의 이름을 부르는 소리, 개가 짖어대는 소리, 순찰차에서 나는 무전기 소리를 들으니 심장이 조여들었다. 렐레는 후드를 뒤집어썼다. 캠핑장은 사람들로 가득했다. 그들이 입은 형광색 옷과 빛을 반사하는 테이프 때문에 눈이 부셨다. 렐레는 경찰이 저지선을 둘러둔 캠핑장 쪽으로 걸어갔다. 이 모든 활동의 중심에 놓인 축 처진 텐트 주위로 흰색과 푸른색으로 된 저지선이 쳐져 있었다. 렐레의 배가 요동쳤다. 한 남자가 휴대폰으로 텐트 사진을 찍자 젊은 경관이 다가가 나가라고 했다. 렐레는 범죄 현장을 돌아서 계속 걸어갔고, 마침내 짧은 머리의 여자를 찾아냈다. 그녀는 날카로운 목소리로 렐레에게 수색팀에 가라고 했다. 방금 결성되었으니 서둘러 가면 합류할 수 있을 거라고 했다. 여자가 이름을 물어본 것도 같은데 확실하지 않았다. 후드를 쓰고 있어서 말소리가 잘 들리지 않았다.

그곳은 덤불과 초목이 우거져서 렐레는 눈밭을 걸을 때처럼 발을 높이 들어올려야 했다. 그의 오른쪽에 있는 노부인은 숨을 쉴 때마다 쌕쌕거렸지만 스라소니처럼 능숙하게 요리조리 걸어 다녔다. 왼쪽에 있는 남자는 산악 보병으로 복무했던 시절과 숲에서 똥을 눌 때마다 그의 엉덩이를 공격했던 모기 이야기를 줄기차게 떠들어댔다. 자기는 그 시절을 결코 잊지 못할 것이며, 사람은 누구나 그런 훈련을 받아봐야 한다고 했다. 렐레는 시큰둥하게 대답하고 땅을 바라보며 다른 소리에 귀 기울였다. 급류 소리, 멀리서 예비군 헬리콥터 날개가 돌아가는 소리. 숲은 생명체로 들끓었고, 두려움과 희망, 그 외에 사람들이 내쉬는 다른 모든 것들로 분위기가 무거웠다. 정작 렐레 자신은 텅 비어 있었다. 몸 안에서 쿵쿵거리는 긴장과 수면 부족만 느낄 수 있었다.

지금처럼 혼자서 리나를 찾아다니기 전, 그들이 처음 리나를 수색할 때도 이와 똑같았다. 당시 렐레는 그들에게 너무나 화가 났다. 사람들에게 격렬한 분노를 느꼈다. 그들의 어설픈 태도, 자꾸 그의 시선을 피하는 눈, 마치 렐레가 동물이라도 되는 듯 보기만 하면 토닥이는 데 화가 났다. 그들이 아무것도 모르기 때문에, 그를 도울 수 없기 때문에, 하루 수색하고 나면 자식이 있는 집으로 돌아가 다시 예전처럼 살아갈 수 있기 때문에 화가 났다. 그 분노는 지금까지 사라지지 않았다. 렐레는 두 번 다시 예전과 같은 방식으로 사람들을 볼 수 없을 터였다.

새벽이 되어 수색이 중단되자 렐레는 물집이 터져 양말이 피로 진득해진 것을 느꼈다. 실종된 여학생의 흔적은 어디에도 없었고, 수색팀의 리더들은 표정이 어두웠다. 나무 사이에 자리 잡은 박무를 뚫고 차로 걸어가는 동안 렐레는 몸이 금방이라도 부서질 듯했고 진이 다 빠진 기분이 들었다. 나무 사이에서 흐릿한 형체들이 움직였다. 숲은 여전히 사람들로 가득했지만 팽팽한 정적이 감돌았다. 고함 소리, 호루라기 소리, 개 짖는 소리가 차츰 잦아들고, 푹 숙인 고개들로 대체되었다. 이런 정적이 너무도 익숙해서 렐레는 가슴이 미어졌다.

한 나무에 느슨하게 쳐진 저지선에 걸려서 하마터면 넘어질 뻔했을 때 그를 발견했다. 실종된 여학생의 아버지. 그의 희끗희끗한 머리카락은 텔레비전 인터뷰를 하는 동안에는 단정했지만 지금은 사방으로 뻗쳐 있었다. 그런데도 렐레는 그를 한눈에 알아보았다.

고개를 숙인 채 그냥 지나치고 싶었지만 그럴 수가 없었다. 대신 야트막한 베리 덤불을 똑바로 뚫고 나가 남자 앞에 섰다. 마치 자기가 찾던 사람이 그 남자라는 듯이. 둘은 서로를 바라보았다. 렐레는 할 말을 찾으려고 안간힘을 썼다. 입에서 저절로 자기 이름이 나왔고, 목구멍에 걸린 괴로움을 빼내려고 헛기침을 했다.

"제 딸은 3년 전에 실종됐습니다. 지금 당신이 어떤 심정일지 조금이라도 아는 사람이 있다면 그건 접니다."

한나 라르손의 아버지는 말없이 눈을 깜빡거렸다. 그의 눈은 공포로 하얗게 질렸고, 그걸 보며 렐레는 부끄러워졌다.

"어쨌든, 전 에니로에 삽니다. 혹시라도 말 상대가 필요하면 찾아오세요."

그가 할 수 있는 말은 거기까지였다. 렐레는 자신의 존재가 남자를 겁먹게 했으며, 남자가 자신을 알아봤다는 사실을 깨달았다. 아마 남자는 당시, 그러니까 아직 리나를 찾을 수 있다는 희망이 있던 시절에 텔레비전에서 렐레를 봤을 것이다. 하지만 시간이 흘렀고, 3년은 어떤 희망도 날려버렸다. 렐레의 경험은, 만약 그것이 전염된다면 누구라도 겪고 싶지 않은 악몽이었다.

차로 돌아온 렐레는 운전대에 머리를 대고 눈물도 흘리지 않은 채 소리 없이 울었다. 부끄러웠다. 부끄러운 이유는 절망 속에서 새로운 희망이 싹트고 있었기 때문이다. 이번에 일어난 실종 사건으로 모든 것이 바뀌리라는 희망.

"옷 좀 입지 그래?"

실리에는 선베드에 누워 있었다. 음모를 밀어낸 하얀 삼각형 자리가 저녁 햇살을 받아 은은하게 빛났다. 옆에는 잔디 무더기 위에 와인잔이 균형 잡힌 채 놓여 있고, 땅에 비벼 끈 담배꽁초가 수북이 쌓여 있었다. 날이 갈수록 담배꽁초 무덤은 점점 더 커졌다.

"이곳 분위기는 옷이 군더더기라는 느낌을 주는 뭔가가 있어."

실리에의 목소리에서는 그녀가 잠을 못 잤고, 갑작스런 충동에 따라 행동하고 있다는 기운이 느껴졌다. 머리를 검은색으로 염색한 건 시작에 불과했다. 다음번에는 더 파괴적인 행동을 할 수 있었다. 메야는 닥터 로스를 떠올리며 비록 이사를 하기는 했어도 그가 처방전을 써줄 수 있을지 궁금했다. 아니면 새 의사를 찾아야 한다. 하지만 이 동네에는 신경정신과는 고사하고 병원조차 없는 듯했다. 메야는 엄마의 담배 한 개비를 코 밑에 대고 냄새를 깊이 들이마셨다.

"난 담배 끊었어."

"왜?"

"흡연은 역겨우니까. 그리고 칼 요한이랑 약속도 했고."

실리에는 담배에 불을 붙이고 일부러 메야 쪽으로 연기를 내뿜었다.

"정말로 칼 요한이라고 부르니?" 실리에가 비웃었다. "부르기 편한 이름이나 별명 없어?"

"칼 요한이 어때서?"

"좀 허세 부리는 것처럼 들리잖아. 안 그래?"

"멋진 이름 같아."

"매사에 그 애를 기쁘게 하려고 하면 안 돼. 남자에게는 반대로 나가줄 필요가 있어. 안 그러면 너에게 싫증 낼 거라고."

"충고는 필요 없어."

실리에는 입을 내밀고 레드 와인을 좀 더 마셨다. 손이 떨리는 바람에 와인을 잔디에 살짝 흘렸다. 그녀는 몸을 내밀어 술잔을 들지 않은 손으로 메야의 머리칼을 쓰다듬고 나선형으로 뱅글뱅글 피어오르는 담배 연기 너머로 미소 지었다.

"똑똑한 우리 딸, 메야. 넌 내 충고도 필요 없고, 남자도 필요 없어. 내가 늘 말하지만 넌 혼자서도 아주 잘 살 거야."

메야는 엄마의 손길을 피했다. 엄마는 레드 와인만 마시면 애정 표현이 과해졌다.

"칼 요한은 보통 남자애들과 달라. 정말로 날 좋아한다고. 진심으로."

"같이 잤니?"

메야가 불이 붙지 않은 담배를 두 동강 내자 담뱃가루가 그녀의 청바지에 떨어졌다.

"상관하지 마."

"믿기 힘들겠지만 난 네 엄마란다."

자동차 소리가 한참 들린 후에야 차가 보였다. 메야는 잔디 위에 있던 담요를 집어 엄마에게 던졌다. 칼 요한의 볼보가 멈췄을 때 메야는 이미 그쪽으로 걸어가고 있었다.

"어디 가는 거야?"

"칼 요한과 함께 스바르트리덴에서 하지Midsommar(낮이 가장 긴 날로 스웨덴에서는 크리스마스 다음으로 큰 명절이다 - 옮긴이)를 보낼 거야."

실리에는 잔디 위에 담뱃재를 털고는 양팔을 뻗었다.

"주말 내내 집을 비울 거라면 포옹은 해주고 가야지."

메야는 마지못해 돌아섰다. 엄마와 포옹하자 몸이 경직되었고, 담배와 염색약 냄새가 훅 끼쳤다. 실리에가 메야를 밀어내고 선글라스를 들어올리자 둘의 눈이 마주쳤다.

"넌 나와 달라, 메야. 그걸 기억하렴. 넌 남자 없이도 살 수 있어."

이튿날 저녁 렐레는 다시 아리에플로그로 갔다. 텐트는 사라졌고, 그 자리에는 하지 축제를 위한 미드솜마르스통Midsommarstång(나뭇잎과 꽃 등으로 장식한 십자가 형태의 기둥－옮긴이)이 세워져 있었다. 렐레는 사람들을 피해 덤불 속으로 사라져 혼자 리나를 찾아다녔다. 호수에서 안개가 피어오르고 세상이 시야에서 사라질 때까지 수색을 계속했다.

피곤해서인지, 담배 연기 때문인지, 아니면 햇살에 눈이 부셔서인지 롱트레스크 습지를 지날 때 순록 무리를 미처 보지 못했다. 봤을 때는 너무 늦었다. 순록 무리는 햇살 아래 흩어져 있었고, 흰 겨울 털이 빠진 푸르스름한 피부 안쪽에서 갈비뼈가 오르락내리락했다. 렐레는 본능적으로 운전대를 돌렸다. 차는 도로 가운데로 미끄러졌지만 충돌을 피할 수 없었다. 마른 순록 한 마리가 보닛에 부딪치며 차가 흔들리고 쿵 소리가 들렸다. 자동차는 비명을 지르며 정지했고, 순록들은 흩어져 습지 너머로 사라졌다. 렐레는 가슴이 두근거렸다. 반쯤 피운 담배가 손에서 떨어져 창틀에서 서서히 타올랐다. 렐레는 떨리는 손으로 담배를 집어 들고 차에서 내렸다.

아스팔트에 검은 형체가 누워 있었다. 크기로 보아 생후 1년쯤 된 놈이었다. 어린 순록이 아직 숨 쉬는 걸 보고 렐레는 큰 소리로 욕을 내뱉었다. 순록은 몸을 떨고 있었다. 하얀 겨울 잔설 위로 핏자국이 보였다. 렐레는 수납함에서 권총을 꺼내 서둘러 순록에게 돌아갔다. 순록이 흰자를 빛내며 그를 올려다보는 동안, 렐레는 총구를 순록의 이마에 대고 방아쇠를 당겼다. 순록이 다리를 서너 번 떠는 동안 생명이 서서히 빠져나가더니 이내 평화가 찾아왔다. 렐레는 허리춤에 권총을 찔러 넣은 다음, 허리를 숙여 순록의 두 뒷다리 발굽 위를 꽉 잡았다. 도로를 가로질러 힘겹게 사체를 끌어 도랑에 내던졌다. 아스팔트 위에 넓적한 솔로 그린 듯한 핏자국이 남았다. 렐레는 청바지에 손을 닦고 숨을 가다듬었다. 차 옆에 무릎을 꿇고 앉아 이상이 없는지 살폈다. 운전만 할 수 있다면 아무 걱정 없었다. 리나를 계속 찾아다닐 수만 있다면. 태양이 급격히 떠오르고 있었고, 아무 일도 없었다는 듯 새들이 지저귀었다. 다시 운전석에 앉았을 때는 온몸에 오한이 들며 부들부들 떨렸다. 렐레는 소리 없이 울었다.

하짓날 밤에 숲과 언덕은 파란색으로 물들었고, 검은 모기떼가 야생화 위에서 춤을 췄다. 모기들은 끝없이 물고 살갗은 따끔거렸다. 그날 낮에는 돼지를 잡았다. 메야는 그 장면을 보지 않았지만 죽어가는 돼지의 비명은 그 후로도 오랫동안 머릿속에서 메아리쳤다. 마구간 옆으로 생긴 검붉은 피 웅덩이에 파리들이 들끓었다. 그리고 그 옆에는 모닥불 위에 설치한 쇠꼬챙이에 돼지가 매달려 있었다. 거의 다 먹어서 살은 별로 없었다. 미드솜마르스통이 땅에 긴 그림자를 드리웠고, 기둥을 장식한 야생화 화환들이 바람결에 흔들렸다. 비르게르는 그들을 이끌고 다리가 아플 때까지 기둥 주위를 돌며 춤을 췄다. 밤새 술은 한 방울도 제공되지 않았다. 메야는 칼 요한의 가슴에 머리를 대고 누워 그의 심장 박동을 느꼈다.

"이렇게 많이 웃은 건 태어나서 처음이야."

"나도."

모닥불은 하늘로 불똥을 쏘아대며 최선을 다해 모기들을 쫓아냈다. 비르게르와 아니타는 진작 잘 자라는 인사를 하고 들어갔지만, 젊은이들에게 밤이 깊었다는 사실은 아무 의미도 없었다. 새벽이 되자 페르는 갑자기 말이 많아져서, 그의 표현대로 하자면 '종말'에 관한 이상한 이야기들로 아름다운 밤을 채웠다. 메야는 안 듣는 척하며 손끝으로 칼 요한의 살갗에 안 보이는 원을 그리거나 그의 팔에 있는 사마귀 개수를 세며 칼 요한과 소곤소곤 이야기를 나눴다. 가끔씩 풀잎으로 그의 귓불을 간질이면 칼 요한은 웃음을 터뜨리며 그녀를 꽉 끌어안았다.

"시작은 핵무기일 거야." 페르가 말했다. "모아브(미군이 개발한 소형 핵무기급 신형 폭탄-옮긴이)가 세상 인구의 절반을 죽이면 강하고 준비된 자들만 살아남겠지. 우린 처음부터 다시 시작할 수 있어. 실수를 통해 배우는 거야." 페르는 막대기로 새까맣게 탄 장작을 찔렀다. 그의 얼굴은 불처럼 달아올랐다. "아니면 자연이 인류를 멸망시킬 거야. 우리가 먼저 멸망시키지 않으면 자연이 반발할 거라고. 옐로스톤에서 화산이 폭발하거나 다른 곳에서 일이 터질 거야. 생존자들만 알겠지. 시작이야 어떻든 간에 전쟁은 반드시 일어날 거야. 인류 역사상 가장 피비린내 나는 전쟁."

페르는 그 전쟁이 손꼽아 기다려진다는 듯이 말했고, 목소리는 억눌린 긴장으로 떨렸다. 페르는 말없는 그림자처럼 옆에 앉아 있는 예란을 몇 번씩 팔꿈치로 찔렀으나 예란은 그의 이야기를 안 듣는 듯했다. 다른 데 정신이 팔린 채 멍하니 불만 바라보았다. 그러고는 자기 자신이 싫다는 듯 가슴과 양팔을 미친 듯이 긁어댔다.

페르는 시꺼멓게 탄 바비큐 꼬챙이로 바닥에 검은 십자가를 그렸다.

"난 아버지 말에 동의하지 않아. 치명적 바이러스와 질병 이야기 말이야. 그래, 그런 일이 일어날 수도 있지만 그 정도로 인류가 멸망하진 않아. 바이러스는 그저 인구를 계속 감소시키는 수단일 뿐이야. 완벽한 몰락을 가져오려면 전면전이 필요해."

칼 요한의 품에 안겨 있으니 메야는 용기가 났다. 그래서 페르를 올려다보며 그의 말에 이의를 제기했다. "정말로 그렇게 생각해?"

"뭘?"

"전쟁이 일어날 거라고?"

"당연하지. 전쟁은 반드시 일어날 거야. 인류 역사를 봐. 인간은 늘 싸웠어. 지금 문제는 우리에게 세상 전부를 멸망시킬 수 있는 무기가 있다는 거야. 아무도 도망칠 수 없어."

페르는 수염이 까칠하게 자란 턱을 쓰다듬으며 불꽃 너머로 메야를 당당하게 바라보았다.

"사회가 무너지면 넌 얼마나 오래 살 수 있을까?" 페르가 물었다.

"무슨 말이야?"

"전기도 없고, 물도 끊기고, 슈퍼마켓도 없어진다면 말이야. 넌 언제까지 살아남을까?"

메야는 잡고 있던 칼 요한의 손을 내려다보며 굳은살을 쓰다듬었다. "모르겠어."

"그런 상황에 우리가 이 스바르트리덴에서 얼마나 오래 살 수 있을지 알아?"

메야는 고개를 저었다.

페르는 한 손을 들어 손가락을 쫙 폈다. "최소한 5년이야. 아마 영원히 살 수도 있을걸." 그러고는 칼 요한을 돌아봤다. "메야에게 보여줄 거야?"

칼 요한은 메야의 머리카락에 코를 묻었다.

"뭘 보여준다는 거야?" 메야가 물었다.

"내일. 내일 할 거야." 칼 요한이 중얼거렸다.

"개소리 좀 그만해." 느닷없이 예란이 그렇게 말하며 자리에서 일어나더니 양동이에 물을 가득 담아 모닥불에 던지고는 마지막 잉걸불은 발로 비벼서 껐다. 아까 긁어서 찢어진 여드름 자국에서 피가 났지만 예란은 아는지 모르는지 내색하지 않았다. 그러고는 바지 지퍼를 더듬거리며 나무 사이로 걸어갔다. 페르는 쇠꼬챙이를 잿더미 속에 던지고 메야를 바라보며 말했다.

"준비된 자들만 살아남을 거야. 나머지 사람들은 그저 자비를 바라야지."

메야와 칼 요한은 고요한 어둠 속에 나란히 누워 있었다. 한밤의 태양도, 모기떼도 없었다. 그저 깊이 잠든 칼 요한의 목이 쉰 듯한 숨소리뿐이었다. 메야의 골반 위에 놓인 그의 팔은 무겁고 뜨듯했지만 메야는 팔을 치우고 싶지 않았다. 외로움이 다가오지 못하게 하고 싶었다. 예전에 살았던 도시에서의 삶, 엄마와 살았던 고층 아파트를 생각했다. 층간에서 한숨 쉬던 엘리베이터, 건물에서 절대 사라지지 않는 음식 냄새. 가까이 살지만 접촉은 전혀 없는 사람들, 그들이 웅성대는 소리. 엄마가 오지 않는 밤이면 메야의 곁에 있는 것은 저 목소리뿐이었다.

옆에 있던 휴대폰이 진동하는 바람에 메야는 잠에서 깼다. 칼 요한이 그녀에게서 몸을 뗀 후였지만 등에 그의 온기가 남아 있었다. 메야는 액정을 바라보았다. 엄마의 전화였다. 안 받을까 했지만 갑자기 맥박이 빠르게 뛰었다. 아직 아침 8시도 안 된 시각이다. 엄마는 절대 이렇게 일찍 일어나지 않는다. 틀림없이 무슨 일이 생긴 것이다.

"여보세요?"

"메야, 집에 좀 와야겠다."

"무슨 일인데?"

엄마의 숨소리가 쉭쉭거렸다. "토르비요른 때문이야. 제발 부탁이다, 메야. 그 인간하고는 한시도 같이 있고 싶지 않아. 가능한 한 빨리 집에 와줘."

휴대폰 수신 상태가 나쁜 탓에 엄마의 말이 갑자기 끊겼다. 엄마는 전화기를 입술에 바짝 대고 말하는 듯했다. 마치 남몰래 전화하듯이.

렐레가 팬티 차림으로 크롭카카(감자와 밀가루를 섞어 만든 두꺼운 만두피에 고기를 넣은 만두로 월귤잼과 함께 먹는다-옮긴이)를 튀기고 있을 때 집 앞 진입로에 경찰차가 멈춰 섰다. 렐레는 침실로 달려가 청바지와 티셔츠를 입었다. 뒤집개는 침대 머리맡 테이블에 기름이 묻은 쪽을 아래로 가게 내려놓은 채. 간밤에 실종된 소녀를 찾아다닌 터라 바짓단이 젖은 채 얼룩져 있었지만 눈에 들어오지 않았다. 블라인드 틈으로 자갈길을 올라오는 경관을 지켜보았다. 떡 벌어진 어깨 주위로 제복이 꽉 끼었고, 모자 아래로 숱 많은 검은 머리가 보였다.

"이번에는 또 무슨 일이지?"

렐레는 혼잣말을 중얼거렸다. 늘 그렇듯이 익숙한 희망이 올라왔고, 온몸에 피가 빠르게 돌았다. 어쩌면 리나가 발견됐는지도 모른다. 어쩌면 이제 끝났는지도 모른다. 아니면 이제 막 시작됐거나. 렐레가 문을 힘차게 열어젖히는 바람에 하산이 비틀거리며 뒤로 물러섰다.

"무슨 일이야?"

하산은 가죽장갑 낀 손을 들어올렸다.

"리나 일로 온 건 아냐, 오늘은."

렐레는 실망감 혹은 안도감을 느끼며 문간에 털썩 기댔다.

"그럼 무슨 일인데?"

"일단 좀 들어갈까?"

렐레는 옆으로 물러섰다. 자신을 바라보는 하산의 눈길이 느껴졌다.

"머리 좀 어떻게 해봐, 친구."

렐레는 손을 들어 머리를 만졌다. 기름이 잔뜩 끼고 뻣뻣한 머리카락이 헝클어져 있었다.

"마지막으로 샤워를 한 게 언제지?"

"다들 자네처럼 말끔하게 하고 다닐 순 없어."

하산이 곰곰이 생각하는 표정으로 그를 바라보았다.

"음식 냄새가 나는데?"

"크롭카카를 튀기는 중이었지. 좀 먹겠나?"

"나 돼지고기 안 먹는 거 잘 알잖아."

"그래도 감자는 먹잖아. 안 그래?"

"안에 돼지고기 들었잖아. 그렇지?"

"골라내면 돼. 돼지고기 조금 먹는다고 죽진 않아."

하산이 감청색 제복을 벗어서 의자 등받이에 걸자 렐레가 외쳤다.

"그 의자는 안 돼! 거기에는 아무도 앉지 않아. 리나 의자야."

하산은 아무 말 없이 의자 등받이에서 제복을 홱 벗겨 다른 의자에 걸었다. 걱정스런 눈빛이었지만 아무 말도 하지 않았다. 그러고는 의자에 앉아 양손을 식탁에 올린 채 렐레를 바라보았다. 마치 렐레의 머릿속에서 돌아가는 생각을 모두 볼 수 있다는 듯이.

렐레는 두 접시에 나눠서 반짝이는 크롭카카를 수북이 담은 다음, 스푼으로 월귤잼을 덜어놓았다. 하산은 영 내키지 않는 표정이었다.

"무슨 일로 왔는지 말해주겠나?"

"그냥 들러보고 싶었어."

"그냥 들르고 싶었다, 근무 시간에?"

하산은 반들반들한 크롭카카에 포크를 밀어 넣고는 잠시 바라보다가 입에 넣고 씹으며 말했다.

"요즘 힘들다는 거 알아. 하지만 난 그저 자네에게 아무 문제 없는지 확인하고 싶었어."

"잡소리는 집어치워." 렐레가 말했다.

하산은 얼굴을 찡그리며 만두를 삼키고는 포크를 내려놓고 렐레를 바라보았다.

"좋아, 잡소리는 집어치우자고. 토요일에서 일요일로 넘어가는 밤에 어디에 있었나?"

"운전했지."

"어디에서?"

"95번 도로를 따라서."

"혹시 아리에플로그 근처에 있었나?"

"난 매일 밤 아리에플로그를 지나가네."

"몇 시쯤 거기에 있었지?"

렐레는 어깨를 으쓱했다. "새벽 3시에서 4시 사이였을 거야. 더 늦었을 수도 있고."

"크라야 캠핑장에 들렀나?"

"내가 기억하기로는 안 들렀어. 일요일에는."

"맙소사, 렐레."

렐레는 월귤잼으로 접시에 원을 그리고 또 그렸다. 예전에 이미 용의선상에 오른 적이 있어서인지 지금은 두렵지 않았다. 그저 좀 피곤할 뿐이었다. 그는 리나가 사라지기 전에 버스 정류장에서 마지막으로 그 애를 본 사람이었고, 이번에는 한나 라르손이 사라진 지역에 있었다. 오해받는 게 당연했다.

"지난번에 그 애를 절대 찾지 못할 거라고 했잖아. 그게 무슨 뜻이지?" 하산이 물었다.

렐레는 자기 앞에 놓인 접시를 밀어냈다. "그냥 느낌이었어. 그 애가 리나랑 그렇게 비슷한 게 우연일 리 없지. 틀림없이 접점이 있을 거야."

"접점이 생기기에 3년은 너무 긴 시간이야."

렐레는 손톱으로 이를 후볐다. 순순히 물러날 생각은 없었다.

"경찰은 한나 라르손에 대해 얼마나 알지?"

"자네와 상의할 사항이 아냐."

"다시 말해 쥐뿔도 모른다는 거군."

"내가 자네라면 조심하겠어, 렐레." 갑자기 낯선 목소리로 하산이 말했다.

"그리고 남자친구, 그 애에 대해서는 얼마나 알아냈지?"

"마지막으로 들은 소식은 경찰서에서 풀려났다는 거야. 한나가 실종된 상황에서는 수사할 게 많지 않아. 자네도 알잖아."

"정말로 내가 이 사건과 연관이 있다고 생각하는 건 아니겠지?"

하산은 한 손으로 얼굴을 쓸어내리며 지친 볼을 문질렀다.

"자네 차를 살펴봐야겠어."

"마음대로 해. 열쇠는 현관에 걸려 있으니까."

하산은 접시와 포크를 싱크대로 가져가서 먹다 만 크롬카카를 포크로 쓸어서 버리고, 접시를 씻어서 식기건조대에 올려놓았다. 렐레는 하산의 굵은 목과 우람한 팔을 바라보았다. 렐레가 자신의 토사물 위에 누워 있을 때 그를 일으켜 위층 침실로 옮겨주고, 침대 옆에 토할 수 있는 양동이를 놓아둔 것도 바로 저 팔이었다. 하산은 동네 경관으로서의 의무를 훨씬 넘어서 밤새 그의 곁을 지켜주었다. 플라스틱 통에 가득 들어 있던 밀주를 버리고, 아네테가 떠난 뒤 선반에 있던 술병을 모조리 박살 낸 사람도 하산이었다. 그 생각을 하니 렐레는 눈물이 핑 돌았다.

"근처 숲에 퇴역 군인들이 사는 거 아나?"

하산이 수도꼭지를 잠갔다. "퇴역 군인?"

"그래. 언젠가 밤에 리나를 찾아다니다가 예전에 유엔군 소속이었다는 남자를 우연히 만났어. 버려진 농가에 살고 있더라고. 자네도 봤어야 하는데. 긴 머리에 지저분한 꼴이 무슨 야생동물 같더군."

하산은 수건에 손을 닦고 슬픈 표정으로 렐레를 바라보았다.

"이제 이 모든 걸 그만둬야 할 때라고 생각하지 않나?"

"그만둬?" 렐레의 목소리가 부엌에 울렸다. "내 딸이 실종된 지 3년이 지났어. 3년 동안 흔적도 없었다고. 그런데 어떻게 그만두라는 거야?"

"자네는 스스로를 망가뜨리고 있어."

렐레는 손을 흔들며 그 말을 묵살했지만 눈에는 점점 더 눈물이 고였다. "커피 줄까?"

"시간 없어. 크롭카카는 잘 먹었네."

하산은 복도로 사라졌다. 그가 고리에 걸려 있던 자동차 열쇠를 가져가는 소리가 들렸다. 거실 창문 너머로 푸른색 일회용 장갑을 끼고 볼보를 향해 걸어가는 하산이 보였다. 차문은 잠겨 있지 않았다. 하산은 양팔을 뻗어 쓰레기를 뒤졌다. 오래된 담뱃재가 날아올라 그의 머리 주변을 맴돌았다.

렐레는 몸을 돌려 벽난로 장식장 위에서 여전히 웃고 있는 리나를 힐끗 보며 큰 소리로 말했다.

"아까 하는 말 들었지? 또 나한테 죄를 뒤집어씌우려는 모양이다."

렐레가 식탁에 앉아 커피 내리는 소리를 듣고 있을 때 하산이 돌아왔다. 하산은 문간에 서서 얼룩이 묻은 옷을 들어올렸다. 렐레는 옷을 바라보았다. 어젯밤에 입었던 셔츠였다.

"앞좌석이 전부 피범벅이야. 대체 무슨 짓을 한 건가, 렐레?"

"너까지 들어갈 필요는 없어."

"말도 안 되는 소리. 당연히 내가 함께 가야지."

칼 요한은 운전석 밑으로 손을 집어넣더니 칼을 꺼냈다.

"뭐 하는 거야?"

"토르비요른에 대해서 정확히 얼마나 알아? 그 사람을 안 지 얼마나 됐지?"

메야는 침을 삼켰다. 입안에 시큼한 맛이 감돌았다.

"모르겠어. 그냥 엄마가 인터넷에서 만난 남자야."

칼 요한은 얼굴을 찡그리더니 집을 바라보았다.

"넌 내 뒤에 서 있어."

그러고는 칼을 소매 속에 밀어 넣고 차에서 내렸다. 메야는 가지 말라는 말이 목구멍까지 올라왔지만 아무 말도 할 수 없었다. 그저 심장이 쿵쿵 뛰는 소리만 들릴 뿐이었다. 메야는 머뭇거리며 칼 요한을 따라갔다. 무성하게 자란 잔디에서 반짝이는 이슬이 그들의 신발을 적셨다. 칼 요한은 베란다에 서서 현관문을 노크했다. 그러고는 한쪽 팔을 메야 앞으로 뻗어 그녀가 나서지 못하게 했다.

토르비요른이 문을 열었다. 피가 흠뻑 밴 수건으로 머리 옆쪽을 누르고 있었다. 그의 시선이 이리저리 오가더니 마침내 메야에게 고정되었다.

"니 엄마는 미쳤어! 무슨 말을 해도 듣질 않아."

칼 요한은 토르비요른을 밀치고 집 안으로 들어가 메야의 엄마를 불렀다. 서둘러 뒤따라가던 메야는 칼 요한의 손에 들린 칼을 보았다. 실리에는 표면에 윤기가 흐르는 잡지가 수북이 쌓인 부엌 바닥에 앉아 있었다. 땀에 젖은 머리카락은 깡마른 목에 달라붙었고, 마스카라는 검은 선을 그리며 푹 꺼진 볼을 타고 흘러내렸다. 실리에는 반질거리는 잡지를 들어 칼 요한과 메야에게 보여주었다. 거기에는 가슴 큰 여자들이 다리를 벌린 채 맨 엉덩이를 쭉 내민 사진이 실려 있었다.

"지하실이 이런 쓰레기로 가득 찼어. 열여덟 살도 안 된 어린 여자애들 사진이야. 토할 것 같아!" 실리에가 말했다.

메야는 비닐 장판이 깔린 바닥이 발아래서 푹 꺼지는 듯했다. 수치심에 얼굴이 달아올랐다.

칼 요한은 칼을 접어 주머니에 넣었다. 그의 목이 햇볕에 그을린 듯 붉어졌다. 뒤에서 토르비요른의 걸걸한 목소리가 들렸다.

"난 40년 넘게 혼자 살았어. 내가 가진 건 그 잡지뿐이라고. 버리려고 했는데 그럴 시간이 없었어. 나도 내가 자랑스럽진 않아."

"별채가 잡지로 가득 찼어!" 실리에가 말했다. "그래놓고 나한테는 거기서 조각을 할 거라고 했다고, 조각!"

그녀의 웃음소리는 귀에 거슬리는 흐느낌으로 변했다. 실리에는 두 손에 얼굴을 묻고 흐느끼며 금방이라도 쓰러질 듯이 경련을 일으켰다. 그들은 우두커니 서서 무력하게 그녀를 바라보았다. 너무 민망해서 아무것도 할 수가 없었다. 마침내 칼 요한이 토르비요른을 돌아보며 말했다.

"제가 잡지 태우는 걸 도와드릴게요."

잡지를 태우는 데 오전이 다 지나갔다. 그들은 헛간 옆 비탈에 모닥불을 피우고, 손수레에 잡지와 옛날 비디오테이프를 잔뜩 실어와 불 속에 던졌다. 지저분한 검은 연기가 순결한 여름 하늘로 피어올랐다.

메야는 가방에 짐을 싸서 기다렸다. 욕실에 가서 거울에 비친 눈동자를 들여다보았다. 녹슨 자국이 있는 세면대를 손가락이 아플 정도로 꽉 움켜잡았다. 양 볼에 수치심이 새겨졌고 얼굴은 상기되었다. 욕실에서 나와 부엌으로 가서 손이 떨릴 때까지 커피를 마셨다. 밖에서 땀을 뻘뻘 흘리는 두 남자를 바라보았다. 그들은 마치 포르노 잡지가 소똥이라도 된다는 듯 손잡이가 긴 삽으로 잡지를 퍼서 불 속에 넣었다. 손수레를 밀며 비탈을 오르내리는 칼 요한의 근육에 햇빛이 반사되었다. 메야는 두 번 다시 그의 얼굴을 쳐다볼 수 없을 것 같았다.

실리에는 놀랄 만큼 차분하게 연필을 잡고 밖에서 훨훨 타오르는 불길을 스케치했다. 메야는 오랫동안 입안에서 말을 굴리다가 마침내 목소리를 냈다.

"이번에는 도를 넘었어."

"장작으로 토르비요른을 때렸어. 그래서 피가 나는 거야."

"애인이 별채에 포르노 잡지를 소장했다는 이유로 딸에게 전화해서 집에 와달라고 하다니. 그게 얼마나 미친 짓인지 몰라?"

"어떻게 해야 할지 몰랐어. 난 충격을 받았다고! 나한테는 조각하러 간다고 했는데 내가 막상 가보니까 쓰레기 천지더라고. 천장부터 바닥까지 여학생들 사진으로 가득 찼더라. 네 나이 또

래의 여자애들 말이야, 메야. 난 너무 충격 받아서 비명을 꽥 질렀지. 너도 그걸 들었어야 하는데."

"그런 건 여기 이사 오기 전에 생각했어야지. 남자 뒷조사도 좀 하고. 그랬으면 마을 사람들이 아저씨를 포른비요른이라고 부르는 것도 알았을 텐데."

"지금 나 약 올리니?"

실리에는 마치 다시 울기라도 할 것처럼 한동안 스케치북 뒤에 얼굴을 감췄다. 그러더니 웃음소리가 들렸다.

"이게 웃겨? 엄마는 날 망신시켰어. 우릴 망신시켰다고. 좀 정상인처럼 행동할 수 없어?"

실리에는 스케치북을 내리고 웃느라 손등으로 눈물을 닦았다. "토르비요른이 어딘가 이상하다는 건 알았지. 만나고 바로 알았어. 성적인 면에서 보통 남자들과 달랐거든. 그러니까……."

"듣고 싶지 않아!" 메야는 배낭을 집어 들고 베란다로 나갔다. 문을 어찌나 세게 닫았는지 낡은 집 전체가 무너져 내릴 듯했다.

메야는 곧장 칼 요한에게 걸어가 손수레를 밀치고 그의 손목을 꽉 잡았다. 그러고는 자신도 모르게 이렇게 말했다.

"날 여기서 데리고 나가줘. 지금 당장."

스바르트리덴에서는 하지 축제에 구운 돼지가 아직 꼬챙이에 매달린 채 하얀 하늘을 향해 미소 짓고 있었다. 나무 사이를 비집고 들어와 자갈이 깔린 진입로 위에 구름처럼 내려앉은 옅은 안개에서 불에 탄 고기 냄새가 감돌았다. 칼 요한과 메야는 차창을 내리고 차 안에 앉아 밀도 높은 공기를 들이마셨다. 칼 요한의 칼은 다시 운전석 밑으로 들어간 뒤였다.

"어머니를 그렇게 두고 오는 게 아니었어." 느닷없이 칼 요한이 말했다.

"걱정 마. 엄마는 훨씬 더 심한 일도 겪었어. 그저 사람들의 관심을 받고 싶은 거야."

칼 요한은 크게 한숨을 내쉬었다. "그 쓰레기 같은 잡지들 봤어? 스웨덴에서 발행되는 포르노 잡지는 하나도 빼놓지 않고 다 샀을 거야."

깔깔 웃으니 마음이 후련했다. 목구멍에 걸려 있던 수치심 덩어리도 내려갔다.

"아무에게도 말하지 마. 알았지?" 칼 요한과 함께 한바탕 웃고 난 뒤에 메야가 말했다. "네 부모님이나 형들에게도. 내가 너무 민망해."

"걱정 마."

칼 요한이 손끝으로 메야의 손가락 관절에 원을 그리자 메야의 온몸이 살짝 떨리며 소름이 돋았다. 숲 가장자리에서 아니타가 안개 속을 들락날락했다. 희미한 햇살 속에서 그녀의 백발이 초자연적인 광채를 띠었다. 등은 구부정했고, 눈은 그들이 있는 쪽을 보지 않았다. 메야는 갑자기 불안해졌다.

"내가 한동안 여기 머물겠다고 하면 네 부모님이 싫어하실까?"

"아니, 아주 좋아하실 거야."

말은 그렇게 했지만 칼 요한은 차에서 내리지 않았다. 메야는 티셔츠 아래에서 그의 심장이 뛰는 걸 볼 수 있었다.

"혹시 내가 여기 머무는 게 싫어?"

"그럴 리가! 다만 그건 중요한 결정이잖아. 네가 어떤 사람들과 살게 되는지 알았으면 좋겠어. 우리 가족은 보통 사람들과 달라."

"무슨 말이야?"

"우린 아주 열심히 일해."

메야는 손을 뻗어 칼 요한의 머리카락을 쓸어 넘겼다. 그의 모공에서 나오는 열기가 느껴졌다. 이렇게 생명력 넘치고 생기로 가득 찬 사람은 만나본 적이 없었다.

"일은 얼마든지 할 수 있어. 엄마와 같이 사는 것보다 비참한 삶은 없어."

비르게르는 헛간에 있었다. 짙은 남색 멜빵바지를 입고 있으니 젊어 보였다. 몸은 젊은 남자 같았고, 희끗한 머리칼은 모자 속에 숨겨져 있었다. 그는 거름이나 파리를 전혀 개의치 않는 듯했고, 두 사람이 오는 걸 보더니 갈퀴를 내려놓았다.

"내가 너무 더러워서 안아줄 수가 없구나, 메야."

메야는 씩 웃었고 갑자기 겸연쩍어졌다. 어둠침침한 헛간 안은 숨이 막혔다. 그녀는 가축에게서 나는 냄새나 지푸라기 속에서 뒹구는 그들의 몸뚱이가 뿜어내는 열기, 혹은 파리와 전쟁을 벌이며 휘둘러대는 꼬리에 익숙하지 않았다.

칼 요한도 불안한 표정이었다. 아버지를 마주한 그는 나직하고 머뭇거리는 목소리로 말했다.

"메야가 잠깐 우리 집에서 지내도 될까요? 지금 메야의 집 사정이 안 좋아서요."

비르게르의 차디찬 눈동자가 햇볕에 그을린 얼굴에서 반짝거렸지만 미소는 옅어졌다. 그는 등을 곧추세우고 메야를 똑바로 바라보았다. 메야는 헛간의 울퉁불퉁한 마룻바닥 그리고 진흙과 지푸라기가 뭉쳐진 덩어리, 칸막이에서 졸졸 새어나오는 오줌을 내려다봤다. 가슴이 두근거렸고, 그런 제안을 한 것이 후회되었다. 지금쯤이면 깨달았어야 한다. 자신의 온몸에 불량품이라고 써 있다는 사실을. 어느 모로 보나 부족한 존재라는 사실을.

그때 들려오는 비르게르의 목소리가 메야의 두근거리는 맥박을 벨벳처럼 어루만졌다.

"그야 물론이지. 우리 집에 머물러도 된다. 메야의 어머니만 허락하셨다면."

메야는 안도감에 눈앞이 아찔했다. 칼 요한이 한 팔을 그녀에게 두르고 끌어당겼다.

메야의 귀에 그들의 웃음소리가 들렸다. 아마 그녀도 웃고 있었을 것이다.

그들은 비르게르를 가축과 함께 남겨두고 서둘러 빛 속으로 나갔다. 태양이 눈을 찔렀다. 칼 요한은 그녀를 그늘로 끌고 가서 숨이 막힐 때까지 키스했다. 햇볕에 달궈진 벽에 메야를 밀치고 그녀의 품에서 녹아버리려는 듯 몸을 밀착했다.

갑자기 예란의 목소리가 들리는 바람에 그들은 펄쩍 놀라 몸을 뗐다.

"차라리 방을 잡지 그래?"

"왜 그렇게 살금살금 다가와?"

예란은 씩 웃더니 작업복에 손을 닦았다. 바짓단은 부츠 속에 아무렇게나 찔러 넣었고, 땀을 뻘뻘 흘리고 있었다.

"무슨 일 있어? 둘이 아주 신나 보이네."

"메야가 여기서 살기로 했어." 칼 요한이 말했다.

예란은 한 발짝 물러서더니 울퉁불퉁한 땅 위에서 휘청거렸다. 그러고는 메야를 돌아보며 물었다.

"정말이야? 여기서 살 거야?"

"적어도 당분간은 그럴 거야."

예란의 안색이 변하더니 집을 올려다보고 다시 칼 요한을 바라보며 말했다.

"누군 정말 운도 좋군." 그러고는 잔디에 침을 뱉었다.

자정이 거의 다 된 시각이었고, 렐레는 안절부절못했다. 이 방 저 방 돌아다니며 불을 붙이지 않은 담배를 손에 들었다가 입에 물었다가 나중에는 귀에 꽂았다. 하산은 동료에게 전화했고, 그들은 렐레의 차를 압수했다. 렐레가 거듭 설명했음에도 셀레프테오 경찰청 과학수사팀이 그의 차를 조사할 예정이었다.

롱트레스크 습지 근처에서 어린 순록을 차로 치었다니까.

내가 셰퍼드라도 되는 줄 알아? 사람 피와 순록 피를 어떻게 구별해?

난 차가 필요해!

자네까지 연행하지 않는 걸 다행으로 생각해.

하산을 친구라고, 믿을 수 있다고 생각한 그가 멍청한지도 모른다. 절대 방심해서는 안 된다. 결국에는 무방비 상태로 바보처럼 우두커니 서 있게 될 테니까. 악몽 같은 3년 동안 배운 것이 있다면, 이 세상은 추악하고 믿을 수 없는 곳이며, 노를란드도 예외가 아니라는 사실이다. 사람에게 의지해서는 안 된다. 절대로.

12시 10분이 되자 렐레는 더 이상 참을 수 없었다. 재킷을 입고 신발을 신은 다음, 환한 밤 풍경 속으로 나갔다. 새들은 쉬고 있었고, 자갈길을 걸어가는 그의 발소리만 들렸다. 공기는 고요하고 초목 향이 진하게 풍겼다. 렐레는 리나가 어릴 때 움막을 만들어주었던 소나무 숲을 가로질렀다. 곰팡이 핀 널빤지 몇 개가 아직 나무줄기에 못 박혀 있었지만 나머지는 다 무너지고 이끼와 잡초로 뒤덮여 있었다. 렐레는 일부러 보지 않으려고 했다.

엥스베겐으로 나와서 스토르가와 그 빌어먹을 버스 정류장을 향해 계속 걸었다. 발이 방향을 잡았고, 몸의 나머지 부분이 저절로 따라갔다. 그의 생각도 포함해서. 렐레는 담배에 불을 붙이고 물웅덩이 속에서 반짝거리는 밤하늘을 바라보았다. 계속 담배를 피우며 걷다가 덩그러니 서 있는 버스 정류장에 앉았다. 의자에 반쯤 남은 칼스버그 캔이 놓여 있었다. 그걸 본 렐레는 지금이 맥주 마시기에 딱 좋은 때라고 생각했다. 술을 향한 갈증이 온몸에 번져갈 때 말소리가 들렸다. 렐레는 담배를 입으로 가져가 깊게 빨아들였다. 시야의 구석에서 다가오는 두 청년이 보였다. 한 명은 스케이트보드를 들고 있었고, 다른 한 명은 절뚝거리며 걷고 있었다. 모퉁이에 이르자 둘은 주먹을 부딪쳐 인사하고 갈라섰다. 스케이트보드를 든 청년은 그것을 타고 스토르가 쪽으로 내려갔다. 작은 바퀴가 아스팔트 위에서 딸그락거렸다. 다른 청년은 렐레가 있는 쪽으로 절뚝거리며 걸어왔다. 검은 머리는 귀밑까지 내려왔고, 가느다란 팔을 휘감아 목까지 올라오는 검은 문신이 있었다. 마치 화장이라도 한 듯 눈 주위가 검었다. 청년이 걷는 속도를 늦추자 렐레는 등을 곧추세웠고, 손가락이 뻣뻣해졌다.

"혹시 담배 있으세요?" 청년이 물었다.

"물론이지." 렐레가 담뱃갑을 건네자 청년이 다리를 절뚝거리며 버스 정류장으로 들어왔다. 손가락 마디 사이에도 문신이 있었는데 왼손에는 네잎 클로버가, 오른손에는 글자가 새겨져 있었다.

"다리는 어쩌다 그렇게 됐지?" 렐레가 물었다.

"스케이트보드를 타다가 다쳤어요."

"그렇군."

렐레는 담배를 비벼 껐다. 청년의 눈길이 자신에게 머무는 것이 느껴졌다. 그의 눈동자는 어두운 그늘 안에서도 이상하게 환했다.

"리나 구스타프손의 아버님 아니세요?"

렐레는 가슴이 뛰었다. "그래, 맞아. 리나와 아는 사이였나?"

"아뇨. 하지만 선배를 모르는 사람은 없죠."

렐레는 고개를 끄덕였다. 리나를 현재 시제로 말해주는 걸 들으니 기뻤다. "자넨 이름이 뭐지?"

"예스페르. 예스페르 스코그요." 청년이 말했다.

"톨바카 고등학교에 다녔나?"

"작년에 졸업했어요. 전 리나 선배의 1년 후배예요."

렐레는 이 청년을 본 기억이 없었다. 하지만 당시에는 지금처럼 사람을 유심히 보지 않았다.

"나한테 수학을 배우지 않았나?"

"그랬어야 했는데 선생님께서 병가로 수업을 빠지는 날이 많았죠."

렐레는 청년을 유심히 바라보았다. 그는 팔다리를 계속 움직였고, 발로 쉴 새 없이 바닥을 긁었다.

"그래서 리나와 어울린 적은 없군 그래?"

"아마 선배는 제 존재도 몰랐을걸요."

"그래?"

예스페르는 마지막으로 담배를 길게 빨고는 꽁초를 휙 던졌다. 혀에도 피어싱을 했는데 그 링으로 앞니를 계속 딱딱 쳤다.

"선배는 미카엘 바르그에게만 관심이 있었죠."

"맞아."

"두 사람은 서로에게 미친 듯이 집착했어요."

"집착?"

"네, 다들 그렇게 생각했죠."

렐레는 잠시 그 말을 곱씹었다. 밤은 고요했다. 혀에 달린 은색 링이 이에 딱딱 부딪치는 소리만 들렸다. 계속 저렇게 하면 치아에 좋을 리 없다. 렐레는 예스페르에게 담뱃갑을 내밀며 한 대 더 권했다. 다른 사람과 리나 이야기를 하는 게 기분 좋기는 오랜만이었다.

"자넨 한밤중에 내가 왜 여기 앉아 있나 의아하겠지?"

"선배가 사라진 곳이 여긴가요?"

"맞아."

"그러니까 선생님은 여기서 선배가 돌아오기를 기다리고 계시는군요." 질문이라기보다 단언이었다.

"그래, 그런 것 같네."

예스페르는 서둘러 담배를 깊이 빨아들였다. 밤의 태양을 받아 검은 머리카락 사이로 새치가 눈에 띄었고, 검은 속눈썹 아래 소년 같은 눈동자가 불안해 보였다.

"다들 선배를 좋아했죠. 하지만 미카엘은 싫어했어요."

"아무도 그런 말은 안 하던데."

예스페르는 담배를 빨아들이더니 다시 혀에 달린 링으로 이를 딱딱 쳤다.

"미카엘은 후배들에게 아주 못되게 굴었어요. 우릴 아주 무시했죠." 예스페르가 침을 뱉었다. "거만하기가 말도 못해요."

"맞아, 정말 거만하지." 렐레가 말했다.

"리나 선배가 아까웠어요. 다들 그렇게 생각했죠."

"그건 몰랐네."

예스페르는 웅덩이에 담배를 던졌고, 렐레는 꺼져가는 담뱃불을 지켜보았다.

"미카엘이 그랬다고 말하는 사람들도 있어요. 미카엘이 인정했다고요."

"뭘 인정해?"

"자기가 리나 선배를 죽였다고요."

그 말이 렐레의 머릿속에서 울렸다. "누가 그러던가?"

"제가 아는 사람들이요. 라이카스예르비에서 온 사람들이었어요. 형제요. 미카엘과 그 한심한 친구들에게 술을 팔았는데 그 형제 말이, 미카엘이 취했을 때 자기가 리나 선배를 죽였다고 인정했대요."

"거짓말이겠지. 경찰 조사에 따르면 미카엘 바르그에게는 알리바이가 있어."

예스페르는 혀에 달린 링으로 앞니를 찼다. "전 그냥 들은 대로 말씀드리는 거예요."

"리나는 죽지 않았어." 렐레는 청바지 위에 놓인 손에서 땀이 나는 걸 느꼈다. "아무도 리나를 죽이지 않았어. 왜냐하면 리나는 살아 있으니까."

예스페르의 눈이 땅으로 향했고, 렐레는 짜증이 치미는 걸 느꼈다.

"그 형제 이름이 뭐라고?"

"요나스와 요나. 링베르그 형제요."

"요나스와 요나?"

"쌍둥이예요."

렐레는 휴대폰을 꺼내 그 이름을 입력했다. 라이카스예르비까지 얼마나 먼지 기억해내려 했다.

"이 형제를 만나려면 어떻게 해야 하지?"

"그 사람들은 주로 주말에 글리메르스 언덕 근처를 어슬렁거려요. 거기서 학생들에게 술을 팔죠."

렐레는 떨리는 손을 진정하려고 안간힘을 쓰며 그 정보를 휴대폰에 입력했다.

"이제 그만 집에 가야겠어요. 밤새 여기 앉아 계실 거예요?"

"아마도."

"맥주 드실래요?"

렐레는 침을 꿀꺽 삼켰다. 신경이 곤두서고 갈증이 느껴졌다. "사양하진 않을게."

예스페르는 어깨를 으쓱거려 연푸른색 피엘라벤 배낭을 내리더니 코로나 한 병을 꺼내 렐레에게 건네며 말했다.

"여름 맥주는 라임 한 조각을 곁들여야 제맛인데 말이죠."

"이대로도 괜찮아."

예스페르는 머리카락을 뒤로 흔들더니 시내 중심가를 향해 절룩거리며 걷기 시작했다. 고가도로 아래 거의 다다랐을 때 뒤를 돌아보고는 숨을 깊이 들이쉬며 외쳤다.

"리나 선배가 꼭 돌아왔으면 좋겠어요!"

렐레는 한 손을 들었고, 그 말은 허공에 맴돌았다. 렐레는 맥주를 한 모금 마셨다.

"나도 그래."

렐레는 맥주를 다 마셨지만 전혀 취기가 돌지 않았다. 작은 버스 정류장에 햇볕이 쏟아지는데도 온기는 느껴지지 않았다.

온몸이 떨렸다. 어째서 링베르그 형제의 이름을 이제야 듣게 됐을까? 미카엘 바르그가 자신의 유죄를 인정한다는 소문이 돌고 있다면 경찰이 손을 써야 하지 않을까?

렐레는 빈 맥주병을 쓰레기통에 던지고 달리기 시작했다. 새벽이라 인적 없이 잠들어 있는 글리메르스트레스크 쇼핑센터를 가로질렀다. 웅덩이에서 물이 튀어 청바지에 짙은 얼룩이 생겼지만 개의치 않았다. 스토르가를 지나 축구장을 가로지르는 지름길로 갔다. 축구장에서는 스프링클러가 허공에 무지개를 그리고 있었다.

언덕 꼭대기의 하얀 집에 이르렀을 때에는 목구멍에서 불이 났다. 집 앞 진입로에 경찰차가 주차되어 있었고, 화단의 바이올렛 무더기가 환하게 빛났다. 자갈길을 뛰어가는 그의 발소리가 심장 박동과 같은 박자로 쿵쿵거렸다. 렐레는 베란다에서 허리를 숙인 채 숨을 골랐다. 초인종을 눌렀는데 아무도 문을 열지 않자 두 주먹으로 거칠게 문을 두드렸다. 숲 가장자리에서 그 소리가 메아리가 되어 돌아왔다.

문이 열리자 렐레는 하산의 맨가슴에 고꾸라졌다. 하산은 팬티 차림이었고 머리카락은 삐죽삐죽 솟아 있었다.

"무슨 일이야?"

"링베르그 형제." 렐레가 숨을 헐떡거렸다. "요나스와 요나. 그들을 알고 있나?"

하산은 눈이 부시다는 듯 밤 햇살 속에서 실눈을 떴다.

"대체 무슨 소리야? 술 마셨나? 맥주 냄새가 진동하는군!"

"한 병 마셨어. 그게 중요한 게 아니라 내 말 들어봐. 버스 정류장에 앉아 있다가 예스페르라는 청년과 얘기를 하게 됐어. 그 친구 말이 링베르그 형제가 소문을 퍼뜨리고 다닌다는 거야. 미카엘 바르그가 자기가 리나를 죽였다고 인정했다는 소문."

그 말을 하고 나니 입안에 쓴맛이 돌아서 렐레는 몸을 돌려 자갈길에 침을 뱉었다.

하산은 가슴 털을 긁었다. 너무 졸려서 지금 렐레가 하는 말이 얼마나 중요한지 이해하지 못하는 듯했다. "지금 몇 신지 알기나 해?"

"링베르그 형제를 알아?"

"순스발 이북의 사회복지사와 경찰이라면 그 둘을 모르는 사람이 없지. 이 근방에서 밀주를 팔고 다니는 양아치들이야. 빈집털이도 하고, 소소한 절도도 하고. 두 발로 걸어 다니면서부터 보육원과 위탁 가정을 전전하다시피 했지."

"그 애들 말로는 미카엘 바르그가 리나를 죽인 사실을 인정했다는 거야."

하산은 한숨을 쉬었다. "링베르그 형제는 날씨만큼이나 믿을 수 없는 놈들이야. 나라면 놈들이 한 말은 믿지 않을 거야."

"그러니까 자네도 그 소문을 들었단 말이야?"

"내 말 들어, 렐레. 우린 지난 몇 년간 리나의 실종과 관련된 온갖 소문을 다 들었어. 자네도 나만큼이나 잘 알잖아. 우린 수사 초반에 미카엘의 집을 이 잡듯이 뒤졌어. 과학수사팀이며 탐색견이며 온갖 걸 다 동원해서 말이야. 심지어 비탕기에 있는 바르그 가의 별장까지 가서 살펴봤다고. 우리도 미카엘이 죄를 시인했다는 소문을 듣고 녀석을 몇 시간 동안 신문했어. 마흔 번 넘게 신문했지만 아무 성과도 없었다고. 녀석은 아무것도 인정하지 않았어. 그리고 시신이나 과학적 증거가 전혀 없는 상태에서는 미카엘을 검거할 수도 없었어."

"아무래도 내가 신문해봐야 할 것 같아."

하산은 문틀에 머리를 기대고 눈을 감았다. "그건 너무 위험한 짓이야, 렐레. 자네가 힘들다는 건 알지만 자네의 그런 비난에 신물이 나."

렐레는 한 발짝 뒤로 물러섰다. 피로와 흥분으로 다리에 힘이 빠져 땅이 흔들렸다. 어깨 너머로 햇살 속에서 빛나는 경찰차와 화단에 핀 빌어먹을 바이올렛 무더기를 바라보았다.

"난 차가 필요해. 라이카스에 가서 그 형제와 얘기를 해봐야겠어."

"자네 차는 경찰서에 있어." 하산은 렐레를 똑바로 바라보았다. "만약 자네가 라이카스에 갔다는 소문이 들리면 여름이 끝날 때까지 자네에게 차를 돌려주지 못하게 할 거야."

렐레는 베란다 난간에 몸을 기대며 떨리는 다리를 진정하려고 했다. 하산이 현관문을 활짝 열었다.

"들어와서 눈 좀 붙이게. 이 얘기는 나중에 하자고."

“예란 형하고 단둘이 있지 마.”

칼 요한의 머리카락이 메야의 목을 스쳤다. 메야는 그의 눈을 보기 위해 돌아누웠다. “왜?”

“넌 내 여자니까. 형은 늘 내가 가진 걸 탐냈거든.”

메야는 칼 요한을 밀쳤다.

“내가 무슨 소유물인 것처럼 말하네.”

“그런 뜻으로 한 말은 아니었어. 하지만 형이 널 바라보는 눈빛 봤어?”

메야는 그의 입술에 검지를 대고 말했다.

“얼마든지 보라고 해. 걱정할 필요 없어.”

칼 요한이 그녀를 끌어안자 그의 따뜻한 숨결이 메야의 목에 닿았다.

“형을 멀리해. 알았지?”

새벽이 되자 칼 요한은 방에서 나갔다. 메야는 그의 팔이 놓여 있던 자리에서 온기를 느낄 수 있었다. 방 안이 축축했는데도 칼 요한은 밤새 그녀를 껴안고 자겠다고 우겼다. 메야는 숲이 나오는 꿈을 꿨다. 꿈에서 길을 따라 달렸고, 나무가 그녀를 붙잡으려고 가지를 뻗었다. 긴 머리카락 몇 가닥이 소나무에 걸렸다.

메야는 휴대폰을 집어 들었다. 엄마에게서 문자가 와 있었다.

쓰레기는 다 치웠다. 난 T를 용서했어. T는 네가 집에 돌아왔으면 좋겠대. 너한테 사과하고 싶대.

메야는 일어나서 덧창을 열고 햇빛이 들어오게 했다. 한참 지난 후에야 눈이 빛에 적응해 천국이 형태를 갖춰갔다. 영화의 한 장면처럼 소들은 초원에서 풀을 뜯고, 꽃넝쿨은 헛간 벽을 타고 올라갔다. 자갈길에서는 닭들이 땅바닥을 쪼고, 장작을 쌓아두는 헛간 옆으로 얼핏 칼 요한이 보인 듯했다. 그는 올해 장작을 쌓아두는 일이 한참 늦어졌다고 했다. 메야는 무슨 뜻인지 안다는 듯 고개를 끄덕였다. 어찌할 바를 모르는 이 기분에 익숙했다. 새로운 장소에서 새로운 사람들과 함께 지내고, 그들이 자신에게 뭘 기대하는지 모르는 데도 익숙했다. 그래서 평생 사람들을 지켜보고 그들에게 맞춰주면서 살았다.

아래층 부엌에서는 아니타가 오븐과 장작 난로 사이를 분주히 오갔다. 하얀 머리카락을 뒤로 모아 핏빛 스카프로 묶은 그녀가 메야를 보더니 동작을 멈추고 얼른 다가와 껴안았다. 밀가루 묻은 손이 메야에게 닿지 않도록 조심하면서. 행주 밑에서 발효한 빵이 부풀어 올랐고, 허공에서 잼 끓는 냄새가 났다. 허기가 메야의 배에 구멍을 뚫기 시작했다.

"남편이 너와 얘기하고 싶다는구나."

"저하고요?"

"축사에 가보렴."

메야는 개를 좋아했다. 하지만 축사 안에서 짖어대는 이 노를란드 품종의 개들은 일반 개보다 더 거칠었고 늑대 같았다. 모두 일곱 마리로 굵은 회색 털이 났고, 연푸른색 눈동자는 그녀의 움직임을 낱낱이 주시했다. 칼 요한은 이 개들이 애완견이 아니라 작업견이라고 말한 적이 있다. 무언가를 쓰다듬고 싶으면 차라리 염소를 찾아가라면서.

메야가 갔을 때 비르게르는 양동이 두 개를 들고 있었다. 목 근육이 밧줄처럼 불거져 있었다.

"좋은 아침이다, 메야. 잠은 잘 잤니?"

"네, 고맙습니다."

"다행이구나."

그는 얼굴 피부가 처지기 시작했고, 말할 때마다 턱이 떨렸다. 비르게르는 양동이를 내려놓고 양손으로 메야의 어깨를 살그머니 잡았다. 너무 세게 잡았다가는 부서질까 두렵다는 듯이.

"네가 여기 살게 돼 얼마나 기쁜지 모른다."

메야는 축축한 땅을 굳게 딛고 선 비르게르의 작업용 부츠를 내려다보았다. 양동이에서 지독한 썩은 내가 풍겼다.

"제가 더 기쁜걸요."

비르게르는 마침내 메야의 어깨에서 손을 떼더니 양동이를 들고 축사로 들어갔다. 그러고는 삽으로 양동이에 든 생선 내장을 퍼서 한 줄로 길게 늘어선 밥그릇에 담았다. 개들은 성급하게 비르게르 주위로 달려들었다. 메야는 생선 악취를 맡지 않으려고 입으로만 숨을 쉬면서 축사 밖에 서 있었다. 개들이 게걸스럽게 삼켜대는 끈끈한 분홍색 내장을 보지 않으려고 했다.

"지금쯤이면 눈치챘겠지만 여기 스바르트리덴에서는 자급자족을 목표로 열심히 일한단다. 여기서 우리와 함께 살려면 너도 네 몫을 해야 해."

메야는 축사의 쇠창살을 움켜잡았다. "전 도시에서만 살아서 농장 일은 하나도 몰라요."

"걱정 마라. 당연히 우리가 다 가르쳐줄 거야. 우리보다 더 잘 가르쳐줄 사람은 없을 거다."

비르게르가 양동이를 기울여 남아 있던 생선 내장을 바닥에 쏟자 개 두 마리가 서로 먹으려고 싸웠다. 비르게르는 짜증을 내며 녀석들에게 양동이를 휘둘렀다.

"닭장 일부터 시작하는 게 어떻겠니? 달걀을 가져오고 닭장을 깨끗이 관리하는 일부터 해보렴. 아니타가 어떻게 해야 하는지 알려줄 거다. 어떠냐?"

"좋아요."

"자, 그럼 동의한 거다."

비르게르가 듬성듬성 빠진 이를 드러내며 미소 지었다. 그 모습을 보며 메야는 피아노 건반을 떠올렸다. 위장이 아침을 달라고 비명을 지르자 메야는 꼬르륵 소리가 들리지 않도록 양손으로 배를 눌렀다. 창살 뒤에서 개들이 빈 밥그릇을 보며 낑낑거렸다.

"한 가지 더. 넌 싫겠지만, 소위 그 스마트폰이라고 하는 걸 없앴으면 좋겠구나."

메야는 주머니에 든 아이폰이 불타면서 바지에 구멍이 뚫리는 듯한 느낌이 들었다. "왜요?"

"그런 전화는 감시 도구에 지나지 않으니까. 우린 여기 스바르트리덴에서 최대한 우리를 온전히 지키겠다는 공동 결정을 내렸다. 그리고 그걸 지키기 위해서는 유감스럽지만 첨단 제품은 소지할 수 없어."

메야는 주머니에서 휴대폰을 꺼내 꽉 쥐었다.

비르게르는 안경테 아래로 손가락을 넣어 눈을 닦고, 동정 어린 눈으로 메야를 바라보았다.

"힘들다는 거 안다. 너희 세대는 늘 세상과 연결되어 있고 싶은 필요를 느끼며 자랐지. 우리 아들들도 똑같이 힘들어해. 하지만 우린 안전을 위해 그 결정을 따르기로 했다."

"하지만 이게 있어야 엄마가 저한테 연락할 수 있어요."

"집에 유선전화가 있으니 어머님께 그 번호를 알려드리고 언제든 전화하라고 말씀드려라."

비르게르는 개떼를 헤치며 걸어 나오더니 축사의 문을 굳게 잠갔다.

"생각해보렴. 유감스럽지만 우리 아들들에게 금지한 것을 네게만 허락할 수는 없어. 우린 모두 같은 규칙을 따라야 해."

메야는 손으로 휴대폰의 무게를 가늠하며 그 말을 생각했다.

등줄기가 간질거렸다.

"엄마에게 마지막으로 문자 하나만 보낼게요."

어찌나 다급한지 휴대폰 자판을 누르는 손가락이 자꾸 실수를 연발했다. 딱 두 문장이었다. 메야는 보내기 버튼을 누르고 휴대폰을 비르게르에게 넘겼다. 그가 전화기를 가져가자 손이 가벼워진 느낌이었다. 마치 들고 있던 짐을 내려놓은 듯이. 그리고 마음속에서 희망이 싹텄다. 휴대폰이 없으면 엄마가 연락하지 못한다. 이제 자유다.

렐레는 새벽에 잠에서 깼다. 하산의 집이었고, 최근에 사포질한 떡갈나무 마룻장을 가로질러 햇빛이 들어왔다. 소파 팔걸이에 머리를 대고 잤더니 목이 뻣뻣했지만 적어도 예쁜 쿠션에 침을 흘리지는 않았다. 피아노 음악 그리고 부엌에서 프라이팬 위로 달걀 깨뜨리는 소리가 들렸다. 리나가 실종된 그해 겨울, 술에 취해 인사불성이 됐을 때처럼 볼이 수치심으로 달아오른 채 렐레는 부엌으로 갔다.

하산의 부엌은 현대식이었다. 눈처럼 순백색이었으며, 모든 것이 각지고 일직선이었다. 촌스럽고 오래된 물건은 어울리지 않을 법한 그런 부엌이었다. 렐레 자신도 포함해서. 렐레가 부엌 문간에서 걸음을 멈추자 인기척을 느낀 하산이 뒤로 빙글 돌았다.

"아, 일어났군. 좀 잤나?"

"한 시간쯤."

"앉아서 좀 먹게."

"고맙지만 가봐야 해."

하산은 뒤집개를 내려놓고 렐레를 바라보았다. "어리석은 짓은 할 생각 마."

"무슨 말이야?"

"링베르그 형제는 안 건드리는 게 좋아."

"그건 나도 마찬가지야."

하산은 스크램블드에그에 소금과 후추를 치고는 프라이팬에서 곧바로 떠먹으며 말했다.

"정말 미카엘 바르그가 범인이라고 생각해? 정말로 그 애가 3년 동안 우릴 속일 정도로 똑똑할까?"

"난 아무것도 믿지 않아. 믿는 건 그만뒀어. 그저 내가 우연히 마주치는 악당들마다 다 조사하려는 거야. 그게 아무리 역겨울지라도."

"링베르그 형제는 그냥 악당이 아니야. 쓰레기 같은 놈들이지. 내 말 믿어. 돈 되는 일이라면 무슨 짓이든 하는 놈들이야."

렐레는 턱에 난 까칠한 수염을 긁었다.

"놈들이 드디어 주제 파악을 할 때가 왔군."

"링베르그 형제를 만나지 않겠다고 약속하게."

렐레는 실눈을 뜨고 천장 조명을 올려다봤다.

"내 차를 언제 가져갈 수 있는지 결정되면 알려줘."

하루에 달걀 네 개, 가끔은 다섯 개씩. 메야는 매일 닭장으로 갔다. 처음 며칠은 닭들이 공격할까 봐 두려웠다. 닭들의 깜빡거리는 눈과 홱홱 돌아가는 목이 어쩐지 괴기스러웠다. 처음에는 최대한 멀리 떨어져서 손만 집어넣어 달걀을 꺼냈지만 이내 닭장에 좀 더 오래 머물렀고, 닭들에게 익숙해졌다. 닭들은 똥을 많이 쌌기 때문에 닭장을 깨끗이 유지하기가 힘들었다. 그중 한 마리는 늘 다른 닭들의 공격을 받았는데 어린 수탉마저도 기회만 있으면 다가가 부리로 쪼아댔다. 어느 날 아침, 메야가 침침한 닭장 안으로 들어갔더니 늘 괴롭힘을 당하는 닭이 한쪽 구석에 몸을 오그리고 있었다. 깃털은 거의 다 빠졌고, 바닥에 깔린 톱밥은 피로 물들어 있었다.

아니타는 송진 연고를 주며 말했다. "이걸 다친 닭에게 발라주면 다른 닭들이 공격하지 않을 거다. 괜히 불쌍하게 여기지 말고."

칼 요한은 도끼로 장작을 패기도 하고 톱으로 자르기도 하면서 열심히 일했다. 메야는 길게 자란 잔디에 앉아 그를 지켜보았고, 땀으로 번들거리는 그의 몸에 매료되었다. 그가 힘을 쓸

때마다 부풀어 오르는 팔과 어깨의 근육을 보면 흥분되었다. 칼 요한이 다가올 때 그에게서 냄새가 나도 상관없었다. 그가 메야의 몸 위로 올라올 때 땀에 전 그의 머리카락이 메야의 옷에 자국을 남겨도 상관없었다. 쉬는 시간이면 그들은 잔디 속에 숨어서 일하느라 거칠어지고 상처 난 손으로 서로의 몸을 탐닉했다. 옷에 흙이 묻거나 아무리 피곤해도 멈추지 않았다. 그들은 어떻게든 서로를 찾아내 짧지만 강렬한 순간을 보냈다. 누군가 다시 일하러 오라고 부를 때까지. 하지만 아무리 오래 일해도 그 불은 절대 꺼지지 않았다.

식사 시간에는 다 함께 식탁에 둘러앉았다. 하지만 다른 사람들은 그녀의 시야에서 사라져버렸다. 비르게르와 페르는 종말에 대해 이야기하기를 좋아했다. 저녁이면 팟캐스트를 들었는데 주로 미국인들이 나와서 생존하는 법, 다양한 위기에 어떻게 대비해야 하는지 이야기했다. 생필품을 비축하는 법이나 직접 간단한 수술을 하는 법까지 소개했고, 곧 다가올 재앙에 대해서도 많이 이야기했다. 비르게르와 페르는 자기들의 가설을 열심히 토론했다. 미국과 러시아 간의 음모, 생화학 전쟁, 가짜 뉴스를 퍼뜨리는 프로그램에 대해서. 가끔씩 너무 흥분해서 식탁을 내려치는 바람에 접시들이 흔들릴 지경이었다. 메야는 그들이 왜 저렇게 심각한지 이해할 수 없었다. 그녀의 감각은 늘 칼 요한에게만 집중되었다. 자신의 맨 무릎에 닿는 그의 무릎, 반바지 밑단 속으로 들어오는 그의 손가락, 늘 그의 입가에 머물며 그녀도 미소 짓게 만드는 미소.

"너희 둘은 거기 앉아서 왜 그렇게 히죽거리는 거냐?" 비르게르가 물었다.

메야는 단둘만 있으면 좋겠다고 생각했다. 그러면 질문 받을 필요도 없을 것이다. 비르게르는 메야에게 사람들의 주의를 돌리는 걸 좋아했고, 그럴 때면 페르와 예란은 비웃으며 그녀를 지켜봤다.

"지금 세상이 멸망하기 일보 직전인데 정부는 예비군의 규모를 축소했다. 그걸 어떻게 생각하니, 메야?"

"뭘요?"

"왜 정부가 군대를 감축할까?"

"돈이 너무 많이 들어서요?"

페르가 식탁을 가로질러 음식 파편을 튀기며 깔깔 웃었다.

"그게 바로 정부가 원하는 바야. 국민들이 그렇게 믿도록 말이다." 비르게르가 부드럽게 말했다. "하지만 사실 그들은 우리가 패배하기를 바라지. 지옥문이 열렸는데도 우리가 그저 무력하게 여기 서 있기를 바라는 거다."

"그만하세요. 메야를 겁줄 필요는 없잖아요." 칼 요한이 말했다.

"난 그저 메야가 깨닫기를 바라는 거다. 현실에 눈뜨기를 말이야. 슬프지만 세상은 놀이터가 아니니까."

가끔씩 피곤하면서도 흡족한 상태로 둘이 껴안고 누워 있는 밤이면 메야는 칼 요한에게 묻곤 했다. 아버지와 형들의 말에 정말로 동의하느냐고.

"사람들은 세상이나 상대의 추악한 면을 믿고 싶어 하지 않아. 불가피한 상황을 회피하고 싶어 하지. 모래에 머리를 파묻고 있다가 때를 놓치는 게 인간 본성이야. 하지만 아버지는 생존자처럼 사고하는 법을 가르쳐주셨어. 늘 준비하고, 늘 한발 앞서는 법을."

"하지만 늘 최악의 상황만 생각하면 우울하지 않아?"

"하룻밤 사이에 모든 걸 잃는 게 더 우울하지. 단지 현실을 바라볼 배짱이 없었다는 이유만으로 사랑하는 사람들과 내가 이룬 전부를 다 잃는다고 생각해봐."

"하지만 정말로 그렇게 끔찍한 일이 일어날 거라고 믿지는 않지? 전쟁이 일어날 거라고 말이야."

칼 요한은 메야의 허리에 한 팔을 두르고 그녀의 쇄골에 턱을 올렸다. 피곤해서 목소리가 갈라졌다.

"아니, 믿어. 사방에 종말의 징조가 보여. 하지만 상관없어. 가장 중요한 사실은 무슨 일이 일어나든 우리는 준비가 되었다는 거야. 아무도 우리를 해칠 수 없어. 특히 메야, 넌 안전해. 내가 목숨을 걸고 지킬 거니까."

꿈에서 메야는 괴롭힘을 당하는 닭이었다. 햇볕이 잘 드는 아니타의 부엌에 앉아 있는데 비르게르를 비롯한 다른 사람들이 그녀의 깃털을 잡아 뜯고 날카로운 부리로 달려들어 쪼아댔다. 살점이 거의 다 떨어질 때까지.

토요일 저녁이었고, 하늘은 우듬지 위로 나직이 내려와 있었다. 먹구름은 금방이라도 찢어질 듯했다. 렐레는 부츠를 신고 후드를 뒤집어썼다. 한동안 권총을 들고 고민하다가 결국 제자리에 내려놓았다. 두고 가는 편이 안전했다. 차는 없지만 글리메르스 언덕까지 그리 멀지 않았다. 예스페르에 따르면 주말마다 링베르그 형제가 거기서 미카엘 바르그를 만났다.

렐레는 자작나무 숲을 가로지르는 길을 따라 걸었다. 불은 보이지도 않는데 어디선가 계속 타는 냄새가 나는 듯했다. 마을 너머로 어렴풋이 언덕이 보였다. 불길한 기운이 감도는 그림자처럼. 언덕 오른쪽으로 자갈길이 있어서 차를 타면 곧장 꼭대기로 갈 수 있었다. 물론 차가 있을 때 이야기였다. 하지만 렐레는 남쪽 등성이를 둘러가는 길을 택했다. 곧 무성하게 자란 잡초가 나왔고 길은 가팔라졌다. 렐레는 빗물로 미끈거리는 화강암들 사이를 지그재그로 올라가야 했다.

불에서 피어오른 연기가 나무들 사이에서 빙글빙글 돌았고, 바람결에 노랫가락처럼 오르락내리락하는 목소리들이 들렸다. 사람이 많이 모여 있는 듯했다. 렐레는 종아리가 아파서 바위에 앉아 숨을 골랐다. 비록 보이지는 않지만 리나가 곁에 있는 게 느껴졌다. 그들은 해마다 겨울이면 스노모빌을 타고 여기로 올라왔다. 머리 위에서 오로라가 춤을 췄고, 추워서 폐가 얼얼했다. 리나의 눈동자는 하늘처럼 강렬하게 불타올랐다.

천사 날개 같아.

그래?

천사들이 날아다니는 게 안 보여?

추억에 잠기는 것은 언덕을 오르는 일만큼이나 고통스러웠다. 렐레는 몸을 숙여 나무 사이로 들어갔고, 하늘이 자신을 향해 내려오는 걸 느꼈다. 이내 비가 내렸다. 빗방울이 코를 타고 흘러내려 옷깃 안으로 들어왔다. 빗방울 사이로 다급하게 리나의 목소리가 들렸다.

집에 가, 아빠. 여긴 아빠가 있을 곳이 아냐.

사람들의 웅성대는 말소리가 폭우를 뚫고 야생동물 무리처럼 렐레에게 다가왔다. 그는 목구멍이 오그라들었다. 사냥꾼처럼 덤불 속에 쪼그린 채 천천히 마지막 구간을 가고 있을 때 그들을 발견했다. 타닥거리며 하늘을 향해 치솟는 모닥불 주위로 사람들이 둥그렇게 모여 있었다. 렐레의 양 볼에 열기가 느껴졌다. 나무 사이로 베이스 기타의 묵직한 저음이 울리면서 사람들의 목소리를 삼켜버렸다. 발밑에서 땅이 진동하는 듯했다. 예상보다 많은 인원이었고, 대부분 젊은이들로 몸을 한시도 가만두지 못했으며, 불빛이 드리운 얼굴은 귀신처럼 새하얬다. 습기와 숲의 냄새가 대마초와 뒤섞여 독특한 냄새를 풍겼다. 그중 몇몇은 톨바카 고등학교에서 본 얼굴이었고, 에스페르 스코그도 본 것 같았지만 확실하지 않았다.

렐레는 심호흡을 하고 내키지 않는 마음을 떨쳐내며 머리 위에 드리운 나뭇가지들 밑에서 걸어 나갔다. 상대가 몇 명이나 되는지 세어보려고 했지만 너무 많았다. 숲 전체에 생기가 넘쳤다. 렐레는 그들을 향해 성큼성큼 걸어가 무리 한가운데 섰다. 불길 덕분에 등이 따듯했다. 누구에게 시선을 고정해야 할지 둘러보았다. 서너 명이 재킷 소매 속에 맥주를 숨겼고, 불 속에 대마초를 던졌다.

"난 파티를 망치러 온 게 아냐." 렐레가 말문을 열었다. "그저 링베르그 형제를 찾고 있을 뿐이지. 요나스와 요나. 그들을 본 적 있나?"

렐레를 뚫어지게 보던 청년이 불안정한 걸음으로 그에게 다가왔다. "아저씨 경찰이야, 뭐야?"

음악이 조용해졌고, 렐레에게는 자신의 심장 박동 소리만 들렸다. 그들은 먹이를 에워싼 늑대들처럼 사방에서 그를 포위했다.

"난 경찰이 아냐." 렐레가 의도와 달리 겁에 질린 목소리로 말했다.

체격이 다부진 청년이 그에게 걸어오더니 렐레의 얼굴에 횃불을 들이댔다.

"난 당신이 누군지 알아. 톨바카 고등학교의 그 선생이잖아."

사람들이 숨을 헉 들이쉬는 소리가 들렸다. 렐레는 불길로부터 얼굴을 보호하려고 한 손을 들었다.

"맞아. 난 너희들이 여기서 뭘 하든 관심 없어. 그저 링베르르

그 형제를 만나고 싶을 뿐이야. 그들이 어디 있는지 아는 사람 있나?"

횃불을 들고 있던 청년이 가까이 다가왔다. "링베르그 형제를 만나서 뭐하게?"

"소문에 대해 묻고 싶어."

"무슨 소문?"

"듣자 하니 그들이 내 딸의 실종에 대해 뭔가 알고 있던데."

렐레는 재킷 주머니에서 리나의 사진을 꺼내 사람들에게 그 애의 미소를 흔들어댔다.

"얘가 내 딸 리나야. 다들 알다시피 3년 전 글리메르스트레스크 버스 정류장에서 실종됐지. 내 딸의 실종에 대해 아는 사람이 있다면 제발 말해줘. 아직 늦지 않았어."

하지만 대답으로 돌아오는 것은 무표정한 얼굴뿐이었다. 빗물에 젖어 속내를 알 수 없는 얼굴들. 렐레는 두려운 나머지 분노가 치밀었다.

"정말 아무것도 해줄 말이 없나?"

렐레는 후드를 쓰고 사람들의 창백한 얼굴을 둘러봤다. 그들은 눈을 피했고, 렐레는 그들에게 덤벼들고 싶은 충동이 치미는 걸 참았다. 맨손으로 놈들을 때려눕히고, 옹기종기 모여 있는 겁쟁이들 사이에서 미친 듯이 날뛰고 싶었다. 총이 있다면 좋으련만. 총을 봤다면 놈들이 입을 열었으리라. 마침내 숲 쪽으로 돌아선 렐레는 분노로 몸이 부들부들 떨렸다. 막 가문비나무 가지를 잡았을 때 두 형체가 그의 뒤로 슬그머니 다가오더니 그 중 한 명이 그의 팔을 건드렸다.

"내가 요나스 링베르그야."

메야는 온몸이 아팠다. 장작을 패는 곳에서 헛간까지 장작이 가득 담긴 손수레를 밀며 적어도 백 번은 오갔다. 어깨가 비명을 지를 때까지 장작을 손수레에 싣고 다시 헛간에 쌓았다. 칼요한은 일이 끝나는 대로 수영하러 가자고 했는데 그 말을 할 때의 표정이 메야의 가슴을 두근거리게 했다.

갑자기 아니타가 메야 곁에 서 있었다. 햇빛을 가리기 위해 눈 위에 손을 대고서.

"손님이 찾아왔다, 메야. 대문으로 가보렴."

저 멀리 토르비요른의 포드가 보였다. 군데군데 녹슨 자동차를 보니 닭들에게 괴롭힘을 당하던 닭이 생각났다. 토르비요른과 실리에, 두 사람이 차에서 내렸다. 토르비요른은 성난 황소처럼 서성였고, 실리에는 검은 선글라스로 눈을 가린 채 태평하게 담배를 피웠는데 이는 긴장했다는 뜻이었다. 실리에의 맨발은 잔디에 푹 파묻혀 있었고, 가위로 짧게 자른 청바지와 비키니 브라만 입고 있었다. 새 둥지를 얹어놓은 듯한 머리가 눈에 확 띄었다.

메야는 목구멍에 혐오감이 차올랐다. "무슨 일이세요?"

"네가 어떻게 지내는지 보러 왔다. 네 엄마도 걱정이 이만저만이 아니야."

실리에는 선글라스를 아래로 내리고 메야를 바라보았다.

"세상에, 너 왜 이렇게 더럽니? 대체 뭘 하는 거야?"

"일하지."

"일? 일하는 거라면 돈은 꼭 받아라. 꼴이 완전히 엉망이네."

"적어도 난 옷은 입고 있어. 엄마와 달리."

토르비요른이 둘 사이에 서서 양손을 들어올렸다.

"자자, 둘 다 좀 진정해. 우린 네가 집으로 돌아왔으면 한다, 메야."

"이젠 스바르트리덴이 내 집이에요."

토르비요른의 정수리가 너무 익은 월귤처럼 반짝였다.

"그 잡지들 때문에 이러는 거라면 이젠 다 끝났다. 그 물건들은 영원히 사라졌어. 실리에, 그리고 네 덕분에 난 새로 시작할 수 있는 기회를 얻었다."

"그 일과는 상관없어요. 난 그냥 여기에 살고 싶어요. 칼 요한과 함께."

"그건 별로 좋은 생각이 아니야. 우리 생각은 그래."

"두 분이 어떻게 생각하든 관심 없어요."

토르비요른은 무력하게 실리에를 돌아봤다. 금방이라도 울 듯한 표정이었다.

"네가 여기 산다니까 비르게르와 아니타는 뭐라고 하든?"

"두 팔 벌려 환영해주셨어요."

실리에는 다시 선글라스를 쓰고 턱을 든 다음, 담배를 문 입술을 쭉 내밀었다. "그럼 네게 어떻게 연락해야 하지? 이젠 휴대폰도 없잖아."

"이 집에 유선전화가 있어. 거기로 전화해서 바꿔달라고 해."

실리에는 몸을 흔들었다. "그 사람들이 널 세뇌라도 시킨 거니?"

"그만해!"

"휴대폰은 왜 없앤 거야?"

"그냥. 이젠 내 전화요금 낸다고 불평할 필요도 없잖아."

실리에가 몸을 내밀었다. "이 사람들 여기서 무슨 종교활동이라도 하니? 칼 요한을 미끼로 삼아서 널 낚은 거야?"

메야는 어이가 없어서 웃음을 터뜨렸다.

"집에 가서 술이나 깨. 엄마는 현실세계에 살지 않아. 칼 요한은 날 사랑해."

실리에의 입술이 뒤틀리며 성난 꽃으로 변했다. 그녀는 녹슨 차체에 담배를 비벼 끄고 조수석 문을 열며 말했다.

"내가 어디 있는지 알지? 끝나면 집으로 돌아와. 모든 관계는 끝나기 마련이니까."

그러고는 차문을 쾅 닫았다. 그 소리가 소나무들 사이로 울렸다.

토르비요른은 간청하는 눈빛으로 제자리에 서 있었다.

"넌 독립하기에는 너무 어려, 메야. 아직 열여덟도 안 됐잖니."

"엄마한테 몇 살에 가출했는지 물어보세요."

"우린 네가 그립구나. 우리 둘 다."

토르비요른은 마치 물에 빠진 사람처럼 발을 동동 굴렀다. 메야는 눈물이 핑 돌았다. 칼 요한을 찾아 헛간 쪽을 바라보며 헛기침을 했다.

"칼 요한이랑 함께 인사하러 갈게요. 약속해요."

"꼭 그래다오. 그리고 비르게르에게 너무 휘둘리지 마라."

"아저씨도 우리 엄마에게 너무 휘둘리지 말아요."

토르비요른은 그 말에 미소 지었다. 그러고는 순간적으로 메야를 껴안으려는 듯했지만 그때 실리에가 경적을 누르자 서둘러 차에 올라탔다.

"엄마가 어둠 속으로 들어가면 저한테 전화하세요. 꼭이요!"

메야가 그의 등에 대고 외쳤다.

젊은 두 남자는 렐레보다 훨씬 컸고, 검은 후드 안의 창백한 얼굴이 똑같았다. 렐레는 소나무에 등을 기댔다. 그의 주위로 숲이 쿵쿵 고동쳤다. 두 남자는 렐레를 끌고 숲 안쪽으로, 아무도 볼 수 없는 덤불 깊숙이 데려갔다. 렐레는 청바지 주머니에 손을 집어넣어 열쇠 꾸러미를 움켜잡았다. 가슴이 들썩거려 숨을 충분히 들이쉴 수 없었다.

"문제를 일으킬 생각은 없어."

어둠침침한 빛 속에서 두 남자의 눈이 반짝거렸다. 자기를 요나스라고 했던 남자가 몸을 앞으로 내밀어 렐레의 코앞에 얼굴을 들이밀었다. 그에게서 술 냄새가 진동했다.

"당신 대체 뭐야? 당신이 뭔데 우리에 대해 떠벌리고 다니는 거야?"

남자는 그렇게 말하며 렐레의 주위를 돌았고, 뒷주머니를 발견하고는 그 안에 든 지갑을 꺼냈다. 그러더니 지갑에서 운전면허증을 꺼내 뚫어지게 바라보았다. 렐레는 그가 면허증을 보게 내버려두고 계속 열쇠 꾸러미를 꽉 쥐고 있었다.

"레나르트 구스타프손." 요나스가 면허증에서 고개를 들고 렐레를 바라보았다. "정말로 경찰이 아냐?"

"아니라니까. 난 너희들이 무슨 짓을 하든 관심 없어. 내가 여기 온 이유는 너희들이 내 딸의 실종에 관해 아는 게 있다고 들었기 때문이야."

"우린 당신 딸이 누군지 몰라."

렐레는 남자의 손에서 지갑과 면허증을 빼앗았고, 지갑에서 리나의 사진을 꺼내 방패처럼 앞에 들어올렸다.

"얘가 리나야." 렐레의 목소리가 떨렸다. "내 딸. 사라진 지 3년이 됐어. 무려 3년! 그 애가 어떻게 됐는지 알아낼 수 있다면 난 무슨 짓이든 할 거야. 알았어?"

둘 다 그 말을 곰곰이 생각하며 아랫입술을 씹고 몸을 좌우로 흔들었다.

"좆나 안됐군. 하지만 우리와는 상관없어." 요나스가 말했다.

"그럴지도 모르지. 하지만 너희들이 누가 죽였는지 안다며 떠들고 다녔다던데?"

쌍둥이는 재빨리 시선을 교환했다. "다른 사람들처럼 우리도 소문을 들었을 뿐이야."

"무슨 소문?"

"지난 몇 년간 소문이 무성했지."

"그러니까 무슨 소문이냐고?"

요나스는 고개를 들어 하늘을 보며 한숨을 쉬었다. "이봐, 형씨, 당신 상처에 소금을 뿌리고 싶지는 않지만 애초에 병신 새끼랑 사귄 당신 딸이 잘못이야."

"미카엘 바르그를 말하는 거야?"

"그래. 다들 그를 울프라고 부르지."

"왜 미카엘이 병신이라는 거지?"

"울프는 우리에게서 술을 사가곤 했어. 값도 후하게 치렀지, 처음에는. 그러다 여자친구가 실종되니 어쩔 줄을 모르더군. 밤마다 전화해서 외상으로 술을 사갔고, 다른 것도 구해달라고 했지. 약 말이야. 자기 형편 이상으로 흥청망청한 거야. 우린 그런 거 별로 좋아하지 않아."

렐레는 미카엘 바르그를 생각했다. 잔디밭을 비틀비틀 걷다가 손가락으로 총 쏘는 시늉을 하고, 횃불 행진이 있던 날 그의 집에 몰래 들어왔던 일. 렐레의 집 부엌에서 울던 일. 갑자기 속이 울렁거렸다.

요나스는 렐레 앞에 서서 초조하게 담배를 말았다. "그래서 우리가 수금하러 찾아갔지. 그랬더니 버럭 화를 내면서 자기가 한 짓을 지껄여대더군."

"무슨 짓을 했는데?"

"알잖아. 그 애를 죽였다고 말이야."

렐레는 나무줄기에 등을 기댔다. 다리에서 힘이 쭉 빠졌다. 요나스는 날씨 이야기라도 하듯 아주 무심하게 말했다. 다른 한 명은 멍청한 그림자처럼 요나스 옆에 서서 렐레 쪽을 보지 않았다.

"미카엘이 뭐라고 했는지 정확히 말해주겠나?"

"둘이 싸웠는데 화가 나서 죽여버렸다고 했어. 아무도 찾지 못하게 시신은 없애버렸고."

렐레는 축축한 땅에 털썩 무릎을 꿇었다. 그 말이 머릿속에서 메아리쳤다. 토하고 싶었다. 몸을 숙이고 이끼 위에 구역질을 했지만 아무것도 나오지 않았다. 속이 가라앉자 렐레는 두 형제를 올려다보며 물었다.

"왜 경찰에 신고하지 않았지?"

둘은 코웃음 쳤다. "우린 가능한 한 경찰과 말을 섞지 않아."

"하지만 이건 그 염병할 불법 주류 판매에 관한 일이 아니잖아! 열일곱 살 소녀의 실종과 관련된 일이라고. 미카엘의 말이 사실이라면 모든 게 달라져!"

렐레는 바닥에서 일어나 두 형제를 마주 보았다. 분노가 치미니 왠지 모르게 등이 똑바로 펴져서 키가 더 커졌다. 생각할 시간이 없었다. 요나스와 어찌나 가깝게 섰는지 그의 얼굴에 요나스의 입김이 닿았다. 둘은 말없이 기 싸움을 벌이며 서로를 노려봤다. 시야의 한쪽 구석에서 다른 쌍둥이가 다가왔고, 렐레는 두 주먹을 불끈 쥐었다. 상대는 둘이고 렐레는 혼자였지만 무섭지 않았다.

"이 겁쟁이 새끼들. 여자아이 목숨보다 너희들 자리 보전이 더 중요하다는 거지?"

요나스가 소리를 지르며 렐레의 멱살을 잡아 가까이 끌어당겼다. 렐레는 그의 손아귀에서 벗어나려고 몸을 비틀었지만, 또 다른 남자의 손에서 번득이는 칼이 보이더니 차가운 칼날이 그의 목에 닿았다.

"잘 들어." 요나스가 말했다. "화가 난 건 충분히 이해해. 내 딸이 실종됐다면 나라도 누구 짓인지 알아내려고 별 지랄을 다 했을 거야. 하지만 우린 아무 짓도 안 했고, 따라서 당신의 이런 태도는 매우 거슬려."

"나중에 후회할 짓 하지 마." 렐레가 말했다.

요나스는 오랫동안 렐레를 바라보다가 동생에게 칼을 내려놓으라고 손짓했다. 그러더니 렐레의 멱살을 놓으며 세게 밀쳤다. 렐레는 바닥에 쓰러졌고, 다른 쌍둥이가 그에게 침을 뱉었다.

"미카엘이나 찾아가서 그놈에게 화풀이하라고."

렐레는 가만히 누워서 그림자 속으로 사라지는 두 사람을 지켜보았다. 그들이 달리기 시작하자 젖은 땅 위에서 신발이 쩍쩍 소리를 냈다. 렐레는 굳이 뒤쫓지 않았다. 무의미한 짓이었다.

처음에는 양팔이 떨리더니 이내 몸 전체가 떨렸다. 팔다리가 납덩이처럼 무겁고 아무런 감각도 없었다. 렐레는 양손으로 땅을 팠고, 이끼 속으로 점점 더 깊이 가라앉았다. 차갑고 축축한 땅이 자신을 감싸도록 내버려두었다. 이가 딱딱 부딪치는 소리는 들리지 않았다. 그저 소나무의 속삭임, 그리고 머릿속에서 울리는 말소리만 들렸다.

아무도 찾지 못하게 시신은 없애버렸고.

지금까지 메야는 진짜 가족과 살아본 적이 없었기 때문에 자신도 모르게 그들을 열심히 관찰하며 그들의 방식을 배우려고 했다. 비르게르가 이 집의 우두머리라는 사실은 의심의 여지가 없었다. 그가 들어서는 순간, 다들 갑자기 할 일을 찾아냈다. 굳이 일하라고 말할 필요도 없었다. 종종 그의 존재만으로도 충분했다.

비르게르는 아니타를 '여보'라고 불렀고, 그녀의 백발에 키스하곤 했다. 하지만 그건 게임일 뿐이라는 사실이 이내 명백해졌다. 메야는 엄마와 엄마가 사귀는 남자들이 그런 게임을 하는 걸 여러 번 보았고, 비르게르와 아니타도 다를 바 없다는 사실을 깨닫고 실망했다. 그들은 그저 억지로 상대를 참고 견딜 뿐이었다. 메야는 비르게르가 곁에 있을 때마다 아니타의 눈에서 그걸 보았다. 아니타는 사랑과 아무 상관없는 생각을 하고 있었다. 흥얼거리는 소리를 봐도 그랬다. 아니타는 일하는 동안 늘 흥얼거렸다. 그 소리로 그녀가 농장 어디에 있는지 알 수 있었다. 그 소리는 어디에서나 들렸고, 개 짖는 소리와 함께 바람을 타고 둥둥 떠다녔다. 하지만 비르게르가 곁에 있을 때는 흥얼거리지 않았다.

성격이 다른 삼형제도 메야에게는 흥미로운 대상이었다. 셋 중에서 칼 요한이 제일 수다스러웠고, 관심을 제일 많이 받았다. 가족 내에서 가장 예쁨 받는 사람이 있다면 칼 요한이었다.

페르는 자주 웃었다. 시원하고 큰 그의 웃음소리는 집 안에 울려 퍼지며 다른 사람들까지 전염시켰다. 또한 그는 동물을 잘 다뤘고 칼을 수집했다. 저녁이면 칼날을 닦은 뒤 사과에 꽂아 밤새 그대로 두었다. 사과의 산이 칼날을 날카롭게 만든다고 페르는 설명했다. **약한 칼만큼 쓸모없는 건 없지.**

예란은 혼자 있는 때가 많았다. 여드름 흉터와 그를 괴롭히는 곪은 상처를 가리기 위해 후드를 쓰고 혼자 돌아다녔다. 상처에 딱지가 앉으면 피가 날 때까지 긁었고, 결과적으로 상처는 더 악화했다. 칼 요한과 함께 농장을 지날 때면 메야는 예란의 상처가 아닌 눈을 보려고 안간힘을 썼다. 하지만 예란의 눈에도 피할 수 없는 무언가가 있었다. 예란은 은근한 분노의 눈길로 메야를 바라보았다. 마치 어떤 면에서 그녀의 존재가 거슬린다는 듯이.

메야가 공터에 펼쳐진 하얀 아네모네 바다 위에 사지를 쭉 펴고 누워 있을 때 그가 다가왔다. 실눈을 뜨면 아네모네는 눈처럼 보였다. 아네모네의 하얀색 때문에 메야는 신발이 다르다는 사실을 눈치채지 못하고 흐릿한 형체를 향해 팔을 뻗었다. 하지만 상대는 반응이 없었다. 한쪽 팔꿈치로 몸을 일으킨 후에야 메야는 상대가 예란이라는 사실을 깨달았다. 그의 가느다란 머리카락이 진물이 흐르는 피부에 달라붙어 있었다.

"내가 칼 요한인 줄 알았어?"

"왜 몰래 다가온 거야?"

"대문 옆에 서 있던 사람이 네 엄마야?"

"응."

"아주 젊어 보이던데."

"열일곱 살에 날 낳았으니까."

"우와."

예란이 책상다리를 하고 앉자 그의 엉덩이 밑에서 아네모네가 뭉개졌다. 예란은 입꼬리에 풀잎을 물고 있었다. 메야는 햇살로 인해 그늘이 생긴 덕분에 예란의 상처투성이 얼굴이 가려져서 다행이라고 생각했다.

"네 엄마는 네가 다시 집에 돌아오기를 바라는 거야?"

"응."

"그래서 넌 뭐라고 했어?"

"이젠 여기가 내 집이라고 했지."

예란은 꽃이 망가지든 말든 개의치 않고 아네모네를 잡아 뜯었다. 그의 무릎이 메야의 무릎을 스쳤다. 햇살이 내리쬐는데도 그의 살갗은 차가웠다.

"엄마가 슬퍼하셔?"

"우리 엄마는 어린아이 같아. 늘 내가 엄마를 돌봤지."

"하지만 이제 네겐 칼 요한이 있잖아. 그리고 우리도 있고."

메야는 잔디를 내려다보며 미소 지었다.

"내게 유일하게 없는 게 그거야." 예란이 말을 이었다. "여자친구. 모든 걸 함께 나눌 사람."

"그럼 일단 찾아봐야지."

"내가 안 찾아봤을 거 같아? 아무도 나처럼 생긴 남자랑 사귀고 싶어 하지 않아."

예란은 손바닥 피부를 뜯어냈고, 메야는 시선을 돌린 채 기지개를 켰다. 그때 자갈길을 걸어오는 아니타의 발소리가 들렸다. 길게 땋아 내린 그녀의 백발이 등에 톡톡 부딪혔고, 표정은 엄격했다.

"여기 앉아서 뭐 하는 거니? 넌 감자밭을 갈아야 하잖아." 아니타가 예란에게 말했다.

"그냥 쉬고 있었어."

"내가 보기에도 그렇구나."

예란은 자리에서 일어나 청바지를 털었다. 그러더니 마치 둘이서 비밀을 공유했다는 듯이 메야에게 윙크하고는 구부정한 자세로 걸어갔다. 아니타는 메야에게 손을 뻗어 일어나게 도와주었다. 둘이 나란히 서자 아니타의 눈빛이 다시 따뜻해졌다.

"벌집을 맴도는 벌처럼 우리 아들들이 네 주위를 맴도는구나."

그 말을 듣자 메야는 부끄러워졌고, 그걸 알아차린 아니타가 미소 지었다.

"믿기지 않겠지만 나도 한때는 어리고 예뻤단다. 그래서 잘 알아. 가끔은 사람들의 관심이 피곤하지."

"지금도 예쁘세요."

아니타가 어찌나 크게 웃었는지 웃음소리가 마구간까지 메아리쳤다.

"그렇게 말해주다니 친절하구나, 메야." 다 웃고 나자 아니타가 말했다. "하지만 만약 우리 아들들이 널 귀찮게 하거든 곧바로 내게 알려다오. 약속해라."

"약속할게요."

렐레는 광기가 무서웠다. 자신이 광기를 제어하지 못하고 광기가 자신을 지배할지도 모른다고 생각하면 겁이 덜컥 났다. 마라벨탄 절벽 끝에 발가락을 내밀고 서 있던 내내 심연이 그를 불렀다. 몸 깊숙한 곳에서 엄청난 공포감을 느끼며 렐레는 잠에서 깼다.

마룻바닥을 가로질러 떨어지는 햇살 속에 먼지가 둥둥 떠다녔다. 그가 앉아 있는 소파에서는 벽난로 위에 놓인 리나의 사진 속 미소가 뒤틀려 보였다. 렐레는 자신을 내려다보았다. 진흙투성이 청바지와 살갗에 빳빳하게 닿는 셔츠, 땀으로 얼룩진 짝짝이 양말. 바닥에 놓인 재떨이가 그를 조롱했다. 지금 리나가 이 집으로 들어온다면 문간에서 두리번거리며 잘못 찾아왔다고 생각할 것이다. 그렇게 생각하자 정신이 번쩍 들었다.

렐레는 아침 내내 청소한 다음, 먼지로 꽉 찬 청소기 먼지주머니를 쓰레기통에 두 개나 밀어 넣었다. 한꺼번에 밀린 설거지를 하느라 손이 따끔거렸고, 오랜만에 면도한 탓에 볼이 간질거렸다. 렐레는 식탁에 앉았다. 피곤했지만 샤워를 마친 뒤였고, 젖은 머리카락에서 스크랩한 신문 기사 위로 물이 뚝뚝 떨어졌다. 한나 라르손에 관한 새 기사가 실렸지만 정보는 많지 않았다. 아리에플로그 주위의 숲을 계속 수색 중이며, 경찰은 시민들에게 제보를 호소했다. 늘 똑같은 이야기다.

권총집에 든 반짝이는 금속이 마치 그를 부르기라도 하듯 시선을 끌었다. 청소는 일시적으로만 도움이 됐을 뿐 그의 뇌는 지금 어떤 평화도 주지 않았다.

그는 재킷 안에 총과 라프로잉을 숨겼다. 아직 차를 돌려받지 못한 터라 숲을 가로질러 걸어갔다. 미카엘 바르그를 오랫동안 감시한 덕분에 그가 자주 가는 곳을 알고 있었다. 미카엘은 집에서 거의 나오지 않았고, 일도 하지 않았으며, 친구들과도 연락이 다 끊겼다. 낚시와 술만이 그가 집에서 나오는 유일한 이유였다.

렐레는 글리메르스트레스크 호수 옆에서 그를 찾아냈다. 미카엘은 갈대밭 한복판에 놓인 바위에 앉아 낚싯대를 드리우고 있었다. 호수에서는 마녀의 가마솥처럼 김이 모락모락 피어올랐다. 저 멀리서 수영하는 아이들의 비명과 웃음소리가 들렸다. 미카엘은 낚싯대를 잡지 않은 손으로 모기를 쫓았다. 웃통을 벗은 창백한 살갗 아래로 척추뼈가 비늘처럼 튀어나와 있었다.

렐레는 숲 가장자리에서 오랫동안 망설였다. 앵앵거리는 모기 소리가 귀에서 혈액이 고동치는 소리를 삼켜버렸지만 렐레는 모기를 쫓으려고도 하지 않았다. 연보라색 야생화를 헤치며 걸어가는 동안 허벅지에 차가운 총이 닿았다.

미카엘은 그가 다가가는 소리를 듣지 못한 채 뒤도 돌아보지 않았다. 렐레가 물속으로 들어가자 그제야 놀라서 낚싯대를 떨어뜨렸다.

"무슨 일이죠?"

렐레는 신발을 벗거나 청바지를 걷어 올리지도 않았다. 물살을 가르며 바위로 다가간 뒤, 바위 위로 몸을 끌어올려 미카엘 옆에 앉았다. 그 과정에서 손톱 밑에 거친 이끼와 새똥이 들어갔다. 렐레는 미카엘의 낚시상자를 힐끗 보았다. 번쩍이는 미끼들 사이에 반쯤 남은 위스키가 있었다. 렐레는 호수 반대편을 훑어보며 갈대 사이에서 그들을 바라보는 아이들이 없는지 확인한 후에 상자에서 위스키를 꺼냈다.

"한 모금 하겠나?"

미카엘은 눈을 깜빡이더니 술병을 받아 들고 표정도 바꾸지 않은 채 한 모금 삼켰다.

렐레는 억지로 미소를 지었다. "이제 우리도 화해해야 하지 않을까? 리나를 위해서라도 말이야."

"진심이세요?"

"우리가 싸운다고 해서 얻을 게 없잖아."

미카엘은 다시 술병을 건넸고, 렐레는 위스키를 벌컥벌컥 마셨다. 거짓말과 함께 위스키가 그의 목구멍을 태웠다. 재킷 안쪽에서 따끔따끔 땀이 솟았다.

"리나가 사라지면서 인생이 끝난 기분이에요. 산송장이 된 기분이라고요." 미카엘이 말했다.

렐레가 미카엘의 코 밑에서 병을 흔들었다.

"좀 더 마셔. 도움이 될 거야."

미카엘은 두 번 벌컥벌컥 들이켜고는 손등으로 입을 닦고 곁눈질로 렐레를 바라보았다. "절 독살하려는 건 아니죠?"

"내가 널 독살해야 할 이유라도 있니?"

둘은 쓴웃음을 지으며 서로를 바라보았고, 햇살이 부서지는 물결 쪽을 실눈으로 바라보며 비싼 위스키를 주고받았다. 알코올이 들어가자 분노가 더욱 활활 타올라 몸 안이 부글부글 끓었다. 아이들의 웃음소리와 찰싹이는 파도 소리는 렐레의 분노에 기름을 붓는 꼴이었다. 렐레는 리나를 생각했다.

"저번에 네 친구 둘을 만났어. 글리메르스 언덕에서 말이야."

"그래요?"

"응. 쌍둥이였지. 둘이 똑같이 생겼더군. 너와 거래한 사이라던데."

시야의 한쪽 구석으로 미카엘의 턱이 굳어지고, 낚싯대를 쥔 손가락에 힘이 들어가는 게 보였다.

"링베르그 말인가요?"

"그래, 그 이름이었어. 요나스와 요나 링베르그. 너에 대해 많이 얘기해주더군."

미카엘의 목에서 눈에 띄게 맥박이 툭툭 뛰었다. "저랑 화해하러 오신 줄 알았는데요?"

"맞아." 렐레가 양손을 들어올리며 말했다. "내가 도끼라도 들고 왔어? 난 너랑 싸우러 온 게 아니라 진실을 들으러 왔다. 네가 말해주는 진실을."

"무슨 염병할 진실요?"

렐레는 몸을 앞으로 내밀었다. 분노가 그를 몰아붙이며 용감하게 만들었다. “왜 네가 리나를 죽였다고 자백했다는 소문이 돌고 있을까?”

“그걸 제가 어떻게 알아요? 죄다 헛소문인데.”

“시신을 없애버렸다고 자랑했다면서? 아무도 리나를 찾지 못할 거라고 했고.”

미카엘의 얼굴에 금이 가면서 깨질 듯했다. 그가 언성을 높였다. “사실이 아니에요. 전 리나를 절대 해치지 않아요. 절대.”

렐레는 위스키 병을 내려놓고 보는 사람이 없는지 다시 한 번 확인했다. 그 뒤로는 모든 일이 순식간에 벌어졌다. 렐레는 허리춤에서 총을 꺼내 미카엘의 갈비뼈에 총구를 댔고, 안전장치를 풀면서 그의 눈에 스치는 공포를 보았다. 낚싯대가 호수로 떨어져 수면 위에서 출렁거렸다.

“당신 미쳤어!”

“그래, 난 미쳤어. 살아서 나가고 싶으면 사실대로 말해.”

“하지만 전 아무 짓도 하지 않았다고요.”

“그럼 왜 링베르그 형제는 네가 자백했다고 말했지?”

미카엘은 어깨를 으쓱였다. 총구가 그의 살갗에 빨간 눈을 만들었다. 렐레는 목구멍에 쓴 물이 올라왔지만 방아쇠를 잡은 그의 손가락은 차분했다. 미카엘이 포기하고 곧 털어놓으리라는 느낌이 왔다.

“전 링베르그 형제에게 거액의 빚을 졌어요. 놈들은 절 괴롭히면서 우리 집에 몰래 들어와서 물건을 훔쳐가겠다고 협박했죠. 절 죽이겠다고도 했고요. 전 절박해졌고, 놈들이 그만두게 하고 싶었어요. 제가 그들을 두려워하듯이 그들도 절 두려워하게 만들고 싶었죠."

미카엘은 흐느끼기 시작했다. 그러고는 울어서 숨이 막힌다는 듯이 헐떡거렸다. 이를 딱딱 부딪치고 몸을 떨었다.

렐레는 총을 내렸다. 더는 총이 필요치 않았다.

"저도 그런 짓을 했다는 게 자랑스럽지는 않아요. 제가 그런 말을 한 건 너무 절박했기 때문이에요. 그리고 나약하기도 하고요. 좆나 나약하죠. 전 링베르그 형제에게 거짓말로 내가 리나를 죽였다고 했어요. 그래서 놈들이 겁을 먹고 절 내버려두도록 말이죠. 제가 그런 짓을 했다고 말하면 놈들이 우리 집을 털지 않을 거라고 생각했어요. 절 내버려둘 거라고요. 그리고 그 방법은 효과가 있었죠. 놈들은 더 이상 절 건드리지 않았어요."

마치 의식을 잃어가듯이 렐레의 몸이 위아래로 출렁거렸다. 그는 미카엘의 코앞에 얼굴을 들이밀며 말했다.

"내가 제대로 이해했다면, 그러니까 넌 고작 그 빌어먹을 마약상들에게 존경받고 싶어서 내 딸을 죽인 척했다는 거지? 맞지?"

미카엘은 깡마른 다리 위로 몸을 숙이고 펑펑 울었다.

렐레는 분노를 느끼며 우두커니 앉아 있었다. 분노가 그를 쓸어내리며 냉정하게 만들었다. 손에 잡힌 총이 흔들렸다. 렐레는 총을 들어 흐느끼는 형체의 이마에 총구를 대는 자신의 모습을 상상했다. 탕 소리와 함께 새들이 날아오르고, 아이들의 웃음소리가 조용해지리라. 하산이 수갑을 채울 때 손목에 닿는 차가운 강철이 느껴지고, 그를 차에 태워 경찰서로 데려가는 동안 백미러에 비치는 하산의 실망한 표정이 보였다. 하산은 진작부터 그가 제정신이 아니라고 생각했다. 어쩌면 정말 그럴지도 모른다.

렐레를 다시 정신 차리게 만든 것은 리나의 목소리였다. 리나는 호수 가장자리에 서서 렐레에게 총을 내려놓으라고 사정했다. 마침내 렐레는 포기하고 바위에서 미끄러져 내려와 다시 호숫가로, 리나의 목소리가 들리는 곳으로 건너갔다. 뒤에서 미카엘이 뭐라고 외쳤지만 알아들을 수 없었다. 돌아보고 싶지 않았다. 그럴 수 없었다. 자신이 하마터면 미카엘을 죽일 뻔했다는 공포가 렐레를 휩쓸었다. 그는 관목들 사이를 달려 호수와 미카엘로부터 멀어졌다. 광기로부터 멀어졌다.

가문비나무들이 있는 곳에 다다랐을 때는 몸이 너무 떨려서 걸음을 멈출 수밖에 없었다. 렐레는 나무들 사이에 쪼그리고 앉았다. 숲이 빙글빙글 돌았다. 렐레는 붙잡을 만한 것을 찾아 손으로 땅을 더듬더듬 짚었다. 그러다 이끼 위로 몸을 던져 두려움을 토해냈다. 아무것도 나오지 않을 때까지 계속 구역질하고 끙끙거렸다. 익숙한 공허감만 남을 때까지. 그 후에는 떨리는 다리로 자작나무 사이를 걸어갔다. 햇살이 그를 따뜻하게 비추고 들풀이 허벅지를 쓰다듬었다. 렐레는 땅에 털썩 쓰러졌고, 다시는 일어나지 못할 거라고 생각했다.

메야는 알고 있었다. 그들이 무언가를, 가족들만 아는 무언가를 숨기고 있다는 사실을. 그녀는 아직 그 비밀에서 제외되었고, 어쩌면 영원히 그럴 수도 있었다. 그저 기다리면서 언젠가 말해주기를 바랄 수밖에. 그 비밀을 말해줄 사람은 칼 요한이 아니라 비르게르일 것이다.

어느 날 아침, 메야가 닭장에서 나왔을 때 갑자기 비르게르가 그녀 앞에 나타났다. 비르게르를 보자마자 메야는 지금이 그때라는 걸 알 수 있었다.

"오늘은 달걀이 없니?" 비르게르가 물었다.

"이번에는 허탕이네요."

"닭들이 게을러진 게 아니라면 좋겠구나."

"아니에요. 이미 우리가 먹고도 남을 만큼 있는걸요."

"그래야지. 늘 우리가 먹고 남을 정도의 음식이 있어야 한다. 그래야 비상시를 대비해서 비축해놓을 수 있어."

메야는 자갈길 위에 드리워진 자신들의 길고 가느다란 그림자를 바라보며 왠지 초자연적인 존재 같다고 생각했다.

"어릴 때 집에 늘 먹을 게 없었어요. 텅 빈 냉장고보다 더 비참한 건 없죠."

"동의한다, 메야. 배에서 나는 꼬르륵 소리를 자장가 삼아서 잠든 적이 숱하게 많지. 하지만 요즘 사람들은 배고픈 게 얼마나 무력한지 한 번도 경험해본 적이 없어. 우리는 늘 풍족하게 살 거라는 착각에 빠져 있지."

비르게르는 걸음을 멈추고 메야를 내려다봤다. "이제 너에게 우리의 식료품 저장실을 보여줄 때가 된 것 같구나."

"이미 봤는데요."

하지만 그 말에 비르게르는 미소를 짓더니 본채 반대쪽으로 걸어가기 시작했다. 그러고는 그녀를 깊은 숲속, 낮게 드리운 가문비나무 가지 사이로 이끌었다. 노령인데도 아주 유연하게 움직이는 비르게르를 보며 메야는 깜짝 놀랐다. 그가 한 관목 앞에서 걸음을 멈추고 떨어진 나뭇가지와 솔잎을 발로 치우자 손잡이가 달린 작은 문이 나왔다. 메야는 숨을 죽인 채 비르게르 옆에 서서 그가 무릎을 꿇고 앉아 문에 달린 손잡이를 들어 올리는 모습을 지켜봤다. 문이 열리더니 어둠 속으로 드리워진 사다리가 나타났다. 어둠은 한없이 깊어 보였다. 비르게르는 다리를 문 안쪽으로 내리더니 사다리를 내려가기 시작했다. 메야에게도 따라오라고 했지만 메야는 입을 벌린 구멍 옆에 그대로 서 있었다.

"전 폐쇄된 공간이 싫어요."

비르게르는 웃음을 터뜨렸다. "일단 내려오면 얼마나 넓은지 알게 될 거다."

이내 비르게르의 정수리에 난 보송보송한 머리카락만 제외하고 아무것도 보이지 않았다. 메야는 주위를 둘러보았다. 어둠 속에서 창문이 따뜻하게 밝혀진 저택을 바라보았다. 저 집에서 칼 요한이 걸어 나오면 좋으련만. 그러면 이리 오라고 부를 수 있다. 칼 요한과 함께 있으면 용감해질 수 있다. 그와 함께 있을 때는 전혀 두렵지 않았다.

"어서 내려오너라, 메야. 와서 이걸 좀 봐." 비르게르가 한없이 깊은 구멍 속에서 외쳤다.

천천히, 아주 천천히 메야는 한쪽 발을 사다리의 첫 단에 내려놓고 다른 쪽 발도 내려놓았다. 손으로 사다리를 더듬거렸다. 사다리는 끝없이 이어지는 듯해 바닥까지 내려가는 데 한참 걸렸다. 차갑고 퀴퀴한 공기가 그녀를 강타했고, 축축한 땅 냄새가 그녀의 폐를 가득 채웠다. 바닥에 발을 디디니 비르게르가 반쯤 열린 문 옆에 서 있었다. 문 안쪽에서 따뜻한 꿀색 빛이 새어나왔고, 두꺼운 안경알 뒤에서 그의 눈동자가 반짝였다.

"마음의 준비를 하거라, 메야."

문이 활짝 열리기 몇 초 전에 토르비요른과 그가 소장했던 포르노 잡지들이 메야의 머리를 스쳤다. 산소가 부족할 거라고 확신한 탓에 숨 쉬기가 힘들었다. 갑자기 주위가 빙빙 돌았다.

그때 문 안쪽이 보였다. 실내 경기장만큼 넓고 천장이 높았으며, 창문이 없는데도 불이 환하게 밝혀져 있었다. 온갖 색의 조합으로 이뤄진 러그가 마룻바닥에 사방으로 깔려 있어서 넓은 공간에 생기를 불어넣었다. 벽을 따라 바닥부터 천장까지 설치된 두꺼운 선반에는 온갖 통조림과 깔끔하게 라벨을 붙인 잼들이 빼곡했다. 파라핀 램프와 난로, 배터리도 길게 놓여 있었다. 바닥에는 물이 담긴 대형 플라스틱 통이 나란히 잠들어 있었다. 한쪽 벽에는 침낭이 놓인 2층 침대 세 개가 있었고, 옷걸이에는 온갖 사이즈의 옷이 걸려 있었다. 그 외에도 신발, 두툼한 털모자, 장갑이 있었다. 고리에 걸린 방독면 열 개가 바닥을 내려다보았고, 알약과 두툼한 붕대가 든 플라스틱 통 옆에 구급상자 세 개가 세워져 있었다. 또한 목발과 휠체어도 구비되어 있었다.

더 안쪽에는 무기가 있었다. 열 개의 라이플이 총구를 아래로 향한 채 세워져 있었고, 그보다 수량이 적은 권총도 있었다. 수백 개의 갈색 마분지 상자에는 반짝이는 총알과 날카롭고 빛나는 칼, 도끼 그리고 온갖 도구들이 자리다툼을 하고 있었다.

비르게르는 이것저것 가리키며 설명하기 시작했다. 그들에게는 적어도 1년 치의 식량과 물이 있었고, 배터리와 태양광 라디오, 램프도 있었다. 필요하다면 겨울을 몇 번이나 버틸 수 있을 정도의 파라핀과 가스 점화기, 다른 연료도 있었다.

"누구도, 어떤 것도 우릴 해칠 수 없어. 우린 모든 게 준비돼 있다." 비르게르가 말했다.

메야는 고틀란드에서 살았던 어느 여름에 엄마가 유혹하려고 했던 신부님이 떠올랐다. 신념으로 목소리가 떨리고, 속세의 모든 욕망보다 하느님을 선택한 남자였다. 그는 식사 때마다 긴 감사 기도를 올렸으며 음식과 잠, 성적 쾌락을 거부했다. 하지만 그의 눈동자는 신념으로 불탔고, 그 눈빛은 전염성이 있어서 메야도 그의 신념을 믿고 싶어졌다. 메야는 성인들과 하느님을 말할 때 떨리던 그의 입술, 그리고 그가 라틴어로 기도문을 읊조릴 때 선반에 놓인 도자기 잔이 덜거덕거리던 일을 절대 잊지 못할 것이다. 그녀도 그렇게 강력한 무언가를 경험하고 싶었다. 무언가를 진심으로 믿는 나머지 그 신념이 모공에서 줄줄 흘러나와 가까이 있는 사람들에게까지 퍼지게 하고 싶었다. 분명 비르게르도 그 신부처럼 신념이 넘쳐흘렀고, 또한 자기 신념 속에서 익사하고 있었다. 형광등 불빛이 그의 백발에 황금색 빛을 드리웠다. 그걸 본 메야는 천사가 생각났다. 주름이 깊게 팬 비르게르의 얼굴은 창백하고 피부는 처졌지만 그에게는 초자연적인 기운이 있었다. 그 기운은 메야의 폐에 영향을 미쳐서 숨을 쉬기가 힘들었다.

"이 사회는 민방위나 비상식량을 오래 제공할 수 없어. 하지만 우린 가능하지. 여기서 우리와 함께 지내는 한 넌 안전하다, 메야. 그리고 다시는 배고프지 않을 거야."

렐레가 미카엘 바르그에게 한 행동은 도가 지나쳤다. 마을을 향해 달려가는 동안에도 방아쇠를 당기려고 했던 손가락의 느낌이 생생했다. 그때 그는 총을 쏘고 싶었다. 그 사실이 가장 끔찍했다. 모든 걸 끝내고 싶었다. 처음에는 미카엘을, 그다음에는 자신에게 총구를 겨눴으리라. 단 두 발이면 모든 게 끝났으리라.

하산의 집에 도착하니 그가 화단에 무릎을 꿇고 있었다. 옆에는 잡초가 수북이 쌓였고, 열린 창문 안쪽에서 현악기로 연주하는 고전음악이 흘러나왔다. 근처 벤치에는 올리브가 들어간 마티니 잔과 햇살을 받아 번쩍이는 칵테일 셰이커가 놓여 있었다.

렐레는 잡초 더미 위에 부드럽게 총을 내려놓았다. 마치 총이 살아 있는 생명체라도 된다는 듯. 하산이 자리에서 일어나 원예용 장갑으로 바지에 묻은 흙을 탁탁 털었다.

"그게 뭐야?"

"자네가 압수해줬으면 좋겠어."

"자네 건가?"

"등록되지 않은 총이야. 묻고 싶은 게 그거라면 말이지."

하산은 장갑을 낀 손으로 총을 들어 찬찬히 살펴봤다.

"아무도 쏘지 않았길 바라네."

"그래서 자네에게 가져가달라는 거야. 내가 누굴 쏘기 전에."

실리에가 메야에게 연락할 수 있는 길은 유선전화뿐이었고, 그래서 실리에는 밤낮으로 전화했다. 주로 집에 돌아오라는 잔

소리를 하기 위해서였다.

"지금 실종된 소녀 때문에 난리야. 토르비요른의 걱정이 끊이질 않아. 네가 집에 돌아와야 안심이 되겠대."

"난 엄마랑 지냈을 때보다 지금이 훨씬 안전해."

"넌 대체 왜 그렇게 늘 적대적이니?"

엄마가 걱정한다는 메야의 말에 비르게르는 그저 미소를 지었다.

"언론 매체는 사람들을 겁주기 위해 할 수 있는 짓은 무엇이든 하지. 작은 일은 크게 부풀리고 말이야. 사라진 소녀들이라니, 완전 헛소리지. 원래 젊은이들은 아무에게도 자기 행방을 알리지 않은 채 떠돌아다니는 법이야. 그게 뭐 대수라고 대서특필하는지. 늘 있는 일이라고. 아니타와 나도 젊었을 때 그랬지만 전혀 잘못되지 않았어. 오히려 잘됐지."

말은 그렇게 했어도 비르게르는 밤에 차를 끌고 나가지 못하게 했다. 스바르트트리덴 대문 밖에는 부패와 불행이 만연하고 있다면서 거기에 연루되면 안 된다고 했다. 그러고는 칼 요한과 형제들의 반대를 무릅쓰고 만약을 대비해 자동차 열쇠를 서재 서랍에 넣고 잠가버렸다.

스바르트트리덴에는 텔레비전이 없었다. 칼 요한은 그 이유를 알지 못했다. 그저 어릴 때부터 그랬다고만 했다. 메야는 비르게르에게 이유를 묻고 싶지 않았다. 괜히 물었다가 일장 연설만 듣게 될까 봐 두려웠다. 컴퓨터가 있기는 했지만 비르게르의 허락 없이는 사용할 수 없었다. 한번은 페이스북을 확인하는 메야를 보고 비르게르가 버럭 화를 내기도 했다.

"대체 언제쯤 철이 들래, 메야? 소셜 미디어는 그저 감시의 수단일 뿐이야!"

대신 그들은 팟캐스트를 들었다. 비르게르는 공군 출신 미국인 잭 존스가 진행하는 팟캐스트를 제일 좋아했는데, 그는 자신이 정부의 부패한 시스템을 간파했다고 주장했다.

저녁이면 다 함께 거실에 모여 앉았다. 비르게르는 안락의자에 앉아 마치 기도하듯이 양손을 무릎 위에 올려 깍지를 꼈다. 아니타는 늘 뜨개질을 했다. 뜨개질바늘은 비공식 전투에 참가한 듯 리드미컬하면서도 맹렬하게 딸그락거렸다. 예란과 페르는 팔걸이와 쿠션에 팔다리를 올린 채 소파에 누웠고, 메야와 칼 요한은 벽난로 앞 순록 가죽으로 만든 러그에 앉아 둘만의 평화를 즐겼다. 메야는 불빛을 받은 칼 요한의 뺨에 혈색이 돌고, 펄럭이는 불빛이 그의 눈에 반사되는 게 좋았다. 팟캐스트와 다른 사람들은 그저 배경음이었고, 불 옆에 단둘이 있는 기분이었다.

잭 존스의 팟캐스트가 끝나자 다시 비르게르가 나서서 사람들의 주목을 끌었다.

"메야, 아니타와 내가 어떻게 만났는지 아니?" 어느 날 저녁에 비르게르가 물었다.

그의 아들들은 신음하며 한숨을 쉬었지만 비르게르는 개의치 않았다.

비르게르는 꼭 하고 싶은 말이 있을 때면 늘 그렇듯이 얼굴에 보일 듯 말 듯 경련이 일었다. 메야는 러그에서 일어났다. 비르게르는 늘 메야의 관심을 받고 싶어 했다.

"어떻게 만나셨어요?"

"아주 먼 옛날에 우리는 남매였단다. 오빠와 동생이었지."

"작작 좀 해요, 비르게르!"

아니타의 뜨개질바늘이 멈췄고, 거실에는 웃음꽃이 피었다. 메야는 칼 요한을 바라보았다. 그의 얼굴이 붉게 달아올라 있었다.

"물론 피가 섞인 남매는 아니야." 비르게르가 말을 이었다. "하지만 어렸을 때, 그러니까 10대 때 우리는 같은 위탁 가정에서 살게 되었지. 그리고 남매처럼 행동해야 했어. 하지만 이 여인을 본 순간," 비르게르는 아니타를 가리켰다. "그건 절대 불가능하다는 걸 알았지. 아니타는 고전적인 미인이었어. 너처럼 말이다, 메야. 손가락 하나 까딱하지 않고도 천하의 냉혈한을 돌아보게 만들 정도의 전형적인 팜므 파탈이었지."

뜨개질을 하는 아니타의 얼굴이 상기되었다.

"그래서 우리를 보살펴줬던 아버지까지 아니타를 좋아하게 됐단다. 집이 작아서 무슨 일이 벌어지는지 다 들을 수 있는 게 천만다행이었어. 덕분에 아버지가 나한테 딱 걸렸지. 내가 세탁실로 내려갔더니 그자가 아니타의 치마 속으로 손을……."

"비르게르." 아니타가 경고했다. 뜨개질바늘은 그녀의 손 안에서 점점 더 빨라지며 절정으로 치달았다.

비르게르는 한 손을 아니타의 어깨에 올리며 말을 이었다. "내가 어찌나 세게 때렸던지 그자는 넘어지면서 건조기에 머리를 찧었어. 우린 그가 죽었다고 생각하고 짐을 꾸려서 도망쳤지. 앞으로는 정부에 기대지 않고 스스로를 돌보겠다고 결심했다. 그때 난 열일곱이었고, 아니타는 열여섯이었어. 세상에는 우리 둘뿐이었지. 이 땅을 마련하기까지 10년이 걸렸다. 그 후의 일은 다들 잘 알 거고."

비르게르는 의자에 앉은 채 몸을 앞으로 내밀어 메야와 칼 요한을 바라보았다. 그러고는 턱을 내밀며 미소 지었다. "인생에서 성공하는 데 필요한 것은 진정한 동반자뿐이야. 모든 걸 함께 나눌 수 있는 사람. 그런 사람만 있으면 무엇이든 할 수 있지. 우릴 봐라."

메야는 엄마를 떠올렸다. 엄마는 늘 사랑을 좇아 다녔지만 한 번도 붙잡지 못했다. 외로움과 갈망만 남은 엄마의 인생은 너무도 불행하고 힘들었다. 메야는 칼 요한의 어깨에 머리를 기대며 자신은 절대 그렇게 살지 않겠다고 다짐했다. 자신은 사랑을 꼭 붙잡고 말겠다고.

그가 리나를 발견했을 때 그 애는 늘 물속에 누워 있었다. 검

은 수면 밑으로 보이는 리나는 차갑고 창백했다. 리나를 땅으로 끌어 올리면 그 애의 마른 몸은 부어 있었다. 그다음은 늘 똑같았다. 렐레는 점퍼를 벗어 리나의 젖은 몸을 감싸지만 리나의 머리와 입, 눈에서는 물이 계속 흘러나온다. 렐레는 물이 새는 구멍을 막아보려고 하지만 소용없다. 얼음이 녹아 불어난 강처럼 리나에게선 물이 콸콸 흘러나온다. 그렇게 매번 리나는 물로 다 빠져나간다. 렐레가 잠에서 깨면 침대는 땀으로 흥건하게 젖어 있다.

그를 꿈에서 끌어낸 것은 천둥소리였다. 번개가 번쩍일 때마다 그는 몸에 난 상처를 보았다. 밤마다 숲을 쏘다니느라 긁힌 상처와 멍, 그리고 발목 주위와 이마 위쪽에 모기에게 물려 부은 자리가 자는 동안 긁어서 벌겋게 충혈되어 있었다. 온몸이 가렵고 냄새가 났다. 샤워를 하는 동안 어제의 기억이 다시 떠올랐다. 미카엘 바르그의 갈비뼈에 총을 들이대며 정말로 쏘려고 했던 일. 그 장면을 떠올리니 뜨거운 물을 맞고 있는데도 몸이 떨렸다. 렐레는 벽에 기대어 미친 듯이 흐느꼈다. 한참 울고 있는데 전기가 나갔다. 그는 주위를 더듬으며 초를 찾아 부엌으로 갔다. 몸에서 물이 뚝뚝 떨어졌다. 막 초를 찾았을 때 휴대폰이 울렸다.

늘 그렇듯이 아네테의 허스키한 목소리를 들으니 울컥했다.

"집으로 전화했는데 안 받아서."

"샤워하는 중이었어."

"그랬구나."

견디기 힘든 무거운 침묵이 흘렀다. 렐레는 전화기를 잡지 않은 손으로 양초에 불을 붙이고 식탁으로 걸어가서 앉았다. 아네테의 숨소리가 들렸다.

"할 말이 있어서 전화했어. 아마 충격 받을 거야. 나한테도 엄청난 충격이었으니까. 그러기에는 내 나이가 너무 많다고 생각했거든. 근데 아니었나 봐……."

"무슨 말을 하고 싶은 거야?"

"나 임신했어."

귀청이 찢어질 듯한 천둥소리에 그녀의 말이 뒤틀렸다. 렐레는 휴대폰을 귀에 더 바짝 댔다. "뭐라고?"

"나 임신했다고. 토마스와 내게 아기가 생겼어."

"토마스와 당신에게 아기가 생겼다고?"

"응."

전혀 웃기지 않은 소식인데도 렐레는 웃음을 터뜨렸다. 번개가 번쩍이더니 리나의 의자에 그림자가 펴뜩했다. 렐레는 서재 쪽을 바라보았다. 번개가 칠 때 보니 서재 문이 약간 열려 있었다. 아네테와 저기서 사랑을 나눈 게 언제더라?

"정말 토마스의 아기야?"

"당연하지."

"내 기억이 맞다면 우리가……."

"그건 다 지난 일이야, 렐레. 그날 일은 중요치 않아."

"아, 그렇군. 알았어."

촛불이 펄럭이자 그림자들이 벽을 가로질러 움직였다.

"리나는 어쩌고?"

"무슨 말이야?"

"당신에게는 이미 아이가 있어. 실종된 지 3년이나 된 아이. 그 애를 찾는 데 모든 에너지를 쏟아야 한다고 생각하지 않아? 아니면 이게 앞으로 나아가기 위한 당신의 방법이야? 이미 있는 아이 대신 새로운 아이를 갖는 거?"

전화기 반대편에서 아네테의 목소리가 떨렸다.

"언젠가는 당신도 이 소식에 기뻐하기를 바라. 제정신으로 돌아왔을 때."

렐레는 그날 아침 늦게 차를 돌려받았다. 하산은 미안한 표정으로 열쇠를 건네주며 차에서 사람의 혈흔은 전혀 발견되지 않았다고 말했다. 렐레는 그냥 넘어가기로 했다. 그저 어서 빨리 실버 로드로 돌아가고 싶었다.

그래서 거의 곧바로 출발했고, 차창을 닫은 채 담배를 피웠다. 공기가 텁텁해지고, 대시보드와 컵 홀더 위로 담뱃재가 빙글빙글 날릴 때까지. 렐레는 아네테가 처음 임신했다고 말했던 때를 생각했다. 당시 렐레는 하마터면 아네테의 임신 사실을 영영 모를 뻔했다. 두 사람이 동거를 시작한 지 얼마 되지 않았고, 렐레는 아침으로 먹을 달걀을 삶고 신선한 빵을 사왔다. 아네테는 세상모르고 자다가 렐레가 깨우자 달걀 냄새가 역겹다고 투

덜거렸다. 늘 달걀을 좋아하던 그녀였다. 아네테는 낡은 가운을 입고 우두커니 앉아 커피 냄새를 맡으니 속이 울렁거린다고 했다. 렐레는 자신들이 실수를 저지른 건 아닌지, 동거를 너무 빨리 한 건 아닌지 걱정했다.

아네테가 발코니 문 밖으로 고개를 내밀고 서 있을 때 렐레는 그녀에게 살며시 다가가 가운 안으로 손을 넣어 그녀의 오른쪽 가슴을 쥐었다. 성욕 때문도 아니었고, 절박한 행동도 아니었다. 그저 장난이었는데도 아네테는 칼에 찔린 사람처럼 비명을 질렀다. 그러고는 울기 시작했다. 울면서 다음 주 월요일에 중절 수술을 예약해뒀다고 말하더니 근처 병원에서 발행해준 수술 예약서를 내밀었다. 그렇게 렐레는 그 사실을 알게 되었다.

그는 병원까지 데려다주겠다고 우겼다. 아네테는 창밖으로 지나가는 전나무만 바라보면서 침묵이 필요하다는 사실을 강조하기 위해 빨간 입술을 일자로 굳게 다물었다. 프로스트코게에 도착했을 때는 속이 울렁거린다며 차에서 내려 토하고 싶다고 했다. 그녀가 배수로에 대고 구역질하는 동안 렐레는 담배를 피웠다.

"그러니까 당신은 아빠 될 준비가 됐다는 거야? 그렇게 굴뚝처럼 연기를 피워대면서?" 아네테가 그를 조롱했다.

"당신이 아기를 낳고 싶다면 지금 이 순간부터 담배 끊을게."

렐레는 자신의 얼굴 앞에 담배를 들어올렸다. 아네테는 등을 펴고 그를 향해 걸어왔다. 쓴 물이 여전히 턱을 타고 흘러내렸다. 어찌나 가까이 다가왔는지 담배가 그녀의 코끝에 닿을 듯했다. 그들은 분노 비슷한 감정으로 서로를 바라보았다. 마침내 아네테가 손으로 입을 닦더니 어깨의 긴장을 풀며 말했다.

"담배 꺼. 집에 가고 싶어."

그날 이후로 렐레는 17년간 담배를 한 번도 피우지 않았으나 지금은 담뱃재가 담요처럼 그의 무릎 위에 떨어져 있었다. 렐레는 서재에서의 그날 이후로 몇 주가 지났는지 계산하려고 했지만 할 수가 없었다. 그 후에 아네테가 스크램블드에그를 해줬다는 사실만 기억날 뿐이었다. 아네테는 달걀을 좋아하는 게 틀림없다. 렐레는 차창을 내리고 피우다 만 담배를 도로에 버렸다. 그러고는 담뱃갑을 집어서 같은 방향으로 던졌다. 아네테가 뭐라고 하든 상관없다. 그 아이는 그의 자식이다.

2부

어둠보다 정적이 더 무서웠다. 바람 소리도, 빗소리도, 새소리도 들리지 않았다. 발소리나 목소리도 없었다. 마치 바깥세상이 존재하지 않는 듯했다. 그녀는 벽에 귀를 대고 소리를 들어보려 했지만 자신의 심장 박동 소리만 들릴 뿐이었다. 침침한 불빛 아래에서 보니 팔의 긁힌 자국이 더 깊었다. 여기저기 생겼던 멍이 노랗게 변하더니 시간이 흐르며 희미해졌다. 이젠 저항하지 않았다. 귀찮았다. 늘어진 살갗 아래 정맥이 부어 있었다. 너무 일찍 늙어버렸다는 듯이, 그녀에게서 생명력이 새어나가고 있다는 듯이.

천장에 걸린 전구가 벽에 그녀의 그림자를 드리웠다. 그녀는 어느새 침대에 앉아 그림자를 향해 손을 흔들었다. 길쭉한 형체가 손을 흔들며 그녀의 인사에 답했다. 그렇게 둘은 고립감과 싸웠다.

방은 완벽한 정사각형이어서 상자 안에 갇혀 있는 듯했다. 한쪽 벽에 침대와 작은 테이블이 놓여 있었고, 테이블에는 전혀 손대지 않은 음식이 있었다. 랩으로 싼 치즈 샌드위치와 보온병에 담긴 수프였다. 견딜 수 없을 정도로 허기가 져서 수프 냄새를 맡았지만 한 모금 삼키자마자 구역질이 나왔다. 몸이 거부했다. 마치 이런 감금 상태에 반항하듯이.

반대쪽 벽에는 철제문 옆에 변기 용도로 쓰는 양동이와 물이 가득 든 양동이가 있었다. 그녀는 가능한 한 그쪽을 보지 않으려고 했다. 음식을 거의 먹지 않아서 소변을 볼 필요도 없었고, 씻을 기운도 없었다. 기름져서 두껍게 엉겨 붙은 머리카락이 어깨 밑으로 내려와 베개에 기름 자국을 남겼고, 몸에서 냄새도 나는 듯했다. 비록 그녀 자신은 냄새를 맡을 수 없었지만. 그녀는 몸에서 냄새가 나기를 바랐다. 그래야 그가 만지지 않을 것이다.

그녀는 잠으로 죽은 시간을 보내려고 했다. 시간을 때우려고 했다. 갑자기 마음이 불안해지면 다리가 아플 때까지 방 안을 빙빙 돌고 또 돌았다. 혹시 빈 공간이 있는지 손으로 벽을 두드려보았고, 자신의 숨소리 말고 다른 소리가 들리는지 귀를 곤두세웠다. 그러다 보면 어쩔 수 없이 환청이 들리기도 했다. 햇빛이 들지 않으니 며칠이 지났는지 알 수 없었다. 시간은 서로 충돌했고, 그저 잠자는 시간과 운동하는 시간이 있을 뿐이었다.

그리고 듣는 시간도. 그녀는 아주 오랫동안 문을 바라보았다. 연회색 철제문에 말라붙은 그녀의 핏자국은 마치 문에 녹이 슨 듯했다. 저 문을 미친 듯이 두드려댄 후로 오랜 시간이 흘렀는데도 껍질이 벗겨진 손가락은 여전히 빨갰다. 어둡고 폐쇄된 공간에서는 피부가 재생되지 않는다는 듯이. 남자는 그 자리에 반창고를 붙여주려 했지만 그녀는 가시를 잔뜩 세운 고슴도치처럼 몸을 둥글게 말고 벽 쪽으로 돌아누웠다. 그녀가 가장 원치 않는 것이 바로 그의 손길이었다.

렐레는 커피를 마시며 앞에 앉은 학생들의 숙인 머리를 바라보았다. 들리는 소리라고는 볼펜 사각거리는 소리뿐이었다. 연신 머리카락을 뒤로 넘기는 남학생이 많은 것으로 보아 틀림없이 장발이 유행이었다. 여학생들은 더 특이했다. 한 명은 앞머리를 분홍색으로 물들였고, 또 다른 여학생은 귀 바로 위를 한 줄로 넓적하게 밀어버렸다. 학생들이 너무 어리고 건강하고 지루해해서 렐레는 숨을 죽였다.

리나는 이제 저들보다 나이가 많다. 곧 스무 살이 되지만 렐레는 스무 살이 된 리나를 도저히 상상할 수 없었다. 리나는 스무 살이 되면 여행 가고 싶은 나라들을 자주 이야기했다. 태국, 스페인, 아마 미국도. 외국에서 입주 보모로 일할 거라고 했다.

"네가 육아에 대해 뭘 안다고?"

"그까짓 거 뭐가 어렵겠어?"

렐레는 그런 상상을 즐겨 하곤 했다. 리나는 지금 미국에서 뒷좌석에 미국인 아이 둘을 태운 채 캘리포니아의 고속도로를 달리고 있다고. 실종되지 않았다고.

어둠이 돌아왔고, 또 한 번의 여름이 지나갔다. 요즘에는 가을 학기가 사형 선고처럼 느껴졌다. 그는 수색을 포기하고 억지로 교실로 돌아가야 했다. 신입생들은 그가 누군지 알고 있었다. 렐레는 흥미와 동정이 뒤섞인 그들의 표정을 바라보았다. 속이 뒤틀렸다. 하지만 학생들은 절대 질문하지 않았다. 새로운 학생들에게 자기소개를 할 때 렐레는 절대 리나를 언급하지 않았다. 어차피 알고 있을 터였다. 글리메르스트레스크에 사는 사람들은 다 알았다. 사람들은 두려워했고, 책상에 앉은 학생들은 그 두려움 속에서 살아야 했다. 절대 혼자 돌아다니지 말고, 늘 경계해야 한다는 사실을 배워야 했다. 저들 중 누구도 제시간에 도착하지 않는 버스를 기다리며 혼자 버스 정류장에 서 있는 일은 하지 않았으리라. 학부모들은 그의 비극에서 교훈을 배웠고, 틀림없이 같은 실수를 저지르지 않을 것이다. 한나 라르손의 실종은 불에 기름을 부은 격이었고, 또 다른 위험 요소가 무엇인지, 글리메르스트레스크 같은 작은 마을에서도 아이를 잘 감시하는 게 얼마나 중요한지 다시 한 번 일깨워주었다.

학생들은 학부모보다 상대하기 쉬웠다. 수업이 끝나고 학생들이 구부정한 자세로 그를 지나 교실 밖으로 나가자 렐레는 그들이 남기고 간 침묵 속에 오랫동안 앉아 있었다. 그가 걱정하는 것은 교무실, 경직된 표정으로 선의의 허무한 말을 건네는 동료 교사들이었다.

렐레는 와르르 터지는 동료들의 웃음소리에 움찔하며 곧장 커피 머신으로 걸어갔다. 그러고는 우유나 설탕을 넣지도 않았는데 커피를 휘저으며 바삐 움직였다. 커피잔 속에서 스푼이 딸그락거리는 소리 뒤에 숨어서 블라인드 틈 사이로 자작나무를 바라보았다. 벌써 잎이 노랗게 물들어 떨어지기 시작했고, 웅덩이는 살얼음으로 덮여 있었다.

사회 과목을 가르치는 클라스 포르스피엘이 다가와 렐레 옆에 서서 무스 사냥 이야기를 꺼냈다.

렐레는 얌전히 그의 말을 들었지만 살얼음이 언 웅덩이에서 눈을 뗄 수 없었다. 포르스피엘이 몸을 앞으로 내밀며 렐레의 어깨에 손을 올리자 그의 입에서 바나나와 감초사탕의 역겨운 냄새가 풍겼다.

"우린 숲에 갈 때마다 늘 자네 딸을 생각해."

렐레는 몸을 돌려 포르스피엘의 창백한 얼굴을 바라보았다. 등줄기를 따라 소름이 끼쳤다.

"왜 리나가 숲에 있다고 생각하지?"

포르스피엘은 입을 다물었다. 넥타이 매듭 위로 그의 목과 얼굴이 빨갛게 달아올랐다.

"그런 뜻으로 한 말은 아냐. 단지 우린 리나를 생각한다는 뜻이었어. 늘 눈을 크게 뜨고 그 애를 찾아다닌다고."

렐레는 고개를 숙였다. 갑자기 신발 밑의 단단한 바닥과 똑바로 서 있기 위해 발에 실리는 무게가 느껴졌다.

"고마워. 큰 힘이 되는군." 렐레가 말했다.

포르스피엘은 다른 교사들, 긴장을 풀고 다리를 꼰 채 대화를 나눌 줄 아는 사람들과 어울리기 위해 자리를 피했다. 렐레는 그들 중 하나인 아네테를 보았다. 여러 명과 이야기할 때면 늘 그렇듯이 그녀는 양팔을 휘두르며 말하고 있었다. 몸에 딱 붙는 검은색 점퍼를 입고 있어서 청바지 위로 살짝 튀어나온 배가 여실히 드러났다. 다리에서 힘이 빠지자 렐레는 한 손으로 창틀을 짚었다. 커피가 바닥에 철썩 떨어지는 소리가 나더니 교사들이 동정 어린 표정으로 그를 돌아보느라 셔츠와 블라우스가 바스락거리는 소리가 들렸다. 그가 서둘러 자리를 뜨자 발밑에서 바닥이 흔들렸다. 뒤에서 그들이 외치는 소리가 들리는 듯했다.

가여운 친구 같으니! 대체 어떻게 견디는 건가?

남자는 아무 기척도 없이 들어오곤 했다. 그저 경첩이 삐걱거리는 소리와 변기 대신 사용하는 양동이가 문에 부딪히는 소리만 들릴 뿐이었다. 불이 꺼져 있으면 남자는 전구에 매달린 줄을 잡아당기고 그녀를 내려다보았다. 그녀가 잠든 척할 때조차도 남자의 눈길에 그녀의 눈꺼풀이 타들어가는 듯했다. 그녀가 살아 있다는 걸 확인하고 나면 남자는 양동이 두 개를 들고 방에서 나갔다. 문이 닫히기 전에 남자 뒤쪽으로 계단이 보였다. 하지만 햇볕은 보이지 않았다. 남자는 늘 양동이에 모인 소변을 버리고, 다른 양동이에 새 물을 담아 다시 방으로 돌아왔다. 시멘트 바닥에 검은 물웅덩이가 생겼다.

문은 자동으로 잠겼다. 열쇠 소리는 한 번도 들리지 않았다. 처음에 막 방에 갇혔을 때, 지금보다 기운이 더 셌을 때는 남자가 양동이를 들고 돌아올 때 그를 공격하곤 했다. 문 옆에 서 있다가 남자가 문지방을 넘을 때 달려들었고, 물이 사방으로 튀었다. 남자는 주먹을 휘둘렀다. 철제 양동이로 그녀의 등을 어찌나 세게 내리쳤는지 그 후로 그녀는 똑바로 서지 못했다. 남자가 그녀를 들어 침대에 눕히고 역겨운 손가락으로 쓰다듬을 때도 반항조차 할 수 없었다. 남자는 마치 그녀가 도살장으로 끌려가기 전에 진정시켜야 하는 가축이라도 되는 듯 그녀를 토닥였다.

그는 얼굴에 발라클라바를 썼다. 눈 있는 자리만 뚫려 있는 검은 발라클라바와 대조되어 그의 눈이 더욱 하얗게 보였다. 남자의 머리카락을 한 번도 본 적이 없어서 그녀는 그가 대머리이고, 머리 모양이 기형이 아닐까 생각했다.

남자의 나이를 가늠하기는 힘들었다. 그녀의 아빠보다는 젊은 듯한데 확실하지 않았다. 그는 이 작은 방을 꽉 채웠다. 그가 문 옆에 서 있으면 아무것도 바르지 않은 콘크리트 벽에 그의 등과 어깨의 그림자가 드리웠다. 하지만 남자가 바깥세상에서도 정말 체구가 큰지는 알 수 없었다. 투박한 부츠를 신었는데도 움직임이 가벼웠고, 늘 뛰다가 온 사람처럼 시큼한 땀 냄새가 났다. 목소리는 벨벳 같았으며, 성대가 배 깊숙이 파묻힌 듯 저음이었다.

"왜 안 먹는 거야?"

남자는 먹지 않은 음식을 짜증스럽게 가져가며 아직도 김이 모락모락 나는 삶은 야채와 윤기가 흐르는 고기 한 덩어리를 내놓았다. 음식 냄새를 맡자 그녀는 대번에 속이 울렁거렸다. 배가 고팠는데도 그랬다. 그녀의 위장은 입을 크게 벌린 구멍이었다.

"먹을 수가 없어요. 먹기만 하면 토해요."

"특별히 먹고 싶은 음식이 있어? 좋아하는 음식은?"

그녀는 남자의 목소리에서 그가 친절하게 대하려고 무진 애를 쓴다는 걸 느낄 수 있었다. 비록 저 꾸며낸 목소리 아래서는 분노가 들끓었지만.

"신선한 공기를 마시고 싶어요. 잠깐이면 돼요. 부탁이에요!"

"그 얘기는 그만해."

남자는 보온병 뚜껑을 비틀어 열더니 거기에 내용물을 따라 그녀에게 건넸다. 그녀의 튼 입술에 닿는 김이 부드럽게 느껴졌다. 김에서 과일처럼 달콤한 냄새가 났다.

"로즈힙 수프야. 먹으며 기분이 좋아질 거야." 남자가 말했다.

그녀는 뚜껑을 들어 입에 대고 마시는 척하며 남자의 신발을 바라보았다. 신발에 작고 노란 잎이 붙어 있었다.

"지금 가을이에요?"

남자의 몸이 눈에 띄게 굳어지더니 남자가 다시 문 앞으로 걸어갔다.

"내가 돌아왔을 때는 저 음식이 사라졌기를 바라."

"네가 임신한 꿈을 꿨어."

칼 요한은 축축한 침대에 누워 있는 메야를 남겨둔 채 그녀에게서 몸을 일으켰다. 메야는 이불을 한쪽으로 젖히고 침대에서 일어났다.

"악몽이 따로 없네."

"배가 엄청나게 부푼 네 모습은 정말 아름다웠다고!"

메야는 욕실로 들어가서 칼 요한이 따라오지 못하도록 문을 닫았다. 이를 닦고 머리를 빗은 다음 마스카라를 발랐다. 그 외 다른 것은 할 시간이 없었다. 욕실에서 나왔을 때 칼 요한은 여전히 침대에 누워 미소 짓고 있었다. 메야는 침대로 걸어가 몸을 숙여 그의 입술에 키스했다. 그의 몸에서 뿜어져 나오는 온기가 느껴졌다. 칼 요한은 양팔을 뻗어 그녀를 침대로 끌어당겼다.

"정말 가야 해? 나랑 여기 있으면 안 돼?"

그는 메야를 꼭 끌어안고 양손으로 그녀의 머리를 헝클어뜨렸다.

메야는 몸을 비틀어 그의 품에서 빠져나왔다.

"내 머리를 꼭 망가뜨려야 해?"

"그게 왜 중요해? 누구한테 잘 보이려는 건데?"

칼 요한과 비르게르는 메야가 학교에 다니는 걸 달가워하지 않았다. 시간 낭비라고 생각했다. 메야는 고등학교를 꼭 졸업해서 성공하기로 자기 자신과 약속했다는 사실을 거듭 설명했다. 적어도 임신해서 고등학교를 중퇴한 엄마보다는 나은 삶을 살아야 했다.

"네 엄마는 실패한 게 아니다." 비르게르가 말했다. "정부의 수하들 중에서 국민을 조종하는 데 가장 능한 기관이 학교야. 학교 교육을 통해 세뇌되는 것보다 아기를 낳는 게 훨씬 더 중요하지."

사실 포기 못 할 것도 없었다. 메야도 학교를 그다지 좋아하지 않았으니까. 한 학교에 익숙해질 때까지 오래 다녀본 적도 없었다. 학교생활에 적응될 만하면 엄마는 짐을 싸서 현관에 내놓았다. 학기 중이어도 상관없었다. 떠날 때가 되면 무조건 떠났다. 그것이 메야에게 동기를 부여했다. 엄마와 다른 사람이, 자기 자신이 되고 싶었다.

집에서 버스 정류장이 있는 실버 로드까지는 3킬로미터였다. **11월이 되어 해가 짧아지면 학교에 가기 싫어질 거다.** 비르게르는 그렇게 경고했다. 하지만 지금도 이미 해가 짧았다. 숲은 그림자 천지였고, 메야는 나무들 사이에서 움직이는 것들을 보지 않으려고 자갈길에서 눈을 떼지 않았다. 대문 비밀번호는 어디에도 써두지 말라고 했기 때문에 외워야 했다. 나중에서야 그 숫자가 비르게르의 생일임을 알게 되었다. 정적 속에서 대문이 칭얼거렸다. 메야는 자신의 목덜미에 꽂히는 비르게르의 시선을 느낄 수 있었다. 대문을 통과하고 명심해서 문을 닫은 다음에는 뛰기 시작했다. 슬퍼 보이는 잿빛 소나무와 벌거벗은 자작나무를 지났다. 발밑에서 땅이 질척거리고 탁탁 소리가 났다. 아직 첫 서리가 내리지도 않았는데 대기에서 눈 냄새가 나는 듯했다.

실버 로드에 도착하자 목구멍이 따끔거렸다. 메야는 버스 기사가 잘 볼 수 있도록 거의 길 한가운데에 서 있어야 했다. 기사는 키가 작고 얼굴이 붉은 남자로 보온병에 든 커피를 마셨다. 어찌나 빠른 말투로 퉁명스럽게 말하는지 비르게르의 안부를 묻는 것 외에는 무슨 말을 하는지 알아들을 수 없었다.

버스는 주변 마을에 사는 학생들로 차츰 채워졌다. 집은 거의 보이지 않았고, 그저 나무들 사이를 가리키는 표지판만 보였다. 학생들은 도로변에 서서 버스를 기다렸다. 뺨은 장밋빛으로 상기되었고, 쌀쌀한 공기 속에서 입김이 피어났다. 메야는 학생들이 탈 때마다 눈을 감고 차가운 유리창에 머리를 기댔다. 자신을 바라보는 그들의 시선이 느껴졌다. 호기심 어린 그들의 시선에 눈꺼풀이 불타는 듯했지만 아무도 그녀에게 말을 걸지 않았다.

톨바카 고등학교는 글리메르스트레스크에 있었다. 붉은 벽돌로 된 단층 건물은 학교라기보다 헛간 같았다. 창문으로 외풍이 들어와 학생들은 대부분 교실에서 코트를 입고 있었다. 회전문 안쪽에는 초록색 사물함이 줄지어 있었다. 메야는 사물함 안쪽 고리에 재킷을 걸고 책꽂이 선반을 손으로 훑으며 약을 찾았다. 그러고는 개별 포장된 푸른색 알약을 하나 뜯어서 물 없이 삼켰다. 사물함을 닫자 삐죽삐죽한 분홍색 머리를 한 크로우가 나타났다.

"네 부모님은 모르시지? 네가 피임약 먹는 거?"

"나 칼 요한이랑 살아."

크로우의 눈이 휘둥그레졌다. "칼 요한은 이 사실을 모르고?"

메야는 미소 지었다.

"그 애는 내가 임신했으면 좋겠대."

그다음에 남자가 왔을 때 그녀는 로즈힙 수프를 다 먹은 뒤였다. 남자에게선 차가운 공기와 썩은 나뭇잎 냄새가 났다. 그의 옷에 가을 냄새가 달라붙어 있어서 여름이 끝났는지 물어볼 필요도 없었다.

"네가 잘 먹으면 내가 행복해."

남자는 우유와 시나몬 롤을 가져왔다. 시나몬 롤의 향기가 두 사람 사이에 휴전처럼 내려앉았다.

"잠깐 있다 가요." 그녀가 애원했다.

남자의 몸이 경직되었고, 발라클라바 안에서 그의 눈동자가 조심스럽게 움직였다. 남자는 문을 등진 채 바닥에 앉아 발라클라바 위로 볼을 긁었다. 마치 안쪽에 간지러운 수염이 나고 있다는 듯이.

그녀는 남자에게 빵 봉지를 건네고 침대에 앉았다.

"너무 지겨워요, 혼자 먹는 거."

남자는 빵을 꺼냈다. 그가 빵을 씹는 동안 검은 복면이 살아 움직였다. 그녀는 내면에 도사리면서 자신의 목을 조르는 두려움 때문에 빵을 먹을 수가 없었다. 그래서 대신 연극을 했다.

"그 발라클라바를 벗을 수는 없어요?"

"그 바보 같은 질문은 언제까지 할 거지?"

남자는 마치 그녀를 놀리듯 씩 웃었다. 그녀는 희망이 꿈틀거리는 것을 느끼고 남자의 마음이 누그러질 만한 말이 뭐가 있을까 생각했다.

"이 빵은 당신이 직접 구웠나요?"

"아니."

"그럼 가게에서 샀어요?"

"꼬치꼬치 캐묻지 말라고 했을 텐데."

남자는 빵을 하나 더 먹고 가슴에 떨어진 빵 부스러기를 털어냈다. 그는 배 부분이 축 처질 정도로 헐렁한 검은색 헬리한센 플리스 재킷을 입고 있었다. 그녀는 남자의 목소리에 실린 짜증을 감지하고 차가운 벽에 어깨를 기댔다. 남자는 그녀가 이것저것 묻는 걸 싫어했다.

남자는 일어나서 한 손으로 주먹을 쥐더니 침대로 다가갔다. 그의 체중이 실리자 침대가 삐거덕거렸다. 남자가 팔을 뻗어 쇄골을 쓰다듬자 그녀는 눈을 감았다. 남자의 손가락은 티셔츠로, 그녀의 가슴 위로 내려왔다. 그러더니 손가락 관절로 갈비뼈를 톡톡 쳤다.

"뭘 좀 먹어. 내 눈앞에서 시름시름 앓게 둘 수는 없어."

"배 안 고파요. 신선한 공기를 마시고 싶어요."

그녀는 억지로 남자의 눈을 똑바로 보며 두려움을 삼키려 했다. 약물 때문인지, 수면 부족 때문인지 그의 흰자는 충혈되어 있었다. 커진 동공에는 별다른 감정이 엿보이지 않았다. 남자에게서는 여전히 쌀쌀한 바깥공기 냄새가 났다. 시선이 마주친 걸 자신을 유혹한다고 생각했는지 이내 남자가 몸을 내밀어 그녀를 끌어안았다. 그녀는 남자의 품에서 빠져나가려고 몸부림쳤지만 남자는 더 세게 껴안으며 그녀의 티셔츠 안으로 한 손을 밀어 넣었다. 그녀는 남자의 차가운 손가락을 할퀴며 떼어내려 했다. 남자 안에서 끓어오르는 분노가 느껴졌다. 남자는 그녀를 놓아주더니 그녀의 머리 바로 옆 벽을 쳤다. 어찌나 세게 쳤는지 공기가 밀려드는 게 느껴질 정도였다.

“나한테 감사하는 법을 좀 배우라고. 내가 널 위해 얼마나 많은 일을 하는데.” 남자가 말했다.

그녀는 남자가 나가는 모습을 보지 않았다. 문이 쾅 닫히는 소리가 나고 외로움이 밀려들었다.

메야가 학교를 나섰을 때는 벌써 어두워지고 있었다. 크로우가 자작나무 아래 서서 어깨를 구부린 채 담배를 말고 있었다. 종이에 침을 묻히자 혀에 달린 피어싱이 보였다. 축축한 공기 때문에 분홍색 머리카락이 심하게 곱슬했다. 크로우는 메야를 보며 고갯짓했다.

“피자 먹으러 갈래? 내가 살게.”

“안 돼. 곧 버스가 올 거야.”

“스바르트리덴에서 사는 거 지루하지 않아?”

“아니, 거긴 아름답고 평화로워.”

“그래, 뭐, 네 곁에는 칼 요한이 있으니까 시간이 잘 가겠지.” 크로우는 주위를 둘러보더니 도발적으로 담배를 빨았다. “걔 어때? 침대에서 말이야.”

“신경 끄시지.”

"아, 너 진짜 재미없다!" 크로우가 키득거렸다. "얼굴이 빨개지는 걸 보니 내 예상이 틀리지 않았나 보네."

메야는 옷깃을 세웠다.

크로우가 말을 이었다. "난 늘 그 애가 섹시하다고 생각했거든. 남들과 좀 다르고 이상하기는 해도 섹시하지."

그때 그들 옆에 차 한 대가 와서 섰다. 녹슨 페인트를 보자마자 메야는 그게 누구 차인지 알아차렸고, 배가 단단하게 뭉쳤다. 내린 차창 너머로 운전대 위에 몸을 내밀고 있는 토르비요른이 보였다. 그는 혼자였다. 엄마의 흔적은 어디에도 없었다. 콧수염 아래에서 그의 입이 활짝 웃으며 크로우에게 인사했다. 크로우는 대답 대신 그를 향해 동그란 담배 연기를 날려 보냈다.

"메야, 잠깐 시간 좀 있니?"

메야는 크로우에게 얼굴을 찡그려 보이고는 차를 돌아서 조수석에 탔다.

"무슨 일 있어요?"

"아니, 아니. 아무 일 없다."

토르비요른은 차창을 올리고 라디오 음량을 줄였다. 대시보드 위에는 스누스 낱개 포장지와 사탕 껍질이 널려 있었다. 메야는 무릎에 배낭을 내려놓고 시계를 봤다. 10분 후면 버스가 올 것이다. 토르비요른에게 스바르트리덴까지 데려다달라고 하고 싶지는 않았다.

"그럼 왜 왔어요?"

"네 엄마 때문이야. 실리에가 하루 종일 자기만 하고 먹지를 않아."

"그림도 안 그려요?"

토르비요른은 한숨을 쉬었고, 메야는 그것을 예스로 받아들였다.

"병원에 데려가세요. 동네 병원 말고 정신과요."

"실리에가 안 가겠다고 하면?"

"그럼 가겠다고 할 때까지 와인을 주지 마세요."

토르비요른은 콧수염을 잡아당기며 처량한 눈으로 메야를 바라보았다.

"솔직히 말해서 네 엄마는 네가 보고 싶은 거야. 그리고 나도 양심의 가책을 느끼고 있다. 내가 널 쫓아냈으니까."

메야는 몸을 돌려 학교의 붉은 벽돌을 바라보았다.

"아저씨가 날 쫓아낸 게 아니에요."

토르비요른은 휙휙 소리를 내며 움직이는 와이퍼에 맞춰서 때 묻은 손가락으로 운전대를 톡톡 두드렸다.

"스바르트리덴에서 지내는 건 어떠냐?"

"좋아요."

"비르게르나 다른 식구들과도 아무 문제없고?"

"네."

"그 사람들과 함께 사는 건?"

"좋아요."

"그럼 네 결정을 후회하지 않는 거냐?"

메야는 실눈을 뜨고 자작나무를 바라보았다. 눈앞이 회색빛으로 변하면서 크로우의 머리카락이 이상하게 보였다.

"전혀요."

"왜냐하면 부끄러운 일이 아니거든. 마음이 바뀌는 거 말이다. 너희들은 아직 어려, 둘 다."

"마음 바뀌지 않았어요."

토르비요른이 숨을 내쉬자 시큼한 입 냄새가 차 안을 가득 채웠다.

"그럼 언제 우리 집에 와서 식사나 한번 하자꾸나. 칼 요한이랑 함께 말이야. 우린 너희가 보고 싶다. 너희 둘 다."

"네."

토르비요른은 간절한 눈빛으로 메야를 바라보았다.

"너만 허락한다면 난 네 아빠가 돼주고 싶구나."

메야는 배낭을 가슴으로 끌어당기며 문손잡이를 향해 손을 뻗었다.

"전 아빠 필요 없어요."

그녀는 침대에 누워 자신의 그림자랑 놀기도 하며 계획을 세웠다. 문이 열릴 때 소변이 담긴 양동이를 들고 문 옆에 서 있을 것이다. 남자는 눈에 소변이 들어가서 그녀가 테이블을 들어올리는 걸 볼 수 없을 것이다. 그녀는 온 힘을 다해 테이블로 남자의 머리를 내려칠 것이고, 남자는 의식을 잃거나 적어도 균형을 잃고 쓰러질 것이다. 그러면 밖으로 뛰쳐나가 계단을 올라갈 것이다. 거기에 뭐가 있을지, 잠긴 문들이 더 많이 나올지 알 수 없지만, 위험을 무릅쓸 준비가 돼 있었다.

때로는 남자가 며칠씩 안 오기도 했다. 그럴 때면 그저 머리로 시간과 날짜를 계산할 수밖에 없었다. 무엇보다 음식을 보면 시간이 얼마나 흘렀는지 알 수 있었다. 음식은 처음에는 딱딱해지다가 곰팡이가 슬었다. 그러면 그녀는 저 문이 다시는 안 열릴까 봐 두려웠다. 무언가가 두려운 동시에 갈망하게 되는 이상한 기분이 들었다. 여기서 혼자 썩어갈지 모른다는 두려움이 남자에 대한 두려움보다 더 크다는 사실을 깨달았다.

그녀는 음식이 말라붙은 접시를 바닥에 내려놓고 테이블 드는 연습을 했다. 테이블은 부피가 크고 무거워서 들어올리려니 가슴이 아팠다. 기운이 모두 빠져나간 듯 벽에 비친 팔 그림자가 부들부들 떨었다.

"이 일을 해내려면 먹어야 해." 그녀가 그림자에게 말했다.

그녀는 카메라 플래시에 잠에서 깼다. 남자가 그녀를 내려다보며 사진을 찍고 있었다. 렌즈를 감싼 손이 추위와 힘든 노동으로 거칠었다. 그녀는 담요를 끌어올리고 양손으로 얼굴을 가렸다. 플래시는 계속 터졌다. 남자는 담요를 홱 내리더니 티셔츠를 위로 들춰 그녀의 배와 브래지어를 드러냈다. 그녀가 흐느끼자 그제야 멈췄다. 그는 방 안을 서성이며 한숨을 내쉬었다.

"거의 안 먹었잖아! 자살이라도 할 셈이야 뭐야?"

"몸이 아파요. 병원에 가야 해요."

남자는 말 없는 경고의 눈으로 그녀를 바라보더니 말라붙은 음식을 미친 듯이 쓰레기봉투에 버렸다. 그러고는 더 많은 음식을 내놓았다. 소시지, 감자, 채 친 당근. 보온병 두 개와 직사각형 초콜릿 하나. 은색 초콜릿 포장지가 반짝거렸다. 벽에 비친 그림자가 초콜릿을 먹고 싶어 했다.

"당신이 영영 안 오는 줄 알았어요."

남자가 히죽거렸다.

"그래서 내가 보고 싶었어?"

그녀는 초콜릿을 집어 들고 포장지를 더듬거렸다.

"당신에게서 겨울 냄새가 나요. 밖은 추운가요?"

"너한테서 무슨 냄새가 나는지는 말하지 않겠어. 저기 양동이에 든 물이랑 비누 못 봤어? 좀 씻지 그래?"

그녀는 초콜릿을 부러뜨려 한 조각을 혀에 올렸다. 초콜릿이 눈물과 함께 녹아내렸다. 남자는 손을 뻗어 그녀의 머리카락을 쓰다듬었다.

"머리 감는 거 도와줄까?"

그녀는 양 무릎을 끌어당겼고, 그림자도 그녀를 따라 했다. 콧물이 흘렀다. 초콜릿에서 짭짤한 맛이 났다.

"내 사진은 왜 찍었죠?"

"여기 오지 않아도 널 보고 싶으니까."

"혼자 살아요? 아니면 가족이랑 함께 살아요?"

"왜? 질투 나?"

"궁금해서요."

"호기심은 위험한 거야."

남자의 손이 그녀의 머리카락에서 볼로 옮겨갔다. 그녀는 움찔하지 않으려고 안간힘을 썼다. 그의 엄지가 입술을 쓰다듬었다.

"가족이 있든 없든 내 삶에서 가장 중요한 사람은 너야."

여학생이 버스를 기다리며 정류장에 혼자 서 있었다. 머리 위로 둥글고 희미한 가로등이 켜졌고, 후드 아래로 내려온 금발이 보였다. 그가 반응한 이유는 저 금발 때문이었다. 그리고 여학생이 저기 혼자 서 있다는 사실 때문이었다.

렐레는 아무 생각 없이 좌측 차선을 가로질러 버스 정류장 앞에 차를 세웠다. 그러고는 조수석 차창을 내리고 여학생에게 오라고 손짓했다. 렐레는 여학생의 얼굴을 보고 실망했다. 리나가 아니었다. 아니라는 걸 이미 알고 있었는데도.

여학생의 이름은 메야, 새로 온 전학생이었다. 그의 수업 시간에는 창가에 앉아 주로 공책 가장자리에 나선을 그리곤 했다.

렐레는 그 애가 딴짓하도록 내버려두었다. 전학생이었고, 외로워 보였기 때문이다. 여학생이 그에게 몇 발짝 다가왔다. 후드 안에서 가늘게 뜬 눈이 반짝거렸다.

"집에 가는 길인데 태워줄까?"

여학생은 오지 않는 버스가 올 방향을 힐끗 보았다.

"제가 사는 스바르트리덴까지는 10킬로미터가 넘어요."

"상관없어. 어차피 집에서 기다리는 사람도 없으니까."

여학생은 그의 제안을 곰곰이 생각하며 머뭇거렸다. 그러더니 차를 향해 빠르게 두 걸음을 내딛고는 조수석에 올라탔다. 그녀에게서 비 냄새가 났고, 젖은 머리카락에서 후드 티로 물이 떨어졌다. 렐레는 실버 로드로 들어가 북쪽으로 향했다.

"그나저나 그 버스는 믿을 게 못 돼." 그가 말했다.

"시간표보다 항상 늦더라고요."

언덕 꼭대기에 이르자 렐레는 전조등을 켜고 잿빛 숲을 바라보았다. 숲은 곧 순백색으로 변할 것이다. 나무들은 짐을 진 노인처럼 구부정해지고, 땅과 그 아래 감춰진 것은 모두 잊히리라. 또 한 번의 겨울. 그 겨울을 어떻게 견뎌야 할지 알 수 없었다. 메야가 곁눈질로 그를 보는 게 느껴져서 렐레도 메야를 바라봤지만 그녀는 얼른 눈을 피했다.

"그래서 스바르트리덴에 산다고?"

"네."

"비르게르랑 아니타와 함께 사는 거니?"

"두 분을 아세요?"

"정확히 말해서 안다고는 할 수 없지. 넌 친척이니?"

메야는 고개를 저었다.

"그 집 아들 칼 요한이 제 남자친구예요."

"아, 그랬군."

사람들은 비르게르 브란트와 그의 가족을 무시하곤 했다. 그들을 잘 알지도 못하면서. 어쩌면 그게 이유인지도 몰랐다. 그들은 모습을 잘 드러내지 않았고, 그들이 스바르트트리덴에서 어떻게 생계를 유지하는지, 사냥을 하는지 혹은 농사를 짓는지 아무도 몰랐다. 그들이 세 아들을 학교에 보내지 않겠다고 했을 때 한바탕 난리가 났다. 그들은 옛날 사람들처럼 아이들을 집에서 가르치겠다고 했다. 그 일이 어떻게 끝났는지, 사회복지사들이 그들의 의견에 동의했는지 어쨌는지 렐레는 알지 못했다. 하지만 톨바카 고등학교에서 비르게르의 아들을 본 적은 없었다.

"담배 피우세요?" 갑자기 메야가 물었다.

"여름에만 피우지."

당연히 차에서는 담배 냄새가 진동했다. 가죽 시트에 담배 냄새가 배어 있었고, 렐레는 청소도 하지 않았다. 계기판 곳곳에 담뱃재가 두껍게 내려앉아 있었지만 렐레는 부끄럽지 않았다.

"넌 담배 피우니?"

"아뇨, 끊었어요."

"잘했구나. 담배는 백해무익이야."

"칼 요한 말로는 담배가 정부의 음모라고 했어요. 약한 사람들을 제거하기 위한 음모요."

렐레는 메야를 바라보았다.

"처음 듣는 얘기구나. 하지만 암 환자가 생기는 게 정부에게 이익이 되지는 않잖니."

메야는 한숨을 쉬었다.

"국민들이 약해지면 정부에게는 기회가 더 많아진다고 브란트 씨가 그랬어요."

"아, 그래?"

렐레는 웃음이 나는 걸 감추려고 헛기침을 했다. 이 학생을 비웃고 싶지 않았다. 3년 전 여름, 리나가 사라졌을 때 렐레는 비르게르의 농장을 뒤졌다. 비르게르와 그의 아내, 세 아들 모두 그를 도와주었다. 그에게 별채와 지하 저장실의 열쇠를 주었고, 그들의 땅을 열십자로 가로지르는 숲길을 따라 그를 안내했다.

렐레는 곁눈질로 여학생을 자세히 보았다. 여름을 지나며 생긴 주근깨와 금발이 눈에 들어왔다. 양 어깨가 한껏 올라간 그녀는 초겨울에 처음 얼어붙은 얼음 조각처럼 금방이라도 부서질 듯했다.

"스바르트리덴에서 산 지 얼마나 됐니?"

"올여름부터 살기 시작했어요."

"그 전에는 어디에서 살았지?"

"여기저기요."

“남부 지방 억양이구나.”

“태어난 곳은 스톡홀름이지만 계속 이사를 다녔어요.”

“네가 스바르트리덴에서 사는 걸 부모님은 어떻게 생각하시니?”

“제겐 엄마뿐이고, 엄마는 신경 안 쓰세요.”

렐레는 여학생이 자신의 질문을 좋아하지 않는다는 걸 느낄 수 있었다. 청바지 위에 놓인 그녀의 손가락이 초조하게 다리를 두들겨대면서 청바지 솔기를 쑤셨다. 그는 리나와 이야기를 나누기가 얼마나 힘들었는지 생각했다. 리나가 나이를 먹을수록 그런 현상은 더욱 심해졌다. 그들 사이에 세월이 끼어들어서 둘을 이방인으로 만들어버린 듯했다. 그가 무슨 말을 할 때마다 리나는 얼굴을 찡그리고 어이없다는 표정으로 눈을 치떴다. 당시에는 리나의 그런 태도에 화가 났지만 지금은 그것마저 그리웠다.

목적지에 가까워지자 메야가 팔을 들어 가리켰다. 어둠 너머로 가문비나무 사이에 걸린 나무 팻말이 보였다.

“진입로 앞에 내려주시면 돼요.”

“현관까지 데려다주마.”

메야는 그 제안이 불편하다는 듯 몸을 꿈틀댔지만 렐레는 개의치 않았다.

어린 여자애가 왜 이렇게 적막한 곳으로 기꺼이 들어왔을까? 10대들에게는 사랑만으로 충분한 걸까? 렐레는 궁금했다. 스바르트리덴에는 울창한 숲과 슬프고 작은 호수만 있을 뿐이었다.

대문 앞에 도착하자 메야가 차에서 내려 문에 달린 잠금장치에 비밀번호를 입력했다.

"비르게르 브란트의 아들이 엄청나게 매력적인 모양이네." 메야가 없는 사이에 렐레는 큰 소리로 혼잣말했다.

대문 뒤로 양쪽에 검은 숲을 거느린 커다란 농가가 있었다. 불 켜진 창문이 어둠 속에서 활활 타오르는 듯했다. 메야는 조수석 끝에 걸터앉아 머리를 매만졌다. 뒤로 모아 하나로 묶다가 도로 풀고 처음부터 다시 했다. 그걸 보며 렐레는 초조해졌다.

그들이 농가에 가까이 가자 현관 앞 계단에 서 있는 비르게르가 보였다. 그는 한 손을 들어올리더니 재빨리 계단을 내려왔다. 메야가 차에서 내리자 그는 마치 메야가 집에서 키우는 강아지라도 된다는 듯이 토닥였다. 빠르게, 하지만 애정 어린 손길로.

"이게 누구야. 레나르트 구스타프손 아닌가. 오랜만이오!" 비르게르가 조수석 창문으로 몸을 숙이며 말했다. "커피라도 마시고 가겠소?"

벽에 드리운 그림자가 춤을 추면서 젓가락 같은 팔다리를 흔들고 머리를 돌렸다. 젖은 머리카락에서 물방울이 튀었다. 그녀의 코에 익숙지 않은 비누 냄새였다. 냄새 때문에 콧구멍이 아팠지만 씻고 초콜릿을 먹으니 기운이 났다. 테이블을 연속으로 여덟 번이나 들어올려 돌릴 수 있을 정도로. 그녀는 벽에 손을 대고 그림자와 하이파이브를 했다. 오랜만에 강해진 기분이 들었다.

남자가 왔을 때 음식은 사라지고 없었다. 대부분을 양동이에 버렸지만 남자는 그걸 아는지 모르는지 아무 말도 하지 않았다. 남자는 밖으로 나가서 양동이를 비우고 이내 다시 돌아와 방 안을 가을 공기와 자신의 숨으로 가득 채웠다. 발라클라바를 쓴 얼굴에서 눈동자가 빛났다.

"드디어 씻었군!"

그녀는 그림자와 등을 마주하고 앉았다. 어깨에 닿는 벽이 거칠었다. 이제 자신이 깨끗해졌으니 남자가 무슨 짓을 할지 두려웠다. 그녀는 방을 가로지르는 남자를 바라보고, 배낭에서 새로운 음식을 꺼내는 남자의 손을 지켜봤다. 두툼하게 자른 블랙푸딩과 월귤잼이 나왔다. 테이블이 마치 그를 피해 몸을 사리듯 삐걱거렸다.

"카메라를 안 가져온 게 아쉽네. 이렇게 예뻐졌는데 말이야."

남자가 그녀 옆에 앉자 침대가 그녀 대신 반항했다. 그녀는 몸이 얼어붙어 아무 말도 하지 못했다. 들리는 것이라고는 자신의 거친 숨소리뿐이었다. 남자는 그녀의 머리카락을 쓰다듬더니 목을 쓸어내렸다.

"왜 오늘은 예뻐져야겠다고 생각한 거지?"

그녀는 가슴이 들썩여서 대답하기가 힘들었다.

"내가 음식을 먹고 깨끗이 씻으면 당신이 내 부탁을 들어줄 거라고 생각했어요. 날 잠시 밖으로 데리고 나가서 신선한 공기를 마시게 해줄 거라고요."

남자의 손가락이 안달 난 듯이 그녀의 목을 죄었다. 남자는 그녀의 얼굴을 들어올렸다.

"키스해주면 생각해보지."

남자가 입술을 대자 그녀의 얼굴에 축축한 발라클라바가 닿았다. 그녀는 입술을 오므리며 고개를 돌렸다. 남자가 그녀의 옷을 찢기 시작하자 그녀는 반항하는 그림자를 지켜보았다. 가늘고 기다란 팔이 남자를 때리고 할퀴자 마침내 남자도 그녀를 때렸다. 남자가 그녀를 침대에 눕히자 따뜻한 피가 이마에서 입으로 흘러내렸다.

남자가 자신이 원하는 짓을 하는 동안 그녀는 벽으로 떠올라 그림자와 하나가 되었다. 어찌나 이를 악물었는지 이가 아팠다.

일이 끝나자 남자는 청바지를 입고 자신의 티셔츠로 피가 흐르는 그녀의 눈썹을 지혈했다. 손바닥으로 피가 나는 자리를 세게 눌렀다. 그녀는 남자의 냄새를 맡지 않으려고 입으로만 숨을 쉬었다. 발라클라바의 정수리 부분이 위로 올라간 걸 보자 벗겨버리고 싶은 충동이 일었지만 꾹 참았다. 남자의 손길에서 그의 분노가 후회로 변했다는 걸 알 수 있었다. 그녀는 이 기회를 이용하기로 했다.

"왜 복면을 벗지 않죠?"

"복면은 벗지 않을 거라고 이미 말했잖아."

"하지만 난 당신 얼굴이 보고 싶어요."

남자는 그녀를 놓아주며 피 묻은 티셔츠를 구겼다.

"언젠가 난 복면을 벗을 거고, 우린 손을 잡고 함께 여기서 걸어 나갈 거야. 하지만 당신은 아직 준비되지 않았어."

혈액이 그녀의 고막을 두드려댔다. 그녀는 갑자기 열정적으로 남자에게 몸을 내밀었다. "난 준비됐어요."

남자는 그녀를 침대에 남겨두고 일어났다. 문이 활짝 열리자 그림자는 문을 향해 손을 뻗었다. 마치 남자가 나갈 때 자기도 몰래 빠져나가겠다는 듯이. 하지만 문은 쾅 닫혔고, 둘 다 방에 남겨졌다. 빙글빙글 돌아가는 먼지, 입안에 감도는 피 맛과 함께.

그들은 렐레를 기억했다, 당연히. 비르게르의 부인 아니타는 커피를 내왔고, 고개를 살짝 숙인 채 렐레를 바라보았다. 그녀는 안절부절못하는 듯했다. 테이블을 차리는 그녀의 튼 손이 떨렸다. 그러더니 식탁에 앉지도 않고 난로 옆에 구부정하게 서 있었다. 집에만 틀어박혀 사람을 안 만나면 저렇게 된다고 렐레는 생각했다.

비르게르는 지난번에 만났을 때보다 나이 들어 보였다. 이마에는 주름이 잡혔고, 눈언저리가 푹 꺼져 있었다. 그는 걱정스런 표정으로 렐레를 보았다.

"딸 소식은 없소?"

렐레는 고개를 젓고 외등 하나만 밝혀진 진입로를 내다보았다. 바람이 더욱 거세졌다. 나무와 그림자가 마구 뒤섞여 초점을 맞추기가 힘들었다.

"새로운 소식은 없습니다." 렐레가 말했다.

"경찰은? 아예 손을 놓고 있는 거요?"

"그렇죠." 렐레가 말했다.

고개를 끄덕이는 비르게르의 얼굴이 떨렸다.

"무능력한 머저리들, 그게 경찰이지. 해결하고 싶은 게 있으면 직접 하는 수밖에."

"전 포기하지 않았습니다. 노를란드 전체를 이 잡듯이 뒤질 겁니다."

"좋은 생각이오. 그래야 딸을 찾을 수 있을 거요." 비르게르가 말했다.

렐레는 테이블을 내려다보며 눈을 깜빡거렸다. 마침내 눈이 다시 맑아지며 식탁의 움푹 파인 자국과 아니타가 가져다준 케이크의 설탕 입자가 보였다. 어디선가 계속 울음소리가 들렸지만 렐레는 무시하는 법을 터득한 터였다.

"메야를 집까지 데려다줘서 고맙소. 메야가 오지 않아서 걱정하고 있었어." 비르게르가 말했다.

"그러셨어요?" 메야가 말했다.

"그럼, 당연하지."

렐레는 고개를 들고 비르게르를 바라보다가 아니타에게로 시선을 옮겼다.

"아리에플로그에서 실종된 여학생 소식을 들으셨나 보군요."

"물론이오. 경찰은 그 사건에서도 별 도움을 못 주는 것 같던데." 비르게르가 말했다.

"네. 별다른 진전이 없습니다." 렐레가 말했다.

아니타가 오븐 위로 허리를 숙이고 문을 열자 연기가 쏟아져 나왔다. 트레이에 놓인 빵들은 윗부분이 시커멓게 그을려 있었다. 아니타는 행주를 휘둘러 연기를 쫓았고, 렐레는 그녀의 겨드랑이가 땀으로 얼룩진 걸 보았다.

"그럴 거요." 비르게르가 창문을 열며 말했다. "현명한 사람이라면 스스로 해결해야 해. 경찰은 서투른 머저리들의 집합체에 불과하니까."

렐레는 입술을 오므렸다. 커피가 엄청나게 썼다.

"그건 너무 심한데요." 렐레가 말했다.

비르게르가 대답하려는 찰나, 현관문이 열리더니 세 청년이 차가운 바람을 달고 집 안으로 들어와 젖은 흙이 묻은 부츠로 바닥에 발자국을 찍었다. 그들은 렐레를 보더니 동작을 멈췄다.

"내 아들들이오!" 비르게르가 그들에게 오라고 손짓하며 말했다. "거기 멍청하게 서 있지 말고 와서 앉아라!"

그들은 하얀 피부에 볼은 빨갛고, 몸은 말랐으며, 손톱 밑에 때가 껴 있었다. 비르게르는 한 명씩 소개했다. 맏아들 예란은 붉은색이 도는 금발이었고, 얼굴이 여드름 흉터로 뒤덮여 있었는데 말수가 많지 않은 듯했다. 둘째 페르는 수염을 길렀고, 자꾸 긁어대느라 볼이 빨갛게 상기돼 있었다. 악수를 하는 그의 손이 차갑고 단단했다. 키가 크고 마른 막내 칼 요한은 얼른 메야 옆에 앉았다. 비르게르의 축 늘어진 볼이 자부심으로 빛났다.

"내가 다른 건 몰라도 인생에서 세 가지는 성공했소. 이젠 손주만 기다리고 있다오."

"이게 무슨 냄새예요? 집에 불이라도 지르려고 한 거예요?" 페르가 말했다.

"빵을 다 태워버렸어." 아니타가 말했다. 렐레가 온 후로 처음 하는 말이었다.

우두커니 서 있는 아니타는 아들들보다 머리 하나는 작아서 상대적으로 아담해 보였다. 렐레는 청년들의 에너지와 그들의 친밀감을 느낄 수 있었고, 급격히 피곤해졌다. 피로가 멍에처럼 그의 어깨에 걸쳐졌다. 렐레는 커피잔이 달그락거릴 정도로 벌떡 일어나며 말했다.

"커피 잘 마셨습니다. 눈이 침침해지기 전에 가봐야겠네요."

무거운 정적이 흐르더니 마침내 아니타가 입을 열었다.

"네, 그러셔야죠. 맙소사, 벌써 어두워졌네요."

메야는 태워다줘서 고맙다고 인사했다. 현관으로 걸어가며 렐레는 목덜미에 꽂히는 그들의 시선을 느꼈다. 비르게르가 차 있는 곳까지 배웅을 나왔고, 마치 오랜 친구라도 되는 양 렐레의 어깨에 한 팔을 둘렀다.

"사냥팀에서 탈퇴했다고 들었소."

"쫓겨난 거죠."

렐레는 운전대 앞에 앉았다. 가랑비가 차창에 타다닥 떨어졌고, 운전석 옆에 서 있는 비르게르의 안경에 김이 서렸다.

"사냥하고 싶으면 언제든 나와 우리 아들들에게 합류하시오."

"고맙습니다만 전 이제 무스 사냥은 안 하려고요. 더 큰 사냥감을 쫓고 있거든요."

비르게르가 입을 굳게 다문 채 미소 지었다.

"알겠소. 우리도 기꺼이 당신을 돕고 싶으니 언제든 말만 하시오. 우리에게는 좋은 장비가 있고, 우리 아이들은 쉽게 포기하지 않는다오."

"고맙습니다. 생각해보죠."

비르게르는 차를 툭툭 쳤다.

"그럼 잘 가시오."

"어르신도 건강하십시오."

렐레는 진입로로 들어가 조심스럽게 커브를 틀고 손을 흔들었다. 전조등을 환히 켠 채로 최대한 빠르게 가문비나무 사이를 달렸다. 아까 마신 커피 때문에 아직도 목구멍이 타는 듯했다.

계속 숨죽이고 운전하다가 대문 앞에 도착해서야 안도의 한숨을 내쉬었다. 그러고는 공회전하는 엔진의 소음 속에서 농가를 돌아봤다. 불이 밝혀진 창문 뒤로 움직이는 형체가 보였다. 영원처럼 느껴지는 시간이 흐른 뒤에야 덜컹거리면서 대문이 열렸다.

"왜 선생님이 널 집까지 태워다준 거야?" 칼 요한이 물었다.

"버스 정류장에 서 있으니까 선생님이 태워주겠다고 했어."

"그래서 넌 그냥 좋다고 차에 탄 거야?"

"그럼 어떻게 했어야 하는데?"

"그 선생, 좀 구린 데가 있어. 그냥 버스를 탔어야지."

메야는 칼 요한을 힐끗 보았다. "질투하는 거야?"

칼 요한이 웃자 그의 따뜻한 숨결이 메야의 목에 닿았다.

"그런 늙은이를 질투할 리가 없잖아!"

메야는 그의 품에서 빠져나와 이불을 젖히고 침대에서 내려왔다. 다리 사이로 뜨뜻하고도 찐득한 액체가 흘러내렸다. 메야는 불현듯 혼자 자던 때가 그리워졌다. 침대에 혼자 누워 있던 때가.

"불쌍한 사람이야. 너무 외로워 보여. 완전히 버림받은 사람처럼."

칼 요한이 메야에게 팔을 뻗었다. "버림받은 기분을 느끼는 건 그 선생만이 아냐."

메야는 욕실로 들어가 소변을 봤다. 휴지로 소변과 끈끈한 액체를 닦아내려 했지만 소용없었다. 결국 포기하고 샤워기를 틀었다. 옷을 벗고 차가운 물줄기 속으로 들어갔다. 이내 샤워 커튼 너머로 칼 요한의 그림자가 보였다. 그가 변기 커버를 올리고 요란하게 소변을 보는 소리가 들렸다. 문을 잠갔어야 했다. 칼 요한은 다른 사람의 공간을 존중해야 한다는 개념이 전혀 없는 듯했다.

한참이 지난 후에야 물이 따뜻해졌다. 메야는 미동도 하지 않고 서서 물이 몸을 타고 흘러내리게 했다. 지금이 아침이고, 그래서 학교에 갈 수 있다면 좋겠다는 생각이 들었다. 물줄기가 떨어지는 소리를 뚫고 칼 요한이 이를 닦는 소리가 들렸다. 메야는 그를 보지 않으려고 눈을 감았지만 그때 샤워 커튼이 젖혀지더니 칼 요한이 안으로 들어와서 메야를 밀치고 물줄기를 차지했다. 수증기 속에서 그의 눈동자가 빛났다.

"그 남자 멀리해."

"우리 학교 선생님이야."

"그렇다고 해서 꼭 그 남자 차를 탈 필요는 없잖아."

"선생님은 친절을 베풀었을 뿐이야. 선생님 딸이 버스를 기다리다가 실종된 걸 생각하면 그다지 이상한 일도 아니라고."

"그래도 조심해. 그리고 부모님은 다른 사람이 스바르트리덴에 오는 걸 좋아하지 않아."

"나한테 그런 말 안 했잖아."

메야는 샤워 커튼을 젖히고 밖으로 나가서 고리에 걸려 있는 수건을 집어 들었다. 물이 사방으로 떨어졌지만 무시한 채 얼른 수건으로 몸을 감쌌다. 칼 요한이 뭐라고 외치는데 물줄기 떨어지는 소리가 그 말을 지워버렸다. 메야는 창가로 걸어가 창문의 좁은 틈에 젖은 머리를 기대고 숨을 깊이 들이쉬었다.

창밖으로 저 아래서 걸어가고 있는 아니타가 보였다. 메야는 지친 어깨를 하고 움츠러든 형체를 실눈으로 바라보았다. 아니타의 짧은 다리는 자갈길을 바삐 걸었고, 무언가를 몸에 바짝 붙여 들고 있었다. 마치 떨어뜨릴까 두렵다는 듯이. 검은 고양이 한 마리가 그림자처럼 아니타를 따라가더니 그녀의 다리 사이로 들어갔다. 아니타는 발로 고양이를 찼고, 고양이는 화단으로 떨어졌다. 잠시 뒤 아니타가 고개를 들었고, 메야와 눈이 마주쳤다. 황혼 속에서 메야에게 손을 들어올리는 아니타의 얼굴은 밀가루 반죽 같았고, 뺨은 축 처져 있었다. 메야도 손을 흔들어 답하고 그대로 서서 손끝을 유리에 댔다. 왜 아니타는 고양이를 발로 찼을까? 아니타는 누구에게 화가 난 걸까?

빛은 줄어들고 날은 짧아졌다. 그렇기는 해도 시간은 외롭고

영겁처럼 느껴졌다. 렐레는 아침마다 속이 울렁거려서 커피를 아주 조금씩 마셔야 했다. 토하지 않으려고 조심하면서. 그러고는 억지로 SNS를 검색했다. 그래봐야 속만 더 울렁거리는데도. 리나의 페이스북에 아네테가 초음파 사진과 함께 올린 글이 있었다. **어서 집에 돌아와, 리나. 네게 곧 동생이 생길 거야.** 사진에는 232개의 '좋아요'와 100개가 넘는 댓글이 달렸는데 다들 기뻐하며 파스텔 색깔 하트를 달았다. 렐레는 이 사이로 커피를 빨아들이며 얼굴을 찡그렸다.

학교에서는 늘 그렇듯이 멍한 상태로 돌아다녔고, 수업 시간에는 자신이 무슨 말을 하는지도 모르면서 설명을 했다. 학생들의 얼굴은 A4 용지처럼 텅 빈 채 아무것도 적혀 있지 않았다. 교무실에서는 날씨와 곧 다가올 주말에 대해 이야기하며 뻔한 잡담만 나눴다. 그러고는 기계적으로 커피를 마시고 바나나를 먹었다. 아네테와 날이 갈수록 부풀어 오르는 그녀의 배는 가능한 한 보지 않았다. 이젠 아무도 리나에 대해 묻지 않았다. 그 사실을 생각하지 않으려다가도 어쩌다 생각이 나면 화가 치밀었다. 그에게 몸이 어떠냐고 묻는 사람은 양호 선생뿐이었는데 그것조차 렐레를 짜증나게 했다. 그녀가 정말로 궁금한 것은 따로 있었을 테니 말이다. 그녀는 머리를 한쪽으로 기울인 채 차가운 손가락으로 렐레의 이마를 짚어보는 걸 즐기는 듯했다. 가끔씩 교무실에 있는 그녀를 발견하면 렐레는 문 옆 코트 거는 곳에서 방향을 돌렸다.

형광등이 켜진 벽돌 건물 바깥세상은 늘 어둠침침했다. 아침에도 어두웠다가 낮에 잠깐 환해지고 오후가 되면 다시 어두워졌다. 렐레는 점심시간에 가끔씩 밖으로 나가 웅덩이와 담배꽁초, 씹다 버린 끈끈한 껌딱지, 바스락거리는 낙엽 사이를 거닐었다. 구름은 잔뜩 부풀었지만 아직 눈이 내릴 정도로 춥지는 않았다. 그가 어릴 때와는 달랐다. 그때는 10월이면 이미 눈이 잔뜩 쌓였다. 렐레는 요즘 겨울은 진짜 겨울이 아니라는 사실을 리나에게 설명하려고 했다. 요즘은 그저 3, 4주 동안 매섭게 최저 기록을 경신할 정도의 추위가 와서 사람들의 혼을 빼놓을 뿐이다. 전에는 그렇게 추운 게 정상이었고, 아무도 불평할 생각조차 못했다. 리나는 겨울을 좋아했다. 특히 얼음낚시와 스노모빌 타는 걸 좋아했다. 두 부녀가 마지막으로 얼음낚시를 갔을 때 둘 다 보온병에 커피를 담아 갔다. 리나도 핫초콜릿을 마실 나이는 지났으니까. 그때가 아득히 먼 옛날처럼 느껴졌다.

렐레가 유일하게 관심이 가는 사람은 메야였다. 창백한 얼굴로 몸을 웅크린 채 앉아 있는 그 애는 너무 외로워 보였다. 그리고 늘 춥다는 듯이 교실에서도 재킷을 입고 있었다. 친구도 잘 못 사귀는 듯했다. 렐레는 그 애에게 다가가 기분이 어떤지, 기분이 정말로 어떤지 물어봐야 한다는 의무감을 느꼈다.

마침 집에 가는 길에 기회가 왔다. 메야는 주차장 옆, 다 썩은 나무 벤치에 앉아 있었다. 발은 낙엽 더미 속에 묻고, 양손은 주머니에 깊이 찔러 넣은 채. 입김이 추운 공기 속에 하얗게 피어올랐다. 겉옷도 없이 검은색 후드 티만 입고 있었다. 모자도, 장갑도 없었다. 렐레는 자기도 모르게 메야에게 다가갔다. 낙엽이 바스락거리는 소리에 메야가 눈을 들고 그를 똑바로 바라보았다. 마치 숨어 있다가 발각된 사람처럼 두려움이 가득한 눈빛이었다. 렐레는 억지로 미소를 지었다.

"여기 있었구나."

멍청한 말이었다. 메야가 어이없다는 표정으로 눈을 치뜰 것만 같았다. 가까이 다가가서 보니 메야는 리나를 전혀 닮지 않았다. 그런데도 렐레는 가슴이 두근거렸고 숨을 쉬기가 힘들었다.

"잠시 여기 앉아도 될까?"

메야는 어깨를 으쓱이더니 옆으로 이동해서 그가 앉을 공간을 만들어주었다. 곰팡이 핀 벤치는 축축했고, 렐레가 앉으니 청바지 속으로 물이 스며들었다.

"학교생활은 어떠니?"

"괜찮아요."

"친구는 사귀었고?"

메야는 얼굴을 찡그렸다. 질문이 마음에 안 드는 게 분명했다. 렐레는 더 나은 질문을 찾아 머릿속을 뒤졌다. 어둠 속을 손으로 더듬거리는 듯한 이 기분이 너무도 익숙했다.

"그때 엄마가 있다고 했는데 엄마는 어디 사시지?"

"여기요. 글리메르스트레스크에 살아요. 토르비요른 아저씨랑 함께."

"토르비요른 포르스?"

메야는 고개를 끄덕였다.

"놀랍구나."

렐레는 하얀 입김으로 그들 사이의 공백을 메우며 말을 삼가려고 애썼다. 그러니까 하산의 말대로였다. 평생 혼자 살았던 토르비요른에게 여자가 생긴 것이다. 이게 기적이 아니고 무엇이랴.

"왜 스바르트리덴에 사는 거지? 엄마랑 토르비요른과 함께 살아야 하지 않아?"

"전 엄마랑 사이가 안 좋아요. 칼 요한과 함께 사는 게 나아요."

"토르비요른은? 토르비요른하고는 사이가 좋니?"

메야는 다시 어깨를 으쓱였다. "아저씨는 좀 이상하긴 하지만 늘 제게 친절했어요. 제가 집을 나온 건 아저씨 때문이 아니에요. 그냥 나올 때가 된 거죠."

렐레는 이해한다는 듯이 고개를 끄덕이며 메야가 좀 더 말해 주기를 바랐다.

메야는 고개를 돌려 렐레를 바라보았다. 마치 그가 무섭다는 듯이 눈을 크게 뜨고. "따님이 실종됐다는 게 사실이에요?"

이제는 그가 경계해야 할 차례였다.

"맞아."

"선생님은 계속 딸을 찾고 있고요?"

"난 언제나 그 애를 찾을 거다."

렐레는 주머니에서 지갑을 꺼낸 다음, 한쪽 귀퉁이가 접힌 리나의 사진을 꺼내 메야에게 건넸다. 메야의 손톱에 발린 분홍색 매니큐어는 칠이 벗겨져 있었고, 손가락은 추워서 새하얗게 질려 있었다. 메야는 리나의 사진을 오랫동안 들여다보았다.

"이번에 실종된 여학생과 비슷하게 생겼네요. 포스터 속 여학생요." 한참 후에 메야가 말했다.

렐레는 천천히 고개를 끄덕였다. 메야가 차가운 손으로 사진을 건네주자 렐레는 리나가 어렸을 때처럼 그 애의 손을 잡아 녹여주고 싶은 충동을 느꼈지만 참았다. 지갑은 무릎에 그대로 놓아두었다.

"스바르트리덴에 살면 친구를 사귀기가 힘들 거다. 거긴 너무 외졌어."

메야는 그에게서 고개를 돌리더니 발끝으로 낙엽을 찼다.

"친구를 사귀는 건 늘 힘들었으니 새삼스러울 것도 없어요. 이제 제겐 칼 요한과 그의 가족들이 있고, 그걸로 충분해요. 브란트 씨 부부는 절 정말로 가족처럼 대해주거든요."

"잘됐구나. 하지만 만약의 경우에는 나도 널 도울 수 있다는 걸 알아둬라. 새로운 학교에 적응하기가 쉽지 않을 거야. 특히 사람들이 서로 다 알고 지내는 이렇게 작은 마을에서는."

메야는 곁눈질로 그를 힐끗 보았고, 튼 입술이 벌어졌다.

"고맙습니다. 하지만 익숙해졌어요."

메야는 자리에서 일어나 젖은 청바지 위로 손바닥을 비벼댔다. 렐레는 메야의 작은 몸이 부르르 떨리는 걸 볼 수 있었다.

"그만 버스 타러 가야겠어요."

정류장으로 걸어가는 메야의 두 무릎이 서로 부딪쳤다. 걷는 동안 누가 부축이라도 해줘야 할 것처럼. 메야는 너무 말라서 보기 안쓰러울 정도였다. 렐레는 메야가 스바르트리덴에 머무는 동안 적어도 잘 먹기를 바랐다. 메야는 버스 정류장에 서서 자신의 몸을 감싼 채 장갑도 끼지 않은 손으로 팔을 문질러 열을 냈다. 축축한 벤치에 앉아 있는 렐레도 춥기는 마찬가지였지만 버스가 와서 메야가 타는 걸 볼 때까지 계속 앉아 있었다.

그녀는 옆에 서서 내려다보는 남자의 시선을 느끼고 잠에서 깼다. 남자 뒤로 줄에 매달린 전구가 흔들리는 탓에 방 전체가 흔들리는 듯했다. 남자의 숨결은 사포처럼 껄끄러웠다. 그녀는 팔꿈치로 몸을 일으켰다. 남자가 내민 물건이 그들 사이에서 반짝거렸다. 남자의 손에 매달린 물건은 천천히, 천천히 수갑의 형태를 갖춰갔고, 남자의 다른 손에는 짙은 색 스카프가 들려 있었다.

"뭐예요?"

"이걸 너한테 채울 거야."

남자는 그녀의 양손을 등 뒤로 돌려 손목이 아플 정도로 수갑을 딱 맞게 채웠다. 그러더니 스카프로 눈을 가렸다. 정말로 앞이 안 보이는지 확인하려고 남자가 그녀의 뺨을 때리는 시늉을 하자 볼에 바람이 느껴졌다. 그녀는 즉시 패닉 상태에 빠졌다. 입에서 비릿한 맛이 감돌고, 오한이 등을 타고 내려와서 몸이 떨렸다. 남자가 새로운 종류의 불쾌한 게임으로 자신을 덮치려는 건 아닌지 두려웠다. 남자는 그녀의 두려움을 감지하고 짜증을 냈다.

"왜 몸을 떠는 거야?"

"모르겠어요."

"날 무서워할 필요가 없다고 내가 누누이 말했잖아."

남자는 숨이 그녀의 볼에 닿을 정도로 가까이 있었다. 그녀는 이를 악물고 떨리는 몸을 진정하려 했다. 남자는 그녀에게 몸을 바짝 대더니 그녀를 따뜻하게 해주려는 듯이 양손으로 그녀의 팔을 비볐다. 그런데도 몸을 계속 떨자 남자는 그녀의 허리를 꽉 잡고 방을 가로질러 끌고 갔다.

"어딜 가는 거예요?"

놀랍게도 문이 열리는 소리가 나면서 머리 위쪽 어딘가에서 차가운 바람이 불어왔다. 남자의 손이 그녀를 자기 앞으로 밀었다. 오랜만에 계단을 오르니 익숙하지 않았고, 손이 뒤로 묶여 있어 방향을 잡기가 한층 힘들었다. 계단을 다 오르자 산에라도 오른 듯 숨이 거칠어졌다. 남자가 또 다른 문을 여는 소리가 나더니 차가운 공기가 파도처럼 그녀를 덮쳤다. 남자의 손가락이 그녀의 팔을 파고든 채 둘은 문지방을 넘었다. 갑자기 모든 것이 경이롭게 살아 있었다. 발아래 부서지는 낙엽 소리, 우듬지를 가르는 바람 소리가 들렸다. 숲과 썩은 낙엽, 다가오는 겨울의 냄새가 진동했다.

그들은 잠시 걸었다. 그녀는 가슴 깊이 신선한 공기를 들이마셨다. 그러자 기운이 났다. 스카프 틈 사이로 발아래 울퉁불퉁한 땅과 밤의 어둠을 볼 수 있었다. 머릿속에서 여러 생각이 스쳤다. 지금이 기회다. 남자를 밀어내고 도망쳐야 한다. 비명을 지르고 싸워야 한다. 하지만 남자의 손은 수갑처럼 가차 없이 그녀를 조였다. 그녀에게는 기회가 없었다. 아직은.

그러자 새로운 공포가 밀려왔다. 남자는 그녀를 죽이려는 것이다. 다 끝났다. 어쩌면 그녀에게 싫증이 났는지도 모른다. 어쩌면 더는 그녀를 살려둘 수 없는지도 모른다. 어쩌면 모든 게 실수였고, 유일한 해결책은 그녀를 영원히 제거하는 것인지도 모른다.

그녀는 걸음을 멈췄다. 차가운 공기가 살을 파고들었지만 남자의 몸에서는 여전히 열기가 뿜어져 나왔다. 마치 추위 따위는 자신에게 아무런 영향도 미치지 못한다는 듯이.

"어딜 가는 거예요?" 그녀가 속삭였다.

"신선한 공기를 마시고 싶다고 졸라댔잖아. 그래서 밖으로 나왔어. 그러니까 이 기회를 최대한 이용하라고."

그녀는 숨을 깊이 들이쉬며 자신이 몸을 떤다는 사실을 감추려고 했다. 그리하여 미동도 하지 않은 채 서서 귀를 기울였다. 하지만 소나무 속에서 한숨을 쉬는 바람 소리만 들릴 뿐이었다. 여기서 소리치면 듣는 사람이 있을까? 그녀는 궁금했다. 비명이 가슴속에서 형태를 갖춰갔지만 감히 그걸 내보낼 용기가 나지 않았다. 남자가 이렇게 가까이 서 있는 상황에서는. 그녀의 몸이 경직되는 걸 느꼈는지 갑자기 남자가 그녀를 잡아당기며 방향을 틀었다.

"좋아, 이 정도면 됐어. 몸이 점점 차가워지고 있어."

"조금만 더 있어요."

"감기라도 걸리면 어쩌려고."

남자가 그녀를 다시 작은 방으로 데려가는 동안 실망감이 검은 물질처럼 그녀 안에서 부풀어 올랐다. 남자가 수갑을 풀었을 때는 그녀의 손목에 새빨간 자국이 나 있었다. 그녀는 침대에 주저앉았고, 남자는 그녀의 몸에 담요를 둘러주었다. 후회가 그녀의 머리를 사정없이 내려쳤다. 달아났어야 했다. 비명을 질렀어야 했다.

그런데 그녀는 이 시궁창에 다시 돌아왔다. 정말로 시궁창 냄새가 났다. 자유를 맛보고 돌아오니 이제야 그 냄새를 맡을 수 있었다. 이 방에서는 썩은 내가 났다. 무덤 속처럼.

"이제 내가 널 위해 아무것도 안 해줬다는 말은 못 할 거야. 내가 하는 모든 일이 다 널 위한 거야." 남자가 말했다.

충동. 리나가 사라진 후로 그를 통제하는 것은 충동이었다. 렐레는 이런저런 일들을 했고, 그의 몸은 그를 새로운 곳으로 데려갔으며, 뇌는 그걸 따라잡지 못했다. 경고도 없었다.

축축한 벤치에 앉아 메야와 대화를 나눈 뒤, 렐레는 자신도 모르게 마을을 가로질러 감멜베겐으로 가고 있었다. 호수 남쪽 가장자리로 이어지는 길은 토르비요른 포르스의 집이 있는 갈림길에서 끝났다. 소나무 사이로 다 허물어져 가는 그의 집을 보고서야 렐레는 자신의 목적지가 그곳임을 깨달았다. 잡초가 우거진 배수로 옆에 차를 세우고 한동안 차에 앉아 있었다. 그와 토르비요른은 그저 아는 사이일 뿐 그 이상의 친분은 전혀 없었다. 각자 숲속 자기 영역에서 사는 두 마리 외로운 늑대였다.

렐레는 토르비요른에게 여자가 생겼다는 사실을 받아들이기 힘들었다. 토르비요른은 부모님이 돌아가신 뒤로 줄곧 혼자 살았고, 진짜 여자와 관계를 맺는 대신 포르노를 수집했다. 오랫동안 그의 취미를 두고 여러 소문이 돌았다. 집은 허물어져 가는데 그가 인터넷으로 만난 여자들에게 돈을 보낸다는 말도 있었고, 호숫가에서 수영하는 여자들을 지켜본다는 말도 있었다. 렐레는 그가 숲에서 일하고, 학생 때부터 술을 좋아했다는 걸 알고 있었다. 하지만 여자를 사귄 적은 없었다.

토르비요른은 리나가 실종된 날 아침에 리나가 타려고 했던 버스를 탔다. 렐레는 그가 콧수염을 잡아당기며 정류장에 서 있는 모습을 쉽게 상상할 수 있었다.

내가 도착했을 때 리나는 정류장에 없었습니다. 버스 정류장에는 저 혼자였어요. 버스 기사에게 물어보세요. 우린 리나를 본 적이 없습니다.

경찰은 그의 증언을 믿을 만하다고 판단했지만 렐레는 누구의 말도 믿을 수 없었다.

한쪽으로 기운 집은 확실히 허물어질 듯했고, 창틀에 잡초가 자라고 있었다. 현관문이 반쯤 열려 있었다. 뼈만 남은 개가 베란다로 올라가는 계단 맨 위에 누워서 기지개를 켰다. 개는 꼬리를 두어 번 흔들어 보였지만 움직이려는 낌새는 없었다. 렐레는 현관문을 크게 두드렸다.

"실례합니다! 계십니까?"

잠시 뒤 침침한 집 안에서 형체가 나타났다. 빛바랜 가운을 걸치고 가운과 같은 색 슬리퍼를 신은 여자였다. 머리카락은 사자 갈기처럼 부풀었고, 볼은 화장이 검게 얼룩져 있었다. 여자는 눈꺼풀이 무겁다는 듯이 눈을 천천히 깜빡이며 렐레를 바라보았다.

"누구시죠?"

"전 레나르트 구스타프손이라고 합니다."

손을 내밀려던 렐레는 여자의 손에 들린 붓과 팔레트를 보았다. 물감이 바닥에 뚝뚝 떨어졌다.

"우리가 만난 적이 있던가요?"

집 안에서 쓰레기와 담배 연기의 악취가 풍겼다.

"아닐 겁니다. 당신이 실리에겠군요. 전 톨바카 고등학교에서 따님을 가르치고 있습니다."

실리에가 그를 바라보았다. "메야에게 무슨 일이 생겼나요?"

"아뇨, 아뇨, 아무 일도 없습니다."

"메야는 이제 여기 살지 않아요. 이사 갔어요."

"압니다. 그래서 찾아온 겁니다."

실리에는 물감이 떨어지는 붓으로 들어오라고 손짓했다.

"들어오세요. 신발 벗을 필요 없어요."

렐레는 현관으로 들어가서 바닥에 널브러진 신발과 옷, 쓰레기를 피해서 걸어갔다. 실리에가 그를 거실로 안내하는 동안 렐레는 입으로만 숨을 쉬었다. 거실 창가에 이젤이 세워져 있었고, 그 옆에는 레드 와인 얼룩이 있는 낡은 소파가 있었다. 낮은 테이블에는 빈 잔과 재떨이, 더러운 접시가 어질러져 있었다. 비가 내리고 추운 날씨인데도 창문이 열려 있었지만 솔방울 냄새도 집 안에서 나는 악취를 감출 수 없었다. 실리에가 가운을 여미지 않은 터라 렐레는 그녀가 거의 알몸이라는 걸 알 수 있었다. 벌어진 가운 사이로 그녀의 가슴과 레이스 팬티를 힐끗 보았다가 민망해서 더러운 바닥을 내려다보았다.

"한잔하실래요?" 잔으로 와인병을 쨍그랑 치면서 실리에가 물었다.

"아뇨, 괜찮습니다. 운전을 해야 해서요."

렐레는 그녀가 와인을 두 모금 마시고 라이터를 켜는 모습을 지켜보았다. 집 안의 악취 덕분에 담배 연기가 신선하게 느껴질 정도였다. 토르비요른은 보이지 않았다.

"메야는 남자친구랑 동거 중이에요."

"그렇다고 들었습니다."

"집으로 돌아오게 하려고 했지만 마치 스바르트리덴이 그 애를 삼켜버린 것 같아요. 우린 그 애와 연락도 할 수 없답니다."

실리에는 담배를 느슨하게 문 채 천천히 캔버스에 물감을 칠했다.

렐레는 헛기침을 했다. "토르비요른은 어디에 있습니까?"

"일해요. 숲에서."

"무슨 일을 하죠?"

"나도 몰라요. 하지만 곧 돌아올 거예요."

렐레는 몸을 앞으로 내밀어 캔버스를 봤다.

"메야 말로는 올여름에 이사 오셨다고요."

"맞아요."

"이 동네가 마음에 드십니까?"

실리에는 붓질을 멈췄다. 검은 아이라인 때문에 눈이 엄청 커 보였다. "좋아한다고는 못하죠. 하지만 싫어도 어쩔 수 없는 일이 있는 법이죠."

"토르비요른은 어떤가요? 잘해줍니까?"

"토르비요른은 제가 만난 남자들 중에서 제일 다정해요."

"그럼 메야가 가출한 건 토르비요른 때문이 아니군요."

실리에는 마지막으로 담배를 길게 빨아들이더니 끝이 빨갛게 타오르는 꽁초를 창틀에 놓인 빈 맥주캔에 버렸다. 나이가 많지는 않았지만 그간의 고생으로 벌써 눈가와 입가에 깊은 주름이 패어 있었다. 그녀는 아랫입술을 떨며 렐레를 바라보았다.

"아무도 메야를 쫓아내지 않았어요. 다 칼 요한 때문이죠. 메야는 그 애에게 푹 빠졌어요. 그 애들에게 집에 와달라고 부탁했죠, 우리 둘 다요. 그 음울한 농장까지 찾아가서 집에 돌아가자고 사정하고 애걸했지만 메야는 듣지 않았어요. 우리 둘 다 그 애를 설득하지 못했죠."

"엄마의 허락 없이 독립하기엔 메야는 아직 어립니다. 사회복지사에게 연락해보셨나요?"

실리에는 코웃음을 쳤다. "전 사회복지사들과 사이가 좋지 않아요. 그 사람들은 나와 메야를 위해 아무것도 해주지 않았죠."

"제가 아는 경찰관이 있습니다. 청소년들을 다루는 데 능숙하죠."

"정부 기관이 끼어드는 건 원치 않아요. 그들은 제게서 메야를 떼어놓으려고만 할 거고, 전 메야 없이는 살 수 없어요."

검은 눈물이 그녀의 볼을 타고 흘러내렸고, 손에 들린 붓이 이리저리 흔들렸다. 실리에는 와인잔을 들고 남은 와인을 다 마셨다.

"내게 메야가 필요하다는 걸 메야도 알아요. 그 애 없이는 내가 버티지 못한다는 걸요. 결국에는 돌아올 거예요."

렐레는 주변의 먼지와 쓰레기를 둘러보고, 거의 벗다시피 하고 앉아 있는 앞의 여자를 바라보았다.

"메야에겐 엄마가 필요한 거 아닙니까?"

손 뒤에서 실리에의 얼굴이 일그러졌다.

"난 아파요. 그래서 우린 서로가 필요한 거라고요. 난 지금 메야의 나이 때 그 애를 임신했어요. 그 후로 세상에 우리 둘뿐이었죠."

실리에는 흐느끼며 몸을 떨었다. 렐레는 벽 옆에 어색하게 서 있었다. 추위 속에서 외투도 입지 않은 채 혼자 벤치에 앉아 있던 메야를 생각했다. 그러자 안에서 무언가가 확 타올랐다.

렐레는 다시 헛기침을 했다.

"이사를 많이 다니신 건 알지만 지금 메야에게 가장 중요한 건 안정된 환경과 자신에게 집이 있다는 느낌입니다. 진짜 집 말입니다."

"나도 노력했어요! 아까 말했잖아요."

"제 경찰관 친구가 스바르트리덴에 가서 메야와 얘기해볼 수 있습니다. 보고서를 쓸 필요도 없고……."

"필요 없다잖아요. 망할 경찰이 끼어드는 건 싫어요!" 실리에는 몸을 살짝 흔들었다. 그러고는 붓이 무기라도 되는 양 치켜들었다. "그만 가시는 게 좋겠어요. 전 화내면 안 돼요."

렐레는 양손을 들어올리고 뒷걸음질로 지저분한 현관을 통과해 베란다로 나갔다. 높이 자란 잔디밭을 통과하는 동안 다리가 납덩이처럼 무거웠다. 손가락에 잔뜩 힘이 들어갔고, 머릿속이 분노로 쿵쿵 울렸다. 할 수만 있다면 저런 부모들은 모두 없애버리고 싶었다. 자식을 위해 싸우지 않는 부모들, 자신의 고통에 푹 빠져서 자식을 돌보지 않는 부모들.

렐레가 차문에 손을 올렸을 때 실리에가 창밖으로 고개를 내밀고 외쳤다. "메야에게 내가 보고 싶어 한다고 전해주세요!"

"호흡이 가장 중요하다. 총과 일체감을 느끼려면 총과 함께 호흡해야 해."

메야의 뒤쪽, 자작나무 아래 깔린 황금빛 낙엽 카펫 위에서 비르게르의 부츠가 참을성 있게 바스락거렸다. 무릎을 꿇고 있는 메야의 청바지 속으로 물기가 스며들었다. 그녀의 손에 들린 라이플이 계속 흔들렸다. 손 안에서 검은 플라스틱이 진동했다. 목덜미에 비르게르와 아들들의 시선이 느껴졌다. 그들은 한 명씩 총 쏘는 시범을 보여주었다. 타깃의 가슴과 머리에 치명적인 검은 구멍을 무수히 냈으며, 손가락으로 방아쇠를 감고 있을 때 천천히 숨을 내쉬는 법도 보여주었다. 마치 총이 그녀의 몸속 깊은 곳에서 발사된다는 듯이. 하지만 메야는 잔뜩 긴장해서 계속 움찔거렸다. 근육과 폐가 그녀의 말을 듣지 않았다. 메야가 쏜 총탄은 너무 높이 올라가 나무들 사이로 사라졌다. 총을 쏘면 쏠수록 사격은 더 나빠졌다. 총은 끝내 차갑고 낯선 존재였으며, 그녀를 두렵게 했다.

"우린 어릴 때부터 총을 쐈어. 계속 쏘다 보면 감이 올 거야." 예란이 말했다.

사격 실력이 가장 뛰어난 사람은 페르였다. 그들이 진흙으로 만든 비둘기를 하늘로 던지면 페르는 매번 그것을 박살냈다. 나무 사이를 뛰어다니다가도 순식간에 사격 자세를 취할 수 있었다. 어깨에 총을 올리면 페르의 표정이 날카로워지고 포식자처럼 변한다고 메야는 생각했다. 메야가 총을 쏠 때면 페르는 양손으로 귀를 막았고, 메야의 차례가 끝나면 안도했다.

비르게르는 메야를 토닥였다. 압축가스 냄새가 진동했고, 가을 추위에 그의 볼이 상기되어 있었다. 그가 사냥을 즐기고 있다는 사실은 의심의 여지가 없었다.

"올해 무스 사냥은 못 하겠구나, 메야. 하지만 내년에는 네가 황소를 쓰러뜨리게 될 거다."

그들은 라이플에 끈을 달아서 어깨에 메고 다녔다. 위장복을 입은 칼 요한은 딴사람 같았다. 더 진지하고 더 어른스러웠다.

"해가 빨리 져서 유감이야. 아니면 우리 둘이서 매일 연습할 수 있을 텐데." 칼 요한이 말했다.

칼 요한은 낮은 월귤 덤불과 낙엽 사이를 민첩하게 이동하느라 메야가 뒤처진다는 사실도 알아차리지 못했다. 사냥 막판에 메야는 비르게르와 단둘이 걸어갔다. 나무들 사이로 지는 해가 쏟아지며 그들 뒤에 긴 그림자를 드리웠다. 비르게르는 자주 걸음을 멈추고 허리를 숙여 버섯과 아직 남아 있는 산딸기를 만졌다. 마치 무슨 냄새를 맡은 듯이 고개를 들고 코를 킁킁거리기도 했다. 메야와 눈이 마주칠 때면 늘 미소를 지었다.

"오늘 네가 함께 와서 기쁘구나, 메야. 사람은 누구나 총을 쏠 줄 알아야 해."

"총을 쓰는 사람이 아예 없는 게 더 낫지 않을까요?"

"좌파 신문 같은 소리를 하는구나. 그렇게 무지해서는 안 돼. 정부에서 예비군을 감축한 거 알지? 지금처럼 세상이 불안정한 때에 말이다. 요즘이야말로 스스로를 방어하는 능력이 제일 중요하다."

비르게르는 둥그렇게 모여 있는 독버섯을 보고 빙그레 웃었다. "이 나라는 국민들이 총을 소지하는 걸 좋아하지 않아. 무장한 시민은 독재 정권에 위협이 되기 때문이지. 그래서 우리가 등록되지 않은 총을 더 많이 가지고 있는 거란다. 스스로 무덤을 파기 싫으니까."

"그렇게 많은 총을 소지하는 건 불법 아닌가요?"

비르게르는 미소 지었다. "우린 독단적인 스웨덴 법보다 우리 자신의 생존과 자유를 우선시하는 거야. 결국에는 그게 제일 중요하니까."

숲 너머로 집이 보였다. 황혼 속에서 하얀 연기가 피어오르며 그들을 반갑게 맞아주었다. 익숙한 허기가 메야의 위장을 파고들었다. 아니타의 부엌에서 나는 음식 냄새와 온기가 그리웠다. 하지만 비르게르가 그녀의 어깨에 무거운 팔을 둘렀다.

"내가 우리 아이들에게 가르치는 가장 중요한 교육은 생존법이다. 우리 방식을 배우거라, 메야. 그럼 아무도 다시는 널 짓밟지 못해."

그녀는 다시 자동차 트렁크에 갇혀 있었다. 차가 비포장도로 위에서 심하게 덜컹거렸다. 라디오에서 웅얼거리는 말소리와 노랫소리가 들렸다. 재갈을 씹었더니 입꼬리가 아팠다. 뒤로 묶인 한쪽 손은 감각이 없었고, 그가 붙잡았던 목은 아직도 아팠다. 트렁크 문이 닫혔을 때 그녀는 남자가 실수를 저질렀다고, 그녀가 아직 숨 쉬는 걸 모른다고 확신했다.

잠에서 깨자 마치 자는 동안 달리기라도 한 사람처럼 폐가 아팠다. 천천히, 하지만 또렷하게 눈앞에 사각형이 형태를 갖춰 갔다. 축축한 벽, 전구의 흰 불빛. 그녀는 손끝으로 목을 쓰다듬으며 맥박을 느꼈다. 그림자에게 몸을 돌려 마치 그림자의 맥박을 재듯이 두 손가락을 벽에 댔다.

"아직까진 우리 둘 다 살아 있어." 그녀가 속삭였다.

입안에서 씹히는 블랙 푸딩이 고무 같았지만 억지로 몇 조각을 먹었다. 보온병에서 따뜻한 우유를 따라 입안을 헹구고, 뻣뻣한 관절이 풀어지도록 스트레칭을 한 다음, 바닥으로 내려가 강도가 약한 팔굽혀펴기를 서너 번 했다. 그러고는 차가운 시멘트 바닥에 뺨을 댄 채 그대로 누웠다. 체력을 키우기가 생각보다 힘들었다. 그녀의 몸이 거부했고, 운동하는 내내 부정적인 쪽으로만 생각이 흘렀다. 실패했을 때 그가 어떻게 나올지 두려웠다.

침대 다리를 힐끗 봤더니 더러운 금속 다리에 무언가 감겨 있었다. 가느다란 끈처럼 보였다. 손을 뻗어서 만져보니 머리끈이었다. 누군가가 이 엉성한 침대 다리에 보라색 머리끈을 감아 둔 것이다. 그녀는 힘없는 두 팔로 몸을 일으켜 바닥에서 가슴을 뗐다. 그러고는 침대 밑으로 어깨를 넣어 침대를 들어올리고 다리에서 머리끈을 빼냈다. 보라색 끈을 전구로 가져가서 불빛에 비춰보니 금발 서너 가닥이 감겨 있었다. 그녀보다 밝은 금발이었다. 거의 백발에 가까운 금발. 그러자 참담한 깨달음에 숨이 막혔다. 무언가가 밀려들기 시작했고, 그것들을 밀쳐내고자 그녀는 주먹으로 입을 막았다.

남자가 들어오자 그녀는 머리끈을 팔찌처럼 손목에 감았다. 남자는 불안해 보였다. 바닥에 진흙 발자국을 찍으며 방 안을 돌아다녔고, 양동이를 비우더니 신선한 음식을 내놓았다. 껍질을 벗기지 않은 삶은 감자와 진갈색 소시지였다. 그가 주는 모든 음식은 피로 만든 듯했다. 그녀는 음식을 보지 않고 대신 남자와 눈을 마주치려 했다.

남자는 그녀의 시선을 느꼈는지 이내 동작을 멈췄다. 패딩 점퍼를 입은 그는 덩치가 더욱 커 보였다. 마치 몸 안이 부글부글 끓는 듯이 옷깃 위로 나온 목이 빨갛게 상기되어 있었다.

"왜 그래? 왜 그렇게 빤히 보는 거야?"

그녀는 두려움을 삼키려고, 말을 내뱉으려고 애썼다.

"이 방에 나 말고 다른 사람도 있었나요?"

남자는 허를 찔린 듯 한 손으로 발라클라바를 잡고, 다른 손으로 점퍼에 달린 지퍼 윗부분을 아래로 끌어당겼다. "무슨 말이야?"

"이 방에 나 말고 다른 사람이 살았냐고요."

"그건 왜 묻지?"

"누군가 이 방에 있었던 것 같은 느낌이 들어서요."

남자는 점퍼 아래로 손을 넣어 가슴을 긁었다. 그의 눈이 벽과 방구석을 살폈다.

"뭐라도 발견한 거야?"

"아뇨." 그녀는 소매를 잡아당겨 머리끈을 가렸다. "그냥 느낌이 그래요."

"이런 얘기할 시간 없어. 쓸데없는 상상하지 말고 저녁이나 먹고 자도록 해봐."

문손잡이를 향해 뻗은 남자의 손이 떨리는 걸 보자 그녀는 용기가 났다.

"그 여자는 지금 어디 있죠? 그 여자를 어떻게 했어요?"

남자는 걸음을 멈추더니 천천히 고개를 돌려 그녀를 뚫어지게 바라보았다. "자꾸 그렇게 캐물으면 다시는 안 올 거야. 그럼 넌 여기서 혼자 썩어갈 거라고."

늦가을 아침이 최악이었다. 얼음장처럼 차가운 공기가 문틈과 옷 속으로 파고들어 렐레는 늘 추웠다. 학교에 도착하자 창밖은 칠흑처럼 어두웠다. 까칠하게 자란 수염에 얼어 있던 서리가 녹아서 물방울이 뚝뚝 떨어졌다. 교실에서는 축축한 패딩과 차가운 살갗 냄새가 났고, 형광등 아래로 보이는 학생들의 얼굴은 아파 보였다. 흘러내리는 콧물과 갈라진 입술. 매서운 바람에 검은 아이라이너마저 뭉개졌다.

메야는 머플러를 입까지 올라오도록 둘둘 감고 후드를 쓴 채 늘 앉는 창가 자리에 있었다. 거기 앉아 있는 메야를 보자 렐레는 안도감을 느꼈다. 어쩌면 순수한 행복감일 수도 있었다. 칠판에 계산을 적는 동안 손에 쥔 마커펜이 가볍게 느껴졌다. 메야가 왜 스바르트리덴에서 살기로 했는지 이제는 이해했다. 실리에의 목소리가 귓가에 울렸다. **내게 메야가 필요하다는 걸 메야도 알아요!**

점심시간에 렐레는 썩은 벤치에 앉아 있는 메야를 발견하고 그쪽으로 다가갔다. 그러고는 김이 나는 커피가 담긴 종이컵을 건넸다. 메야는 순순히 컵을 받아 들었다.

"네가 우유를 넣는지 안 넣는지 몰라서 우유는 안 넣었다."

"상관없어요. 블랙으로 마셔도 돼요."

메야는 렐레가 앉을 수 있도록 옆으로 비켰다.

"엄마를 만나고 오셨다고 들었어요."

"그래."

"왜 그러셨어요?"

"네가 걱정돼서."

메야는 한숨을 내쉬더니 축구장 쪽을 바라보았다. 잔디는 눈을 기다리느라 풀이 죽고 시들어 있었다.

"절 보면 실종된 따님이 생각나서요?"

"아니." 렐레의 입에서 대답이 너무 빨리 나왔다. "그럴지도 모르겠구나." 잠시 후에 렐레가 덧붙였다.

메야는 커피를 바라보며 한쪽 입꼬리만 올려 미소 지었고, 렐레도 미소 지었다. 둘 사이에 흐르는 정적이 편안하지 않았지만, 그렇다고 불편하지도 않았다. 렐레는 중년 남자가 열일곱 살 여학생과 함께 앉아 있는 걸 보면 지나가는 사람들이 뭐라고 할까 하는 생각을 떨쳐버리려 했다.

"선생님이 찾아가셨을 때 엄마가 취해 있던가요?"

"약간."

메야는 후드 안에서 그를 곁눈질했다. "선생님도 술을 드세요?"

"가끔. 하지만 상황이 더 나빠지기만 하더라고."

"스바르트리덴에서는 술이 금지예요. 브란트 씨 부부는 술과 약물을 싫어하죠."

"너도 싫어하니?"

메야는 어깨를 으쓱였다. "맨정신인 사람들이 있는 집으로 돌아갈 수 있다는 건 좋은 일이죠. 엄마하고 살면 무슨 일이 일어날지 몰라요."

"이해한다."

커피가 벌써 차가워졌지만 렐레는 남들 이목을 생각해서 한 모금 마셨다. 그러고는 무슨 말을 할지 잘 생각한 후에 입 밖으로 내뱉었다.

"칼 요한하고는 잘 지내니?"

"네, 그런 것 같아요."

"만약 둘이 헤어지면 어떻게 되지? 넌 어디로 가는 거냐?"

메야는 커피를 보며 얼굴을 찡그렸다. "우린 헤어지지 않을 거예요."

"함께 사는 건 힘든 일이야. 특히 어리고, 자기가 어떤 사람인지 알아야 하는 시기에는. 서로를 숨 막히게 하기 십상이거든."

둘은 빠르게 시선을 교환했다. 렐레는 메야가 자신의 말을 이해한다는 걸 알 수 있었다. 렐레는 자리에서 일어나 손에 들고 있던 빈 종이컵을 구겼다. 그러고는 사그라져가는 빛 속에서 생선 비늘처럼 빛나는 실버 로드를 가리켰다.

“우리 집은 여기서 북쪽으로 2킬로미터 떨어진 빨간 집이다. 글리메르스트레스크 23번지. 필요한 게 있거나 스바르트리덴을 잠시 떠나고 싶으면 언제든 우리 집으로 오거라. 네게 스바르트리덴만 있는 건 아니야.”

메야는 렐레를 빤히 바라봤지만 아무 말도 하지 않았다.

“생각해봐라.”

렐레는 자리에서 일어났다. 추운 날씨인데도 패딩 안에서 땀이 흘렀다.

메야는 벤치에 그대로 앉아 떠나는 렐레를 지켜봤다. 햇살이 비치는 복도와 다른 학생들의 웃음소리는 외면했다. 빗방울이 진눈깨비로 변해 그녀의 뺨을 얼얼하게 때렸고, 웅덩이가 반짝이는 유리로 변했다. 메야는 발밑에 있던 얼음을 부쉈다. 아이처럼 그 위에서 뛰고 싶었지만 혹시 누가 볼지 몰라서 참았다.

갑자기 크로우의 목소리가 들렸다. “그래서 무슨 사이야?”

“누가?”

“너랑 구스타프슨 선생님.”

“아무 사이도 아냐. 그냥 잠깐 얘기 나눈 거야.”

“둘이 자는 사이야?”

메야는 웃지 않을 수 없었다. “미쳤구나.”

크로우는 능글맞게 웃었다. “나랑 놀래?”

크로우는 검은 코트 차림에 월귤처럼 반짝거리는 다홍색 털모자를 쓰고 있었다. 화장한 그 애의 얼굴은 진눈깨비 속에서도 예뻐 보였다. 마치 날씨 따위는 그 애를 막을 수 없다는 듯이. 두 사람은 학교를 벗어나 서리가 내린 자작나무 숲을 향해 걷기 시작했다. 황혼 속에서 자작나무 잎사귀들이 반짝거렸다.

크로우는 담배를 피우면서 얼어붙은 손가락으로 휴대폰을 두드려댔다. 그 애의 검은 손톱 위에서 작은 해골이 씩 웃고 있었다.

"왜 여기 숨어 있는 거야?" 메야가 물었다.

"숨어 있는 게 아니라 누굴 기다리는 거야."

크로우는 나무 사이를 유심히 바라보았다. 오솔길 하나가 그들 앞으로 구불구불 돌아가더니 소나무들 사이로 사라졌다. 곧 모페드(모터와 페달이 달린 자전거 – 옮긴이)의 요란한 엔진 소리가 들렸다.

"누굴 기다리는 거야?"

"나한테 약을 팔 사람."

크로우는 나무 사이로 메야를 잡아끌더니 학교를 힐끗 돌아봤다. 이내 빨간색 모페드가 나타났다. 모페드에는 마르고 젊은 남자가 타고 있었는데 가죽 재킷을 입었고 머리카락이 바람에 헝클어졌다. 헬멧은 핸들에 아무렇게나 걸려 있었다. 남자는 시동을 껐지만 모페드에서 내리지 않은 채 메야를 향해 고갯짓했다.

"얜 누구야?"

"이쪽은 메야라고 해. 괜찮은 애야." 크로우가 말했다.

"내가 다른 사람 데려오지 말라고 했을 텐데."

"메야는 다른 사람이 아냐."

크로우는 보호하려는 듯이 메야에게 한 팔을 두르고는 마치 둘이 단짝인 것처럼 미소 지었다.

"이쪽은 미케, 하지만 우린 울프라고 불러. 이름과는 달리 보이는 것처럼 전혀 해롭지 않아."

울프는 크로우를 향해 헬멧을 휘두르며 씩 웃었다. 크로우가 꼬깃꼬깃한 지폐 몇 장을 건네자 울프는 얼른 받아서 재킷 안에 넣었다. 그러고는 학교 쪽을 힐끗 보더니 작은 비닐봉지를 꺼내 크로우에게 건넸다. 크로우는 봉지를 주먹 속에 감추고 빨간 입술로 미소 지었다. 불과 몇 초 만의 일이었다.

하지만 울프는 졸린 눈을 메야에게 고정한 채 자리를 뜨지 않았다.

"어디서 많이 본 얼굴인데. 우리 전에 만난 적 있지?"

메야는 후드를 쓰고 그 속으로 움츠러들었다. "아닐걸."

"분명히 만났어. 엄청 낯익어."

"너한테 금발은 다 똑같아 보이겠지." 크로우가 끼어들었다. "우린 가야 해. 너와 달리 메야와 내게는 인생 계획이 있어!"

"마약 하면서 몸 파는 건 경력으로 안 쳐줄걸."

크로우는 울프를 향해 가운뎃손가락을 들었다. 둘이 자리를 뜨자 울프가 껄껄 웃었다.

잠시 걷더니 크로우가 메야의 팔짱을 끼고 어깨에 머리를 기댔다. 빨간 털모자가 메야의 뺨을 간질였다.

"울프에 관해 온갖 헛소문이 떠돌지만 난 어릴 때부터 저 애를 알고 지냈어. 내게는 형제나 다름없지. 난 다른 머저리들처럼 저 애에게 등 돌리지 않을 거야." 크로우가 말했다.

"다른 사람들은 왜 등을 돌렸는데?"

크로우는 메야의 어깨에서 머리를 떼고 똑바로 서서 메야를 바라보았다. "리나가 실종됐을 때 그 애의 남자친구가 울프였으니까. 사람들은 누군가를 탓하고 싶어 하지."

메야는 목덜미가 간질거렸다. 렐레를 생각했다. 차에서 본 그의 슬픈 얼굴, 쓰러지지 않으려는 듯이 교탁에 기대고 있던 그의 팔.

"넌 울프가 리나의 실종과 아무 연관이 없다고 생각해?"

크로우가 입을 씰룩거렸다.

"울프에게 물어본 적 없어. 별로 알고 싶지도 않고."

가을이 되면 렐레는 그동안 못 잔 잠을 보충했다. 시간 그리고 이번에도 피로가 그를 따라잡았고, 렐레는 가능한 한 자주 그에 굴복했다. 도로변에 차를 세우고 등받이를 젖힌 채 자기도 하고, 책상에 엎드려서 팔을 벤 채 자기도 했다. 새벽에 추위를 느끼며 몽롱한 상태로 소파에서 깨어나기도 했다. 이도 닦지 않은 채. 오후 3시만 되면 벌써 어두워져서 렐레는 잠에 굴복할 수밖에 없었다. 한밤중에 뜬 태양과 밤새 운전대를 잡았던 기억이 비현실적으로 느껴졌다. 렐레는 매시간 깨어 있으려고 몸부림쳤다. 어두운 유리창에 비친 자신을 보며 식탁에 혼자 앉아 있다는 걸 알고 있었다. 하지만 꿈에서는 리나도 함께였다.

순찰차가 진입로를 올라올 때 렐레는 자고 있었다. 차문이 닫히는 소리도, 자갈길을 올라오는 묵직한 발소리도 듣지 못했다. 초인종 소리가 문을 쾅쾅 두드려대는 소리로 바뀌고서야 마침내 잠에서 깼다.

"젠장, 자고 있었나? 아직 6시밖에 안 됐어."

밖에는 가랑비가 내렸고, 하산의 이마에 드리운 머리카락이 꼬불거렸다.

"무슨 일 있나?"

"아니, 그냥 자네가 어떻게 지내는지 보러 왔네. 커피 있나?"

"물론이지. 하지만 들어오기 전에 신발 벗게."

렐레는 비틀거리며 부엌으로 들어갔다. 피곤해서 다리가 후들거렸다. 식탁에 놓인 보온병을 향해 고갯짓하자 하산이 직접 컵을 가져왔다. 렐레는 언제 커피를 내렸는지 기억나지 않았지만 커피에서 아직 김이 나는 걸 보면 오래되지 않은 모양이었다. 식탁 옆에서 자신을 바라보는 하산의 시선이 느껴졌다.

"오늘 출근했나?"

"당연하지."

"학생들 때문에 지친 거야?"

"그냥 피곤해."

하산은 식탁에 기대어 커피를 꿀꺽꿀꺽 마셨다. "이 집에는 커피와 함께 먹을 만한 간식이라곤 찾아볼 수가 없군."

"식빵 있어."

"식빵 말고. 패스트리나 비스킷 같은 거 말이야."

"자네도 그런 걸 먹나? 몸매 관리하는 줄 알았는데."

"시끄러워."

렐레는 식빵과 버터통을 식탁에 내놓았다. 그러고는 버터의 유효기한이 3주나 지났다는 사실을 알리고 싶지 않아서 뚜껑을 벗겼다. 치즈는 없었다.

"먹어야 할 사람은 자네야. 몸무게가 얼마나 빠졌지?"

"난 신경 쓰지 마. 한나 라르손 건은 수사가 어떻게 돼가는지나 말해줘."

"난 그 사건 담당이 아니라는 거 알잖아."

"그래도 주워들은 게 있을 거 아냐. 리나와 한나의 실종 간에 연관성이 있다는 사실을 바탕에 두고 수사하는 거야?"

하산은 식빵을 향해 손을 뻗더니 말라비틀어진 한 조각을 집어 들고 수상하다는 듯이 바라보았다.

"연관됐을 가능성도 배제하지 않지만 두 사건은 꽤 달라. 그 때문에 복잡해졌지."

"그래, 수사에 전혀 진전이 없는 걸 보니 더럽게 복잡한 모양이네."

하산은 대꾸하지 않고 커피를 다 마시고는 좀 더 따랐다.

"집에 안 가?"

"아직 근무 중이야."

"이 시기에 사건이라고 할 만한 게 있나?"

"자네가 생각하는 것보다 많아."

렐레는 커피포트를 들고 자기 컵에 따랐다. 목이 말랐고 입에서 쓴 맛이 났다. 손으로 머리카락을 쓸어내렸더니 손끝에 기름이 묻어났다.

"이리 와. 보여줄 게 있어."

렐레는 그렇게 말하고 하산을 서재로 안내했다. 가는 길에 그릇에 담긴 사과 하나를 집어 들고, 비웃는 듯한 어둠을 물리치려고 램프를 모조리 켰다. 그러고는 한쪽 벽에 붙어 있는, 점점 늘어나는 기사 스크랩 앞에서 서성거렸다. 리나에 관한 모든 기사가 그 벽에 붙어 있었다. 유용해 보이는 인터넷 글도 함께. 심지어 아리에플로그에서 실종된 한나 라르손과 관련된 기사도 있었다. 나란히 붙어 있는 두 소녀의 사진을 볼 때마다 렐레는 숨이 막혔다. 둘이 너무 닮아서 자매라고 해도 믿었으리라.

하산은 문간에 서 있었다. 커피가 든 컵을 들고 있었지만 마시지는 않았다. 렐레는 사과를 크게 한 입 깨어 물고 사진을 향해 고갯짓했다.

"아직도 두 사건이 아무 연관도 없다고 생각하나?"

하산은 뒤통수를 긁으며 아무 말도 하지 않았다. 렐레는《노르보텐스 쿠리렌》에 실린 기사를 손가락으로 톡톡 쳤다. 두 사건 간의 유사점을 다룬 기사였다. 헤드라인은 이렇게 외쳤다. '사라진 소녀들 간의 놀라운 유사점'.

하지만 하산은 고집스럽게 문간에 서서 움직이지 않았다. "하고 싶은 말이 뭐야?"

"리나와 한나의 실종은 연관이 있어. 내 눈에도 그게 보이고, 기자 눈에도 보여. 난 그저 경찰 눈에도 보이는지 확인하고 싶을 뿐이야."

하산이 팔짱을 끼자 그의 제복이 바스락거렸다. 이제는 하산이 피곤해 보였다.

"날 믿어. 우리 눈에도 보여." 하산이 말했다.

남자는 그녀를 때린 후에는 늘 친절했다. 그럴 때 무언가를 요구할 수 있었다. 남자는 바닥에 놓인 초록색 구급상자를 열더니 소독약으로 상처를 세척해야 한다고 우겼다.

"감염될 수 있어." 그녀가 몸을 뒤로 빼자 남자가 말했다. "특히나 그렇게 씻지 않겠다고 고집을 부리면."

그녀는 남자가 가까이 오는 게 싫었다. 그의 손이 닿는 것도 싫고, 그에게서 나는 달콤하면서 시큼한 냄새도 싫었다. 썩은 과일 냄새 같았다. 남자의 얼굴을 끝내 못 본다 해도 냄새로 그를 알아낼 수 있을 터였다. 그 냄새는 남자가 떠난 뒤에도 오랫동안 그녀의 콧구멍에 남아 있었다.

"신선한 공기가 필요해요. 신선한 공기를 마시지 않으면 상처가 낫지 않을 거예요."

"밖은 추워."

"상관없어요. 숨을 쉬어야 해요."

"지금은 안 돼."

"제발요."

"지금은 안 된다니까! 자꾸 그 얘길 꺼내면 다시는 데리고 나가지 않을 거야."

남자는 벌컥 화를 냈지만 그녀가 물러설 정도는 아니었다. 아직 협상의 여지가 있었다.

그녀는 몸을 앞으로 내밀고 온화한 목소리로 말하려고 애썼다. "멀리 갈 필요도 없어요. 그냥 머리를 내밀고 신선한 공기를 들이마시기만 하면 돼요."

남자는 그녀의 이마에 반창고를 붙이고 엄지로 문질렀다. 그러더니 고개를 홱 돌려 테이블에 놓인 접시를 바라보았다. 얇게 자른 갈색 빵 서너 조각과 염장한 연어 조각이 번들거렸다.

"내가 직접 만들었어. 신선할 때 먹어. 산책은 그다음에 생각해보자고." 남자가 말했다.

그녀는 빵을 집어 들었다. 딜(허브의 일종–옮긴이)의 쓴맛에

속이 울렁거렸지만 크게 한 입 베어 물었다. 연어가 혀에서 녹았다. 오래 씹을 필요가 없다는 사실에 감사했다. 먹는 데도 에너지가 들어가기 때문이다.

남자는 구급상자 옆에 쭈그려 앉더니 모든 물건을 다시 꼼꼼하게 제자리에 넣었다. 그녀는 고개 숙인 남자를 바라보며 그가 반격할 수 없을 정도로 머리를 세게 찰 수 있을까 생각했다. 침대 너머로 내려가 대롱대롱 흔들리는 그녀의 발이 어찌나 남자의 머리와 가까운지 그녀는 발가락이 근질거렸다. 한 번은 찰 수 있을 것이다. 어쩌면 두 번도. 초반에는 절대 그녀에게 등을 보이지 않았던 남자가 이제는 방심하기 시작했다.

남자는 눈을 들더니 힘겹게 빵과 연어를 삼키는 그녀를 바라보았다.

"나한테서 도망갈 궁리를 하는 거지?"

"아뇨." 입안 가득 음식을 넣은 채 그녀가 말했다.

"그래서 밖에 나가고 싶다는 거잖아."

"신선한 공기가 필요할 뿐이에요."

남자는 그녀 옆에 와서 앉더니 무거운 팔을 그녀의 어깨에 둘렀다.

"일단 먹고 나서 생각해보자고."

렐레는 금요일이 싫었다. 눈을 반짝이는 동료들이 불이 환히 켜진 집으로 가서 저녁으로 타코를 먹으며 아늑한 시간을 보내는 날이었다. 자식과 배우자가 기다리는 집, 그 일시적인 성취감. 렐레는 집에서 기다리는 가족이 있다는 게 어떤 기분인지 기억했다. 리나와 아네테 그리고 촛불이 켜진 식탁. 아마 영화도 볼 것이다. 소박한 일상의 사치가 이제는 너무 이질적으로 느껴졌다.

퇴근하고 돌아온 렐레를 맞이하는 집은 춥고 어두웠지만 그는 불도 켜지 않았다. 패딩 점퍼를 입은 채 부엌으로 들어갔다. 냉장고에서 냄새가 났다. 싱크대인가? 아네테는 식기세척기를 사고 싶어 했지만 렐레는 인색했다. 가슴에 손을 얹고서 이제부터 모든 설거지는 자신이 하겠다고 선언했다. **멀쩡한 두 손을 놔두고 왜 식기세척기를 사?** 렐레는 그때도 머저리였다.

그저 커피 향기가 부엌을 가득 채우는 게 좋아서 커피 머신 전원을 켜고 식기건조대에 몸을 기댔다. 건조대가 그의 살을 파고들 때까지. 갈증이 그를 사로잡았다. 술을 마시고 싶은 갈망에 혀가 타는 듯했다. 목덜미에 식은땀이 흘러내렸다. 리나가 실종된 첫해 겨울, 눈이 두껍게 쌓이고 한동안 기온이 영하 40도까지 내려갔을 때 렐레는 계속 술을 마셨다. 어차피 리나를 찾아다닐 수도 없었다. 경찰도 마찬가지였다. 말로는 계속 수색한다고 해도. 모든 게 눈과 추위에 묻혔다. 아네테는 약을 먹고 잠만 잤고, 렐레는 침대는 고사하고 침실이 있는 위층으로 올라가지도 않았다. 그때 어디서 잤더라? 기억이 나지 않았다.

렐레가 어둠 속에 앉아 있는데 초인종이 울렸다. 가슴이 어찌나 두근거리는지 복도로 휘청거리며 걸어가는 동안 현기증이 일었다. 창밖을 힐끗 내다본 렐레는 충격을 받았다. 집 앞에 작고 마른 사람이 후드를 쓴 채 서 있었는데 검은 후드 아래로 금발이 보였다.

리나, 리나, 아름답고 사랑스러운 내 딸. 너니?

문이 열리자 상대는 후드를 벗었고, 엄청난 실망감이 렐레를 강타했다. 둘은 몇 분간 눈을 깜빡이며 말없이 서로를 바라보았다. 그 애 얼굴에 빗물이 한 겹 내려앉아 있었고, 렐레를 바라보는 눈에는 근심이 어렸다.

"버스를 놓쳤어요. 제가 방해가 됐나요?"

"아니, 아니. 전혀 아니다. 들어와라."

렐레는 불을 켰다. 어질러진 실내와 악취가 부끄러웠다. 악취의 근원지가 어디인지 아직도 알 수 없었다. 메야는 겉옷을 벗지 않았다. 렐레가 앉으라고 하자 식탁에서 리나의 의자를 빼냈다. 렐레는 말리고 싶었지만 왠지 모르게 그러지 않았다. 대신 커피를 따라주고, 지난번처럼 슬퍼 보이는 식빵을 내놓으면서 하산이 했던 말을 생각했다. 패스트리나 케이크를 사다놓았더라면 좋았을 텐데.

메야의 눈이 부엌을 둘러보더니 더러운 접시와 냉장고 문에 붙어 있는 자석, 그리고 리나의 사진으로 향했다.

"집이 좋네요."

"고맙구나."

"여기 노를란드의 집들은 하나같이 다 커요."

"아마 여기 살고 싶어 하는 사람들이 없기 때문일 거야."

메야가 웃었고, 전에는 미처 보지 못했던 앞니 사이의 틈이 드러났다. 그제야 이렇게 환하게 웃는 메야를 처음 본다는 생각이 들었다.

"전 노를란드에서 살고 싶어요. 처음에는 싫었지만 지금은 여기가 좋아요."

"스바르트리덴에서 사는 것도 좋니?"

"노를란드에서 사는 게 좋아요."

"나도 그렇다."

렐레는 식빵에 버터를 발랐고, 메야도 그를 따라 했다.

"네가 올 줄 알았다면 간식을 준비해뒀을 텐데. 요즘에는 찾아오는 사람이 많지 않아서 말이다."

"사모님은 안 계세요?"

"2년 전에 이혼했지. 아네테는 다른 남자와 살아."

"아, 유감이네요."

"그래, 그렇다고 할 수 있지."

메야의 이마에 주름이 잡혔다. 렐레는 빵을 커피에 적셨다. 그의 손이 떨리지 않았다. 아네테 이야기를 하면서 화나지 않는 건 이번이 처음이었다. 기분이 씁쓸하지도, 우울하지도 않았다.

오히려 반대였다. 이 식탁에 젊은 사람과, 딸일 수도 있는 사람과 앉아 있으니 기운이 났다.

"뭐 하나 물어봐도 될까?" 잠시 후에 렐레가 말했다.

"뭔데요?"

"스바르트리덴에서 사는 건 어떠니? 브란트 가족은 텔레비전도 안 본다고 들었는데."

"대신 저녁에 팟캐스트를 들어요."

"팟캐스트?"

"네. 주로 신세계 질서를 다루는 미국 팟캐스트요."

"신세계 질서?"

메야는 얼굴을 붉히며 그의 시선을 피했다. "브란트 씨가 그걸 믿어요. 페르도요."

"칼 요한은 아니고?"

"그 애는 스바르트리덴에서만 자라서 세상을 몰라요. 세상을 더 많이 보면 바뀔 거예요."

"그러니까 그게 네 계획이니? 칼 요한에게 더 많은 세상을 보여주는 거?"

메야는 한숨을 쉬며 식탁을 내려다봤다. "칼 요한은 저와 결혼해서 아이를 낳고 싶어 해요."

"설마 지금 그러자는 건 아니겠지? 너흰 아직 어려. 둘 다."

메야는 고개를 들어 보조개가 파인 장난기 있는 얼굴로 렐레를 바라보았다. "전 피임약을 복용 중이에요. 칼 요한은 모르지만요."

바깥이 어둠에 잠겨 있는 동안 그들은 둥그렇게 퍼지는 따뜻한 빛 속에 앉아 있었다. 하지만 바람 속에서 휘청이는 나뭇가지가 영원히 그렇게 앉아 있을 수만은 없다는 사실을 확실히 일깨워주었다. **이 애는 리나가 아냐. 네 딸은 돌아오지 않았어.**

먼저 일어나 빛 속에서 나간 사람은 메야였다. 메야가 싱크대에서 자신이 사용한 컵을 씻고 다시 걸어오는 소리가 들렸다. 렐레가 고개를 돌려보니 메야가 냉장고 앞에 서서 리나의 사진을 바라보고 있었다. 스테인리스스틸 문에서 리나의 얼굴 열 개가 그들을 향해 미소 지었다. 머리에 화관을 쓴 채 벌거벗고 있는 아기 리나, 빨간색 스쿠터를 타고 벌어진 앞니를 드러낸 여덟 살 리나, 그리고 톨바카 고등학교 여름 학기가 끝나고 찍은 마지막 사진. 리나는 하얀 원피스를 입었고, 머리를 정수리에 모아 틀어 올렸다. 메야는 머리를 한쪽으로 기울인 채 사진을 꼼꼼히 바라보았다. 마치 리나의 얼굴에서 무언가를 찾는 듯이. 그러더니 몇 분이 흐른 뒤에야 다시 렐레에게 몸을 돌렸다.

"늦었네요. 데리러 와달라고 집에 전화해야겠어요."

"내가 데려다주마."

그들이 차를 타고 지나가자 가문비나무들이 야생동물 보호 철책 위로 허리를 굽혔다. 그들 앞에서 인적 없는 실버 로드가 반짝거렸다. 렐레는 마치 시간을 끌고 싶다는 듯 자신이 천천히 운전하고 있다는 걸 깨달았다. 조수석에 앉은 메야는 아주 조용했다. 조용하면서 꼼짝하지 않았다. 렐레가 스바르트리덴으로 향하는 자갈길에 들어서자 메야가 후드를 썼다.

"여기 내려주세요."

"아니, 현관까지 데려다줄게. 바람이 거세다."

"상관없어요. 걷고 싶어요."

메야는 나직이 말했지만 목소리에 날이 서 있었다. 렐레는 속도를 늦추고 메야의 말대로 했다. 땅에 깔린 자갈이 뒤집힐 정도로 바람이 울부짖는데도. 렐레가 차를 세우자 메야가 그를 돌아보더니 갑자기 껴안았다. 수염이 살짝 자란 렐레의 얼굴에 메야의 차가운 뺨이 닿았다.

"태워주셔서 고마워요."

메야가 차문을 열고 폭풍 속으로 사라졌다. 렐레는 메야가 어둠에 먹힐 때까지 그 가냘픈 그림자에서 눈을 떼지 않았다. 그러고는 오랫동안 우두커니 앉아 있었다. 그의 주위로 바람이 흐느꼈고, 내면의 공허함은 점점 커져갔다. 메야가 그를 찾아온 게 우연이 아님을 렐레는 알고 있었다. 거기에는 이유가 있었다. 빛에 잠긴 식탁에 앉아 있을 때 무언가가 둘을 만나게 했다는 사실은 의심의 여지가 없었다.

밤이 유리창을 꽁꽁 에워싸자 메야는 숨이 막힐 듯했다. 유리창에 비친 자신의 모습을 보고 움찔했다. 어둠 속에서 농장만 이 유일하게 불이 켜져 있었고, 농가 뒤로 어렴풋이 보이는 숲은 검은 커튼이 드리운 듯했다. 아니타는 메야에게 닭장에 갈 때 길을 밝혀줄 헤드 랜턴을 건넸다. 닭장에도 추운 어둠이 내려앉아 있었다. 다가가서 보니 닭들은 깃털을 잔뜩 부풀리고 있었다. 요즘에는 달걀을 많이 낳지 않아서 하루에 두 개만 얻어도 운이 좋았다.

해는 금세 졌고, 저녁이 되면 그들은 함께 모여 앉았다. 메야는 칼 요한 그리고 그의 형제들과 벽난로 앞에 웅크리고 앉았다. 늘 그렇듯이 비르게르가 불을 피웠고, 아니타는 안락의자에 앉아 실눈을 뜨고 뜨개질을 했다. 그녀의 손은 저절로 살아서 움직이는 듯했고, 털실은 영원히 떨어지지 않는 듯했다. 메야는 자기도 뭔가 집중할 게 있으면 좋겠다고, 곧 전쟁이 벌어진다거나 세상의 종말이 올 거라는 남자들의 설교 말고 다른 데 집중하고 싶다고 생각했다. 늘 그렇듯이 비르게르는 그녀의 관심을 원했다. 그는 벽난로를 등지고 서서 메야를 뚫어지게 바라보았다. 메야가 자신의 말을 듣고 있는지 확인하고 싶다는 듯이.

그들은 우리가 현실로부터 도망치기를 원한다. 우리가 휴대폰과 컴퓨터에 머리를 묻길 바라는 거야. 우리가 주위를 둘러보면서 세상이 정말로 어떻게 돌아가고 있는지 묻는 걸 원치 않아.

메야에게는 자기만의 방도, 도망칠 작은 구석조차 없었다. 그들은 늘 파리처럼 그녀 주위에서 윙윙거렸다. 예란과 페르도 그녀 곁에 앉아 기회가 오기를 바라며 그녀를 만졌고, 묵직한 팔을 그녀에게 둘렀다. 마치 그녀에게서 에너지를 얻으려는 듯. 메야는 늘 진짜 가족, 형제자매를 바랐다. 하지만 가족에게 늘 에워싸인 지금은 예전처럼 혼자 있고 싶어졌다. 그래야 숨을 쉴 수 있을 것 같았다. 인정하기는 싫었지만 자신을 숨 막히게 하는 것은 어둠만이 아님을 깨달았다.

칼 요한이 노크도 없이 문을 열더니 머리를 내밀었다. "여기 앉아서 뭐 해?"

"잠시 혼자 있고 싶어서."

칼 요한은 눈살을 찌푸렸다. "그 텍사스 남자 팟캐스트 들을 거야. 그리고 엄마가 케이크를 구웠어."

"내일 시험이 있어서 공부해야 해."

칼 요한은 문간에 계속 서 있었다. 그의 얼굴에 짜증이 보였고, 그 때문에 얼굴이 흉했다.

"공부 끝나면 내려갈게."

하지만 메야는 내려가지 않았다. 밤이 되어 칼 요한이 침대에 누운 그녀 옆으로 기어들어오자 메야는 한숨을 쉬면서 그가 자신을 내버려두었으면 했다. 그들은 서너 달 동안 한 지붕 아래서 살았고, 메야는 벌써 불안했다. 지금 자신도 엄마처럼 안절부절못하는 걸까? 어쩌면 영영 한곳에 정착하지 못할 수도 있다. 여름에는 자신이 원하는 게 무엇인지 확실히 안다고 생각했다. 스바르트리덴이 영원히 자신의 집이 될 거라고 믿었다. 하지만 이제 어둠과 일상이 슬금슬금 다가오자 그 생각이 터무니없게 느껴졌다. 메야는 렐레가 했던 말, 자신이 어떤 사람인지 찾는 동안에는 다른 사람과 살기 힘들다고 했던 말을 생각했다.

칼 요한이 곯아떨어졌다는 확신이 들자 메야는 침대에서 내려왔다. 한 번에 한 발씩. 그러고는 옷을 꽉 움켜쥔 채 침실 문을 닫았다. 예란과 페르의 침실은 조용하고 어두웠다. 그들은 야행성이 아니었고, 힘든 농장일 때문에 더욱 그랬다. 메야는 서둘러, 어설프게 옷을 입었다. 계단을 내려가자 집 전체가 삐걱거리고 한숨을 쉬었지만, 설사 누가 그 소리를 들었다 해도 확인하러 나오지 않았다. 비르게르와 아니타의 침실은 굳게 닫혀 있었고, 문틈으로 어둠만 새어나왔다.

가을밤 속으로 들어가는 것은 글리메르스트레스크 호수에 몸을 담그는 것과 같았다. 모든 근육이 즉각 살아났다. 한 조각 달빛만이 자갈 깔린 진입로를 밝혔고, 메야는 쉽게 닭장을 찾아냈다. 휴대폰이 있으면 좋겠다는 생각이 들었다. 그러면 누군가에게 전화할 수 있을 것이다. 엄마에게, 아니면 크로우나 구스타프손 선생님에게. 어쩌면 정말로 통화하고 싶은 사람은 선생님일 것이다. 하지만 그녀에게는 휴대폰이 없었다. 닭으로 만족해야 했다.

닭들은 한데 모여서 자고 있었다. 한밤중에 메야가 찾아와도 개의치 않는 듯했다. 메야는 흙이 있어도 개의치 않고 톱밥 위에 털썩 앉았다. 그러고는 괴롭힘을 당하는 닭에게 손을 올렸다. 예전에 발라줬던 연고는 다 사라졌고, 닭들에게 쪼인 자리에서 부드러운 깃털이 나고 있었다. 메야는 그렇게 앉아 머릿속을 정리하려고 했다. 조금 울기도 했지만 닭들이 깰 정도는 아니었다.

막 잠들려는 찰나에 말소리가 들리자 메야는 퍼뜩 잠에서 깼다. 처음에는 칼 요한이 그녀를 찾는 소리일 거라고 생각했다. 어쩌면 페르와 예란까지 깨웠을지도 모른다. 그들은 그녀에게 혼자만의 시간이 필요하다는 사실을 전혀 이해하지 못하는 듯했다. 누군지는 몰라도 그들은 속삭이듯 부드럽게 이야기했다. 메야는 더 잘 듣기 위해 닭장 문으로 몸을 내밀고 숨을 죽였다.

처음에는 남자 목소리가 잘 알아들을 수 없는 말을 웅얼거리더니 곧바로 다른 목소리, 높으면서 익숙지 않은 목소리가 들렸다. 여자 목소리였다.

그날 저녁 렐레는 그때처럼 빛에 잠긴 식탁에 앉아 있었다. 리나 맞은편 자리에. 하지만 그가 생각하고 있는 사람은 리나만이 아니었다. 자신이 메야를 기다린다는 사실을 인정하고 싶지 않았지만 그래도 계속 기다렸다. 앉음판이 납작해진 의자에 빳빳하게 앉아 귀를 기울였다. 마치 이 낡고 지저분한 집에 감탄했다는 듯 벽을 훑어보던 그 애의 휘둥그런 눈동자가 아직도 눈에 선했다. 메야는 리나의 사진을 발견했고, 거기에 시선이 머물렀다. 마치 갈망하듯이. 식탁 아래 앉아 있는 배고픈 강아지처럼 메야는 리나를 바라보았다. 아기 때의 통통한 볼부터 10대 시절의 각진 얼굴까지. 열 장의 사진이 냉장고 문에 빼곡히 붙어 있었다. 다시는 돌아갈 수 없지만 그가 여전히 갈구하는 열 번의 순간. 세상은 그 냄새와 맛을 잃었다. 렐레는 더 이상 사진을 찍지 않았다. 그의 모든 경험은 따분한 자석으로 냉장고 문에 붙어 있었고, 그 사진은 그를 바라보며 말없이 요구했다. **뭐든 해요, 아빠. 거기 그냥 앉아 있지만 말라고요.**

결국 렐레는 하산에게 전화했다. 그가 전화를 받지 않자 짧은 메시지를 남겼다. "우리 학교에 새로 온 학생이 걱정돼. 메야 노를란데르라는 학생인데 열일곱 살이야. 엄마가 현재 토르비요른 포르스와 살고 있어. 이름이 실리에라더군. 두 모녀에 대해 좀 더 알고 싶어. 자네가 도와준다면 고맙겠어. 날 만나려면 어디로 와야 하는지 알지?"

렐레는 휴대폰을 쥐고 오랫동안 앉아 있었다. 메야를 생각하면 척추 아래쪽에서 이상한 감정이 느껴졌다. 그 애는 진짜 집이나 아빠를 가져본 적이 없다. 아마 냉장고 문에 사진을 붙여본 적도 없을 것이다.

메야는 닭장의 쇠창살 사이를 바라보았다. 나무들 가장자리에서 두 개의 형체가 움직이고 있었다. 처음에는 비르게르의 농장에 무단으로 침입한 사람인 줄 알았다. 하지만 우리에 갇힌 개들이 조용했다. 그리고 그중 한 명은 알아볼 수 있었다. 얼굴은 볼 수 없었지만 메야는 그게 예란임을 알았다. 그의 동작에서만 볼 수 있는 특징이 있었다. 예란은 마치 세상으로부터 자신을 보호하고 싶다는 듯이, 혹은 세상을 공격하고 싶다는 듯이 팔을 흔들어댔다.

그의 옆에 있는 형체는 페르나 칼 요한이라기에는 너무 작았고, 아니타보다도 훨씬 말랐다. 여자였다. 어린 여자. 어쩌면 아이일 수도 있다. 여자가 달빛을 향해 고개를 돌리자 메야는 등으로 내려온 금발을 볼 수 있었다. 여자는 어깨를 올리고 고개를 숙인 채 마치 어디가 아픈 사람처럼 이상하게 걸었다.

둘은 서로 이야기하고 있었는데 이제 대화가 좀 더 격렬해졌다. 싸우는 모양새였다. 메야는 낮은 닭장 문 아래로 빠져나가 그들 쪽으로 다가갔다. 등을 닭장 벽에 바짝 붙이고 손수레 뒤에 쪼그리고 앉았다. 진입로에 켜진 외등 불빛 속에서 예란이 여자를 나무에 밀어붙이고 손으로 입을 막는 모습이 보였다. 예란은 얼굴을 가리려고 무언가를 쓴 듯했고, 말할 때마다 검은 천이 움직였다.

"난 널 위해 뭐든 다 했어. 그런데 이게 그 대가란 말이야?" 예란이 말했다.

그의 손에 잡힌 여자가 울음을 터뜨렸다. 메야는 입안이 썼다. 예란에게 소리치고 싶었지만 혀가 말을 듣지 않았다. 예란은 여자에게 얼굴을 들이밀었다.

"지난번 여자도 너처럼 멍청해서 도망치려고 했지. 내가 모든 걸 다 해줬는데도. 모든 걸! 내가 그 여자에게 무슨 짓을 했는지 모르는 게 좋을 거야."

여자는 신음했다. 예란이 손을 떼자 여자가 숨을 들이마시며 기침했다

"집에 가고 싶어요. 제발 부탁이에요. 난 그냥 집에 가고 싶을 뿐이에요." 여자가 더듬거렸다.

그 말은 예란의 화만 부추길 뿐이었다. 메야는 예란이 여자를 봉제인형처럼 흔들어대는 걸 보았다. "여기가 네 집이야. 모르겠어?"

예란은 여자의 가냘픈 몸을 나무줄기에 밀치더니 손으로 여자의 목을 졸랐다. 어둠침침한 빛 속에서 여자의 눈동자가 커졌고, 다리가 무력하게 버둥거렸다. 여자는 허공에 대고 발길질을 하더니 꾸륵꾸륵 소리를 냈다. 메야는 자기도 모르게 비명을 질렀다.

그 소리에 우리에 있던 개들이 짖어댔다. 예란은 고개를 돌렸지만 여자의 가느다란 목에서 손을 떼지 않았다. 여자의 다리가 움직임을 멈추더니 몸이 축 늘어졌다. 메야는 예란에게 달려가 그의 목과 긴장된 어깨의 뻣뻣한 힘줄을, 자신보다 훨씬 힘

이 센 그를 때리고 잡아 뜯었다. 예란은 놀랐는지 여자의 목에서 손을 뗐고, 여자는 쿵 소리와 함께 바닥에 떨어졌다. 여자는 기침을 하고 씩씩거리며 숲을 향해 기어갔다.

예란은 발라클라바를 벗고 평소와 완전히 다른 눈빛으로 메야를 보았다. 그의 머리에서 피가 흘렀고, 뺨에서 시작된 검은 상처가 목까지 이어져 있었다. 예란은 공기가 부족한 사람처럼 어깨를 들썩였다

"끼어들지 마, 메야. 우린 그냥 장난치는 거야."

그때 예란 뒤에서 여자가 일어나더니 숲을 향해 달렸다. 숲은 그저 어둠 속 그림자일 뿐이었다. 여자는 낮은 나뭇가지 사이를 하얀 유령처럼 달리며 호수 쪽으로 갔다.

"여기서 뭐 하는 거야? 저 여잔 누구야?"

예란은 대답하지 않았다. 그저 메야를 위아래로 훑어볼 뿐이었다. 그의 숨결이 둘 사이의 공간을 채웠다. 메야는 그의 머릿속에서 휘몰아치는 생각이 들리는 듯했다. 갑자기 예란이 몸을 날려 두 손으로 메야를 잡으려 했지만 겨우 소매만 잡았다. 메야는 팔을 뿌리치고 달리기 시작했다. 젖은 땅을 어찌나 세게 달렸는지 흙이 입속으로 들어갔다. 그녀는 컴컴한 저택으로 달려갔다.

베란다 계단을 올라갈 때야 예란이 따라오지 않는다는 걸 깨달았다. 헛간과 숲 가장자리를 훑어보았지만 아무런 기척도 느껴지지 않았다. 어둠이 예란과 여자 둘 다 삼켜버렸다. 겁에 질

려 뛰어오느라 가슴이 얼얼한 상태로 메야는 비르게르의 침실 문을 두드렸다.

문을 연 사람은 아니타였다. 희미한 불빛에 그녀의 머리카락이 은색으로 빛났고, 발목까지 내려오는 잠옷을 입고 있어서 귀신 같았다.

"무슨 일이니?"

메야는 문틀에 몸을 기댔다. 방 안에서 라이플을 향해 팔을 뻗는 비르게르의 형체가 보였다.

"예란 때문에요. 좀 나가보셔야겠어요."

메야는 더 이상 말할 필요가 없었다. 비르게르와 아니타는 옷을 걸쳐 입었다. 그들이 집 밖으로 뛰어갈 때 비르게르는 여전히 라이플을 들고 있었다.

예란은 호숫가에 있었다. 호수는 살얼음 아래서 미동도 하지 않았고, 주위는 고요했다. 예란은 뒤틀린 자작나무에 매달려 있었는데 어디까지가 나뭇가지이고, 어디부터가 그의 팔인지 분간할 수 없었다. 머리에서 흘러내리는 피만 제외하면 그의 얼굴은 달처럼 창백했다. 그들이 오는 걸 보자 예란의 눈이 커졌다. 숨을 쉴 때마다 그의 입에서 침이 부글부글 흘러나왔다. 예란은 자작나무에서 손을 떼더니 대신 아니타에게 꼭 매달렸다. 그녀의 등과 목에 팔을 휘감았다. 피가 그의 목을 타고 흘러내렸다. 메야는 예란의 속삭임을 들을 수 있었다.

"미안해요, 엄마. 정말 미안해."

"아들아, 무슨 짓을 한 거니?"

"죽일 생각은 없었어요. 정말이에요. 우린 그냥 놀고 있었어요."

비르게르는 손전등 불빛으로 관목을 훑었다. 불빛에 비친 나무들은 흉하고 잿빛이었다.

"한심한 녀석. 여자는 어디 있니?"

예란은 얼어붙은 호수로 몸을 내밀어 토했다. 아니타는 그의 등을 쓰다듬으며 비르게르를 노려봤다.

"당신 탓이에요. 내가 상담을 받아야 한다고 했잖아요." 아니타가 날카로운 목소리로 말했고, 그 말이 나무 사이의 허공에 맴돌았다.

비르게르는 대답하지 않았다. 들리는 소리라고는 여자를 찾아다니는 그의 발아래서 덤불이 뭉개지는 소리뿐이었다. 비르게르는 손전등을 무기처럼 자기 앞에 휘둘렀다. 메야는 이를 딱딱 부딪치며 한쪽에 서 있었다. 달큰한 냄새, 토사물과 피 냄새가 났다. 예란이 일어나서 숲속을 가리키자 차가운 두려움이 메야를 덮쳤다.

"저기 누워 있어요." 예란이 말했다.

비르게르는 손전등으로 그쪽을 비췄다. 처음에는 머리카락이 보이더니 이내 벌어진 다리가 보였다. 여자는 이끼에 얼굴을 박은 채 엎드려 있었고, 하얀 손전등 불빛 속에서 수갑이 반짝거렸다. 숨은 쉬지 않는 듯했다. 비르게르는 달려가서 여자를 돌려 눕혔다. 여자는 목에 전혀 힘이 들어가지 않아서 고개가 축 처졌다. 흘러내린 피가 입과 턱 위에 응고되어 있었다. 아니타는 하늘을 향해 소리를 질렀다.

"두 번은 안 돼. 아, 하느님, 제발, 두 번은 안 돼요!"

비르게르는 바닥에 주저앉더니 벌어진 여자의 입술에 귀를 댔다. 그러고는 손전등과 라이플을 땅에 내려놓고, 떨리는 손으로 여자의 입을 벌려 힘껏 숨을 불어넣었다. 그런 다음 체중을 실어 두 손으로 여자의 연약한 흉곽을 눌렀다.

"죽일 생각은 없었어요. 죽일 생각은 아니었다고요." 예란이 그 말을 반복했다. "이 여자가 날 먼저 공격했어요."

비르게르가 어찌나 열심히 숨을 불어넣고 흉곽을 누르는지 생명력 없는 뼈가 부러질 듯했다. "한심한 녀석. 너 때문에 우리 가족은 망하게 될 거다."

여자가 기침을 하는데도 비르게르는 알아차리지 못한 채 미친 듯이 그녀의 가슴을 계속 눌러댔다. 메야는 자기도 모르게 비르게르에게 소리를 지르고는 비틀거리는 다리로 울퉁불퉁한 땅을 달려 여자에게서 비르게르를 떼어냈다. 그는 여자 옆으로 구르더니 숨을 헐떡거렸다. 메야의 손에 잡힌 비르게르의 셔츠는 흠뻑 젖어 있었고, 계속 힘을 준 탓에 그의 폐에서 소리가 났다.

"구급차를 불러야 해요."

비르게르는 이마의 땀을 훔치더니 메야를 올려다봤다. 마치 메야가 거기 서 있다는 걸 그제야 알아차렸다는 듯이. 그의 눈에서 눈물이 흘렀다. 비르게르는 자리에서 일어나더니 메야를 잡아 꽉 끌어안았다. 젖은 셔츠 안에서 그의 몸이 떨렸다. 메야는 자신의 두려움과 그의 두려움이 섞이는 걸 느낄 수 있었다.

"우린 아무도 부르지 않을 거다." 비르게르가 말했다.

메야는 그의 품에서 빠져나오려고 몸을 비틀었지만 그는 한 손으로 그녀의 허리를 꽉 잡더니 다른 손으로 라이플을 들어 올렸다. 밤하늘을 배경으로 높이 올라간 라이플과 개머리판을 꽉 쥔 비르게르의 하얀 손가락이 보였다. 그러고는 세상이 폭발했다.

렐레는 누군가 진입로의 자갈을 밟는 소리에 잠에서 깼다. 몸을 일으키자 입에서 흘러내린 침이 가죽 소파에 떨어졌고, 볼은 여전히 납작하게 눌려 있는 듯했다. 창밖을 내다보기도 전에 현관문을 마구 두드리는 소리가 들렸다. 블라인드 틈 사이로 순찰차의 환한 불빛이 보였다. 렐레는 머리를 움켜쥐었다.

"젠장, 렐레, 올 때마다 자고 있군."

하산은 분홍색 종이상자를 렐레의 손에 내려놓고 집 안으로 들어갔다. "오늘이 토요일이긴 하지만 11시가 다 됐다고."

"알게 뭐야. 가능하면 죽을 때까지 잠만 자고 싶어."

렐레가 종이상자를 열어보니 슈거 파우더를 뿌린 아몬드 크루아상 두 개가 그를 바라보고 있었다. 하산은 신발을 벗어던지고 부엌으로 갔다.

"돼지우리에서 사는 게 지겹지도 않나? 세상에는 청소업체라는 곳도 있어."

"자네 농담에 웃어줄 기분 아냐."

"그럼 커피 머신 켜고 문명인처럼 행동해."

렐레는 크루아상을 식탁에 내려놓고 하산의 말대로 했다. 하산은 경찰 점퍼의 지퍼를 내리고 리나의 의자를 피해 다른 의자에 앉았다.

"나한테 알려줄 소식이 있는 건가? 아니면 그냥 동정하려고 찾아온 건가?"

조리대에 놓인 커피 머신이 칙칙거리는 동안 렐레가 말했다. 하산의 입안에는 이미 크루아상이 가득 들어 있었다.

"둘 다야, 유감스럽게도."

렐레가 컵과 우유를 내려놓는 동안 발아래 땅이 흔들렸다.

"어디 들어보자고."

"자네가 지난번에 전화로 말했던 학생 말이야, 메야 노를란데르. 그 애 뒷조사를 좀 했지. 태어난 후로 사회복지사와 얽히지 않은 적이 없더군. 그 애 파일에 메모가 잔뜩 적혀 있었어."

"그래?"

"거기 적힌 내용은 누설할 수 없어."

렐레는 커피 머신 옆에 섰다. "내가 비밀 지키는 거 알잖아."

하산은 입꼬리에 묻은 빵 부스러기를 닦았다.

"지금까지의 삶이 복잡다단하더군. 좋게 말해서 그 정도야. 엄마가 실리에라고 했던가? 두 모녀가 17년 동안 서른 번도 넘게 이사를 다녔어. 아버지에 대한 언급은 없고, 엄마가 문제가 많은 모양이야. 약물중독에 심리적 문제까지. 매춘 혐의로 조사받은 적도 있어. 그 애는 보육원에 두어 번 보내졌지만 엄마가 늘 다시 데려갔지."

"젠장. 메야가 스바르트리덴에서 살게 된 것도 무리는 아니네. 엄마에게 질질 끌려다니는 게 지긋지긋했을 거야."

하산은 남은 크루아상을 렐레 쪽으로 밀며 말했다.

"그 애는 영구적으로 정착할 곳을 찾는 모양이군. 정붙일 사람이나 무언가를."

"움직이지 말고 누워 있어. 넌 지금 피를 흘리고 있으니까."

메야는 실눈을 뜨고 자기를 내려다보는 형체를 바라보았다. 눈가가 멍들고 입술 위가 찢어진 여자애였다. 입술 위 상처에서는 찐득하고 반질거리는 피가 흘러나오고 있었다. 소녀는 젖은 천으로 메야의 이마를 누르며 쉰 목소리로 말했다.

"긴장 풀어. 넌 머리를 맞았어."

"넌 누구니?"

"난 한나야."

금발이 내려온 쇄골 위에 시퍼런 멍이 있었다. 그걸 보자 메야는 마음이 아팠다. 어두운 벽 주위를 둘러보았다. 작은 방에는 천장에 끈으로 매달린 전구 하나만 켜져 있었고, 그 전구가 그들 주위로 기다란 그림자를 드리웠다. 공기는 눅눅하고 퀴퀴했으며 톡 쏘는 소변 냄새가 코를 찔렀다. 메야는 다시 한나를 바라보며 말하려고 안간힘을 썼다.

"여기가 어디야?"

"지하라는 것만 알아."

"다른 사람들은?"

"우리뿐이야."

메야는 팔꿈치로 몸을 일으켰다. 이마 뒤쪽에서 번쩍하고 강렬한 통증이 일었고, 벽이 흔들렸다. 메야는 목구멍에 차오르는 욕지기와 싸우며 눈을 감고 천천히 일어나 앉았다.

"누워 있어야 해. 아주 심하게 맞았다니까."

한나가 천으로 자신의 입을 누르며 말했다.

"누가 날 때렸는데?"

한나는 힘겹게 입을 열었다.

"모르겠어. 여러 명이 있었어."

한나는 얼굴에서 피 묻은 천을 떼어 양동이에 든 물에 담갔다가 비틀어서 짠 다음, 메야의 이마를 닦아주었다. 살갗에 닿는 젖은 천이 따가웠다.

"이거 잠깐 누르고 있을래? 아직도 피가 많이 나."

메야는 손으로 천을 눌렀다. 손가락이 다른 사람 손처럼 아무 감각이 없었지만 그래도 있는 힘껏 눌렀다. 메야는 눈을 깜빡거리며 한나를 바라봤고, 상대가 누군지 깨닫자 가슴이 철렁 내려앉았다.

"널 본 적이 있어. 전단지에서." 메야가 말했다.

"무슨 전단지?"

"사방에 전단지가 붙었어. 사람들이 널 찾고 있어."

한나의 아랫입술이 떨렸다.

"난 여기 있었어. 계속." 한나가 말했다

메야는 문을 바라보았고, 토할 것 같은 충동과 싸우며 심호흡을 했다. 그러고는 마음의 준비를 하고 허리를 똑바로 폈다. 눈앞에서 검은 섬광이 번뜩였고, 뒤통수에 찌르는 듯한 통증이 느껴졌다. 메야는 벽을 짚으며 몸을 지탱했다. 한나의 목소리가 아련하게 들렸다.

"기절하기 전에 누워."

하지만 메야는 거친 벽에 몸을 기댄 채 발을 끌며 문으로 갔다. 한두 장면이 머리를 스쳤다. 얼어붙어 반짝거리는 밤의 호수와 라이플을 향해 손을 뻗는 비르게르의 손. 지금까지 한 번도 본 적 없는 그의 표정. 메야는 문에 도달했고, 벽을 짚지 않은 손으로 손잡이를 잡았다. 문은 열리지 않았다. 이마에 있던 천이 바닥으로 떨어졌다. 메야는 문을 잡아당겼다가 양손으로 두드리기 시작했다. 연회색 쇠문이 핏빛 손자국으로 뒤덮일 때까지. 메야는 칼 요한을, 비르게르와 아니타를 불렀다. 계속 소리를 지르다 마침내 토하기 시작했고, 다리에 힘이 없어서 차가운 바닥에 털썩 주저앉았다.

한나는 그녀가 다시 침대에 눕도록 도와주었고, 메야가 떨어뜨린 젖은 천으로 토사물을 덮었다. 그녀의 지저분한 얼굴에 눈물이 흘렀지만 목소리는 차분했다.

"소리쳐도 소용없어. 아무도 듣지 못해."

메야의 호흡이 가빠졌다. "네가 예란과 함께 있는 걸 봤어. 저 위에서."

"그럼 넌 그 남자가 누군지 알아?"

"내 남자친구의 형이야."

"네 남자친구?"

메야는 아픈 머리를 끄덕이며 떨리는 가슴에 손을 올렸다. 이 밀폐된 공간은 공기가 부족했고, 너무 추워서 이가 딱딱 부딪쳤다. 그들이 지하 벙커에 갇혔다는 깨달음이 서서히 밀려왔다. 작고 어두운 벙커는 최악의 두려움이 현실이 됐을 때 숨어 있으려고 만든 공간이었다. 이걸 만든 사람은 비르게르가 틀림없다. 아니면 세 아들 중 하나이거나. 쇠문, 갇혀서 질식할 듯한 기분, 모두가 그들 짓이다.

메야는 한나의 손목을 꽉 잡았다. "어쩌다 여기 오게 된 거야?"

"난 캠핑을 하던 중이었어. 친구랑 함께. 그러다 밤에 소변을 보러 나갔는데 갑자기 그 남자가 나타난 거야. 내 목에 팔을 두르고 어찌나 세게 조르는지 눈앞이 빙빙 돌았어. 남자를 때리고 도망치려 했지만 그럴 수가 없었어. 남자는 날 붙잡고 끌어당겼어. 내 목을 조르려고 했지. 죽는 줄 알았어……."

한나가 울먹였다. 메야는 옆에 있는 한나의 가냘픈 몸이 떨리는 걸 느낄 수 있었다.

"그러다 기절했나 봐. 정신을 차려보니 자동차 트렁크였어. 어떻게 여기 왔는지 기억도 안 나."

"남자가 어떻게 생겼어?"

"얼굴에 늘 발라클라바를 쓰고 있어. 한 번도 벗지 않아서 얼굴을 본 적이 없어."

메야는 예란을, 움푹 팬 여드름 흉터와 곪은 여드름이 있는 얼굴, 그리고 늘 여드름을 짜고 긁는 그의 손가락을 생각했다. 잔디밭에 함께 있는 메야와 칼 요한을 보던 그의 표정. 그의 강렬한 질투심은 날씨처럼 피부로 느껴질 정도였다. 공터에서 그가 아네모네를 잡아 뜯던 일, 자신도 메야와 칼 요한 같은 관계를 원한다고 했던 말이 기억났다. 메야는 숨을 깊이 들이쉬었다. 아니타의 말이 머릿속에서 울렸다. **우리 아들들이 널 귀찮게 하거든 곧바로 내게 알려다오.** 메야는 라이플을 쥔 비르게르의 손과 서리 내린 초원 위에서 펄럭이던 아니타의 잠옷을 떠올렸다. 쓰러진 한나에게서 멀지 않은 호숫가에서 몸을 웅크리고 있던 예란. 울면서 한나를 가리키던 그의 얼굴.

메야는 아직 한나의 손목을 잡고 있었고, 손가락 아래로 규칙적인 맥박을 느낄 수 있었다.

"내가 집 옆에서 너희 둘을 봤을 때 말이야. 예란이 널 밖으로 데리고 나간 거야?"

"아니. 내가 그 사람을 때렸어."

한나는 방구석에 있는 작은 테이블을 향해 고갯짓했다.

"저걸로 머리를 내려치고 도망쳤지. 그러지 말았어야 했어."

렐레는 또 늦잠을 잤다. 겨드랑이를 닦고 양치할 시간밖에 없었다. 학교로 가는 내내 카페인 때문에 손이 떨렸다. 얼른 교무실로 달려가 커피를 한 잔 더 마셨다. 사람들이 말을 걸지 않도록 새로 걸레질한 마룻바닥만 보며 걸었다. 복도에 커피를 흘려가면서. 커피 자국을 걱정할 시간조차 없었지만 어차피 아무도 그를 나무라지 않을 것이다. 모든 것을 잃은 사람에게는 다들 관대한 법이다. 노인이나 아주 어린아이들에게 그렇듯이. 그런 사람들은 내버려둔다.

겨우 7분 늦었는데 학생들은 벌써 책상에 엎드려서 자다가 그를 올려다보았다. 몇몇 학생이 실망 섞인 한숨을 내쉬었다.

"시험 보기 전에 질문 있는 사람? 다들 피타고라스의 정리를 완벽하게 이해한 거야?"

렐레는 칠판에 두 개의 예를 들어주고 커피를 마신 후에야 메야의 자리가 비어 있는 것을 알아차렸다.

"메야는 어디 있지? 아는 사람?" 대답으로 멍한 눈빛만 돌아왔고, 서너 명이 어깨를 으쓱였다.

"이번 주 내내 결석했어요." 뒤에서 누군가 말했다.

"아픈가 봐요." 다른 학생이 말했다.

렐레는 수염이 난 턱을 긁적였다. 너무 가려워서 마구 긁고 싶었지만 자신을 바라보는 학생들 때문에 참을 수밖에 없었다.

메야는 금요일에도 결석했다. 점심시간이 끝나고 렐레는 보건교사인 군힐을 찾아갔다. 그녀는 어찌나 조용조용 말하는지 잘 알아들으려면 숨을 죽여야 했다. 군힐은 메야에게서 아파서 결석한다는 전화는 오지 않았다고 했다.

"괜찮은 거죠?" 군힐이 물었다.

"메야가 며칠 결석해서요. 다른 일은 없습니다."

"그게 아니라 당신 괜찮냐고요. 피곤해 보여요."

당연히 그녀는 렐레를 환자로 보았다. 짜증이 위산처럼 목구멍을 역류했다. 저런 멍청한 질문을 하다니. 1년 전이었다면 렐레는 "아뇨, 하나도 안 괜찮습니다. 난 죽을 때까지 피곤해 보일 테니까 그런 줄 아세요"라고 호통쳤을 것이다. 하지만 이제는 그런 감정을 삼키고 저들이 원하는 것을 주지 않는 법을 배웠다.

"난 살아 있습니다. 그거면 됐죠."

메야는 칼 요한에 대해 이야기했다. 그녀가 물고 있던 담배를 빼앗아가면서 예쁜 여자는 담배를 피우지 않는다고 말했던 일. 아니타와 비르게르, 그리고 스바르트리덴을 거의 떠나지 않는 그들의 삶에 대해서도 이야기했다. 그들에게 필요한 것은 스바르트리덴에 다 있었다. 필요 이상으로 많았다. 전원에서 풀을 뜯는 가축들 이야기도 해주고, 온 가족이 5년 동안, 어쩌면 영원히 지낼 수 있는 거대한 지하 벙커 이야기도 해주었다. 한나는 콘크리트 벽에 등을 기댄 채 열심히 들었다.

"다른 사람은 본 적 없어. 늘 그 남자가 왔어."

"그럼 여긴 예란이 직접 만들었을 거야. 다른 가족들 몰래. 아니면 내가 알았을 거야."

"내가 그 남자의 머리를 때렸어. 최대한 힘껏 때렸지만 그걸로는 부족했어. 남자가 곧장 두 손으로 내 목을 졸랐어. 이젠 죽는구나 생각했지."

메야는 죽은 듯이 축 처진 몸을 손으로 열심히 누르고 인공호흡을 하던 비르게르를 떠올렸다. 그 기억을 떠올리자 머리가 어지러웠다. 목에 손가락을 대고 아직 맥박이 뛰는지 확인했다.

"우린 살아서 여기를 나갈 거야. 아무도 우릴 죽일 수 없어." 메야가 말했다.

두 사람은 침대에 나란히 누워 잤다. 밤이면 둘 사이의 틈이 메워졌고, 잠에서 깨어나면 둘의 팔다리가 서로 지탱하듯 얽혀 있었다. 음식은 없었고, 보온병에 든 우유를 둘이 나눠 마셨다. 정적 속에서 메야의 배가 요란하게 꾸르륵거렸다.

"내 위장은 이제 배고프다고 항의하지도 않아. 오래전에 포기했지." 한나가 말했다.

메야는 바닥이 축축한 방을 걷고 또 걸었다. 너무 빨리 걸으면 머리가 지끈거렸지만 이제 현기증은 나지 않았다. 칼 요한은 그녀를 그리워할 것이다. 절대 그들이 메야를 해치도록 내버려두지 않으리라. 어쩌면 그들이 무슨 짓을 했는지도 모른 채 그녀를 찾아다니고 있을지 모른다. 틀림없이 그럴 것이다. 그리고 그녀가 계속 결석하면 학교에서도 이상하게 생각할 것이다. 구스타프손 선생님은 알아차릴 것이다. 그건 확실하다. 그리고 엄마도. 엄마는 아저씨에 대해 불평하려고 일주일에 몇 번씩 집으로 전화하곤 했다. 시간이 좀 걸리기는 하겠지만 조만간 다들 걱정할 것이다.

"내가 여기 산다는 걸 아는 사람들이 있어. 그러니까 곧 알아낼 거야." 메야가 말했다.

"만약 저들이 우릴 죽이고 증거를 인멸하면 어쩌지? 아무런 흔적도 남지 않도록 말이야."

한나의 목소리는 방구석 그림자처럼 칙칙했다.

"그런 말 하지 마."

"내가 처음이 아니야. 다른 사람이 있었어. 증거도 있다고."

한나는 소매를 걷어 금발 몇 가닥이 붙은 보라색 머리끈을 보여주었다.

"봤지? 내가 오기 전에 다른 여자가 있었어."

메야는 고개를 돌렸다.

"내가 여기 산다는 걸 아는 사람들이 있어." 메야는 다시 한 번 그렇게 말했다. "두 사람이나. 우리 엄마랑 선생님."

문이 열렸을 때 그들은 자고 있었다. 메야는 문간에 있는 어슴푸레한 형체와 방 안으로 들어오는 물건만 간신히 보았다. 문으로 달려갔을 때는 이미 닫힌 뒤였다. 바닥에 김이 모락모락 나는 음식 바구니가 있었다. 작은 공간에 냄새가 금세 퍼졌다. 메야는 문틈에 대고 소리를 지르며 주먹으로 문을 두드렸다. 지난번 다친 자리에 내려앉은 딱지가 찢어지고 다시 피가 흐를 때까지. 마침내 메야는 바닥에 주저앉아 아직 침대에 누워 있는 한나를 돌아보았다. 그녀의 눈동자는 구타당한 얼굴 속에서 반짝이는 별 같았다.

"소용없다고 했잖아."

렐레는 눈을 뜨지 않아도 눈이 온다는 걸 알고 있었다. 주위가 너무도 고요했기 때문이다. 이제 모든 것이 묻히고 썩고 알아볼 수 없게 되리라. 아직은 숲길을 밟아도 그 아래 묻힌 것들이 올라올 정도로 깊이 가라앉지 않았다. 교실에는 2주째 메야의 자리가 비어 있었고, 그는 더 이상 참을 수 없었다. 자리를 두 개나 비워둘 수 없었다. 특히나 눈이 내린 지금은.

리나는 눈 위에서 태어난 것이나 다름없었다. 그해 부활절, 아네테는 금방이라도 출산할 듯했지만 그들은 언덕에 있는 하산의 별장에 놀러 갔다. 그러고는 눈 위에 순록 가죽으로 만든 러그를 깔고 앉아 태양을 바라보았다. 햇살이 어찌나 밝은지 눈에 눈물이 고였다. 가문비나무 위에 내려앉은 두툼한 하얀 이불 가장자리에서 물이 뚝뚝 떨어지기 시작했다. 패딩 점퍼의 지퍼를 내릴 수 있을 정도로 따뜻했다. 아네테가 그의 손을 배 위로 가져가자 렐레는 아기의 발길질을 느낄 수 있었다. 그들은 햇볕 속에서 웃었다. 웃고, 갈망하고, 걱정했다. 하지만 이내 아네테의 얼굴이 고통으로 일그러지더니 털장갑 낀 손을 자신의 사타구니로 가져갔다. 아기는 발길질로 만족하지 않았다. 밖으로 나오고 싶어 했다. 녹아서 뚝뚝 흐르는 눈과 하늘을 향해 날름거리는 불꽃에게로. 자신을 어서 만나고 싶어 하는 사람들에게로. 아네테가 앉은 자리에 짙은 얼룩이 나타났지만 그들에게는 스노모빌뿐이었다. 렐레는 스노모빌을 운전해 아네테를 동네 병원으로 데려갔다. 하지만 그 후의 일은 전혀 기억나지 않았다. 햇볕과 녹아내리던 눈, 눈물이 흐르던 눈밖에는.

여름에 피우던 담배가 열 개비 있었다. 담뱃잎은 말라버렸고 향도 나지 않았다. 담배 밑에 라이터를 대고 빨아들였더니 담배에서 불쾌한 빠사삭 소리가 났다. 리나의 잔소리는 들리지 않았다. 리나가 보이지도 않았다. 그저 얼룩덜룩한 거울에 비친 자신의 걱정스런 얼굴만 보였다. 그의 얼굴은 축 처져 있었다. 과연 리나가 집에 돌아오면 그를 알아볼 수 있을까? 아니면 둘 다 서로 알아볼 수 없을 정도로 변했을까?

렐레는 담배를 피우면서 차에 붙은 얼음을 긁어냈다. 그의 하얀 숨결과 담배 연기가 망토처럼 그를 감쌌다. 산울타리 너머로 이웃 사람이 그를 부르는 듯했지만 렐레는 무시하고 계속 얼음을 긁어내다가 입술 사이에 빨갛게 타오르는 담배를 문 채 운전석에 올라탔다. 가문비나무 위로 벌써 눈이 내려앉았지만 금세 떨어졌다. 실버 로드에서는 차들이 하얀 눈을 가르며 지저분한 바퀴 자국을 냈다. 렐레는 차창 밖으로 담배꽁초를 던졌다. 한때는 겨울이 아름답다고 생각했으나 이제는 추하게만 보였다.

스바르트리덴을 가리키는 표지판에도 새로 내린 눈이 모자처럼 씌워져 있었다. 대문으로 이어지는 자갈길에는 순백색 눈이 깔려 있었고, 자동차나 발자국은 전혀 보이지 않았다. 눈이 내린 후로 아무도 오지 않았다는 뜻이다. 렐레는 시동을 켜둔 채 인터폰을 눌렀다. 땅에 발을 구르며 집 안을 들여다봤더니 이내 스피커에서 비르게르의 목소리가 울렸다.

"누구요?"

"레나르트입니다."

잠시 침묵이 흐르다 비르게르가 대답했다.

"들어오시오."

대문이 앞에 쌓인 눈을 밀어내며 활짝 열렸다. 아직도 가끔씩 눈송이가 떨어졌고, 나무들 위로 먹구름이 걸려 있어서 햇볕은 거의 보이지 않았다. 곧 다시 어둠이 내려앉을 것이다. 시간이 많지 않았다.

비르게르는 지난번처럼 부엌에서 그를 맞이했다. 난로 위에서 커다란 주전자가 끓고 있었고, 고기 스튜의 진한 냄새가 부엌을 가득 채웠다. 메야나 아들들은 보이지 않았다. 렐레는 학생처럼 손에 모자를 든 채 문간에 서 있었다. 그의 옷에서 물이 뚝뚝 떨어졌고, 콧물이 흘렀다. 렐레는 손등으로 코를 닦았다. 다짐한 대로 겉옷은 벗지 않았다.

"금방 가겠습니다. 메야가 어떤지만 보러 왔습니다."

"그래도 커피는 한잔해야지."

비르게르는 옆방에 머리를 들이밀고 아니타를 불렀다. 마치 말 안 듣는 개를 부르듯 그의 목소리에서 짜증이 묻어났다.

"안 마셔도 됩니다." 렐레가 말했다.

하지만 비르게르는 렐레에게 점퍼를 달라고 했다. 렐레는 수학 시험지가 든 비닐봉지를 넘기지 않았다. 고기 냄새와 온기가 가득한 집 안에 들어온 이후로 그 비닐봉지를 꼭 쥐고 있었다. 비르게르가 미소를 짓자 그의 턱보조개가 벌어졌다.

"마침내 왔군 그래. 겨울 말이오. 이제 우리가 할 수 있는 일은 고개를 숙이고 이를 악무는 것뿐이오."

렐레는 쌕쌕거렸다. "네, 겨울이 돌아왔네요."

"요즘에도 선생들이 가정방문을 하는 줄은 몰랐소."

"차를 타고 지나가다가 메야를 보고 가자는 생각이 들었습니다. 결석한 지 꽤 돼서 무슨 일이 있는 건 아닌지 걱정됐거든요."

"그 가여운 것이 감기에 걸렸다오. 그래서 기진맥진한 상태야."

비르게르가 고개를 절레절레 흔들자 볼이 떨렸다. 눈만 아니었다면 강아지를 닮았으리라. 그의 눈빛은 강아지와 거리가 멀었다.

"병원에는 다녀왔나요?"

"아니. 하지만 최악의 상황은 넘겼소. 금방 좋아질 거요. 게다가 내 아내가 돌보고 있소. 아내는 소위 의사라고 하는 작자들보다 낫지."

고기 냄새가 너무 강렬해서 렐레는 난로 위에서 끓고 있는 스튜 속 무스 고기를 실제로 맛본 듯했다. 하지만 비닐봉지를 들어올리는 그는 입안이 바싹 말랐다.

"메야를 잠깐 보고 갈 수 있을까요? 중간고사 시험지를 가져왔습니다. 메야가 시험 기간에 결석해서 집에서라도 시험 볼 기회를 주는 게 좋을 것 같습니다. 성적이 떨어지면 안 되니까요."

비르게르가 대답하기 전에 아니타가 문간에 나타났다. 그녀는 사나운 표정으로 렐레를 뚫어지게 바라봤고, 백발이 어깨 아래로 흘러내렸다.

"왔군. 2층에 가서 메야가 잠시 내려올 수 있는지 보고 오겠어?" 비르게르가 말했다.

비르게르를 바라보던 아니타가 렐레에게로 시선을 옮겼다. 마치 둘 다 잘 모르는 사람이라는 듯이. 그러고는 가슴이 아픈 사람처럼 가슴에 손을 올렸다.

"물론이죠." 아니타는 그렇게 말하고 자리를 떴다.

비르게르는 렐레가 앉을 수 있도록 식탁 의자 하나를 빼냈다.

"이렇게 집까지 와주다니 참 친절하군. 요새 그런 선생이 흔치 않지."

"글쎄요."

렐레는 점퍼의 지퍼를 내리고 비르게르가 준 커피를 한 모금 마셨다. 뜨겁고 써서 위장이 요동쳤다. 부엌 전체가 부글부글 끓는 듯했다. 위층에서 쿵 소리가 났다. 렐레는 잘 듣기 위해 숨을 죽였다. 눈물이 고인 눈으로 계속 렐레를 바라보던 비르게르의 얼굴에서 미소가 사라졌다. 렐레의 등에서 땀이 흘렀다.

"다른 가족들은 괜찮으십니까? 감기 말입니다."

"우린 독종이라서 괜찮소. 웬만해서는 끄떡없지." 비르게르가 말했다.

렐레는 고개를 끄덕였다. 창밖에는 어스름이 슬며시 내려앉았고 사방이 고요했다. 가끔씩 개 짖는 소리가 서너 번 들릴 뿐 다른 기척은 전혀 없었다. 비르게르는 식탁에 양손을 올려놓았다. 걷어 올린 셔츠 소매 위로 노화된 피부와 두꺼운 손목이 드러났다. 그가 힘든 노동을 마다하지 않는 사람이라는 사실은 명백했다.

"메야가 학교를 그만두고 싶다더군." 비르게르가 말했다.

"정말입니까? 저한테는 그런 말 없었는데요."

"학교가 맞지 않는다고 했소. 차라리 농장 일을 하는 게 낫다고 말이오."

"그랬다면 말려주셨기를 바랍니다. 학교는 중요하니까요."

비르게르는 끙 소리를 냈다. 마치 맨손으로 땅이라도 판 듯이 그의 손톱 밑에 검은 때가 끼어 있었다. 렐레는 의자 끝에 걸터앉았다. 아들들의 안부를 묻고 싶었지만 왠지 모르게 입이 떨어지지 않았다. 그래서 자신을 바라보는 비르게르의 눈, 그리고 난로 위에서 보글보글 끓고 있는 무스 스튜와 함께 정적 속에 앉아 있었다.

두 사람이 계속 그렇게 앉아 있을 때 아니타가 계단을 내려왔다. 혼자였다.

"메야는 곤히 자고 있네요, 가여운 것. 깨울 엄두가 나지 않았어요."

렐레는 메야를 생각하는 것만으로도 그 애를 불러낼 수 있다는 듯이 눈을 들어 천장을 바라보았다. 그가 일어서자 비닐봉지가 청바지에 닿으며 바스락거렸다. 렐레는 곁눈질로 계단을 본 다음 비르게르를 봤다. 그는 활짝 웃고 있었다.

"시험지를 두고 가면 메야가 일어났을 때 가져다주겠소."

렐레는 비닐봉지를 잡은 손에 힘을 주고 한동안 머뭇거렸지만 결국 넘겨주었다.

"궁금한 게 있으면 제게 전화하라고 하세요. 시험에 관해서요."

렐레는 곧 다시 눈이 내리는 밖으로 나와 숨을 깊이 들이쉬었다. 입안에 감도는 고기 맛, 그리고 세상이 다시 무너지려 한다는 느낌을 떨치기 위해서. 앞유리에 새로 내린 눈이 한 겹 쌓여 있었다. 렐레는 점퍼 소매로 눈을 털어냈다. 그러고는 불이 켜진 창문을 올려다보며 메야가 보이기를 바랐다. 저 사람들 속에 메야를 두고 가고 싶지 않았다. 혼자 버스 정류장에 서 있던 리나의 모습이 머리를 스쳤다. 부엌 창문 뒤에 비르게르가 서서 렐레가 떠나기를 기다리고 있었다. 뒷바퀴가 눈 위에서 약간 미끄러졌고, 대문이 벌써 활짝 열린 채 어서 오라고 그를 불렀다.

렐레는 리나의 침실에서 눈을 떴고, 축복받은 1분이 지난 후에야 리나가 여기 없다는 사실을 깨달았다. 그는 발치에 머리를 댄 채 누워 있었다. 마치 꿈을 꾸는 내내 땀이라도 흘린 듯 아래 깔린 퀼트 이불이 축축했다. 리나의 방은 북향이라서 창문은 늘 얼음 결정과 지붕에 매달린 1미터짜리 고드름으로 장식되었다. 상의를 벗은 젊은 남자들 포스터가 벽에서 그를 바라보았고, 선반에는 책이 빼곡히 꽂혀 있었다. 리나가 몇 번이고 반복해서

읽느라 나달나달해진 《반지의 제왕》 3부작이 뱀파이어가 나오는 검은 책등의 책들과 나란히 꽂힌 채 햇볕에 반짝거렸다. 리나는 저런 책들을 좋아했다.

아네테는 리나의 옷, 액세서리와 함께 리나의 일기장도 가져갔다. 틀림없이 일기를 다 읽었을 것이다. 왜냐하면 그들이 알아서는 안 되는 정보를 렐레에게 털어놓았기 때문이다. 리나가 어떻게 순결을 잃었는지, 룰레오에서 열린 대학 파티에서 리나가 어떻게 대마초를 피워보려고 했는지 등등. 개인적으로 렐레는 리나의 비밀을 알고 싶지 않았다. 리나가 그에게 말해주려고 선택한 것들, 그에게 알려주고 싶어 했던 것들만으로 충분했다.

렐레는 일어나 앉아 거친 손으로 퀼트 이불을 부드럽게 쓰다듬었다. 늙은 개를 쓰다듬듯이. 주로 술에 취하면 이 방에서 자곤 했는데 렐레는 그 사실이 탐탁지 않았다. 자신의 냄새가 강해져서 리나의 냄새를 몰아내는 게 싫었다. 처음에는 이 방에 리나의 냄새가 진동했다. 그 애의 옷과 빗, 벽에 냄새가 배어 있었다. 하지만 이제는 렐레가 여기서 많은 시간을 보내고 잠도 잔 터라 그의 냄새가 리나의 냄새를 지워버렸다. 용서할 수 없는 일이었다.

렐레는 왜 자신이 술을 마셨는지 기억해내려 했지만 그저 겨울을 탓할 수밖에 없었다. 그가 침대에 앉아 있는 동안 어둠이 창문을 에워싸고 그를 비웃었다. 끝없는 추위가 땅속 깊이 파고들며 모든 것을 목 졸라 죽여버렸다. 리나가 저 밖에서 추위에 떨고 있다고 생각하면 견딜 수 없었다. 그래서 술을 마셨다. 회피 전략이었다.

부엌으로 내려가서 오랫동안 싱크대에 몸을 기댄 채 메스꺼움과 싸웠다. 물을 한 모금씩 계속 마셨더니 커피를 들이부어도 될 것 같은 기분이 들 만큼 회복되었다. 눈이 내려서 주위가 약간 밝아지기는 했어도 밖은 여전히 어두웠다. 렐레는 유리창에 비친 자신의 모습 너머를 보려고 했다. 그래서 어둠이 싫었다. 어두울 땐 어쩔 수 없이 자기 자신만 봐야 했다. 모든 게 안으로 향했다.

렐레는 전화번호부에서 비르게르 브란트의 번호를 발견하고 아무 생각 없이 전화했다. 그냥 메야의 목소리가 듣고 싶었다. 하지만 아무도 전화를 받지 않아 발신음만 울렸다. 렐레는 전화를 끊고 다시 전화하고 또 했다. 커피가 차가워지고, 한낮의 잿빛 햇살이 방 안으로 들어올 때까지.

렐레는 옷을 제대로 입을 새도 없이 서둘러 집을 나섰다. 어제와 똑같은 청바지에 양말을 신고 잘 때 입은 티셔츠 위에 점퍼를 걸쳤다. 머리카락은 뻣뻣한 털실 같았고, 자기 몸에서 어떤 냄새가 날지도 알고 있었다. 씻지 않은 몸의 체취에 위스키 섞인 냄새가 모공에서 흘러나올 것이다. 렐레는 자동차 창문을 빠끔 열고 차가운 공기가 들어오게 했다. 하늘을 향해 벌거벗은 뼈대를 쭉 뻗은 자작나무에 서리가 매달려 있었다. 나무들이 추위에 질식하지 않는다는 사실이 기적 같았다. 생각해보면 나무에서 다시 잎이 돋아난다는 게 말이 안 되는 일이었다.

스바르트리덴으로 향하는 길에 접어들었을 때 목덜미에서 식은땀이 따끔따끔 솟아났다. 렐레는 다시 휴대폰으로 전화해 봤지만 여전히 아무도 받지 않았다. 어찌나 빠른 속도로 달렸던지 하마터면 대문을 들이받을 뻔했다. 망할 놈의 대문이 어둠침침한 햇살 속에서 희미하게 솟아 있었다. 차가 한쪽으로 살짝 미끄러졌다. 렐레는 눈으로 뒤덮인 철제 대문을 올려다보며 타고 넘어갈까 생각했지만 지금쯤이면 아마 저들이 그를 봤으리라.

인터폰으로 전화하니 반대편에서 비르게르의 목소리가 크게 울렸다.

"또 뭐요?"

"메야와 얘기를 좀 해야겠습니다."

정적 속에서 잡음만 들리더니 이내 문이 열렸다. 문 반대편 진입로는 제설차로 눈이 치워졌고, 양옆에 쌓인 눈은 단단하게 다져져서 반들거렸다. 지붕에서 연기가 피어오르고, 온통 새하얀 세상에서 붉은 벽이 당당하게 서 있었다. 크리스마스카드 속 그림처럼. 물론 렐레의 눈에는 그렇게 보이지 않았지만. 2층 창문을 올려다보았더니 커튼이 쳐져 있었다.

비르게르가 현관에서 그를 기다렸다.

"갑자기 우리 집을 자주 찾아오는군."

"메야만 만나고 가겠습니다."

부엌에서는 아니타가 수증기와 피비린내에 둘러싸여 있었

다. 차진 핏빛 반죽이 그녀 앞 조리대에 놓여 있었고, 인사를 하려고 들어올리는 손에서 피가 뚝뚝 떨어졌다.

"보다시피 우리가 좀 바빠서 말이오." 비르게르가 말했다.

"금방 가겠습니다. 메야가 내려올 때까지 기다리죠."

"오해가 있는 것 같은데 메야는 여기 없소."

렐레는 문간에서 걸음을 멈춘 채 돼지 선지 냄새를 맡지 않으려고 입으로만 숨을 쉬었지만 잘 되지 않았다. 권총집이 있던 허리춤을 손으로 더듬거렸지만 총은 하산에게 주고 없었다. 귓가에 리나의 경고가 들렸다. **여기서 나가요, 아빠. 돌아서서 나가라고요.**

"메야가 아프다고 했잖습니까. 자고 있다고."

"아, 그랬는데 오늘 아침에 떠났소."

"어디로 갔는지 아십니까?"

비르게르는 고개를 저었다.

"새벽에 대문 밖으로 나갔소. 그 애 엄마가 기다리고 있다가 차에 태워서 데려갔는지도 모르지. 우리에게는 아무 말도 하지 않았소. 아무래도 칼 요한과 말다툼을 한 모양이오. 젊은 애들이 어떤지 잘 알잖소."

지극히 자연스럽게 들렸다. 아무런 동요도 없는 비르게르의 얼굴을 보며 렐레는 소름이 끼쳤다.

"이 날씨에 그냥 나가게 두셨습니까? 태워주지 그러셨어요."

"메야가 걷고 싶어 했소. 메야는 어린아이가 아니오, 레나르트. 우리가 뭐라고 이래라저래라 하겠소."

비르게르는 앉으라는 뜻으로 의자 하나를 뺐지만 렐레는 계속 서 있었다. 블랙 푸딩 위로 허리를 숙인 아니타의 목이 빨갛게 달아올랐다. 그녀의 연약한 피부 아래서 뛰는 맥박이 보일 듯했고, 그녀의 공포심이 렐레에게까지 공포심을 불러일으켰다. 점퍼 안에서 땀이 줄줄 흘렀다. 렐레가 현관 쪽으로 걸어가자 비르게르가 씩 웃으며 그를 따라왔다. 군데군데 이가 빠져 있었다.

"와서 여기 좀 앉으시오, 레나르트. 피곤해 보이는데."

"아뇨, 더는 방해하지 않겠습니다. 이렇게 불쑥 찾아와서 정말 죄송합니다. 제가 왜 그랬는지 모르겠군요."

렐레는 현관문을 열고 추운 공기 속으로 나갔다. 진입로를 가로질러 개 짖는 소리가 울렸고, 누가 모퉁이 너머로 몸을 숨겼는지 헛간 옆에서 무언가가 움직였다. 렐레는 차에 올라타 눈 속에서 방향을 틀며 저택에서 멀어졌다.

차 안에 앉아 대문이 열리기를 기다리는 동안 손가락이 아플 정도로 운전대를 꽉 잡았다. 문이 열리지 않자 대문에 닿을 정도로 바짝 차를 댔다. 갑자기 여기를 꼭 떠나야 할 것만 같았다. 저들에게서 최대한 멀어져야 할 것만 같았다.

하지만 문은 열리지 않았다. 화가 난 렐레는 차에서 내려 팔을 휘두르며 문을 열어달라고 소리쳤다. 저택에서 비르게르가 모습을 드러냈다. 그는 스노모빌에 올라타더니 끼익 하는 소리와 함께 시동을 걸었다. 그 소리에 나무에 있던 새들이 하늘로 날아올랐다. 비르게르는 뒤로 눈을 흩날리며 스노모빌을 몰고 대문으로 다가왔다. 스노모빌이 렐레 앞에서 멈추자 그의 몸이 긴장되었다.

"문이 얼어서 작동되지 않는 모양이오. 하지만 손으로 밀면 열릴 거요."

비르게르는 스노모빌에서 내리더니 쇠막대처럼 생긴 물건을 집어 들었다.

렐레는 그가 지나가도록 옆으로 비켜섰다.

"문을 좀 밀어보겠소?" 비르게르가 말했다.

렐레는 문으로 다가가 양손을 차가운 대문에 대고 있는 힘껏 밀었다. 옆에서는 비르게르가 쇠막대를 들고 서서 문이 열려야 할 자리를 막대로 찔렀다. 그들은 입김이 나올 정도로 힘을 주었지만 문은 꿈쩍도 하지 않았다. 스바르트트리덴에 갇혔다고 생각하자 렐레는 공포감에 휩싸였다. 그는 물러서서 다시 시도했다. 온몸의 근육을 동원해 대문을 밀었다. 힘을 주느라 눈을 질끈 감은 탓에 비르게르가 그의 머리를 내려치려고 쇠막대를 들어올리는 걸 보지 못했다. 눈앞에 하얀 섬광이 번뜩이며 척추를 타고 통증이 오르락내리락하더니 어둠이 그를 덮쳤다.

메야는 그것이 아니타가 만든 음식이라는 걸 알 수 있었다. 직접 만든 빵과 블랙 푸딩, 직접 저어서 만든 버터였다. 혀에 녹는 버터에서 크림과 소금 맛이 났다. 월귤잼은 묽은 편이었고, 커피는 머그잔 바닥에 가루가 소복했다. 모두 아니타의 작품이었다.

서리 위에서 잠옷이 춤추던 은발의 아니타. 메야는 공터에서 예란과 함께 있는 그녀를 보던 아니타의 어두운 표정을 떠올렸다. 예란을 쫓아내던 그녀의 날카로운 목소리. 메야의 허리를 감던 강인한 팔. **우리 아들들이 널 귀찮게 하거든 곧바로 내게 알려다오.**

음식 바구니를 봤을 때 메야는 그들이 자신을 배신했다는 사실을 깨달았다. 그들 모두. 예란, 비르게르, 아니타, 그리고 어쩌면 칼 요한까지도. 그는 비르게르의 명령이라면 무조건 따랐다. 메야는 자랑스러운 표정으로 가족 이야기를 하던 칼 요한을 생각했다. **난 가족 없이는 아무것도 못 했을 거야.**

바구니에서 익숙한 음식을 꺼내는 동안 분노가 끓어올랐지만 메야는 너무 배가 고파서 먹지 않을 수 없었다.

한나는 아직 침대에 누워 있었다. 어둠침침한 빛 아래서는 한나가 눈을 떴는지 감았는지 분간할 수 없었다. 멍과 그림자가 뒤섞여 있었다. 지저분한 시트 아래 누워 있는 한나의 가냘픈 몸은 눈에 잘 띄지도 않았다. 메야는 두려웠다.

“안 먹을 거야?”

한나는 얼굴을 찡그렸다. “로즈힙 수프 있어?”

보온병이 두 개였는데 하나는 커피였고, 하나는 달콤한 액체였다. 메야는 보온병 마개를 돌려서 수증기를 들이마셨다.

“핫초콜릿이네. 좀 마실래?”

“먹어볼게.”

한나는 간신히 일어나 앉아 핫초콜릿을 따르는 메야를 지켜보았다. 거품이 있는 신선한 우유로 만든 핫초콜릿이 목구멍을 매끄럽게 넘어갔다. 메야는 분노를 잠시 밀쳐두고 허기에 순순히 굴복했다. 샌드위치 두 개를 걸신들린 듯이 먹고, 핫초콜릿도 두 잔이나 마셨다. 반면 한나는 핫초콜릿만 한 잔 찔끔찔끔 마셨다.

“입맛이 없어?”

“응. 신선한 공기를 못 마셔서 그런 것 같아. 기운이 없어.”

메야는 갑자기 졸음이 밀려와 한나 옆에 가서 앉았다. 한나의 앙상한 어깨에 머리를 대자 예전과 다른 평온한 느낌이 들었다. 그들은 어떻게든 여기서 나갈 것이다. 아니타나 비르게르가 여기로 내려오면 그들을 설득할 것이다.

메야는 한나에게 그렇게 말하고 싶었지만 혀가 움직이지 않았다. 입이 딱 달라붙어서 아무 반응도 보이지 않았고, 입술은 단어를 만들어내지 못했다. 메야는 한나에게 손을 뻗으려 했다. 둘의 손이 거의 닿아 있었는데도 손가락 하나 들어올릴 수 없었다. 관절이 무겁고 마비되었다.

메야는 목구멍에서 소리를 냈고, 한나가 컵을 떨어뜨리는 걸 보았다. 시트와 한나의 청바지 위로 핫초콜릿이 쏟아졌지만 둘 다 움직이지 않았다. 대신 둘은 좀 더 가까워지며 함께 가라앉았고, 뻣뻣하고 쓸모없어진 손과 손가락을 더듬거렸다. 메야는 자꾸만 감기는 눈꺼풀과 필사적으로 싸웠다. 한나는 이미 포기한 상태여서 목 근육이 느슨해졌고, 머리가 가슴 위로 축 늘어졌다. 메야는 그걸 보고 한나에게 일어나라고 소리치고 싶었지만 자신도 기운이 없었다.

죽을 때 이런 기분이겠구나. 메야는 그렇게 생각했고, 이내 세상이 둥둥 떠내려갔다.

렐레는 밧줄에 손이 묶여 있었다. 어찌나 꽉 묶었는지 손목에서 피가 흘렀다. 의식이 밀려왔다 밀려나갈 때마다 통증도 함께 느껴졌다. 잠든 사이에 두개골이 너무 작아서 뇌가 밖으로 새어 나오는 악몽을 꿨다. 잠에서 깨니 한쪽 볼은 차가운 시멘트 바닥 위에 있었고, 오른쪽 관자놀이의 통증이 제2의 심장 박동처럼 쿵쿵거렸다.

그릇에 물이 담겨 있었다. 렐레는 몸을 숙여 개처럼 혀로 물을 마셨다. 그러고 나자 통증이 가라앉고 정적이 느껴졌다. 그에게서 나는 소리, 폐가 헐떡거리고 심장이 두근거리는 소리만 들릴 뿐이었다. 다른 소리는 전혀 없었다. 렐레는 벽에 기대어 몸을 일으킨 뒤, 다시 벽에 귀를 대보았지만 아무 소리도 들리지 않았다. 말소리도, 발소리도, 바람 소리도 없었다. 창문도 없고, 햇볕도 들어오지 않았다. 그저 한쪽 구석에 매달린 알전구의 차갑고 환한 빛뿐이었다. 이 방은 지하 깊은 곳에 있거나 누군가 심혈을 기울여 만든 방음 공간이다. 그렇다면 이 방의 목적은 단 하나다. 아무리 비명을 질러도 들킬 걱정 없이 누군가를 가둬놓는 것.

렐레는 리나를 생각했다. 갑자기 숨이 쉬어지지 않았다. 너무 심하게 과호흡을 한 나머지 눈앞에서 벽이 깜빡거렸다. 저 멀리 바늘구멍만 한 빛이 있을 뿐 나머지는 전부 어둠 속에 가라앉았다. 그가 줄곧 두려워했던 것이 바로 이것이었다. 리나가 결박된 채 완벽한 정적 속에 갇혀 있는 것. 산 채로 매장되는 것. 그가 악몽에서 본 것도 이렇게 창문이 없는 벽이었다. 그 때문에 미친 듯이 리나를 찾아다녔다. 그런데 이제 그 악몽이 그의 현실이 되었다. 렐레는 자신의 얼굴이 젖어 있다는 걸 깨닫고 혀끝으로 짭짤한 눈물을 핥았다. 더는 눈물 한 방울도 잃고 싶지 않았다.

비르게르가 들어오자 통증이 되살아났다. 렐레는 묶인 손으로 얼굴을 보호하며 태아처럼 몸을 웅크린 채 누워 있었다. 발소리도 듣지 못했다. 그저 한숨 소리와 함께 문이 활짝 열리더니 빛을 등지고 비르게르의 형체가 나타났다. 전구가 그의 얼굴에 검은 선을 새겼다. 렐레는 몸을 일으켰다.

“이게 대체 무슨 일입니까, 비르게르?”

노인은 수수한 나무의자에 털썩 앉았다. 그러고는 무슨 말을 할지 심사숙고하듯이 혀로 윗입술을 핥았다.

“레나르트, 우리가 자식을 위해서라면 무엇이든 할 수 있다는 걸 당신은 누구보다 잘 알 거요. 자식이 괴로워하면 우리도 괴롭지. 자식을 보호하는 건 자연의 섭리요. 필요하다면 목숨이 다할 때까지라도 우린 자식을 위해 싸우지. 왜냐하면 우리가 가진 건 결국 자식뿐이니까.”

렐레는 지저분한 바닥에 검은 눈물을 뱉으며 진정하려고 안간힘을 썼다.

“메야는 어디 있어?”

침침한 빛 속에서 비르게르의 눈꺼풀이 깜박거렸다.

“메야는 걱정 마시오. 내 말을 듣다 보면 답을 얻게 될 테니까.”

“빨리 말해!”

비르게르는 희미한 미소를 지었다. 그러고는 한쪽 다리를 다른 쪽 다리 위에 올려놓고 말을 이었다.

“우리가 하는 일은 모두 자식들을 위한 거지. 당신도 내 말에 동의할 거요, 레나르트. 내가 이 땅을 산 이유는 가능한 한 사회의 손아귀에서 멀리 떨어져서 내 아이들이 안전하게 자랄 수 있는 장소를 창조하고 싶었기 때문이오. 아니타와 난 몇 년 동안 등골이 휘도록 일했소. 우리 아이들이 스바르트리덴 대문 밖의 부패한 정글에 절대 의존할 필요 없이 살아갈 수 있도록 말이오."

"이것 좀 풀어줘요, 비르게르, 제발!"

"유감이지만 그럴 수 없소. 아직은."

비르게르는 양손을 무릎에 놓고 몸을 앞으로 내밀었다.

"내가 왜 세상을 욕하는지 아시오?" 그가 물었다.

렐레는 다시 침을 뱉고 밧줄과 씨름했다.

"내가 세상을 욕하는 이유는 태어났을 때부터 세상의 피해자였기 때문이오. 난 아무도 원치 않는 아이였고, 부모는 날 알고 싶어 하지 않았소. 그래서 이 나라가 상냥하고 다정한 내 어머니가 되어 내게 위탁 가정이며 보호자를 비롯한 다른 합법적인 사디스트들을 보내주었지. 어릴 때 내가 겪은 고생담으로 당신을 지루하게 만들지는 않겠소. 내가 하려는 말은, 이 나라와 국민에 대한 내 믿음은 성인이 되기 한참 전에 이미 다 사라졌다는 거요."

"당신의 눈물 나는 사연에는 관심 없어."

비르게르는 억지로 미소를 지었다.

"그렇지 않을 텐데. 왜냐하면 그 사연이 다른 사연으로 이어지고, 잡초처럼 뻗어나가서 꽃을 죽일 테니까. 슬픔은 전염성이 강한 병이오, 레나르트. 우리가 좋든 싫든 한 사람에게서 다른 사람으로 옮겨가지."

렐레는 얼굴을 찡그렸다. "당신의 개소리가 대체 나랑 무슨 상관이야?"

"이제 곧 조각이 맞춰질 거요. 약속하지. 이번에는 우리 아이들 이야기를 해주겠소. 특히 내 아들 예란에 대해서."

비르게르는 말을 멈추고 안경을 벗어서 렌즈에 대고 입김을 불었다. 렌즈에 뿌연 김이 서렸다.

"예란은 다른 두 아이들과 달라. 그 애는 아프다오. 정신적으로 말이오. 그 애의 내면에 어둠이 있다는 걸 우린 진작에 알았지. 예란은 어릴 때에도 막대기와 돌로 동물을 괴롭혔고, 개집에 불을 질렀소. 그 애에게서 나타나는 불안 행동은 단호한 교육과 충분한 사랑만으로 치유할 수 있었지."

"정신과에 보내야 할 것 같은데."

"우리 아들을 가장 잘 아는 건 아니타와 나요. 그 애를 다른 사람에게 맡겨야 한다는 생각은 한 번도 하지 않았소. 특히나 우리가 직접 당한 일들을 생각하면 말이오. 우린 힘을 잃고 무가치한 존재가 된 기분이 어떤 건지 잘 알지. 우리 자식들은 절대, 절대 그런 상황에 내몰지 않을 작정이었소. 그래서 우린 예란을 여기 집에서 돌봤고, 그 애에게 동물을 존중하고 충동을 제어하도록 가르쳤지. 우리의 가르침은 성공했소. 예란은 차분해졌어. 사춘기가 되기 전까지는 말이오. 당신도 사춘기가 어떤지 잘 알 거요, 레나르트. 호르몬과 다른 것들이 뒤섞인 염병할 칵테일이지. 그걸 마시면 모든 상식이 사라져버려. 불행하게 예란의 외모도 사태를 악화시켰소. 전혀 도움이 되지 않았지. 그 애는 여자를 사귀고 싶어 했어. 젊은 남자라면 당연한 일이지. 근처 마을을 돌아다니며 여자들을 떠보고 다녔소. 데이트하자고 꼬시기도 하고 말이야. 하지만 아무도 걸려들지 않았고, 결국 그 애는 좌절했소, 불쌍한 녀석. 그래서 다른 해결책을 찾아 다녔지."

렐레는 팔뚝의 털이 곤두서는 걸 느꼈다. "그게 무슨 말이야?"

"본인이 직접 문제를 해결했다고 할 수 있지. 물론 우린, 아니타와 난 전혀 몰랐소. 다른 아이들이 말해줘서야 예란의 병이 도졌다는 걸 깨달았지. 그리고 예란의 상태가 생각보다 훨씬 심각하다는 것도."

"예란의 병 말이야?"

"그 애의 어두운 면이 문제를 일으킨 거요. 예란은 여자들을 성추행하기 시작했소. 매번 거절당하는 데 진력이 나서 폭력을 쓴 거요. 우리도 그 사실이 자랑스럽진 않아. 그래서 그만두게 하려고 최선을 다했소. 예란이 분노를 좀 더 긍정적인 방향으로, 일을 통해 발산하게 만들려고 했지. 그 방법은 성공했소. 처음에는 그랬어. 예란은 1년 내내 호숫가에 자기만의 지하 벙커를 만들더군. 다른 사람의 도움은 원치 않았소. 당연히 난 그 애에게 기본적인 기술을 다 가르친 상태였지. 우리 부지에는 이미 지하 벙커가 두 개나 있지만 예란은 자기만의 벙커를 만들고 싶어 했어. 당연히 우린 반대하지 않았소. 그 애가 자랑스러웠지. 그렇게 주도적으로 일을 추진해나가는 게 말이오. 그 일이 어떤 결과를 가져올지는 꿈에도 몰랐소."

렐레는 벽에 몸을 기댄 채 속이 울렁거리지 않도록 머리를 고정하려고 했다. 비르게르가 통통한 검지를 안경 밑으로 밀어 넣어 눈을 닦았다.

"우리는 몇 달이 지난 후에야 예란이 한 짓을 알게 됐소. 예란은 사람과 동물의 차이를 구별할 수 없는 아이요. 무스 사냥과 여자 사냥이 같다고 생각하지. 그 애에게 여자는 그저 잡히기 위한 사냥감이오. 사람은 소유할 수 없다는 사실을 이해하지 못하지."

비르게르의 얼굴이 활기를 띠는 동안 렐레는 벽에 기댄 채 꼼짝하지 않았다. 꿈을 꾸는 듯한 기분에 머리가 멍했다. 이제 비르게르의 말을 그만 듣고 싶었지만 혀가 말을 듣지 않았다.

"다른 두 아들이 그러더군. 예란이 벙커에 여자를 숨겨놓았다고. 당연히 우린 큰 충격을 받았소. 그게 대략 3년 전 여름이었지. 지금쯤은 당신도 깨달았겠지만 예란이 데려온 건 당신 딸이었소. 리나."

그때 비명 소리가 들렸다. 렐레의 몸을 얼어붙게 만드는 원초적인 절규였다. 그는 한참이 지난 후에야 그 비명을 지른 사람이 자신임을 깨달았다.

비르게르는 자리에서 일어나 렐레를 남겨두고 문 쪽으로 걸어갔다. 미처 알아차리지 못했던 총이 그의 손에서 번뜩였다.

비르게르는 조용해질 때까지 기다렸다.

"이런 말을 하긴 싫지만 작년 크리스마스에 리나가 죽었소. 예란은 사고라고 하더군. 둘이 게임을 하다가 잘못됐다고. 리나를 의도적으로 죽인 건 아니오. 미안하오, 레나르트. 진심으로 미안해."

벽이 그의 심장과 같은 박자로 고동쳤고, 방 안이 빙빙 돌기 시작했다. 구역질이 올라와서 렐레는 방구석으로 기어가 끈적한 담즙과 지독한 절망을 토해냈다. 몸이 떨렸고, 몸속 깊숙이 있는 무언가가 파열되었다. 느낄 수 있었다. 그의 생명력이 바닥나고 있었다.

눈이 농간을 부려서 초점을 맞출 수가 없었다. 하지만 문간에 서 있는 비르게르가 보였다. 그는 두렵다는 듯이 한 손으로 문손잡이를 잡고, 다른 손에는 총을 들고 있었다. 렐레는 그가 자신을 쏘기를 바랐다. 그래서 최대한 그에게 가까이 기어갔다.

"우리 딸이 작년 크리스마스에 죽었다고 했나? 그럼 당신은 그 애가 2년 반이나 지하 벙커에 갇혀 있게 내버려뒀단 말이야? 그 미치광이 아들의 장난감 노릇을 하도록?"

"우리에겐 선택의 여지가 없었소, 레나르트. 당신도 이해해야 해. 일은 이미 벌어졌고 돌이킬 수 없었어. 리나를 보내줬다가는 모든 걸 잃을 판이었지. 우리가 평생 일궈온 것들이 수포로 돌아간다고. 그리고 이 나라가 내 아들을 빼앗아가도록 내버려둘 수 없었어. 내 눈에 흙이 들어가기 전에는."

마치 더는 참을 수 없다는 듯 렐레의 심장이 터질 것 같았다. 그는 양손으로 가슴을 움켜쥔 채 눈을 감고 리나의 얼굴을 떠올렸다.

"그 애를 보고 싶어. 내 딸을 보고 싶어."

"유감스럽지만 별로 볼 것도 없소. 하지만 당신을 딸 옆에 묻어주지. 그건 약속하겠소."

렐레는 자신이 죽었는지 살았는지 알 수 없었다. 몸도 머리도 말을 듣지 않았다. 시간은 정지해서 다른 무언가가 되어버렸다. 믿을 수 없고 딱히 정의 내릴 수 없는 무언가로. 바로 옆에서 비르게르의 목소리가 들렸지만 그가 말하는 상대는 렐레가 아니었다.

곧 그들이 다가왔다. 키가 크고 마른 형체들이 렐레의 양쪽 겨드랑이에 손을 넣고 발목을 들어올렸다. 전혀 무겁지 않다는 듯이. 그렇게 그의 몸뚱이를 들고 복도를 지나 계단을 올라갔다. 한 계단씩 오를 때마다 도끼로 갈비뼈를 치는 듯했다. 그러고는 겨울밤 속으로 나갔다. 오랫동안 어둠 속에 있었던 탓에 아무것도 보이지 않았다.

렐레는 그들의 손아귀 안에서 이리저리 흔들렸다. 머리 위에서는 별들이 불타올랐고, 옷 속으로 추위가 파고들어 머리가 맑아졌다. 털모자를 쓴 그들의 창백한 얼굴이 보였다. 젊은 청년들이라는 사실만 알 수 있었다. 하지만 그들은 이를 악문 채 그의 시선을 피했다. 그들에게 모두 죽여버리겠다고 욕하는 자신의 목소리가 들렸다. 셋 중에서 키가 제일 큰 남자가 여드름이 난 얼굴로 미소를 지었다. 렐레는 결박된 손으로 그를 움켜잡으려 했다. 하지만 남자의 미소만 더 환해질 뿐이었다.

그들은 렐레를 숲으로 데려갔다. 소나무 꼭대기가 그의 머리 위에서 안절부절못하며 바람에 흔들렸고, 차가운 겨울 태양이 나무 위로 솟아올랐다. 그들은 렐레를 공터에 내려놓았다. 렐레는 내린 지 얼마 안 된 눈 위에 무릎을 꿇었다. 땅에는 커다란 구멍이 그를 향해 입을 벌렸고, 철분이 풍부한 검은 토양이 추위를 내뿜었다. 구멍은 그를 삼키려고 기다리는 듯했다. 차가운 습기가 청바지 속으로 스며들었지만 렐레는 더 이상 춥지 않았다. 주위를 둘러보았다. 흙무더기와 삽, 그를 둘러싼 하얀 얼굴을 바라보았다. 비르게르와 그의 아들들이었다. 그들의 입에서 입김이 뿜어져 나왔고, 불안해하는 발이 얼어붙은 눈 위에서 뽀드득거렸다.

비르게르는 여전히 권총을 쥔 채 그들 뒤에 서 있었다. 안전장치를 푸는 소리가 들렸다. 비르게르가 잠긴 목소리로 말했다.

"이렇게 끝낼 수밖에 없어서 미안하오, 레나르트. 내가 얼마나 미안해하는지 하느님은 아실 거요."

렐레는 반항해야 했다. 목숨을 구걸하고 애원해야 했다. 하지만 그저 고개를 숙인 채 무릎을 꿇고 있었다. 리나와 메야를 떠올렸다. 그들의 이름을 나직이 읊조리는 자신의 목소리가 들렸다.

세 아들 중 하나가 참지 못하고 말했다. "어서 쏘세요, 아빠."

시간이 정지했고, 소나무들만 살아서 움직였다. 렐레는 식탁에 앉아 리나를 바라보고 있었다. 앞머리 아래로 보이는 눈과 그를 향해 얼굴을 찡그릴 때 보이는 고르지 못한 치아를.

"뭘 기다리세요?"

"여기에 그 애가 있어, 렐레. 자네 딸."

아프지 않을 것이다. 아무것도 느끼지 못할 것이다. 그의 피가 눈을 얼룩지게 하고, 몸은 썩어서 봄이 되면 민들레를 피워낼 것이다. 그리고 그는 두 번 다시 담배를 문 채 숲을 바라보며 차로 실버 로드를 달리지 않을 것이다. 왜냐하면 이제 리나를 찾았기 때문이다. 3년간의 수색이 끝났다.

렐레는 눈을 감고 기다렸다. 목덜미에 총구의 압박이 느껴지더니 총성이 들렸다. 마치 청력을 잃은 듯 고막이 희미하게 칭얼거렸다. 근육에서 힘이 빠지며 더는 몸을 지탱하지 못했다.

렐레가 눈을 떠보니 비르게르가 양손으로 가슴을 움켜쥔 채 바닥에 얼굴을 박고 쓰러져 있었다. 그의 뒤에는 여전히 라이플을 치켜든 아니타가 눈을 깜빡이며 서 있었다. 눈처럼 새하얀 머리카락이 털목도리처럼 어깨를 감싸고 있었다. 아니타는 겁에 질려 뒤로 물러선 세 아들에게 라이플을 겨누며 말했다.

"총 버려라. 그만하면 됐어."

경찰이 도착했을 때도 아니타는 여전히 라이플을 겨누고 있었다. 그녀는 렐레와 세 아들을 식탁에 둘러앉게 했다. 그들은 침묵을 지켰다. 비르게르는 추운 바깥에 남겨졌고, 아니타는 그가 살았는지 죽었는지 신경 쓰지 않는 듯했다. 그저 다리를 벌린 채 그들에게 총구를 겨누며 자기 말에 복종하게 했다.

맏아들이 욕을 하며 투덜거렸다. 곪은 여드름을 잡아 뜯으며 엄마가 모든 걸 망쳤다고 비난했다. 아니타는 손등으로 눈물을 닦았지만 전혀 동요하지 않았다. 그녀는 그들과 함께 있지 않는 듯했고, 마음속에는 오직 한 가지 목표밖에 없는 듯했다. 다른 두 아들은 손으로 얼굴을 가린 채 어린아이처럼 흐느꼈다.

부엌은 따뜻했는데도 렐레는 추워서 몸을 떨었다.

"메야는 어디 있습니까? 살아 있나요?" 그는 알고 싶었다.

아니타는 그 대답으로 총구를 그에게 돌렸다. 백발 아래로 그녀의 얼굴이 붉게 달아올랐다.

"누구도 죽일 생각은 없었어. 남편은 내게 다 잘될 거라고, 결국에는 아무 문제도 없을 거라고 했어. 종말이 오면 여자애는 지하에 안전하게 갇혀 있는 걸, 살아 있는 걸 다행으로 여길 거라고. 우린 그렇게 생각했어." 아니타는 그렇게 말하며 눈물을 닦았다. "하지만 내 아들은 뭔가 잘못됐고, 우리 힘으로는 해결할 수 없었어."

이내 어둠은 번쩍거리는 경광등 불빛으로 가득 찼고, 경찰의 육중한 발소리와 무전기 잡음으로 다시 난장판이 되었다. 서로 알아듣지 못하는 고성이 오갔다. 아니타는 라이플을 내려놓고 튼 손으로 깍지를 꼈다.

"남편은 공터에 있어요. 내가 쐈어요. 여자애들도 거기에 있고요." 그러고는 예란을 가리켰다. "당신들이 잡아가야 할 사람은 저 애예요. 저 아이는 절대 정상이 되지 못할 거예요."

모든 일이 순식간에 벌어졌지만 또한 슬로 모션으로 보였다. 손목에 수갑이 채워지자 아니타는 다 끝나서 다행이라는 듯이 제자리에 털썩 주저앉았다. 경찰에 저항한 사람은 예란이었다. 경찰이 다가가자 예란은 소리를 지르며 사냥용 칼로 그들을 위협했다. 그의 눈은 검게 타올랐다.

"너희들이 왜 여기 있는 거야? 여긴 우리 땅이야!"

예란이 나직이 소리쳤다.

두 아들이 예란을 제압했다. 그들은 예란을 에워싸고 능숙하게 움직였는데 오랫동안 자주 해온 일인 듯했다. 예란을 바닥에 엎드리게 한 뒤, 한 사람은 그의 어깨뼈 사이를 무릎으로 누르고, 다른 사람은 칼을 비틀어 손에서 빼냈다. 둘 다 창백한 얼굴로 울고 있었다.

렐레는 꼼짝도 하지 않고서 그들이 끌려가는 모습을 바라보았다. 처음에는 아니타가, 그다음에는 아들들이 연행되었다. 경관이 너무 많았고, 그들이 눈과 차가운 공기를 몰고 온 터라 렐레는 이가 딱딱 부딪쳐서 말하기가 힘들었다. 여경관이 그에게 자초지종을 물었지만 렐레는 여전히 한마디도 할 수 없었다. 누군가가 그의 어깨에 담요를 둘러주고 뜨거운 수프가 담긴 머그잔을 쥐여주었다. 렐레는 머그잔에서 올라오는 김으로 볼을 녹일 뿐 그걸 마실 수 있다는 생각은 미처 못 했다. 창밖에는 검은 형체들이 손전등 불빛을 휘둘러대며 떼 지어 모여 있었다. 순찰차가 더 많이 몰려왔다. 대문은 활짝 열려 있었다. 누군가가 그의 옆에 서서 머리에 붕대를 감아주었다. 렐레는 자신에게서 피 냄새가 난다는 걸 알았지만 통증은 전혀 느끼지 못했다.

"저들이 내 딸을 죽였습니다."

렐레는 그 말밖에 할 수 없었다. 미소 짓던 여경관은 그 말을 못 알아듣는 듯하더니 갑자기 서둘러 실례한다고 말하고는 추운 바깥으로 나가버렸다.

렐레는 그녀를 따라 베란다로 나갔다. 녹은 눈 위에서 살짝 휘청거렸고, 기운이 없어서 다시 앉아야 했다. 한 무리의 경관이 보이더니 흥분한 목소리가 들렸다.

"여자애들을 찾았습니다!"

경찰관의 눈빛은 다정했다. 속으로는 그녀를 이러쿵저러쿵 판단할지 몰라도 전혀 내색하지 않았다. 그와 함께 있으니 병원 침대에 누워 수액을 맞고 있다는 사실을 잊을 수 있었다. 메야는 누가 자기 얘기를 그토록 열심히 들어주는 데 익숙지 않았다. 무언가를 처음부터 끝까지 설명하는 것도 마찬가지였다. 처음에는 뜸을 들이다가 더듬거렸으나 이내 말들이 급하게 쏟아져 나왔다. 경찰관의 이름은 하산이었다. 그는 자정이 넘었다는 사실에 개의치 않는 듯 시계를 한 번도 보지 않았다.

"처음부터 말해보렴." 그가 말했다.

메야는 엄마와 기차를 타고 노를란드로 온 일, 침대칸을 예약할 돈이 없어서 열 시간 넘게 앉아서 온 일, 그 시간 동안 할 일이 없어서 서로 바라보기만 한 일을 말했다. 그들은 오랫동안 숱하게 이사를 다녔지만 이렇게 멀리 온 적은 처음이었다. 토르비요른은 비록 냄새가 나고 포르노 잡지를 수집하기는 해도 친절한 사람이었으나 엄마는 변하지 않았다. 엄마는 늘 엄마였다. 메야는 삼각형 방에서 느꼈던 외로움과 그래서 숲으로 뛰쳐나간 일을 말했다. 거기서 칼 요한을 만났다. 호숫가에서. 그리고 이튿날 바로 담배를 끊었다. 첫눈에 반한 사랑이었다.

메야는 그의 특별한 냄새, 그 냄새를 맡으면 모든 근심이 사라졌던 것을 생각했다. 전쟁과 종말에 관한 이야기는 늘 주변으로 밀려났다. 그래서 사랑이 위험한가 보다. 사람을 딱히 장님으로 만들어서가 아니라 적신호를 무시하게 만들기 때문이다. 메야는 구스타프손 선생님이 이런 추론을 어떻게 생각할지, 여기에 동의할지 궁금했다.

하산은 메야가 스바르트리덴으로 이사한 이유가 사랑 때문인지 물었지만 메야는 아니라고 답했다. 그저 엄마에게서 벗어나 자기만의 삶을 살고 싶었다. 그녀는 늘 진짜 가정, 식료품 저장실에 음식이 쌓여 있고, 술을 마시거나 담배를 피우거나 나체로 돌아다니지 않는 부모를 꿈꿨다. 부끄럽지 않은 부모 밑에서 살고 싶었다. 종말을 믿는 비르게르와 아니타도 이상하기는 했지만 메야는 그런 이야기는 믿지 않기로 했다.

메야는 얼굴을 붉히며 지하 벙커와 거기에 보관된 총들, 그리고 그들이 모아놓은 물건을 모두 보여주던 비르게르의 반짝이는 눈에 대해 이야기했다. 그리고 여드름투성이인 예란에 대해서도. 이 모든 불행을 야기한 사람이 예란이라고 생각하자 메야는 배가 아팠다. 칼 요한이 예란과 단둘이 있지 말라고 했을 때 메야는 그가 질투한다고 생각했다. 하지만 사실 칼 요한은 예란이 그녀를 해칠까 두려웠던 것이다.

"종말이며 멸망을 믿는 그들이 이상하다는 건 알고 있었어요. 하지만 제겐 비교할 대상이 많지 않았죠. 정상적인 가정생활을 해본 적이 없으니까요. 그저 그들이 절 받아준다는 사실이 감사할 뿐이었어요."

하산은 이해한다는 듯 고개를 끄덕였다. 블라인드 틈 사이로 잿빛 여명이 들어왔다. 메야가 지쳐서 혀가 풀리자 하산은 밖으로 나가 샌드위치 두 개와 커피 두 잔을 사왔다. 둘은 곧바로 허겁지겁 먹어치웠다. 비르게르는 죽었고, 다른 사람들은 구치소에 있다고 하산이 설명했다. 그리고 한나는 의사의 허락이 떨어지는 대로 아리에플로그에 있는 집으로 돌아갈 예정이라고.

메야는 하얀 시트 아래 창백한 얼굴로 눈을 뜬 채 죽은 비르게르를 상상하려고 해보았지만 불가능했다. 또한 슬프지도 않았다. 냄비에 담긴 소스를 휘젓거나 빵 반죽을 치댈 일도 없는 감옥에서 아니타가 잘 지낼 수 있을까? 평생 스바르트트리덴을 떠난 적이 없는 칼 요한은 앞으로 어떻게 될까?

"구스타프손 선생님의 딸은 찾았나요?" 메야가 물었다.

하산은 눈에 눈물이 고였지만 울지 않았다.

"시신 한 구가 나왔다. 아직 신원이 확인되지 않았지만 모든 정황상 아마 리나일 거야."

메야는 기진맥진해서 베개에 머리를 뉘었다. 모든 게 비현실적으로 느껴졌다. 렐레를 생각했다. 축 처진 어깨, 인생에 반항이라도 하듯 헝클어진 머리. 최악의 가정이 현실이 됐으니 이제 그는 어떻게 될까? 앞으로 잘 살아갈 수 있을까? 그런 생각을 하자 눈물이 핑 돌았지만 메야도 눈물을 흘리지 않았다.

"언론은 필사적으로 너와 이야기하려고 할 테지만 응해주지 마라." 커피를 다 마신 후에 하산이 말했다. "당분간은 휴식을 취하는 데만 집중해야 해. 넌 심각한 쇼크 상태였어. 의사 말에 따르면 너에게 말 한 마리를 기절시킬 정도의 안정제가 투입됐다는구나."

"부끄러워요. 제가 그런 사람들과 살았다는 게 부끄러워요."

"자책하지 마라. 넌 아무것도 잘못하지 않았어."

하산은 셔츠에 떨어진 빵 부스러기를 털어내고 자리에서 일어났다. 메야는 갑자기 겁이 덜컥 났다. 혼자 남는 게 두려웠다. 사람들이 뭐라고 할지 두려웠고, 앞으로 무슨 일이 벌어질지 두려웠다. 하산은 그런 메야의 마음을 눈치챘는지 고개를 갸웃하고 걱정스런 표정으로 바라보았다.

"엄마를 불러줄까?"

메야는 아플 정도로 입술을 꼭 깨물었다.

"아뇨. 대신 구스타프손 선생님께 전화해주실래요?"

그들은 공터에서 리나의 시신을 발굴했지만 그래도 렐레는 여름에 가끔씩 그곳에 갔다. 이제 스바르트리덴은 오래된 숲 한복판에 버려진 요새 같았다. 땅은 나뭇가지와 솔잎으로 뒤덮였고, 부식된 벽에는 낙서가 흉한 염증처럼 퍼져 있었다. 가축은 인근 마을의 농부들에게 경매로 팔려 갔고, 빈 마구간은 사람들에게 잊힌 시큼한 건초 냄새를 풍겼다. 렐레는 담배를 피우고 또 피우며 담뱃재가 떨어지도록 내버려두었다.

메야는 이제 렐레와 함께 살았다. 그들은 차창을 내린 채 실버 로드를 따라 달렸고, 숲의 향기로 둘 사이의 공간을 채웠다. 렐레는 자신이 수색하고 다녔던 곳을 손가락으로 가리켰다. 그들은 잠시 휴식을 취하려고 갓길에 차를 세웠다. 자동차 지붕에 빗방울이 떨어지면 메야는 라디오를 껐다. 너무 시끄러운 건 싫었다.

실리에는 일요일마다 전화했다. 그녀는 호숫가에 있는 정신병원에 입원했고, 거기서 좋아하는 그림을 실컷 그렸다. 자기치료를 끝내고 지금은 적절한 도움을 받고 있었다. 남자나 메야의 도움 없이도 스스로를 돌보는 법을 배울 거라고 했다. 실리에가 그렇게 말했을 때 렐레는 메야의 어깨에서 긴장이 풀리는 것을 보았다. 더는 자신이 엄마를 책임지지 않아도 된다는 안도감이었다.

리나는 목이 졸려 죽었다. 예란은 부인했지만 아니타와 두 아들이 증인이었다. 예란은 리나를 목 졸라 죽이고 지하 벙커에서 썩어가도록 내버려두었다. 그 사실을 알게 된 비르게르가 묻어줘야 한다고 우겼다. 하지만 아무도 신고하지 않았다.

렐레와 메야는 스바르트리덴이나 브란트 가족 이야기를 자주 입에 올리지 않았다. 예란과 아니타는 재판을 기다리고 있었다. 메야는 칼 요한에게서 편지를 서너 통 받았지만 답장하지 않았다. 그는 저 멀리 스코네에 있는 위탁 가정으로 보내졌다. 검사는 칼 요한과 페르를 기소하지 않기로 했다. 그들의 성장 배경이 정상 참작되었고, 석간신문은 신이 나서 그 사실을 기사로 실었다. 렐레는 칼 요한 이야기를 꺼내지 않았다. 그 이름을 들으면 메야가 움찔했기 때문이다. 메야는 그녀 표현대로 하자면 손에 피를 묻힌 가족과 자발적으로 함께 살려고 했던 자신을 용서하기 힘들었다. 그리고 자신이 아무것도 알아차리지 못했다는 사실도 싫었다. 자신이 그렇게 순진하지 않았다면 한나를 더 일찍 구할 수 있었을 거라고 생각했다.

한나는 가끔씩 메야에게 전화했다. 그녀와 통화한 뒤에는 메야의 얼굴에서 근심이 사라졌다. 두 사람은 끔찍한 벙커에서 2주간 함께 지낸 게 전부였지만 그 시간은 큰 의미가 있었다. 한나는 강했다. 그녀는 렐레에게 벙커에서 보낸 시간들, 자신이 견뎌야만 했던 것들을 이야기했고 렐레는 최대한 많이 들어주었다. 리나를 위해서. 리나의 고통으로부터 달아나고 싶지 않았기 때문에, 알아야 했기 때문에. 한나는 렐레에게 리나의 머리끈을 건넸고, 그는 그것을 팔찌처럼 손목에 두르고 다녔다. 죽을 때까지 몸에서 떼어놓지 않을 작정이었다.

싱싱한 꽃과 불 켜진 양초, 검은 펜으로 슬픈 메시지가 적힌 팻말과 카드로 둘러싸인 리나의 무덤은 멀리서도 눈에 띄었다. 그들이 걸어 올라가는 동안 무덤 앞에 두 사람이 그들을 등지고 서 있었다. 렐레는 메야가 자신에게 좀 더 가까이 다가오는 것을 느꼈다. 두 사람은 같은 박자로 자갈길을 걸어갔다. 아네테가 아기를 안고 있었다. 아기의 쭈글쭈글한 얼굴이 그녀의 어깨에 놓여 있었고, 그걸 본 렐레는 발아래 땅이 흔들리는 듯했다. 옆에 그림자처럼 달라붙어 있는 메야와 함께 길 한복판에서 걸음을 멈췄다. 아네테는 그를 보더니 한 손으로 아기의 머리를 감쌌다. 그러자 토마스가 아네테에게 한 팔을 둘렀다. 그들의 시선이 렐레에게서 메야로 이동했다. 마치 둘이 무슨 사이인지, 왜 함께 있는지 모르겠다는 듯이. 그들에게 가까이 다가간 렐레는 아네테의 볼에 흘러내린 검은 마스카라 자국을 보았다. 오랫동안 아무도 말하지 않았고, 정적 속에서 아기가 옹알거리는 소리만 들렸다. 마침내 아네테가 한 손을 내밀어 렐레를 끌어당겼다. 그들은 아기를 사이에 둔 채 어색하게 포옹했다. 렐레는 아기의 보송보송한 머리카락이 코에 닿는 것을 느끼고 아기 냄새를 들이마셨다. 눈에 눈물이 고였다.

"우리 딸을 집으로 데려와줘서 고마워." 아네테가 속삭였다.

그들은 아네테와 토마스가 떠난 뒤에도 오랫동안 무덤 앞에서 있었다. 렐레는 차가운 땅에 무릎을 꿇고 목에서 손끝까지 근육이 수축되는 걸 느꼈다. 메야는 꽃에 물을 주고, 잡초를 뽑고, 바람에 꺼진 양초에 다시 불을 붙였다. 한 발 떨어져서 보니 모든 게 제대로 정돈되어 있었다. 그녀는 렐레가 분노에 사로잡혀 몸을 떨고 침을 뱉는 것도 알아차리지 못했다. 그가 팔다리를 미친 듯이 휘두르기 전까지는. 렐레는 아름다운 물건들을 손으로 치고, 발로 차고, 찢어버리고, 촛불을 끄고, 꽃잎을 바람에 날려 보냈다. 그러고는 두 손으로 땅을 팠다. 손이 새까맣게 될 때까지, 숨이 차고 기운이 빠질 때까지. 메야는 꼼짝하지 않았다. 마침내 다 끝나고 렐레가 잠잠해지자 메야는 그에게 손을 내밀어 일으켜주었다.

그들은 아르비사우르에서 주유소에 들러 키펜과 함께 커피를 마셨다. 키펜은 마침내 리나의 포스터를 떼어냈다. 비록 그동안 포스터 주위에 쌓인 먼지는 아직 닦아내지 못했지만. 그 옆으로 지나가는 동안 렐레는 미소 짓는 리나의 얼굴이 눈에 선했다. 키펜은 과거의 슬픔에 머무는 사람이 아니었다. 대신 무스 사냥과 하키 경기를 비롯해 예민하지 않은 화제로 정적을 채웠다. 날씨가 추운데도 메야는 아이스크림을 먹었다.

"저도 무스를 잡고 싶어요." 돌연 메야가 그렇게 말했다.

키펜은 큭큭 웃으며 큼직한 손으로 렐레의 어깨를 툭 쳤다.

"자네 딸에게 사냥하는 법을 가르쳐야겠군, 렐레."

아무 생각 없이 나온 말에 오랫동안 침묵이 흘렀다.

이 애는 내 딸이 아니야. 내 딸은 죽었어.

그 말이 렐레의 혀끝에 맴돌았지만 그때 메야의 걱정스러운 표정과 녹아서 손목으로 흘러내리는 아이스크림이 눈에 들어왔다.

"내가 아는 걸 다 가르칠 거야. 별로 많지는 않지만." 렐레가 말했다.

집으로 가는 길에 렐레는 메야에게 운전대를 넘겼다. 비록 메야는 면허증이 없고, 실버 로드에는 황혼이 내려앉고 있었지만. 렐레는 이 길을 손바닥 들여다보듯 훤히 알고 있었다. 눈을 감아도 길이 보였다. 구불구불 돌아가다가 쭉 직진하고, 눈이 녹아 땅 위에 흘러내리는 물처럼 자기 길을 찾아가면서, 좋든 나

쁘든 사람과 사람 사이에 연결고리를 만들어 마침내 바다 속으로 사라지는 길. 옆에서 숨소리가 들리지 않았다면 그는 아마도 오랜 절망감에 압도당했으리라. 하지만 이제 렐레는 깨달았다. 더는 끝없이 여행할 필요가 없다는 것을.

수색은 끝났다.

실버 로드

2020년 4월 20일 초판 1쇄 발행

지은이·스티나 약손 | 옮긴이·노진선

펴낸이·김상현, 최세현 | 경영고문·박시형
편집인·정법안

책임편집·손현미 | 디자인·임동렬
마케팅·권금숙, 양근모, 양봉호, 임지윤, 유미정
경영지원·김현우, 문경국 | 해외기획·우정민, 배혜림 | 디지털콘텐츠·김명래
펴낸곳·마음서재 | 출판신고·2006년 9월 25일 제406-2006-000210호
주소·서울시 마포구 월드컵북로 396 누리꿈스퀘어 비즈니스타워 18층
전화·02-6712-9800 | 팩스·02-6712-9810 | 이메일·info@smpk.kr

ISBN 979-11-6534-093-3 (03850)

• 이 책의 국립중앙도서관 출판시도서목록은 서지정보유통지원시스템 홈페이지(http://seoji.nl.go.kr)와 국가자료공동목록시스템(http://www.nl.go.kr/kolisnet)에서 이용하실 수 있습니다. (CIP제어번호:CIP2020013082)
• 잘못된 책은 구입하신 서점에서 바꿔드립니다. • 책값은 뒤표지에 있습니다.
• 마음서재는 ㈜쌤앤파커스의 종교·문학 브랜드입니다.